악녀는 모래시계를 되돌린다

IV

악녀는 모래시계를 되돌린다 4

1판 1쇄 발행 2018년 1월 30일
1판 9쇄 발행 2022년 1월 5일

지은이 ㅣ 산소비
발행인 ㅣ 신현호
편집장 ㅣ 예숙영
편집 ㅣ 이혜영
편집디자인 ㅣ 한방울
영업 ㅣ 김민원
물류 ㅣ 이순우 박찬수

펴낸곳 ㈜디앤씨미디어
출판등록 2002년 5월 1일 제117-90-51792호
주소 서울시 구로구 디지털로 26길 111 JnK디지털타워 503호
대표전화 (02)333-2513 팩스 (02)333-2514
전자우편 dncbooks@dncmedia.co.kr
디앤씨북스 블로그 http://blog.naver.com/dncbooks

ISBN 979-11-6140-021-6 04810
ISBN 979-11-6140-017-9 (SET)

악녀는 모래시계를
되돌린다

IV

산소비 장편소설

Contents

21. 자멸

21. 자멸

참으로 어리석게도 메리아트 자작을 선두로 귀족들이 죄의 무게를 줄이기 위해 앞다투어 타인을 고발했다. 제정신인 상태였다면 재고했을 문제였겠지만 현재 그들은 궁지에 몰려 있었다.

국가에 묶인 영지와 저택, 그리고 돈이 되는 것들을 모두 가지고 사라진 크로아 왕국의 병사들. 메리아트 자작처럼 가족들이 도망을 친 경우도 있었다.

무엇보다 그들을 더욱더 궁지에 몰아넣은 것은 카인의 변호사인 라이어의 존재였다. 제국에서 손에 꼽는 변호사인 라이어가 하루가 멀다 하고 감옥에 찾아와 카인을 구해 줄 방법을 강구했기 때문이었다.

"카인 님, 지난번에 말씀하셨던 자료를 찾았습니다. 최대한 카인 님께 유리한 방향으로 다른 증거를 만들어 보겠습니다."

"……부탁하지."

처음 백작 부인이 자신에게 변호사를 붙여 주었다고 했을 때는 그 의도를 의심하고 제대로 된 정보를 풀지 않았지만, 이윽고 라이어에게서 받은 백작 부인의 편지로 납득할 수 있었다.

『카인, 비록 친자식은 아니지만 몇 년이나 같이 가족으로 지낸 너를 버릴 수야 있겠니? 게다가 네가 유죄를 선고받으면 백작가가 망할 테니 그렇게 둘 수야 없지.』

조금의 꾸밈도 없이 쓴 그 편지 내용에 어찌 납득하지 않을 수가.

그녀의 말대로 자신이 반역으로 유죄를 선고받으면 작위를 몰수당하고 재산을 빼앗기는 데다가, 자칫 잘못했다간 로스첸트 가문 전원이 처벌을 받을 가능성도 있었다.

게다가 변호사를 선임하는 비용을 아리아가 지원했다는 말이 카인을 더욱더 협조적으로 만들었다. 그녀가 손수 비용까지 댔는데, 그것을 무용지물로 만들 수 없었으니까 말이다.

"백작 부인님께서 지시하신 사항대로 거의 다 준비가 되었으니, 이제 카인 님께선 마음 편히 기다리시면 됩니다."

"……그렇군. 다행이야."

라이어와 카인의 목소리가 조용한 복도에 울렸다.

감옥에 갇힌 다른 모두가 그들의 대화를 주목하고 있었다. 같은 죄를 지었음에도 빠져나갈 희망이 보이는 자가 지척에 있어 귀족들을 조급하게 만들었다. 어떻게든 하지 않으면 목숨을 잃을 것이라고.

그래서 스스로의 죄를 시인하고 타인을 고발하는 것으로 목숨만은 부지하려 노력했고, 덕분에 조사가 아주 순조롭게 이루어졌다.

단 한 사람, 이시스를 제외하고.

그녀에겐 애초에 발언의 기회조차 주어지지 않았다. 달리 자백을 받아 죄를 확정시킬 필요까지도 없었기 때문이다. 다른 귀족들에게서 받은 진술과 이미 존재하는 증거들만으로도 충분했다. 그녀를 처형시킬 그 모든 것들이. 게다가 이시스의 만행을 모두 지켜본 오스카가 적극적으로 증언에 나섰기에 더 필요한 것이 없었다.

흉흉한 정세에 연초에 열릴 예정이었던 성인식이 미뤄지고, 빈센트 후작과 사라 역시 결혼식을 봄으로 미루었다. 때문에 사람이 줄어 거리는 한산했고, 죄를 지은 자들은 공포에 떨며 겨울을 보냈다.

그렇게 그 어느 때보다 혹독하며 시린 겨울이 끝날 때쯤, 죄인들의 처벌이 결정되었다. 작위를 박탈당하고 재산을 몰수당하는 것은 그 누구도 피할 수 없었던 모양인지, 구체적인 죄를 알려 주지도 않고 재산 회수가 시작되었다.

"여보, 제 이름으로 숨겨 놓은 재산마저 빼앗기기 전에 이혼을 하는 게 좋을 것 같아요! 이혼만 하면 뒤는 아리아가 막아 준다고 했으니 빨리요!"

백작 부인이 창백하게 질린 얼굴의 백작에게 말했다. 재산 회수는 아직이었지만, 백작의 작위를 박탈한다는 통지서를 이미 받은 참이었기 때문이다.

"······어떻게 이런 일이······."

백작이 침음을 흘리며 이 끔찍한 상황에 대해 개탄을 감추지 못했다.

"서류는 이미 준비해 두었으니, 당신은 서명만 하면 돼요."

아직 백작은 대답을 하지 않았건만 백작 부인이 이혼 서류를 건 넸고, 자신의 서명을 제외한 부분이 모두 채워져 있는 것을 확인한 백작의 눈동자가 파도처럼 흔들렸다.

자식들에게 고통받은 자신을 유일하게 지켜 준 여인이었기에, 아 무리 재산을 지키기 위해서라고는 하나 이혼 서류에 서명을 하는 것이 망설여지는 모양이었다.

"앞으로도 당신과 함께 생활하려면 꼭 재산이 필요해요. 몸이 성 치 않아 치료비가 어마어마하니까요. 이렇게 넣 놓고 있다가 재산 을 모두 빼앗기면, 정말 길바닥에 나앉아야 할지도 몰라요."

그러나 계속되는 백작 부인의 설득에 결국 백작은 펜을 들어야만 했다.

자신과 함께 생활하기 위해서라는데 어찌 서명을 하지 않을 수가 있을까.

"……제출은 어떻게 하지? 게다가 전하의 동의도 필요한데……."

"귀족이었을 때나 그렇지요. 알아보니까 이제는 작위를 빼앗겨 평민 신분이 되었으니, 담당자의 확인과 증인이 있으면 된다고 하 더라고요."

그녀의 말이 끝남과 동시에 낯선 인물 두 명이 백작의 방 안으로 들어왔다.

"……누구지?"

"법원에서 나오셨어요. 당신이 움직일 수 없으니 특별히 저택까 지 와 주셨지요. 친절하기도 하셔라. 그리고 이쪽은 변호사인 라이 어예요. 증인이죠."

이번 일로 아리아가 타격을 받으면 안 되었기에 특별히 배려를 해 준 것이다. 물론 중요한 판결을 앞두고 재산을 빼돌리기 위해 이혼을 하는 것은 말도 안 되는 일이었지만, 아스의 허락이 있었기에 가능했다. 꽤 나이가 지긋한 담당자가 백작의 서명으로 완성된 이혼 서류를 확인하곤 두 사람에게 최종 확인을 했다.

"이혼을 하신다는 생각에는 변함이 없으신지요?"

"그럼요. 어서 처리해 주세요."

단호한 백작 부인과는 다르게 백작은 조금 망설이는 기색을 내비쳤다.

그도 그럴 것이 이혼 이야기를 꺼내자마자 서류는 물론이고 해당 담당자에 변호사까지 모두 등장했다는 것이 너무나도 이상했기 때문이다. 마치, 아주 오래전부터 이 일을 꾸며 온 것처럼 말이다.

"여보, 어서요. 우리의 미래를 생각해야죠. 저도 마음이 아파요."

이에 백작 부인이 백작의 손을 잡고 부드럽게 말했다. 이것 외엔 방법이 없다는 듯 설득했다. 백작 또한 그것을 알고 있었기에 조금 망설이긴 했으나 이내 고개를 끄덕이며 긍정했다.

"알겠습니다. 그럼 이것으로 절차를 마치겠습니다. 두 분께선 지금 이 순간부터 법적으로 남이 되셨습니다."

그 말이 떨어지자마자 백작 부인이 미련 없이 백작의 손을 놓았다. 부드러운 표정은 온데간데없었다. 차갑게 식어 냉기가 서린 얼굴로 변모한 백작 부인이 백작에게 마지막 작별 인사를 고했다.

"그간 참으로 고마웠어요. 금전적으로 말이죠. 그 외에는 만족했던 부분이 하나도 없지만요."

생전 처음 보는 백작 부인의 냉랭한 얼굴에 백작이 눈을 휘둥그레 뜨고 딱딱하게 굳었다.

"당신을 비롯한 카인과 미엘르가 늘 절 무시했지만 애써 참았죠. 돈을 위해서 말이에요. 하지만 이제 당신에게는 한 푼도 남아 있지 않으니 이혼을 해야 마땅하지 않겠어요?"

그녀의 솔직한 본심에 백작이 떨리는 몸을 주체하지 못하며 겨우 입을 열었다.

"그, 그게 지금 무슨 소리야!? 하, 한 푼도 없다니……! 아, 앞으로를 위해 별장을 비롯한 부동산 같은 것들을 마련해 놓았잖아……! 우리가 함께 살 보금자리를!"

"그렇죠. 제 이름으로 말이에요. 이제 당신과는 관계가 없는 제 몫이죠. 그리 억울해하지 마세요. 어차피 당신이 가지고 있어 봤자 제국에 귀속될 뿐이잖아요? 위자료라고 생각하시면 되겠네요. 그간 고생했던 저를 위한 위자료 말이에요."

그 말을 남긴 백작 부인이 더는 용무가 없다는 듯 몸을 돌려 밖으로 나가려던 참이었다.

"어, 어떻게 이런……! 내게 이럴 수가 있어!"

그녀의 뒷모습을 향해 백작이 온 힘을 다해 소리쳤다. 진짜 가족에게 배신을 당한 것도 모자라 마지막 남은 단 한 명에게까지 배신을 당해 제정신이 아닌 듯, 성치 않은 몸으로 고함을 쳤다.

이에 백작 부인이 몸을 돌려 마지막 한마디를 남겼다.

"그러게, 가진 것이 있을 때 주변에 잘하셨어야죠. 반신불수가 되고 난 다음이 아니라요. 가족을 모두 잃고 나니 이제야 후회가 되나요?"

백작 부인은 백작가가 이렇게 된 모든 일의 책임이 백작에게 있다고 생각했다. 발단은 그였다. 애초에 그가 처음 백작가로 들어온 아리아 모녀에게 잘 대해 주기만 했더라면 이런 사달은 일어나지 않았을 것이다.

비록 출신은 미천하나 이제부터 가족이 되었으니 잘 지내보자고. 그렇게 제 자식들을 다독여 주기만 했어도 이런 끔찍한 파국을 마주하진 않았겠지.

하지만 그 역시 출신이 변변치 않은 백작 부인을 은연중에 무시했고, 카인과 미엘르의 무례한 행동도 저지하지 않았다. 때문에 결국 저택 전체가 그것을 당연시하는 분위기로 흘러갔다. 그녀가 나가 정말로 혼자가 되어 버린 백작이 후회하기에는 이미 너무 늦어 버렸을 정도로.

"기, 기다려! 가지 마! 제발! 제발……! 제발 날 두고 가지 마! 내가 다 잘못했어……!"

아무도 없는 빈방에, 백작의 울부짖음만이 차올랐다.

＊　＊　＊

백작 부부의 이혼으로 아리아와 백작 부인이 거처를 옮겼다.

끔찍한 기억만이 전부인 백작저에서 더는 살 이유가 없었기 때문이다. 백작저보다는 크기는 작아도, 백작의 돈으로 한껏 꾸민 아름다운 저택이 그녀들의 새로운 보금자리가 되었다.

시선을 돌리는 곳곳에 자리한 귀한 장식품들이 이 저택의 주인이 얼마나 대단한 부의 소유자인지 여실히 보여 주었다. 그 저택의 3층 방을 쓰게 된 아리아가 중요한 일을 앞두고 외출을 준비하며 단장을 서두르는데, 치장을 돕던 애니가 들뜬 얼굴로 말했다.

"백작저의 시종들을 모두 데리고 오시다니, 정말 무어라 감사의 말씀을 드려야 할까요?"

"맞아요. 처우도 훨씬 좋아져서 다들 기뻐서 어쩔 줄 몰라 해요."

제시가 거들었고 애니가 다시 맞장구를 쳤다.

"반역을 저지른 다른 분들의 저택은 난리가 났다지 뭐예요. 시종들까지 모두 멀쩡한 곳은 우리밖에 없대요!"

참으로 줄을 잘 탔다며 기뻐하는 애니에게 아리아가 지쳤다는 듯 대꾸했다.

"애니, 그 얘기 몇 번만 더 들으면 백 번은 될 것 같은데."

"아이참, 그만큼 기뻐서 그런 거죠! 다들 아가씨와 주인님 앞에서만 조용히 있는 거라고요. 뒤에선 얼마나 떠들어 대는데요! 아가씨와 주인님 모두 성녀가 분명하다고요!"

그 말에 아리아의 입꼬리가 올라갔다. 오랜 시간 그림자처럼 함께했던 '악녀'라는 호칭은 이제 완벽하게 '성녀'로 바뀌어 아리아의 뒤를 따랐다. 시종들을 모두 데리고 나온 그녀의 어미까지도 말이다.

아리아의 시선이 장식장 속 모래시계에 닿았다. 처음에는 미엘르에게 물을 끼얹고 깔깔대기 위해 사용되었던 모래시계이지만 언제부턴가 사용하지 않게 되었다.

그리고 그 시점은 자신이 행복을 느끼기 시작했을 때였다.

모래시계를 사용해 과거로 돌아가지 않아도 아스에게 사랑받고, 타인에게 인정받고, 누군가에게 존경받는 삶을 살기 시작했을 때.

'이대로 영원히 모래시계를 사용하지 않아도 되는 삶이 지속되었으면……'

그렇게 바라며 아리아가 애니에게 말했다.

"어머니께서 그 말을 들으시면 기뻐하시겠구나."

"정말 그러실까요? 그럼 한번 말씀드려 볼까요?"

"그러도록 하렴. 지나가듯 말하면 얼굴을 붉히실지도 모르겠네."

평생 그런 말을 들어 본 적이 없을 테니까.

매춘부에게 성녀라니. 참으로 모순되지 않았는가. 생각하니 이상하여 웃는데, 방 밖에서 목소리가 들렸다.

"아가씨, 마차가 준비되었어요."

마침 준비도 거의 다 끝내고 머리카락을 빗고 있는 시점이었기에, 이만 끝을 내고 자리에서 일어나 큰 거울을 통해 모습을 확인했다.

누군가가 처형을 당하는 자리이니 차마 화려하게 꾸밀 수 없어 최대한 장식을 자제했는데, 막상 거울로 그것을 확인하니 마음에 들지 않았다. 그간 바빠 만나지 못했던 아스를 오랜만에 만나러 가는 자리였기 때문이었다.

이제는 내세울 것이 외모밖에 없는 것은 아니었지만, 이따금 자신의 아름다운 외모에 홀려 어쩔 줄 모르겠다는 눈빛의 아스를 보는 것이 즐거웠기에 조금 더 치장을 하는 것이 좋겠다는 생각이 들었다.

"머리 장식을 가져올까요?"

"……그래."

그런 아리아의 표정을 재빨리 파악한 제시가 작은 티아라를 준비했고, 여전히 마음에 들진 않았지만 그나마 아까보단 낫다며 아리아가 치장을 끝마쳤다.

"너무 밋밋한 거 아니니?"

1층으로 내려가자 아리아를 기다리고 있던 백작 부인. 아니, 카린이 말했다.

'카린'은 매춘부 시절 주변에서 멋대로 지어 준 이름인 '애플'이라는 가명에 가려졌던 본명이었다. 혼자의 몸이 되어 비로소 본래의 이름을 되찾아 '카린'이라는 이름으로 불리는 그녀는, 마치 파티에라도 가는 듯한 복장을 하고 있었다.

"……어머니께서야말로 어디 파티라도 가시나요?"

아리아의 물음에 그녀가 한껏 웃으며 대답했다.

"그럼 파티가 아니고 뭐겠니?"

"그도 그렇군요."

그래, 그렇지. 처음 마주했을 때는 모래시계를 돌려 겨우 대화를 주고받을 수 있었던 이시스가 이제 울부짖으며 사라질 장소이니 말이다. 과거의 자신처럼 목이 떨어져 볼품없이, 아주 추하게.

이를 상상하며 조금 웃음을 머금고 긍정한 아리아가 카린과 함께 마차에 올랐다. 평민이 타는 마차라고는 생각할 수 없는 화려하고 고급스러운 마차가 목적지를 향해 빠르게 내달렸다.

저택은 번화가 근처에 위치했기에 얼마 지나지 않아 광장에 도착했다. 아직 시작까지는 조금 여유가 있건만, 벌써부터 모여 있는 인파가 등장한 인장이 찍혀 있지 않은 화려한 마차를 보며 저마다 수군대기 시작했다.

"세상에, 정말 아리아 님이시잖아!?"

"여기 오면 볼 수 있겠거니 생각했는데, 정말 오실 줄이야!"

"어쩜 저리도 아름다우실까……!"

"이제 평민이시라는 사실이 믿기지가 않는군."

"무슨 소리야? 황태자 전하와 그리도 사이가 좋으시니 잠시만 평민이신거지! 곧 황태자비가 되실 분이시라고!"

그리고 마차에서 내리자, 자신들의 추측이 맞았다는 듯 구경꾼들이 저마다 목소리를 높이며 감탄을 감추지 못했다. 그에 아리아가 보란 듯이 즐기며 손을 흔들고 인사하자 그 목소리가 더욱 커져 귀가 아플 지경이었다.

"얘는 참."

이에 카린이 부채로 입매를 가리며 까르르 웃었고, 미리 대기 중이던 기사들을 따라 걸음을 옮기려던 참이었다.

"오셨군요. 기다리고 있었습니다. 어떻게 일국의 왕을 기다리게 만들 수가 있죠?"

낯익은 목소리가 들려 아리아가 고개를 돌리자, 어떻게 된 일인지 만면에 미소를 띤 로한이 서 있었다.

"……로한 님? 크로아로 돌아가신 게 아니었나요?"

"이렇게 중요한 날에 오지 않을 수가요."

그리 대답하는 로한이었지만, 어쩐지 다른 꿍꿍이가 있는 듯 오묘한 미소를 지었다.

그리고.

"……클로이."

아리아의 옆에 선 카린이 로한의 뒤를 보며 퍽 놀란 얼굴로 중얼거렸다.

클로이라고? 어디선가 들어 본 이름인데……. 그래서 아리아 역시 카린을 따라 시선을 돌렸고, 그대로 시간이 멈춘 듯 석상처럼 굳고야 말았다.

감탄이 나올 정도로 아름다운 외모. 어째서. 어째서 저리도 자신과 닮은 사람이 존재하는 걸까.

참으로 이상했다. 성별과 나이 대가 다름에도 마치 거울을 보고 있는 듯한 느낌이 들어서였다. 충격으로 잠시 말을 잃고 눈만 깜빡이며 그를 응시하던 아리아가 조심스레 클로이의 정체를 물었다.

"……누구시죠?"

"그게……."

미리 계획한 상황이 아니었던 모양인 듯 그의 옆에 선 카린이 대답을 망설였다. 그리고 당사자인 클로이 또한 퍽 난감해하는 얼굴이었다.

이에 로한이 미간을 찌푸리며 클로이에게 물었다.

"말해 주기로 하고 온 거 아니었어?"

"……아까도 말씀드렸습니다만, 이렇게 대로변에서 말할 생각은 아니었습니다."

아리아가 마차를 세우는 것을 돕기 위해 마련한 공간이었지만 기사들을 배치해 공간에 여유를 두었을 뿐, 폐쇄되지 않고 개방된 상태였기에 구경꾼들의 시선이 따라붙었기 때문이었다.

더욱이 미천한 출신임에도 역사에 길이 남을 성공을 거두고 황태자와의 염문까지 있는 아리아였다. 그녀의 별 볼 일 없는 일거수일투족에까지 모두가 지대한 관심을 쏟고 있었다.

"이렇게 불쑥 튀어나올 생각도 없었고요."

"그거야, 아리아 영애께서 나타나셨는데 영식이 멀리서 가만히 보고만 있어서 그런 거지."

"……전하. 말씀드렸다시피 차후에 양해를 구하고 장소를 옮길 생각이었습니다."

그래서 너 때문에 망쳤다는 말투로 대답하자, 로한이 눈썹을 미묘하게 일그러뜨렸다.

"그래, 그렇군. 이제 다 찾았으니 난 필요 없다는 말이었어."

"……."

"너무하네! 내가 다 찾아 줬는데!"

정말 그렇다는 듯 클로이가 대답하지 않자 로한이 화를 냈다. 그럼에도 달래 주는 이가 아무도 없어 결국 스스로 화를 푸는 수밖에 없었다.

그리고 아리아는.

"……설마, 아니겠죠."

대화를 듣고 대충 짐작을 한 모양인지 여전히 놀란 얼굴을 감추지 못하고 있었다. 얼마 전에 뜬금없이 카린이 물었던 '친부'에 대한 이야기를 떠올렸기 때문이다.

"어머니……?"

확답을 얻기 위해 아리아가 카린을 불렀다. 답은 정해져 있었음에도 이렇게 갑작스럽게 밝힐 생각이 없었던 탓에 카린이 대답을 망설였다. 그녀가 대답을 망설였기에 클로이 또한 감히 무어라 말을 꺼내기 힘들어졌다.

제대로 돌아온 답변은 없었지만, 부정하지 않음에 확신을 얻은 아리아가 무어라 말을 하려다가 멈추고 이상할 정도로 정적에 휩싸인 주변을 잠시 둘러보았다.

"……그렇군요. 제 예상이 맞다면 이런 곳에서 나눌 이야기는 아니네요."

만인이 귀를 쫑긋 세우고 있는 상황이었다. 조금 떨어진 곳에서 대기 중인 기사들까지도. 어쩌면 너무도 닮은 클로이와 아리아를 보고 설마 하는 생각을 갖고 있을지도 모르는 일이었다.

"하긴, 크로아로 돌아가자는 말까지 해야 하니 여기서 이야기를 꺼내기는 곤란하겠군요."

"……크로아로 돌아가요? 누가요?"

"두 분 이외의 달리 누가 있을까요."

"저와 어머니가요? ……어째서?"

대답을 미룬 로한이 가볍게 웃었고 아리아가 미간을 찌푸렸다. 그러고 보니 이제야 로한이 클로이에게 '영식'이라고 부른 것을 깨달았다.

설마 귀족인가. 일국의 왕과 함께 움직일 정도면 꽤 높은……? 그런데 왜 작위가 아니라 영식일까. 성인이 되고 5년에서 10년이 지나면 작위를 물려받는 것이 보통이거늘.

그래서 카린이 자신에게 도움을 줄 친부가 나타나면 어떻겠냐고 한 것일까. 생각한 것보다 더 복잡한 사정이 있어 보였다. 아주 귀찮아 보이는 사정이. 이시스의 최후를 보는 것을 미루고 싶어질 만큼 궁금증이 극에 달했다.

"영애? 여기서 뭘 하고 계십니까."

그렇게 시간을 보내는 사이, 미리 도착한 것인지 아스가 아리아에게 다가왔다. 오늘의 주인공은 따로 있는데도 불구하고 사람들의 시선이 모인 곳이 생뚱맞았기 때문이었다.

그간 학수고대하던 대망의 날을 맞이한 아스는 아주 기분이 좋아

보이는 얼굴로 아리아에게 다가오다가 이내 클로이와 로한을 발견
하곤 표정을 빠르게 굳혔다. 이에 아리아는 그 역시 모든 사정을
알고 있다는 것을 깨달았다.

"……아스 님도 알고 계셨군요."

사뭇 냉랭한 아리아의 말에 아스가 당황하여 대답을 삼켰고, 카
린이 서둘러 그를 옹호했다.

"내가 얘기할 테니 모르는 척하기로 했어. 아무래도 이런 이야기
는 어미에게서 들어야 하지 않겠니?"

"……그건 그러네요."

비밀스런 집안의 사정을 연인에게서 듣는 것보단 어미에게서 듣
는 편이 도리에 맞았다. 아리아는 카린이 언제 말을 할지 고민을
하다가 겨우 날짜를 잡았는데, 참지 못한 로한이 뛰쳐나와 이 사달
을 만들어 냈다는 것으로 상황을 이해했다. 갑작스럽기는 했지만
납득하지 못할 만한 상황은 아니었다. 그간 상당히 바쁜 나날을 보
내고 있었기에 충분히 고민하고 조심할 일이기도 했다.

"좋아요. 대충 짐작은 끝냈지만, 몇 년간 기다려 온 악인들의 최
후를 본 뒤에 시간을 내어 이야기를 나누죠. 어머니께서 새로 마련
하신 저택이 좋겠어요."

그 말에 클로이의 안색이 눈에 띄게 밝아졌다. 그토록 그려 왔던
여인과 딸이 함께 사는 곳에 방문할 수 있다는 기쁨 때문이었다.

"저도 동행해도 되겠습니까?"

그리고 아스가 조심스레 물었다. 꽤 걱정스러운 얼굴이었다.

갑작스레 친부가 생긴 아리아에 대한 걱정과 함께, 그 말을 들은
뒤에 그녀가 어떻게 행동을 할지 걱정을 하는 모양이었다. 혹시라도

로한의 바람처럼 아리아가 크로아 왕국으로 가 버리는 건 아닌지.

"그럼요. 시간이 되신다면 얼마든지요. 아스 님께서도 무관하지 않으시니까요."

조만간 가족이 될지도 모르지 않은가. 확언하는 아리아로 인해 아스의 표정이 밝아졌다.

"이제 곧 형이 집행될 테니, 이동하시는 게 좋겠습니다."

아스의 말대로 죄인을 실은 마차가 들어오는 것이 보였다. 옥살이를 하며 꽤 고생을 한 모양인지 모인 구경꾼들이 돌을 던지고 욕을 내뱉었으나 안에서는 아무런 소리도 들리지 않았다.

"처형을 당할 이도 있을 텐데 선고만 보고 먼저 자리를 비우시겠습니까?"

타인의 목이 떨어지는 광경은 훗날 트라우마가 될 수도 있었기에 아스가 그리 물었다. 기사들 중에서도 누군가가 죽는 장면을 목격하고 정신적인 고통에 시달리다 명을 달리한 자들이 여럿 있었다.

"아뇨. 신경 써 주시는 건 고맙지만, 아스 님만큼 저도 아주 기대하고 있던 날이라서 먼저 자리를 비울 수는 없죠."

목이 베이는 경험을 한 적도 있는데 무엇이 대수일까.

아리아의 대답을 끝으로 일행들이 형의 집행이 잘 보이는 자리로 이동했다.

* * *

어떠한 벌을 받게 될지 죄인들에게 미리 알려 주지 않고 처벌을 광장에서 공개적으로 하기로 결정이 되었다. 형의 집행까지 동시에 진행되었다. 반역자들에게 비참한 최후가 기다리고 있다는 것을 모두에게 알리기 위함이었다.

죄인의 숫자가 많은데도 불구하고 형을 집행하기 며칠 전에 광장에 설치된 단두대가 단 하나였기에 이시스 혼자 처형을 당하는 것이 아니냐는 소문이 퍼졌다. 어딘가에서 이 사실을 듣게 된 이시스가 매일 밤잠을 이루지 못했고, 몰골 또한 날이 갈수록 초췌해졌다. 그리고 형 집행 당일.

"나와. 이동한다."

"……!?"

아무런 언질도 없이 갑작스레 들이닥친 수십 명의 기사들이 감옥의 문을 열고 죄인들을 밖으로 끌어냈다. 어떠한 처분이 났는지도 알려 주지 않은 채였기에 죄인들이 모두 공포에 질려 질질 끌려갔다.

그간 끼니도 제때 챙겨 주지 않은 데다가 한겨울임에도 난방 시설 또한 구비되어 있지 않았기에 이시스뿐만 아니라 모두 상태가 좋지 않았다.

생전 처음 겪어 본 고된 환경에 앓아눕거나 동상에 걸려 제대로 걷지 못하는 자들 또한 수두룩했다. 그리고 그것은 여린 미엘르 역시 마찬가지였다.

"머, 머리가 너무 아파……. 발도……. 흐흑."

비틀대며 걷는 미엘르를 카인이 서둘러 부축했다. 줄을 지어 이동을 하던 참이었기에 용납할 수 없는 행동이었지만, 그대로 두었다간 미엘르가 쓰러져 더 귀찮아질 것이 분명했기에 달리 제재가 가해지진 않았다.

"조금만 참아, 미엘르. 곧 저택으로 돌아갈 수 있을 테니까."

"오라버니……."

카인의 말투에는 확신이 서 있었다. 그는 변호사를 믿었고, 아리아 또한 믿었기 때문이다. 이 사달의 시발점이 아리아라는 것도 모르고 말이다.

죄수들은 모두 처음 감옥에 연행되었을 때 탔던 쇠로 만들어진 마차에 태워져 광장으로 옮겨졌다. 오늘이 형을 집행하는 날이라는 사실이 수도 전역에 퍼진 것인지, 광장으로 향하는 길목마다 구경꾼이 넘쳐 났다.

"이 못된 놈들!"

"제국의 수치다! 수치야!"

"그간 호의호식을 한 게 모두 제국을 팔아 얻은 것이라니!"

구경꾼들은 작위를 잃고 빈털터리가 된 반역자들에게 돌을 던지거나 욕설을 내뱉었고, 이를 보채기라도 하듯 마차가 천천히 이동했다. 죄인들은 차마 화를 내고 반박을 할 기운조차 남아 있지 않았기에 묵묵히 마차가 멈추기만을 기다리며 조용히 감내했다.

"내려."

그리고 이윽고 도착한 광장에는 수도의 모든 사람들이 모인 것인지 엄청난 인파가 기다리고 있었다. 달리 공간을 만들어 구경꾼들을 차단하지 않았기에 마차에서 내려 이동하는 내내 어딘가에서 뻗어 나온 손이 그들을 괴롭히고 머리채를 쥐어 잡기도 했다.

"아악!"

누군가의 손에 의해 바닥으로 밀쳐진 이시스가 독기 어린 눈으로 자신을 민 사람에게 날을 세웠다. 아무리 죄인이 되어 초췌한 몰골을 하고 있다지만, 20년에 가까운 세월 동안 제국 최고의 귀족으로

서 살아온 이시스였기에 그녀의 눈빛을 마주한 자가 순식간에 꼬리를 내리고 시선을 피했다.

"오, 오라버니······!"

이리도 강한 적의를 처음 받은 미엘르가 카인의 품에 안겨 공포에 떨었고, 카인은 제 여동생을 한껏 보호하며 서둘러 앞사람을 따랐다. 그렇게 잠시 이동하자, 광장에 마련된 형 집행장에 다다를 수 있었다.

"죄인들은 일렬로 서도록."

아주 오랫동안 황족의 편에 서서 귀족파와 대립해 왔던 고위 귀족이 명령했다. 때문에 적개심을 가진 죄인들이 머뭇거리며 움직이지 않았고, 결국 주변에서 대기 중이던 기사들이 무력을 사용했다.

기사들의 강한 힘에 밀쳐져 넘어진 귀족들 중 누군가는 팔이 이상하다며 우는 소리를 내기도 했다. 그러나 이내 다시금 험악한 표정으로 다가오는 기사에 입을 꾹 닫고 헐레벌떡 제자리를 찾아갔다.

"아직도 스스로가 귀족이라고 생각하나 보군. 어떤 형벌을 받게될지 알면 까무러치겠어."

죄인들에게 선고할 형벌이 귀족이 퍽 즐거운 듯 말했다.

도대체 어떤 형벌이기에. 늘 자신들을 죽이지 못해 안달이 났던그가 저리도 좋아할 정도라면 처형에 버금가는 형벌일 것이 분명했다.

이에 밀고를 하여 조금이나마 빠져나갈 틈이 있다고 믿고 있던죄인들이 사시나무처럼 떨기 시작했고, 뜸을 들이며 그들을 괴롭히는 귀족에게 로한이 그만하라며 중재에 나섰다.

"백작이 즐거워하는 까닭은 충분히 이해하지만, 내게는 이것보다 더 중요한 일이 있으니 빨리 해치워 줬으면 좋겠는데."

수십 명의 목숨보다 더 중요한 것이 있다는 외침에 모두의 시선이 로한에게 향했다. 타국의 문제인 탓에 그의 표정이 꽤 따분해 보였다.

"로한 님. 누군가에게는 중요한 일이니 그런 말씀 마세요."

로한의 옆에 자리한 아리아가 그를 타박했기에 자연스레 시선이 그녀에게 이동했다.

아리아는 그간 자신에게 매춘부의 딸이라 비난했던 이들을 비웃듯 미미한 웃음을 머금고 있었다. 이제 곧 자신의 비참했던 과거와 같은 운명을 맞이할 이시스를 비웃는 얼굴이었다. 일부러 도발하듯 짓는 그 미소에 이시스가 이를 갈았다.

"……감히 천박한 주제에."

그래서 늘 그랬듯 분을 이기지 못한 이시스가 아리아를 비난하는 말을 입에 담자, 한낱 죄인 주제에 어찌 저런 망발을 하냐는 듯 로한이 정색하며 자리에서 일어났다.

"아직도 저런 소리를 하다니."

이제 제국의 별이 아닌 크로아의 별이 될 아리아를 헐뜯는 그 말에 꽤 짜증이 난 듯 보였다.

"로한."

저런 추악한 자를 손수 상대하기보다는 기사를 시켜 그 입을 다물게 하면 그만이거늘. 굳이 자리를 벗어나 이시스에게 다가가는 로한에게 아스가 작게 주의를 주었지만 그는 멈추지 않았다. 오히려 마침 잘되었다는 얼굴로 이시스에게 빠르게 다가갔다.

그리고.

"똑똑히 봐, 이시스. 네가 고작 해야 출신 하나로 천박하다고 늘 비웃었던 아리아 영애의 옆에 있는 인물을 말이야."

지척까지 다가간 그가 한껏 비웃음을 머금으며 이시스에게만 들리는 목소리로 아리아가 있는 좌석을 가리키며 조용히 말했다.

"……!?"

로한이 자신을 때리기라도 할 줄 알았는지 한껏 몸을 움츠리고 있던 이시스가 갑자기 어딘가를 보라는 말에 조금 안심하며 그가 가리키는 방향으로 눈동자를 옮겼다.

그곳에는 아주 뜻밖의 인물이 있었다. 로한이 공작저에 방문했을 때, 갑자기 볼일이 있다며 홀연히 사라졌던 귀족이었다.

아리아와 생김새가 아주 닮아 거슬렸던 귀족. 미엘르에게 대답을 갈구했으나 모른다고 하여 자신을 뜻 모를 불안에 떨게 만들었던 그 귀족. 아리아와 나란히 자리하자 떨어져 있을 때보다 더욱더 닮아 보였다.

마치, 피가 이어진 가족처럼.

"……설마."

"그래, 그 설마가 맞아. 이제 평민으로 격하당한 그대가 감히 천박하다고 할 수 없는 위치이지."

단박에 클로이와 아리아의 관계를 알아본 듯한 이시스에게 그리 대답하자 그녀가 주체하지 못할 정도로 몸을 떨었다. 그것은 아리아의 유일한 흠이었던 출신이 더는 흠이 될 수 없다는 것을 뜻했기 때문이었다.

"아직 놀라긴 이른데. 아리아 영애와 어느 가문과 이어져 있는지 알아? 그대도 만난 적이 있을 거야. 피아스트 후작이라고. 그리고 아리아 영애의 옆에 자리한 클로이 영식은 후작의 하나뿐인 아들이지. 그와 동시에 과거에 황족이었던 바이올렛의 아들이고 말이야. 죽기 전에 이 정도는 알아 두라고. 그간 네가 얼마나 혀를 잘못놀렸는지 말이야."

저 남자가 과거에 황족이었던 바이올렛과 피아스트 후작의 아들이라고……? 거기까지 설명을 들은 이시스는 그제야 클로이의 대한 소문을 떠올릴 수 있었다.

아주 오래된 이야기였기에 제대로 떠올릴 수는 없었지만 크로아 왕국 출신의 여성이 외도를 하여 낳은 아이가 있었다는 사실만은 똑똑히 기억했다. 그래서 그 여성이 아이와 함께 제국에서 추방당했다고. 이시스가 파르르 떨리는 속눈썹을 깜빡이며 머릿속을 정리했다.

'……그러니까, 과거에 제국의 황족과 혼인을 하여 황족이 된 바이올렛이 외도를 한 상대가 크로아 왕국의 후작인 피아스트이고, 두 사람이 낳은 아이가 바로 아리아의 친부인 클로이라는…… 귀족 남성이라고?'

그게 정말이라면 반역으로 현재 로스첸트가가 사라져 평민이 된 아리아는…… 아직 혼인을 하지 않았으니 아버지의 핏줄을 따라 피아스트 후작가의 영애가 된다. 공작가의 장녀로서 승승장구하다 가 황태자에 의해 나락으로 떨어진…… 자신과는 다르게.

쿵. 이시스의 심장이 한차례 내려앉았다.

하지만 동시에 의문이 들었다. 어째서? 어떻게 그녀가 피아스트 후작의 핏줄을 이었다고 단언할 수가 있는 것일까. 그도 그럴 것이 어찌 되었든 아리아의 어미는 다름 아닌 천하디천한 매춘부였다.

수많은 남성들과 하룻밤을 보내는 천박한 여인이었다. 한 명의 상대와 관계를 지속하는 여인이 아니라는 말이었다.

"매춘부가 낳은 여자의 핏줄을 어떻게 확인한다는 말이시죠……!?"

그래서 그렇게 묻자, 로한이 이시스를 퍽 가엾다는 얼굴로 쳐다보며 대답했다.

"얼굴만 봐도 알지 않아? 지나가던 개가 봐도 부녀지간인 걸 한눈에 알 수 있는 생김새잖아? 뭐, 그렇지 않다고 하더라도 다른 방법이 있지. 아스에게 밉보여 제대로 황성에 초대를 받은 적이 없는 너는 모르겠지만, 황족을 판단하는 방법은 아주 쉬워."

"……그, 그게 어떤 방법이죠!?"

"뭐, 그리 꽁꽁 숨길 비밀도 아니니 말해도 되겠지. 황성에는 연못이 하나 있어. 황실의 피를 이었거나 혼인을 통해 성수를 마신 자만이 들어갈 수 있는 연못이지. 그건 너도 알 거야. 물론, 성수를 마신 자가 낳은 아이 또한 황족으로 인정을 받아 들어갈 수 있지. 성수는 황제의 허락이 없는 한 연못 밖으로 가지고 나갈 수 없다고도 하더군."

"……그 연못에, 저 여자가 들어가기라도 했다는 말씀이세요……?"

"저 여자라니…… 말을 가려서 해. 아직도 정신을 못 차린 모양이지?"

"그, 그런 말도 안 되는 미신을……! 무엇보다 타국의 왕이신 로한 님께서 어떻게 그런 사실을 아시는 거죠!?"

그 무엇 하나 믿을 수 없다는, 거짓이라는 이시스의 반응에 로한이 한숨을 쉬며 대답했다.

"아직도 감이 안 와? 내가 아스테로페와 얼마나 친한지. 아스가 열 살쯤이었나. 너희 귀족들에 의해 아스가 목숨을 잃을 뻔했을 때, 몇 년 정도 크로아에서 줄곧 숨어 지냈었다고. 물론 그 덕분에 신기한 광경까지 보았고."

귀족파에 의해 목숨을 잃을 뻔했었다고……? 귀족파임에도 처음 듣는 이야기에 이시스가 눈을 동그랗게 떴다.

그리고 거기까지 말한 로한이 실수를 했다는 듯 입을 가리다가 이내 앞으로 진행될 이시스의 최후를 떠올리고는 아스의 눈치를 보며 몰래, 아주 작게 속삭였다.

"돌아가신 아버지와 나만 아는 사실인데 말이야, 위기에 처한 황족에게선 이상한 힘이 발현된다고 하더군. 너도 들은 적이 있을 거야."

이시스가 눈을 크게 떴다. 비밀이라는 것을 알면서도 이시스를 놀리는 것에 재미가 든 것인지, 로한이 잠시 뜸을 들이다가 조심스럽게 말했다.

"미엘르가 계속해서 주장했던 아스의 능력 말이야. 갑자기 사라졌다고 하는 그 능력. 아주 신기하게도 그게 정말 황족에게 내려오는 능력이라더군. 열 살의 아스테로페가 빈사의 상태로 어떻게 크로아로 넘어왔겠어? 능력이 발현되면서 공간을 넘은 거야."

그 은밀한 고백에 이시스가 말을 더듬으며 되물었다.

"지, 지금 장난하시는 거죠……?"

"내가 왜 지금 장난을 하겠어? 곧 죽을 네게 모르는 사실을 알려 주는 것만으로도 시간이 부족한데. 뭐, 어쨌든 갑자기 정원 한복판에 나타나서 얼마나 놀랐는지 몰라. 그래서 알게 됐지. 따지고 보면 너희들이 아스의 능력이 발현되는 데 지대한 공을 미쳤다는 것을. 극소수의 황족에게서만 발현해 같은 황족이어도 대다수가 모르는 능력이라니까 말이야."

그게 정말이라고……? 미엘르가 미쳐서 한 말이 아니고……?

아니면 로한마저 미쳤다는 말인가. 그도 아니면 장난을 치는 건지……!? 이시스의 눈이 갈피를 잡지 못했다. 마음 또한 그러했다. 로한의 말을 어떻게 받아들여야 할지 몰라 입술을 파르르 떨었다.

"생각을 해 봐. 그간 너희가 그렇게나 무리한 요구를 하고 모욕을 주려고 했는데도 아스테로페는 그걸 전부 아무렇지 않게 처리하지 않았어? 게다가 어떻게 이렇게 오랫동안 제국과, 그리고 황권을 유지해 왔다고 생각하는 거야? 너희같이 권력에 눈이 먼 자들이 한둘이었을 것 같아? 위기에 닥쳤을 때 비로소 신기한 능력이 발현되기 때문이라는 생각은 안 들어?"

로한의 말에 신빙성이 있었다. 분명 해내지 못할 거라고 생각해 황태자를 모욕하려 변방을 중심으로 일을 터뜨리고 떠맡기지 않았는가. 하지만 황태자는 아주 신기할 정도로 일을 모두 처리했다. 직접 시찰까지 다니며 말이다. 정말 공간을 이동하는 능력이 있지 않은 이상 불가능한 일이었다. 당시에 우스갯소리로 사실 황태자가 두 명이 아니냐는 말을 했던 기억 또한 있었다.

그럼, 정말로……!? 믿기지 않았지만 믿을 수밖에 없도록 설명하는 로한에 이시스가 경악을 금치 못하며 그를 쳐다보았다. 그 눈빛에서 제발 거짓말이라고 말해 달라는 소망을 읽었기에 로한이 이를 비웃으며 말을 끝맺었다.

"뭐, 이제는 뭐가 됐든 상관이 없겠지만 말이야. 넌 죽을 목숨이고 아스테로페는 너희들을 처리해서 역대 최고의 황권을 지닌 황제가 될 거고, 아리아 영애께선 얼마 뒤에 황태자비가 되실 몸이니까 말이야. 감히 황권에 도전한 악의 무리를 처리하는 업적을 남기고, 가장 인접한 국가와는 아주 오랫동안 평화를 유지하겠지."

그 말을 남긴 로한이 더는 답답함이 없다는 듯 상쾌한 얼굴로 걸음을 돌렸다. 남은 자리에는 믿을 수 없는 진실을 알게 된 이시스만이 처량하게 남겨졌을 뿐이었다.

황폐한 시선이 땅으로 떨구어졌다.

그토록 천박하다 모욕하고 눈엣가시처럼 여겼건만. 결국 세상 모든 빛을 가져간 것은 아리아였고, 후회하게 만들 거라 이를 갈았던 황태자는 영광을 쥐었다. 그리고 그것들이 모두 자신의 것이라 줄곧 생각해 왔던 이시스에게 남은 것은…… 절망뿐이었다.

그녀의 눈에 광장 한가운데 놓인 단두대가 들어왔다. 아직 형의 선고는 한참이나 남았지만, 그녀는 자신의 앞에 놓인 단두대에 벌써 목이 베인 듯한 얼굴을 하고 있었다.

* * *

"시간이 지체되었으니 이제 형을 선고하겠다."

로한이 사라지자마자 지체된 원인 중 하나였던 귀족이 괜히 서두르는 척을 했다. 그의 손에는 조금 긴 종이 한 장이 들려 있었다. 죄인들의 형벌이 실린 서류인 듯 보였다.

서류를 한 번 훑은 귀족의 눈이 다시 제일 위로 올라가 내용을 확인하곤 천천히 죄인들의 사이를 걸었다. 그리고 그가 도착한 곳은 비카의 꾐에 의해 제일 먼저 동료를 팔아넘긴 메리아트 자작이었다. 믿는 구석이 있었기에 다른 이들보다 약간 안정된 모습의 자작을 훑은 귀족이 퍽 진지한 얼굴로 그에게 형을 선고했다.

"죄인 메리아트 자작에게 참수형을 선고하고 모든 재산을 몰수, 작위를 박탈한다."

당연하다는 듯 감정조차 담기지 않은 차가운 말투였다.

광장에 울려 퍼진 귀족의 목소리에 자작이 믿기지 않는다는 듯 자리에 풀썩 주저앉았다. 마치 그의 얼굴에는 타인을 밀고해서까지 죄를 감형 받으려 노력했는데 어째서 이런 벌을 받게 되었냐는 억울함이 깃들어 있었다.

처음부터 참수형이라는 형벌이 선고되어 구경꾼들이 웅성대기 시작했다. 보통 처음에는 가벼운 형량을 선고하고 뒤를 이을수록 무거운 형량을 선고하기에 시작이 참수형이라면 앞으로 자비를 받는 이는 거의 나오지 않을 것이다.

그에 자작이 마구 흔들리는 시선으로 귀족에게 물었다. 얼굴에는 공포가 서려 있었다.

"가, 감형은요……!?"

"감형이라니?"

"미, 밀고하면 감형을 해 주는 제국의 법이 있다고 드, 들었습니다만……!"

밀고라는 자작의 말에 죄인들의 시선이 쏠렸다. 이 자리에 있는 죄인들은 모두 밀고를 통해 구원받을 수 있으리라 생각했기 때문이었다.

밀고를 했는데도 어째서 참수형인지. 의문과 공포에 어린 시선을 한 몸에 받은 귀족이 답했다.

"물론, 중요한 정보와 증언을 해 주었기에 충분히 고려를 할 만한 사항이지만 애초에 자작이 지은 죄가 너무 커서 말이야. 감히 반역에 가담한 죄를 고작 밀고 따위로 감형할 수 있겠나."

말조차 꺼내지 말라는 냉랭한 반응이었다. 이에 자작이 숨을 삼켰다.

"예……!? 그, 그 말인즉……."

"반역에 가담하지 않았다는 증명이라도 않는 이상, 뭘 어떻게 해도 감형을 받을 수 없다는 말이야. 사지를 내찢어 짐승의 밥으로 던질 것을 참수형으로 끝냈다고 생각하게."

"……허!"

자작의 몸이 바스러지듯 바닥으로 쓰러졌다. 믿기지 않는 현실에 정신이 나간 듯 보였다. 비카의 말을 믿고 참수형만은 피할 수 있다고 생각했는데, 어떻게 이런 일이……! 무언가 잘못된 게 틀림없었다. 비카라면, 처음에 밀고를 하라고 제안했던 비카라면 무언가 해결책을 갖고 있을지도 모른다.

"비, 비카 영식을 부, 불러 주십시오……!"

"비카 영식은 어째서?"

"그, 그가 분명 감형을 받을 수 있을 거라고……!"

마지막 남은 힘을 쥐어짜 비카를 찾자, 귀족이 비웃으며 대답했다.

"아직도 비카 영식을 찾나? 그가 정말 자작을 도왔다고 생각하는 건 아니겠지? 서로가 서로를 밀고해서 모든 죄가 입증되었지 않나. 차마 밀고 따위로는 감형이 되지 않을 만큼 말이야. 이제 눈치를 좀 채지 그러나. 비카 영식의 조언으로 누가 가장 이득을 봤을지. 왜 두 번이나 사서 배신을 당하나?"

"……설마……!

귀족의 말이 끝나자마자 메리아트 자작을 포함한 죄인 여럿이 바닥으로 쓰러졌다. 조금이나마 희망을 품고 있었는데, 그것이 자신들이 빠져나갈 구멍이 아닌 덫이었단 사실을 깨달아서였다.

"흐으으……!"

또다시 비카에게 속았다는 사실을 깨달은 메리아트 자작이 기괴한 신음을 흘렸다. 모든 의지를 잃은 듯 더는 자신이 받은 선고에 대해 묻지 않았다. 이를 차가운 눈으로 내려다보던 귀족이 사색이 되어 공포에 질려 있는 죄인들을 보며 입을 열었다.

"그럼, 다음."

제일 처음 떨어진 선고가 참수형이었기에 차례를 기다리던 다른 귀족들 또한 긴장하며 전신을 바들바들 떨었다. 이름이라도 불렸다간 실신을 할 기세였다. 그럼에도 귀족의 눈과 입은 가차 없었다.

그 누구에게도 자비가 없는 참수형을 연이어 선고하던 그가 이윽고 미엘르의 앞에 다다랐다.

"죄인, 로스첸트 미엘르."

이름을 불린 미엘르가 화들짝 놀라며 제 옆의 카인의 팔을 잡았다. 바들바들 떨리는 모양새가 퍽 가여워 보였다. 미엘르가 형이 선고되기 전에 눈을 돌려 아리아를 응시했다. 앞서 사형을 선고당한 이들처럼 자신 또한 배신을 당할까 봐 두려워하는 얼굴이었다.

그리고.

"나이가 어리고 제국에 해를 끼칠 만한 중대한 반역 활동을 하지 않은 점을 들어, 징역 50년의 형을 선고한다."

징역 50년이라니. 참수형보다는 가벼웠지만 평생 감옥에서 나가지 못한다는 말과 일맥상통했다. 게다가 짧은 기간이었지만 옥살

이를 겪은 미엘르는 그곳에서 50년이라는 세월을 버티지 못할 것이라는 걸 깨달았다.

귀족일 때도 힘들었던 옥살이를 평민이 되어서 한다고? 신체가 썩는 것은 물론이고 정신적으로 피폐해져 미쳐 버리고 말 것이라 생각했다. 차라리 죽는 편이 나을 정도였다.

구해 준다고 했으면서! 구해 준다고 했으면서! 어째서 감옥에서 50년이라는 세월을 보내게 하는가! 설마, 목숨을 부지하게 해 주는 것만으로 생색을 내며 성녀의 흉내를 내려고 하는 거야!?

미엘르가 자신을 지옥에 몰아넣은 아리아를 향해 원망과 저주를 퍼부으려는데, 아직 할 말이 더 있었던 모양인지 귀족이 이동하지 않고 다시 입을 열었다.

"다만, 탄원서를 제출한 자의 간곡한 부탁과 탄원서의 내용이 매우 정당하다 판단하여 예외 사항을 둔다. 탄원서를 제출한 자와 동행하여 그녀의 보호와 감시가 따를 경우에는 감옥에서 나갈 수 있다. 만약 이를 어겨 도망을 칠 경우에는, 즉각 처형된다."

"······!?"

그게 무슨······ 소리지? 감옥에서 나갈 수 있다는 말 외엔 이해하지 못한 미엘르가 답을 구하려 제 오라비인 카인을 응시했다. 줄곧 딱딱한 표정을 고수하던 카인의 얼굴에 한 줄기 미소가 떠올라 있었다.

"오라버니······? 이게 무슨 말이죠······?"

"약속대로 아리아가 널 도운 모양이야. 그녀와 함께라면 감옥에서 나갈 수 있다는 말이지. 아리아의 옆에 붙어만 있으면 지금까지와 다를 바 없는 생활을 누릴 수 있다는 뜻이야."

그리 대담한 카인의 시선이 아리아에게 향했다. 카인은 아리아에게 무한한 감사를 표하고 있었다. 정말? 정말 그런 뜻인가? 비카처럼 배신을 한 게 아니라 정말 자신을 도왔다고……?

"분명 탄원서를 제출한 사람은 아리아 님이시겠죠."

"그럼요. 가문이 풍비박산 난 지금 저 못된 악녀를 도울 사람은 아리아 님밖엔 없으니까요."

"세상에 정말 자애로우셔라."

"그런데, 정말 저런 악녀에게 선처를 베풀어도 되는 걸까요?"

"글쎄요. 뭐, 아리아 님께서 알아서 사람으로 만들어 놓으시지 않을까요?"

지켜보던 구경꾼들이 저마다 추측하며 입을 놀렸고, 죄인들은 미엘르를 부러워했다.

이 모든 상황을 확인하고 또 확인하여 느린 사고로 간신히 납득한 미엘르가, 그제야 자신의 목숨을 살려 준 아리아를 돌아보았다. 만족한다는 듯 환하게 웃는 아리아의 얼굴은 한 치의 악의도 없는 순수함 그 자체였다.

……자신은 어째서 저리도 선량한 여인을 해치려 했던 것일까! 미엘르의 두 눈에 눈물이 고였다. 아주 따뜻하고 투명한 후회와 기쁨의 눈물이었다. 그것은 마치 아리아가 베푼 선의와도 같았다.

"죄인, 로스첸트 카인."

다음 차례는 카인이었다.

미엘르의 바로 옆에 붙어 있었기에 고개를 돌리는 것으로 충분했다. 아리아의 도움을 받은 미엘르가 곁에 있었기에 카인의 표정 또한 어둡지 않았다.

아니, 오히려 밝다고 볼 수 있었다. 그는 자신 또한 구원을 받을 수 있으리라 생각하는 모양이었다. 변호사가 몇 번이나 감옥을 드나들었으니 그럴 만도 했다. 하지만.

"참수형을 선고한다."

그에게 떨어진 것은 참수형이었다.

카인이 믿지 못하겠다는 듯 눈도 깜빡이지 못한 채 굳었다. 어째서? 변호사가 그리도 열과 성을 다해 증거를 인멸했는데, 어째서……!?

"오, 오라버니!?"

참수형을 면해 안심하고 있던 미엘르가 깜짝 놀라며 카인의 팔을 붙잡았다. 카인의 안색이 창백하게 질렸다. 당장이라도 졸도할 것 같이 사색이 되었다.

"지금 와서 왜 마음을 바꾼 거니?"

사색이 된 카인의 얼굴을 바라보던 카린이 아주 작은 목소리로 아리아에게 물었다. 이에 아리아가 퍽 즐겁다는 듯 대답했다.

"생각해 보니 모든 가족을 잃은 채라면 미엘르가 미쳐 버려 바라던 바를 이룰 수 없을 것 같아서요. 카인을 살려 두면 써먹을 곳도 있을 것 같고요."

"……세상에, 어떻게 내 배 속에서 이렇게 무서운 아이가 나왔을까. 나도 매정하긴 하지만 너만큼은 아니거든."

새삼 감탄한 그녀가 로한의 옆에 앉은 클로이를 힐끗 쳐다보았다. 자신을 닮지 않았으니 남은 것은 클로이였기 때문이다.

하필이면 마침 카린을 쳐다보고 있던 클로이였기에 곧장 눈이 마주쳤다. 나쁜 의도로 힐끗댄 것인데 아주 기쁜 듯 웃는 클로이에 카린이 조금 입매를 삐죽이며 눈을 치웠다. 그와 동시에 귀족이 아직 끝나지 않은 선고를 덧붙였다.

"사실 그것이 마땅하나 변호인이 제출한 서류에 의하면 감경할 만한 사항이 있었기에 무기 징역을 선고한다. 같은 징역형을 사는 여동생과 병든 홀아비가 있는 것을 감안하여 황성의 시종으로 귀속한다."

선고를 마친 귀족이 미련 없이 발걸음을 돌렸다. 참수형은 아니었지만 제국에서 가장 대단한 변호사를 고용한 것치고는 형편없는 결과에 카인이 망연자실한 얼굴로 바닥에 주저앉았다. 게다가 마음에 걸리는 이상한 것이 있었다. ……홀아비라니? 어째서 부인이 있는 아비에게 홀아비라는 표현을 쓴 것일까.

"오, 오라버니. 그래도 감형이 되어서 다행이에요……."

그런 카인의 마음도 모르는 미엘르가 애써 그를 위로했다. 하나뿐인 제 오라비가 죽지 않는다는 것에 안도한 얼굴이었다. 그런 미엘르의 위로를 받으며 미간을 찌푸리고 잠시 생각에 잠겨 있던 카인이 그녀에게 물었다.

"왜, 왜 아버지를 홀아비라고 한 거지?"

"……네?"

"병든 홀아비가 있다는 점을 감안한다고 했잖아!"

"……그, 그랬나요?"

카인이 살았다는 기쁨에 귀족의 말을 까맣게 잊어버린 미엘르가 눈을 끔뻑이며 되물었다. 이에 답답해진 카인이 다시금 아리아와 카린이 있는 곳으로 시선을 돌렸고, 그곳에서 자신을 맞이하는 환한 미소를 마주할 수 있었다. 도무지 알 수가 없는 그 미소에 카인의 머릿속이 복잡해졌다. 도대체 이게 어떻게 되어 가고 있는 일일까.

"어쨌든 살았다는 게 다행이죠. 보세요. 여기서 저희 둘만이 살아남았는걸요?"

기뻐하며 목소리를 높인 미엘르에 죄인들의 험악한 시선이 쏠렸다. 다른 것도 아니고 당장 죽을 사람들 앞에서 홀로 살아남았다 기쁨을 표하는데 달가운 시선이 쏠릴 리가.

하지만 미엘르는 그간 자신을 떠받들며 칭송하던 그들을 버리고 자신을 살려 준 아리아를 완벽하게 신뢰하기로 생각한 모양인지, 갖은 시선을 당당하게 마주하며 제 기쁨을 감추지 않았다.

"어떻게 저런……!"

"저런 못돼 먹은 성미인지도 모르고…….."

"어떻게 저런 못된 년이 살아남고 내가……! 아무리 나이가 어리다고 해도! 흐으윽. 난 정말 도운 게 별로 없는데!"

절규하던 죄인에게 기사가 조용히 하라며 무력을 사용했다.

하지만 죽음을 눈앞에 둔 죄인에게 더 이상 기사는 두려움의 대상이 아니었다. 어차피 죽을 목숨이라면 미엘르마저 동반자로 데려가자며 몇몇 죄인들이 미엘르에게 달려들었다.

"꺄아악!"

"그만둬!"

하지만 그런 시도가 무색하리 만큼 기사들에 의해 아주 간단하게 제압되었다. 팔이 꺾인 남성과 다리가 부러진 남성이 바닥에 널브러졌고, 미엘르는 카인의 품에 안겨 바들바들 떨었다.

"진정으로 얼마 전까지 제국의 귀족들이었는지 의심스러울 정도로 끔찍한 광경이군."

이를 지켜보던 아스가 혀를 차며 말했다. 그러고는 더 이상 이

지저분한 광경을 지켜보지 못하겠다는 듯 자리를 박차고 일어나 죄인들에게 다가왔다.

"어차피 모두 같은 형을 선고받을 텐데, 일일이 설명하는 것을 지켜보는 것도 지겨워."

그리 말하는 아스의 표정이 정말로 지겨워 보였다. 그의 말대로 정말 계속해서 참수형이 선고될 것이기 때문이다. 아스가 형을 선고하는 귀족에게 손을 내밀었다.

"내가 선고하지."

"……예?"

"아버지께서도 빨리 끝내고 보고하라고 하셨으니 서두르자는 말이야. 지금 중요한 건 이들의 처형이 아니라 이들이 관리하던 영지를 지원하는 일이니까."

그것은 황제가 굳이 이 자리에 참석하지 않은 이유이기도 했다.

"그러니 내가 한꺼번에 처리하지."

결국 아스의 성격을 아는 귀족이 어쩔 수 없다는 듯 서류를 넘겼고, 그것을 받은 아스가 아직 불리지 않은 이름을 차례대로 부르기 시작했다.

"……이상, 열세 명 모두에게 참수형을 선고한다."

일말의 자비조차 없는 그 말투에 정적이 일었다. 아스의 차가운 표정에서 퍼져 나온 냉기만이 가득했다. 과거, 냉랭했던 아스의 모습을 본 아리아조차 놀랄 정도로 싸늘한 말투였다.

"그리고 남은 것은 두 사람이군. 프레데리크 전 공작과 공녀."

그 두 사람은 다른 죄인들과 다르게 이번 반역의 주동자였기에 따로 선고를 할 모양이었다. 아니, 어쩌면 그들에게 손수 최후를 선고하고자 지루하다는 핑계를 대고 서류를 빼앗은 것처럼 보이기도 했다.

"공작에겐 참으로 유감이야. 아주 먼 옛날이기는 하지만 황족의 피를 이은 유서 깊은 제국 유일의 공작가를 이렇게 끝내 버렸으니 말이야."

퍽 안타깝다는 말이었으나 표정만큼은 냉랭하였기에 공작이 마른침을 삼켰다.

"사람이란 모름지기 가진 것을 소중히 해야 할 때가 있지. 그러면 뜻밖의 귀한 것을 얻을 때가 있거든."

그렇게 대답한 아스가 눈을 들어 아리아가 자리한 곳을 한 번 힐끗댔다. 마치 그가 얻은 뜻밖의 귀한 사람이라는 듯한 눈빛이었다. 아스가 말을 이었다.

"그렇게 생각하면 공작에게 고마움을 느껴야 할지도 모르겠어. 내가 아주 어렸을 때부터 여러 방면으로 도움을 주었으니까."

공작의 얼굴이 차게 식었다. 아직 겨울이 다 끝나지 않아 찬 공기가 만연한데 식은땀마저 흘리고 있었다.

이리도 공포에 질려 할 거면서 왜 그런 무서운 일을 꾸민 것인지. 아스가 비웃으며 공작에게 형을 선고했다.

"프레데리크 전 공작에게 참수형을 내리고 그 목을 수도 입구에 한 달간 효수한다."

공작이 눈을 질끈 감았다. 그럼에도 그리 놀라지는 않았기에 각오라도 한 듯한 모습이었다. 별로 바람직하진 않았지만 이 이상 겁박을 할 방도가 없었기에 걸음을 옮겨 마지막 죄인인 이시스의 앞으로 걸어갔다.

"프레데리크 이시스."

오랜만에 마주하는 아스에 이시스의 몸이 한차례 떨렸다. 독기에 가득 차 로한을 마주했던 때와는 다른 모습이었다. 마치 자포자기를 하고 바스라질 것 같은 얼굴에 맥이 빠졌다는 듯 아스가 말했다.

"타국의 왕과 혼인까지 하여 제국을 팔아넘기려 했던 그대가 참으로 무섭기 그지없어."

아스의 말은 진심이었다. 아무리 자신이 싫다고 하여도 어떻게 반역을 일으킬 생각을 할 수가 있었을까. 다른 누구도 아닌 황족들과 함께 제국을 수호하는 공작가의 여식이.

"오죽하면 동생인 오스카가 가족까지 배신했을까. 실의에 빠진 얼굴이 퍽 가엾군."

아스가 관중석을 가리키며 조그맣게 속삭였다. 그의 손을 따라가자 창백한 낯의 오스카가 자신의 아비와 하나뿐인 누이를 초조하게 지켜보고 있었다.

가족을 배신한 것치고는 걱정으로 쓰러질 것 같은 모습이었다. 그 얼굴에서 배신자의 그림자는 찾을 수 없었다. 남은 것은 가족을 걱정하고 후회하는 자신의 하나뿐인 동생의 얼굴이었다. 만나면 그가 저지른 끔찍한 짓을 되새겨 주려고 했는데 어째서 저런 얼굴인지. 이시스가 물었다.

"……오스카는 어떻게 되는지요."

"글쎄. 평민과 다름없이 살아가겠지. 영애께서 그토록 증오하던 평민 말이야."

"……."

"가족을 지옥으로 몰아넣은 장본인인데 꽤 안심한 얼굴이군."

"……."

이 이상 무엇을 할 수 있을까. 만에 하나의 자비로 목숨을 부지한다고 하여도 제대로 사는 것이 아닐 텐데. 과거로 돌아갈 수 있다면 모를까, 그것이 허무맹랑한 망상이라는 것을 아는 이시스는 더는 추하게 발악하지 않고 가만히 자신의 마지막을 기다렸다.

모두 끝이 난 일이었다.

작정하고 몰아넣은 궁지에 제대로 걸려 비명도 지르지 못하게 되었으니까. 그나마 한 가지 다행인 것은 오스카는 살아남았다는 점이었다.

허수아비 동생의 안위따위 생각해 본 적도 없었는데, 막상 저런 얼굴을 보니 그나마 그래도 살아남게 되어 잘되었다는 생각이 들었다. 이를 본 아스가 뜻 모를 미소를 짓곤 이시스에게만 아주 작게 들릴 혼잣말을 했다.

"마지막까지 어리석은 결정을 하는군. 아주 옅지만 황족의 피를 이었거늘."

그리고 그것이 무슨 말인지 이시스가 깨닫기도 전에 형을 선고했다.

"죄인 프레데릭 이시스에게 참수형을 선고한다. 죄인의 목을 공작과 마찬가지로 수도의 성벽에 한 달간 효수하도록 하겠다."

아스의 선고가 끝이 나자마자 곧장 형이 집행되었다.

처음 선고를 받은 메리아트 자작부터 목이 잘렸다. 하나밖에 없는 단두대에 자신의 차례를 기다리는 죄인들이 눈물을 쏟거나 소변을 지리며 저마다 공포를 표출했다. 아스가 일부러 그렇게 준비한 것이었다.

눈앞에서 생생하게 펼쳐지는 죽음은 그들의 정신을 잃게 만들기 충분했고, 그런 자들은 기사들이 손수 팔다리를 부러뜨려 깨어나게 만들었다.

"마지막으로 할 말은?"

아스가 직전에 처형당한 공작의 머리와 몸통을 수습하는 기사들을 보는 이시스에게 물었다. 아무리 체념한 이시스라고 할지라도 목이 분리된 아비를 보는 것은 힘들었는지 눈을 꼭 감으며 고개를 저었다. 팔과 다리는 이미 제 기능을 잃어 강풍에 사정없이 흔들리는 가녀린 이파리 같았다. 그런 그녀에게 아스가 마지막 자비를 베풀었다.

"다음 생에는 사람으로 태어나지 마라."

탁. 높게 치솟았던 단두대의 칼날이 떨어지고, 두 눈을 꼭 감은 이시스의 목이 땅으로 떨어졌다. 그간 제국을 손에 쥐고 흔들며 황태자를 괴롭혔던 악녀의 죽음치고는 참으로 소박하기 그지없었다.

그렇게 마지막 죄인이 처형당하자마자 모인 구경꾼들에게서 함성이 쏟아져 나왔다. 감히 제국을 삼키려 들었던 탐욕스러운 죄인들에 대한 비난과, 이를 유혈 없이 사전에 모두 제압한 황태자에 대한 칭송이었다.

＊　＊　＊

"이렇게 쉽게 끝나다니."

이시스의 목이 베인 것을 확인한 아리아가 조금 허탈한 목소리로 말했다. 과거에는 감히 얼굴조차 제대로 볼 수 없었던 고위 귀족이었거늘, 그 끝이 너무나도 허망했다.

마치 하늘처럼 높던 고위 귀족도 하찮은 물건처럼 다뤄지는데 카인에 의해 목이 베였던 과거의 자신은 오죽했을까 싶은 생각도 들었다. 쓰레기처럼 구설수에 올랐겠지. 만약 그 세계가 아직도 남아 있어서 목이 베인 악녀를 제외한 채 돌아가고 있다면 말이다.

'모래시계가 아니었다면…….'

모래시계가 아니었다면 이 귀한 광경을 볼 수 없었을 것이다.

분명 반드시 복수하고야 말겠다고 다짐했는데, 생각보다 쉽게 끝이 난 것 같아 한편으로 기분이 이상했다.

아무것도 없던 과거에는 그리도 대단해 보였던 미엘르와 카인마저도 지금의 아리아의 눈엔 아주 초라하고 볼품없는 오누이로밖엔 보이지 않았다. 물론 아직 하이라이트가 남아 있어 완벽하게 끝이 난 것은 아니었지만, 예전처럼 시기를 노리며 세력을 쌓고 전전긍긍하던 때와는 달랐다. 이제 그들의 마지막을 즐기는 일만 남았으니까.

"그러게나 말이야. 제국의 대단한 귀족들이 저렇게 될 줄 누가 알았겠니."

이미 처형당한 시체들을 회수하고 광장을 정리하는 작업을 지켜보던 카린이 동조했다. 퍽 보기 좋은 모습은 아니었기에 미간을 찌푸린 채였다.

하지만 그것은 단순히 끔찍한 장면을 보아 그런 것일 뿐, 비록 가짜이기는 하지만 어미를 어미 취급도 하지 않았던 오누이에 대한 가여움은 아니었다. 시체들을 눈앞에 두고 공포에 질린 오누이가 사색이 되어 오들오들 떨고 있었지만 아무도 그들에게 눈길도 주지 않았다.

"자, 이제 여흥은 끝났으니 부인의 저택으로 가는 게 좋겠어."

이를 신경도 쓰지 않는다는 듯 로한이 자리를 박차고 일어서며 말했다. 그는 한시라도 빨리 아리아의 정체를 밝혀 크로아로 데려가고 싶어 하는 듯 보였다.

"……그렇군요."

이에 동조하며 클로이가 자리에서 일어났다. 그 역시 얼굴도 제대로 모르는 타국의 귀족들보다는 친딸과, 그리고 오랫동안 그리워 한 여인과 이야기를 나누는 것이 중요한 듯 보였다.

더는 남아 있을 이유가 없었기에 카린의 얼굴에도 긍정의 표정이 떠올랐다. 그것을 지켜보던 클로이가 카린에게 손을 내밀었다. 잡고 일어나라는 배려인 듯 보였다.

이혼을 한 지 얼마 되지 않은 탓인지 카린이 답지 않게 우물쭈물하며 쉽게 그 손을 잡지 못했다. 어쩐지 아리아의 눈치를 보는 것 같기도 했다.

저리도 다정한 얼굴로 제 어미에게 손을 내미는데 어찌 반대를 할 수가 있을까. 아리아가 모르는 척 자리에서 일어나며 옷매무새를 다듬는 척을 하자, 그제야 카린이 클로이의 손을 잡고 자리에서 일어났다.

그렇게 처형장을 뒤로하려는데 기사들의 억센 손에 잡혀 죄수의 마차로 끌려가던 미엘르가 아리아를 향해 다급하게 소리쳤다.

"어, 언니! 언니! 저, 저도 데려가셔야죠! 아리아 언니!"

아리아가 아무런 언급을 하지 않았기 때문이었다. 탄원서를 제출한 자가 동반할 때만 감옥에서 나갈 수 있었기에 미엘르는 아리아의 도움이 필요했다. 퍽 다급한 그 목소리에 아리아가 천천히 고개를 돌렸다. 미처 생각하지 못했다는 듯 놀란 표정으로.

"미엘르."

"언니!"

자신의 이름을 부르는 아리아에 미엘르가 감격한 듯 냉큼 대답했다. 이제 이 끔찍한 지옥에서 벗어날 수 있다고 생각하는 모양이었다. 그러나 그런 미엘르의 기대와는 달리 아리아는 미엘르를 꺼내줄 수 없었다.

"미안한데, 탄원서를 제출한 사람은 내가 아니야."

"……네?"

그 말에 미엘르가 딱딱하게 굳었다. 그게 무슨 소리냐는 얼굴이었다.

탄원서를 제출한 사람이 아리아가 아니라니……? 그것은 카린과 로한, 그리고 조금 떨어져 있던 아스마저 의외였던 모양인지 모두가 아리아의 다음 말을 기다렸다.

"물론 작성하라고 부탁한 건 나였어…… 시간이 없어 직접 작성하지 못했거든. 그래서 내가 작성한 게 아니니 이름마저 다르게 보냈거든. 그러니 내가 아니라 '그녀'에게 부탁해야 할 거야."

그녀라니……? 도대체 그게 누구인데? 미엘르가 불안에 찬 눈빛으로 물었고 아리아가 부드럽게 웃으며 대답했다.

"돌아가자마자 데리러 가라고 말해 놓을게. 걱정하지 말렴."

그러나 정확한 이름 대신 잠시 기다리라는 대답에 미엘르의 불안이 가중되었다. 도대체 누구기에? 다시 물으려 했으나, 옆에 있던 카인이 그보다 빨리 다른 것을 물었다.

"아까 아버지께 홀아비라고 하는 것을 들었는데, 도대체 어떻게 된 일이지!?"

그는 내내 백작에 대한 이상한 설명을 신경 쓰고 있었던 모양이었다. 멀쩡히 부인이 있는 남자에게 홀아비라는 말을 쓰진 않을 테니 그럴 만도 했다. 아리아에게 물었으나 그 대답은 카린이 대신했다.

"어리석은 질문이구나, 카인. 네 덕에 작위는 물론이고 재산마저 빼앗긴 걸 모르지 않을 텐데 말이야. 내가 그이와 이혼하지 않았다면 네게 변호사를 붙여 주기는커녕 온 가족이 거리의 부랑자가 되었을걸?"

"……!"

"다른 죄인들은 변호사 한 명 구하지 못하고 죽은 걸 못 봤니? 그이를 걱정하기 이전에 네 행동을 반성하렴."

설마 그것이 이혼을 통한 결과물이었을 줄은 꿈에도 몰랐던 모양인지, 잠시 말을 잃고 충격에 빠져 있던 카인이 다시 물었다.

"……그럼, 그럼 지금 아버지는 어떻게 되셨죠? 혹시 형식상으로만 이혼일 뿐, 같이 계시는 겁니까?"

그러기를 바란다는 카인의 물음에 카린이 말도 안 되는 소리를 들었다는 듯 조금 불쾌해하며 대답했다.

"어떻게 혼인도 안 한 남녀가 같이 살 수 있겠니?"

"그럼 어디에, 어디에 계시죠!?"

"안전한 곳에 계시니 걱정 말렴. 나를 그렇게 무시하던 너도 거뒀는데, 설마 그이를 내팽개쳤을까 봐?"

거둔 것은 아리아였지만 카린이 생색을 내며 대답했다. 이에 더는 할 말이 없어진 카인이 입을 닫았고, 자리를 떠나기 전 아리아가 그의 걱정을 덜어 주었다.

"오라버니께선 황성의 시종이 되셨으니 외출도 가능하시잖아요. 직접 확인하시면 되니 걱정 마세요. 아버지께선 아주 잘 계시니까요."

확인을 하지 못하여 알 순 없었지만 설마 자신과 미엘르를 살려 준 아리아가 아버지를 방치했을 리는 없다고 생각한 모양인지 이내 고개를 끄덕였다.

"이동해."

차마 아리아와 대화를 나누고 있어 개입하지 못하다가 대화가 끝이 난 것을 확인한 기사가 카인의 등을 떠밀었다.

목숨을 부지한 것에 기뻐해야 하거늘, 마냥 좋아하기에는 마음에 걸리는 것이 너무도 많았다. 때문에 처형장에서 살아남은 오누이가 무거운 발걸음을 겨우 옮겨 다시 차가운 마차로 돌아갔다.

* * *

"탄원서를 낸 게 네가 아니었니?"

"네. 제가 아니에요."

저택으로 돌아가는 마차에서 카린이 아리아에게 물었다.

"그럼 도대체 누구인데? 아니, 왜 그렇게 했니?"

아리아가 손수 미엘르를 데리고 다닐 줄 알았던 모양이었기에 퍽 의아한 얼굴이었다. 이에 아리아가 기분 좋게 웃으며 대답했다.

"그저 당한 것을 똑같이 복수해 줄 생각이라서요. 그게 가장 기분이 나쁘고 원통했거든요."

"당한 것이라니……? 지난번 일을 말하는 거니? 미엘르가 네게 죄를 뒤집어씌웠던 일?"

백작을 계단에서 밀었던 사건을 뜻하는 모양이었다. 아리아의 성격과 사건의 전말을 아는 자라면 당연히 그녀가 복수를 할 거라 생각할 것이다. 이에 아리아가 긍정도 부정도 아닌 애매한 대답을 내놓았다.

"글쎄요. 아마도요?"

"어휴, 얘는 정말. 이 어미를 이렇게 답답하게 만들 거니?"

"어머니도 제게 모두 털어놓진 않으셨잖아요. 곧 알게 되실 테니 그리 걱정하지 마세요."

"카인을 어떻게 할지도 말해 주지 않고……."

자신에게는 아무것도 알려 주지 않고 여러 가지 일을 혼자 해치우는 것에 서운했던 모양인지 카린이 눈을 흘겼다.

하지만 설명을 시작하려면 목이 베여 시간을 되돌렸다는 말부터 꺼내야 하니 당연히 아무런 설명도 할 수 없었다. 이에 웃으며 대답을 회피하자, 카린의 눈매가 매서워졌다.

"어머니께서도 제게 숨기는 것이 있으시면서, 너무 그러지 마세요."

바로 지금처럼. 로한의 마차를 타고 저택으로 향하는 클로이를 언급하자, 정말 피차 숨기는 것이 있다는 것을 깨달은 카린이 입을 꾹 닫았다.

광장을 갈 때와 마찬가지로 얼마 지나지 않아 카린의 저택에 도착할 수 있었다. 당연히 카린과 아리아만이 귀가할 줄 알았던 저택의 시종들은 휘황찬란한 마차가 두 대나 더 저택 안으로 들어오는 것에 화들짝 놀라며 공손히 손님들을 맞이했다.

"이렇게 아름다운 저택이라니, 정말 안목이 탁월하십니다."

아스가 순수하게 감탄하며 말했고, 로한이 긍정했다.

"뭐, 황태자와 왕을 맞이하기에 부족함이 없군. 시종들도 그럴듯하고."

그 말에 눈을 동그랗게 뜬 시종들이 애써 침착한 척을 하며 속으로 생각했다. 황태자는 몇 번 보아 알고 있었는데…… 왕이라니? 그러나 물을 수 없었고, 답을 줄 이도 없었기에 답답함을 숨기며 정성껏 그들에게 봉사했다. 어차피 정보통인 애니가 아리아에게 캐물어 답을 가져다줄 것이 분명했기 때문이다.

시종들이 정성껏 준비한 차와 과일을 빠르게 내놓았고, 방문객이 황태자와 왕이었음에도 불구하고 카린은 자신만만하게 그들을 응접실로 안내할 수 있었다.

"……잘 살고 있어서 정말 다행이야."

그렇게 카린과 아리아와 아스, 그리고 로한과 클로이가 응접실에 둘러앉아 차를 마시는데, 클로이가 먼저 카린에게 말을 꺼냈다. 그는 진심으로 그녀가 잘 살고 있어서 기쁜 듯한 얼굴이었다. 이에 카린이 퍽 차가운 얼굴로 대답했다.

"만날 때마다 그 소리를 하시네요."

"정말 많이 걱정했었어. 예상하지 못했던 일이 너무 많아 갈 수 없었지만……."

"기대도 않았어요. 클로이 님과 똑같은 말을 한 남자가 한둘도 아니었으니까요."

죄책감이 서린 클로이의 말에 카린이 가당치도 않다는 듯 대답했다. 하지만 흔들리는 눈동자가 그녀의 대답이 거짓임을 증명했다.

물론, 클로이와 같은 말을 한 남자는 손과 발을 모두 이용해도 모자랄 만큼 그 수가 많았지만 그처럼 그녀를 사랑스러워 어쩔 줄 모르겠다고 온몸으로 표현하며 미래를 약속한 남자는 없었다. 아주 멀고 오래된 기억이라서 장담할 순 없었지만, 조금은 기대했었을지도 모르는 일이었다. 그를 제외한 다른 이들은 지금 이 상황을 즐기기 위한 입 발린 말에 불과했었으니까.

"서론은 그 정도로 하고, 빨리 본론으로 들어가자고."

벌써 몇 번이나 편지를 통해 대화를 나누었거늘 몇 년 만에 다시 만난 것처럼 구는 두 사람에 로한이 짜증을 냈다.

"로한 님께서는 다른 방에 가 계시는 게 어떨까요? 굳이 계시지 않아도 되잖아요."

매번 답답하다며 짜증만 내는 로한에게 아리아가 축객령을 내리자, 그가 무척이나 서운하다는 얼굴로 대답했다.

"……내가 얼마나 이 일에서 중요한 역할을 수행했는지도 모르고. 생각해 보시죠, 아리아 영애. 피아스트 후작, 그리고 클로이 영식을 데려온 것이 누구인지."

"그렇군요. 감사드려요. 하지만 저와 혈연으로 맺어지신 건 아니시니 이 자리에까지 참석하실 필요는 없으시죠."

"그럼 아스도 마찬가지죠!"

"아뇨, 아스 님은 제 연인이니까요."

아무렇지 않게 타인에게 자신을 연인이라 언급하는 그 말에 찻잔을 쥔 아스의 손에 힘이 들어갔다. 귀 끝도 조금 붉어졌다.

"……저와도 연인 관계를 맺으시면 되겠군요."

그러나 이내 로한이 헛소리를 하기 시작해 얼굴색을 달리한 아스가 짜증을 내며 대화에 참여했다.

"약속을 깨 버리고 싶어지니까 제발 그 입 좀 다물어."

"……나라 대 나라의 약속을 너무 함부로 취급하는 거 아냐?"

"약속을 지킬지 말지는 강대국이 정하는 것이니까."

"……."

부당하지만 맞는 말이었기에 결국 로한이 입을 다물었다. 아주 오래전부터 제국은 대륙에서 가장 큰 힘을 지니고 있었으니까.

로한이 입을 닫자, 멈췄던 대화가 다시 이어졌다.

"……혈연관계까지 언급했으니 너도 짐작하리라고 생각하지만, 이쪽이 네 친부인 피아스트 클로이란다."

"그렇군요."

조심스레 소개하는 카린과는 다르게 아리아의 대답이 퍽 잔잔했다. 마치 그녀에겐 별다른 가치가 없는 것처럼 말이다.

피아스트라는 성을 어디서 들어 본 것 같아 신경 쓰이기는 했지만, 달리 새로울 것도 없었다. 어차피 친부가 있다고 하더라도 자신의 삶이 달라지진 않을 테니까.

"……놀라지 않는 거니?"

"어머니께서 그리도 여지를 많이 남겨 주셨는데 이제 와서 놀랄 리가요."

게다가 얼굴이 이토록 닮았는데 달리 무슨 관계라고 생각을 할까. 아리아가 먼저 혈연관계라는 것을 언급한 걸 잊은 것인지, 카린이 꽤 민망한 표정을 지었다.

"혼자서 태어날 순 없으니 친부가 있는 것이 이상하지도 않고요. 그건 그렇고, 이렇게 찾아오신 이유가 무엇이죠?"

자신이 열일곱 살이 될 때까지 찾아오지 않더니, 왜 이제 와서 찾아왔을까. 돈이 목적인 걸까? 정확한 재력은 밝혀지지 않았지만 아리아가 상당한 부를 축적했다는 사실이 이미 온 대륙에 퍼진 상태였다. 그녀가 투자한 사업들은 원래부터 성공할 사업들이었는데, 아리아의 후광을 받고 과거보다 훨씬 더 승승장구하고 있었다.

특히 여성들이 사용하는 물건들의 경우, 아리아가 사용하는 것이 아니냐는 소문까지 돌아 상당한 인기를 뽐냈다. 아리아와 같은 물건을 사용하면 그녀처럼 아름다워질 수 있는 거냐며 너도 나도 구입했다. 그랬기에 아리아는 자신이 그러한 부와 명예를 얻게 된 뒤에 나타난 친부라는 존재를 친근하게 맞이할 수 없었다.

어차피 모든 것을 다 이룬 지금, 친부가 자신에게 해 줄 수 있는 것이 없었고, 오히려 그가 자신에게 얻을 것이 더 많겠다는 생각이 들어서였다.

물론, 카린이 좋아한다면 재결합을 응원할 생각은 있었다. 잠깐이지만 멀리서 지켜본 바, 클로이는 꽤 카린을 좋아하는 것처럼 느껴졌기 때문이다. 아리아가 갑자기 나타난 친부인 클로이에게 느낀 감정은 그 정도였다.

"그게 다 내 덕입니다, 아리아 영애."

아리아의 물음에 로한이 자신만만하게 대답했다. 오랫동안 헤어져 있던 가족이 재회하게 된 영광이 마치 자신에게 있다는 양 굴었다.

"어째서요?"

"영애의 존재를 믿지 않는 부자를 제가 설득시켰거든요."

"……제 존재요?"

"예. 클로이는 오래전에 헤어진 부인을 찾고 있을 뿐, 영애의 존재까진 몰랐으니까요."

그렇다면 자신의 유명세로 찾아온 것은 아니라는 말일까. 이따금 카린에게 향했던 애틋한 시선을 떠올린 아리아가 그제야 조금 마음을 풀었다. 어미가 좋다고 하면 두 사람의 재혼을 찬성하고 관계를 최소한으로 할 생각이었는데, 그럴 필요까진 없어 보였다.

"놀라셨겠네요. 갑자기 열일곱 살의 딸이 생겼다고 들으셨을 테니까요."

아리아가 클로이를 응시하며 그렇게 물으려다가 흠칫 놀랐다.

언제부터 저런 표정을 짓고 있었던 걸까. 마치 제 어미를 보던 시선을 그대로 자신에게 옮긴 것 같았다. 그것은 백작이 미엘르와 카인에게도 주지 않았던 표정이었다. 아주 다정하고 애틋한 아비의 얼굴이었다. 아리아는 모르는 얼굴.

그래서 진정으로 처음 보는, 처음 마주하는 다정한 친부의 얼굴에 타인을 대하듯 벽을 친 태도를 고수하기 힘들었다. 아리아가 애써 태연한 표정을 지으려 애를 썼다.

"솔직히 말하면, 처음에는 아리아…… 아가씨보다는 카린을 찾으려는 마음으로 제국에 방문했습니다. 제가 오랫동안 찾아온 여인이거든요. 그녀를 찾았다는 아버지의 말에 고민할 새도 없이 한걸음에 달려왔죠. ……딸이라는 존재에 대한 관심은 그다지 없었습니다."

클로이가 아리아에 대한 호칭을 잠시 고민하며 아리아의 눈치를 보다가, 이내 아가씨라는 호칭을 붙였다. 아직 아리아가 어떤 생각을 하는지 모르기에 조심하는 태도였다.

"그런데 막상 이렇게 만나니…… 참으로 기분이 이상하군요. 아니, 어쩌면 감동을 했는지도 모르겠습니다. 그리고 아주 큰 후회와 저 자신에 대한 실망 또한 밀려드는군요."

"……후회와 실망이요?"

"이제 성인이라도 보아도 무방한 아리아 아가씨의 어릴 적 모습을 보지 못했다는 점과, 왜 조금 더 일찍 두 사람을 찾지 못했을까 하는 점 말입니다."

"장담컨대 아리아는 그 어느 아이들과 비교해도 단연 빛이 나는 아이었지요."

"그렇군. 하긴, 이렇게 아름다우시니 태어났을 때부터 돋보였을 것이 분명했겠지."

"그럼요. 누구를 닮았는데요."

"머리색과 눈동자색을 보니 카린을 닮았군."

"이목구비는 클로이 님을 닮았지요. 누가 봐도 부녀 지간으로 보일 정도예요."

"……그렇다면 기쁜데."

"……."

카린과 클로이가 주고받는 대화에 아리아가 말을 잃었다. 아니, 정확히는 말문이 막혀 아무런 대꾸도 할 수 없었다. 아름답다거나 빛이 난다는 이야기는 귀가 따가울 정도로 들어왔으나, '부모님'이라는 존재가 자식을 사이에 두고 그런 말을 하는 것은 처음이었기 때문이다.

아리아의 얼굴이 점점 빨갛게 달아올랐다. 얼굴을 넘어서 귀 끝까지 달아올랐다. 티가 난다는 것을 분명히 알면서도 감출 도리가 없었다. 감추려면 자리를 비워야 했으니까.

"……영애."

그 모습에 옆에 앉은 아스가 불안해하며 아리아의 손을 잡았다.

그녀가 가족을 찾은 것은 기뻐 마땅하나, 이러한 상황은 아스가 바라던 상황이 아니었다. 이대로 아리아가 클로이를 마음에 들어 한다면 제 아비를 좇아 크로아로 가 버릴 가능성이 있었기에.

정말 바쁘기도 했지만 이런 상황을 피하고자 일부러 그에 대한 이야기를 하지 않고 있었는데, 이렇게 찾아와 아리아의 마음을 흔들면 어쩌라는 말일까. 아니나 다를까 이를 지켜보던 로한이 아스가 두려워하는 말을 냉큼 꺼냈다.

"영애께선 크로아엔 관심 없으신지?"

"……크로아요?"

"예. 내 나라이자 클로이의 나라이기도 하지요. 태어난 곳을 제국이나, 영애는 본디 크로아의 귀족의 자식이니 크로아에서 지내는 것이 마땅하지 않겠습니까? 어차피 부인께서도 클로이 영식과 재혼을 하실 것 같으니 말입니다."

카린은 그런 말은 단 한 마디도 꺼내지 않았지만, 로한의 그 말에 부정하는 이는 없었다. 아니, 오히려 아리아도 내심 카린이 진심으로 그녀를 사랑하는 남자와 맺어지기를 바랐다.

아주 짧은 시간밖에 겪어 보지 못했지만 그 인물은 클로이가 적당했다. 눈빛과 행동 하나하나에 카린을 배려하는 마음이 깊게 담겨 있었기 때문이다. 과거에는 돈과 신분을 택한 그녀가 아주 현명하다고 생각했지만 지금은 조금 달랐다. 그것만으로는 행복할 수 없다는 걸 깨달았기 때문이었다. 모래시계를 되돌려 과거로 돌아온 아리아가 익히 경험한 결과였다.

"글쎄요. 제안은 감사하지만 여기에 두고 갈 수 없는 사람이 있어서요."

아리아가 맞잡은 아스의 손을 끌어 제 다리 위에 올려놓으며 대답했다.

그것만으로도 대답은 충분했다. 특히 아주 오랫동안 카린을 그리워했던 클로이에게는 더욱이 그러했다.

"어차피 1년뿐이지 않습니까? 영애가 성인이 될 때까지만이라도 크로아에서 지내는 게 좋을 것 같은데요? 그 후엔 같이 살고 싶어도 살지 못하는데."

하지만 로한은 포기하지 않고 계속해서 아리아를 설득했다. 지금이 아니면 기회는 없다는 말로 계속.

이에 아리아가 부드럽게 웃으며 대꾸했다.

"정말 로한 님의 말씀대로 어머니와 재혼을 하신다면 언제든 방문하면 되겠죠. 어린애도 아니니 굳이 같이 살 필요는 없어요."

그 대답에 아스의 표정이 한층 밝아졌다. 그러곤 자신감을 얻은 듯 대화에 끼어들었다.

"그렇죠. 여행이나 휴가로 찾아뵈면 되는 것이 아니겠습니까. 그리 먼 곳도 아니니 정 보고 싶으면 매달 한 번씩 짬을 내어 다녀오는 것도 좋겠습니다."

저를 이용하십시오. 하루 정도는 시간을 단축시킬 수 있습니다. 덧붙이는 아스의 말에 아리아가 작게 웃음을 흘렸다. 저리도 좋아하는데 어찌 크로아에 간다고 할 수가 있을까.

"저도 딱히 같이 살아야 할 필요성은 못 느끼겠네요. 게다가 재혼을 할지 말지 결정하지도 않았고요."

마지막으로 쐐기를 박는 카린의 말에 로한이 망연자실한 표정을 지었다. 그러다가 서둘러 클로이를 쳐다보더니 어떻게든 하라는 얼굴로 무언의 재촉을 했다.

"저는 카린의 의견을 존중합니다."

"……이 답답이들!"

결국 참지 못한 로한이 화를 내며 응접실을 나가 버렸으나 아무도 그를 막지 않았다. 오히려 방해꾼이 사라진 덕분에 대화가 조금 더 무르익었다.

잠시 차를 마시며 할 말을 정리하던 클로이는 자신이 황성에서 쫓겨나게 된 이유와 카린을 데리러 가지 못했던 이유, 그리고 뒤늦게 정신을 차리고 카린을 찾았지만 찾지 못했던 이유 등을 설명했다. 지금까지 그녀를 그리워하고 있었다는 것도 포함해서 말이다. 퍽 애처로운 사연에 카린이 눈물을 훔쳤고, 아리아의 마음 또한 동했다.

"……그런 큰일을 당하셨다면 제정신으로 있을 수 없겠지요. 저라도 실어증에 걸렸을 거예요. 이해해요."

"……이해해 주셔서 감사합니다. 뒤늦게 카린을 찾으려 했지만 워낙 비슷한 이름이 많아 찾을 수 없었습니다. 게다가 제국으로 가기엔 조금…… 제 상태가 좋지 않기도 했고요."

"저도 영애께서 크로아로 가 버리시면 그렇게 될지도 모르겠습니다."

아리아가 클로이를 이해한다 대답하자 아스가 퍽 진지한 말투로 끼어들었다. 갈 생각이 전혀 없는데 자꾸 끼어들어 가지 말라고 애원하는 모양새였다. 괜히 놀리고 싶게 말이다.

"그것참. 보고 싶은 얼굴이겠네요."

"영애……!"

하지만 장난이라도 그런 말은 하지 말라는 아스의 찌푸린 얼굴에 만족한 아리아가 화제를 전환했다.

"그럼 어머니께선 이제 어떻게 하실 생각이세요? 저는 이제 다 컸으니 뭘 어떻게 하셔도 존중하겠어요."

"나? 나는 글쎄. 아무리 아이가 있다고 하더라도 다짜고짜 재혼을 하는 건 이상하니……."

카린이 말을 흘기며 클로이를 힐끗댔다. 자신의 의도를 알아채고 먼저 굽히고 들어오라는 표시인 듯 보였다.

이에 물불 가리지 않고 카린을 찾아 제국까지 온 클로이가 당연하다는 듯 대답했다.

"카린이 마음을 돌릴 수 있도록 노력하겠습니다. 몇 번이고 제국에 찾아오겠습니다. 근처에 저택을 얻는 것도 하나의 방법이겠군요."

클로이가 아리아에게 성실히 대답했고, 꽤 열정적인 그 모습에 카린이 양 볼을 붉게 물들인 채 조용히 차를 마시다가 이내 이야기가 어느 정도 정리되어 아까부터 궁금했던 것을 물었다.

"그러고 보니, 저택에 돌아오자마자 미엘르를 돕겠다고 하지 않았니? 사람을 보내겠다고 말이야. 도대체 누가 미엘르를 데리고 다닐 사람이니?"

"아아, 그러고 보니 그랬었죠. 곧 알게 되실 거예요. 그녀가 미엘르를 데려올 테니까요. 뭐, 조금 늦어진다고 해도 나쁘진 않겠죠. 그만큼 더 간절해질 테니까요. 그게 더 재미있지 않겠어요?"

아리아가 볼품없게 엉엉 울고 있을 미엘르를 상상하며 대답했다.

분명 그림으로 남기고 싶을 만큼 걸작이겠지. 직접 보았다면 더할 나위 없겠지만, 불행히도 그것을 볼 이는 따로 있었다.

그렇게 응접실에 앉아 클로이가 자신의 친부라는 것과 호적을 정리하는 것은 카린이 마음을 결정한 뒤가 좋겠다는 이야기를 나눈 뒤, 다시 로한이 응접실에 돌아왔기에 이내 대화를 마쳤다.

"……왜 내가 오니까 대화를 끝내는 거지?"

로한이 기분이 나쁘다는 얼굴로 물었다.

"로한 님이 오셔서가 아니라, 원래 대화를 끝내려고 했는데 로한 님께서 돌아오지 않으셔서 기다리고 있었던 겁니다."

이에 클로이가 아무렇지 않게 대답했다. 더는 속앓이를 하지 않는 밝고 시원한 얼굴이었다.

"……클로이 영식. 부인을 찾지 못해 방에 틀어박혀 울고 있을 땐 언제고 꽤 말이 늘었어."

이에 로한이 짜증을 냈으나, 끝난 대화를 다시 이어 가는 일은 없었다.

그 뒤로 일이 바쁜 아스가 먼저 저택을 떠나고, 카린에게 산책을 빙자한 데이트를 제안한 클로이가 저택에 남아 그녀가 치장하는 것을 기다렸다. 별다른 수확을 얻지 못한 로한은 먼저 크로아로 돌아가겠다며 온갖 짜증을 내며 떠났고, 제 방으로 올라가던 아리아는 지나가던 시종에게 미엘르에게 보낼 사람을 불러 달라 지시했다.

"애니는 어디 있지? 할 말이 있으니 내 방으로 올라오라고 전해 줘."

아리아의 지시에 시종이 꾸벅 인사를 하곤 애니를 부르러 사라졌다.

오래 기다릴 것도 없이 애니는 금방 아리아의 방에 찾아왔다. 얼굴에는 궁금증이 한가득이었다. 방금 전에 응접실에서 있었던 대화를 궁금해하는 눈치였다. 그리고 정체불명의 손님들의 정체도.

"아가씨, 부르셨어요?"

그 궁금증들을 마음속에 꾹 눌러 담은 애니가 애써 태연한 척을 하며 아리아에게 물었다. 어차피 때가 되면 자신에게 말해 주겠거니 생각하는 모양이었다.

아주 티가 나건만, 그 고분고분한 모습에 아리아가 자신의 반대편을 손짓하며 부드럽게 웃었다.

"앉으렴."

"예, 아가씨."

아리아의 손짓에 쪼르르 달려와 반대편에 자리한 애니의 표정이 퍽 상기되어 있었다. 무언가를 시키는 게 아니라 마치 무슨 이야기라도 할 것처럼 반대편에 앉으라고 했기 때문이었다. 그리고 그런 애니의 예상은 적중했다.

"네게 할 얘기가 있어. 아주 중요하단다."

그 말에 애니가 눈을 빛내고 귀를 쫑긋 세웠다. 어떤 말이든 흘리지 않고 모두 듣겠다는 자세였다. 아리아가 말을 이었다.

"감옥에 좀 가 줘야겠어."

"……네? 가, 감옥, 감옥이요!?"

그러나 재미있고 흥미로운 이야기가 아닌 미엘르와 카인처럼 애니 또한 감옥에 넣어 버리겠다는 뜻으로 해석한 그녀가 화들짝 놀라며 되물었다.

"그리 놀랄 것 없어. 옥살이를 하라는 말이 아니라, 미엘르를 데려 와 달라는 말이니까."

그제야 안심한 듯 가슴을 쓸어내린 애니가 어째서 자신이 방문하냐고 물었다.

"왜 제가 가죠? 보호자는 아가씨가 아니셨나요?"

"아니, 미엘르의 보호자는 너야. 네가 탄원서를 써서 제출했잖

아. 내용을 내가 불러 주기는 했지만."

"그건 그런데…… 그건 아가씨께서 시키신 일이잖아요? 저는 시키는 대로 했을 뿐이고……."

애니의 말대로 그녀는 아리아가 시키는 대로 작성했을 뿐이었다.

하지만 분명 제출한 것은 애니였고, 미엘르의 보호자가 될 사람도 탄원서를 제출한 자였기에 아리아가 시켜 작성한 것이라고는 해도 어찌 되었든 법적으로는 애니가 보호자였다.

"그래서 싫으니?"

"……네?"

"미엘르를 데리고 오는 게 싫으냐는 말이야."

아리아의 물음에 애니의 얼굴이 조금 어두워졌다. 차마 싫다고 말은 하지 못했지만 아주 싫은 모양이었다. 참으로 어리석었다. 모처럼 준비한 기회인데 말이다. 평민으로 신분이 떨어져 가진 것이 아무것도 없는 미엘르가 자신의 권속이 된다는 뜻이거늘.

"그러고 보니 미엘르는 보호자의 옆에서 떠날 수 없다고 했지. 이탈하는 순간 즉각 처형을 당한다고도 했어."

"……네?"

"그러니 애니 네 옆에서 떨어지면 죽을지도 모른다는 소리야. 자의든 타의든 너와 떨어지면 안 된다는 말이지. 무슨 일이 있어도."

그 말에 애니의 표정이 오묘해졌다. 쓸데없이 설명을 늘어놓는 아리아에 무언가 감을 잡은 듯한 얼굴이었는데, 확실하지는 않은 얼굴이었다. 때문에 아리아가 말을 이었다.

"게다가 반역의 대가로 평민으로 추락했으니 너와 같은 신분이야. 아무것도 안 하며 고상을 떨던 과거와는 상황이 다르지. 평민들은 그렇잖니? 일을 하고 대가를 받아 하루하루를 살아가지."

"……!"

미엘르는 이제 평민인 데다가 무슨 일이 있어도 애니에게서 떨어질 수 없었다. 그리고 더 이상 귀족이 아닌 미엘르는 가만히 있는 것만으로는 살아갈 수 없게 되었다. 나라에서 받은 영지 등으로 우아한 삶을 영위하는 귀족이 아닌, 평민처럼 매일같이 열심히 일을 해야 한다는 말이었다.

이를 이해한 애니의 눈이 반짝반짝 빛났다. 아리아의 말을 파악하기는 했으나, 조금 더 확답을 구하는 눈이기도 했다.

"게다가 너도 슬슬 버붐 남작과 혼인을 생각할 시기 아니니? 그렇게 되면 남작 부인이 될 테니, 시녀를 부리는 일에 익숙해지는 편이 좋겠지. 너도 알다시피, 나는 처음에 꽤 고생을 했거든."

"……!"

그러니 미엘르를 시녀처럼 부리라는 숨겨진 뜻을 확인한 애니가 함박웃음을 지으며 자리에서 벌떡 일어났다. 지금 당장이라도 미엘르를 감옥에서 꺼내 와 갖은 고된 일을 시키고 싶어 하는 얼굴이었다.

하지만 그러기 위해선 자신을 부른 아리아의 허락이 필요했고, 이를 재촉하듯 애니가 전전긍긍해하며 아리아의 대답을 기다렸다.

"다녀오렴."

"감사합니다! 아가씨! 금방 데려올게요!"

그렇게 헐레벌떡 나간 애니는 얼마 지나지 않아 다시 아리아의 방문을 두드렸다. 벌써 다녀왔을 리가 없었기에 의아한 목소리로 대답하자, 애니가 붉게 상기된 얼굴로 조심스레 아리아에게 물었다.

"저……. 아가씨……. 죄송하지만, 조금 치장을 하고 가도 될까요? 너무 소박한 차림새인 것 같아서요……."

애니는 아주 단단히 준비를 하여 미엘르의 주인 노릇을 할 생각인 모양이었다.

그것 또한 미엘르에게 상처가 되겠지. 한낱 시녀였던 애니가 아름답게 꾸며 볼품없는 미엘르의 앞에 나타난다면 과연 어떤 반응을 보일까? 바람직한 자세였기에 아리아가 고개를 끄덕이며 그녀에게 한 가지 선물을 더 주었다.

"마차도 화려한 걸로 가져가렴. 나와 어머니가 쓰는 마차도 상관없어."

"……정말이세요!?"

"그럼. 내가 빈말하는 것 보았니?"

"세상에, 아가씨……! 제가 그런 귀한 마차를 타게 되다니! 너무 감사드려요!"

감동이라도 한 것인지 눈매를 발갛게 물들였기에 아리아가 빨리 다녀오라 질책했다.

"네, 네! 금방 준비하고 다녀올게요!"

이에 애니의 손놀림이 빨라졌고, 얼마 지나지 않아 그녀는 귀족이라고 해도 손색이 없을 정도로 화려한 외형으로 미엘르를 데리러 갈 수 있었다.

22. 자비란 없다

22. 자비란 없다

감옥으로 돌려보내진 미엘르는 아주 짧은 시간 동안 급격하게 수
척해졌다. 감옥에 도착하자마자 카인은 황성으로 끌려갔고, 같이
수감되어 있던 사람들은 모두 처형되어 오롯이 혼자가 되었기 때
문이었다. 음울하고 차가운 기운만이 남은 감옥에서 자신을 데려
가 줄 누군가를 홀로 기다린다는 것은 비단 미엘르가 아니더라도
힘겨운 일이었다.

'금방 사람을 보내겠다고 해 놓고 왜 세 시간이 지나도록 소식이
없는 거지⋯⋯!?'

이러다가 아무도 오지 않는 건 아닌지 걱정이 들었다. 이대로 이
낡고, 춥고, 더럽고, 불편한 감옥에서 50년을 살아야 할지도 모른다
는 생각이 들어 공포감이 일었다. 아리아라면 그럴 만도 했으니까.

미엘르가 몸을 둥글게 웅크렸다. 추위와 걱정, 공포를 이겨 내기
힘들었기 때문이다. 웅크린 무릎 위에 올린 팔에 얼굴을 묻으며 빨

리, 제발 하나뿐인 제 언니가 자신을 배신하지 않고 약속대로 사람을 보내기만을 기다렸다.

그렇게 한참 울음을 참은 미엘르가 곧 아리아가 보낸 사람이 올 거라 믿으며 정체 모를 이를 기다리는데, 멀리서부터 시작된 거친 발소리가 들려왔다. 발소리는 점점 미엘르에게로 다가왔고, 얼마 지나지 않아 발걸음이 미엘르의 지척에서 멈췄다.

"나와."

그와 함께 들리는 목소리에 미엘르가 고개를 번쩍 들었다.

감옥을 지키는 간수 중 하나였다. 미간을 찌푸린 간수가 미엘르의 볼품없는 몰골을 한번 훑더니 열쇠로 문을 열며 다시 말했다.

"나오라고."

"……저, 저요……?"

"그럼 그쪽 말고 누가 있지?"

설마 아리아가 사람을 보낸 것일까!? 그것이 아니라면 나오라는 소리를 할 리가 없었다. 이보다 더 기쁜 일이 있을까. 기다림이 길었던 만큼 기쁨 또한 거대했다.

한참이나 웅크린 자세를 취하고 있었기에 일어서기 쉽지 않았지만, 조금이라도 늦었다간 자신을 두고 가 버릴 것 같아 두 발에 온 힘을 주어 끔찍한 감옥을 벗어났다.

"어, 어떤 분이 와 계시죠?"

복도를 걸으며 궁금증을 참지 못한 미엘르가 간수에게 물었다. 내딛는 발걸음이 아프고 쓰렸지만 이는 기쁨에 묻혀 신경도 쓰지 않은 채였다.

미엘르의 질문에 간수가 기가 찬다는 듯 대답했다.

"미엘르 영애. 아니, 이제는 영애가 아닌 죄인 미엘르겠군. 아직도 네가 감히 그런 질문을 할 만한 위치라고 생각하는 건 아니겠지?"

꽤 말투와 어조가 거칠었다. 간수는 반역에 가담한 미엘르에게 대단히 큰 혐오감을 드러내고 있었다. 죄인이 된 이후에 줄곧 느껴 왔던 시선이었건만, 이리도 지척에서 자신을 향한 혐오감을 마주 하니 전신이 벌벌 떨렸다. 간수의 큰 체격도 한몫했다.

"조용히 가도록. 네게 발언권은 없으니까."

"……."

간수의 살기 어린 경고에 미엘르가 입을 닫았다. 이 이상 괜한 말을 했다가는 폭력을 휘두르기라도 할 것 같은 무서운 모습이었 기 때문이다.

어차피 조금만 더 가면 이 지긋지긋한 감옥에서, 그리고 무서운 간수에게서 벗어날 수 있었다. 아리아의 옆에 딱 붙어 있기만 하면 다시는 이곳에 돌아오지 않아도 될 것이다.

그렇게 희망을 품고 간수의 뒤를 따라 응접실로 향한 미엘르는, 그곳에서 만난 뜻밖의 인물에 아무런 반응도 내 보이지 못한 채 딱 딱하게 굳어 버렸다. 응접실에는 생각지도 못한 인물이 미엘르를 기다리고 있었다.

"오래 기다리셨습니다. 바로 데리고 가시겠습니까?"

"네. 그러도록 할게요."

대답하며 화사하게 웃는 애니의 얼굴이 퍽 아름다워 간수가 조금 얼굴을 붉혔다. 아리아와 함께 지내며 곁눈질로 터득한 미소는, 애 니가 자신의 외모를 뛰어넘는 매력을 발산하게 도와주었다.

'어, 어째서 애니가 여기에……!?'

아니, 저게 애니가 맞기는 한 걸까? 그 초라한 시녀가 저토록 아름다워졌다고……? 잠시 그 모습을 지켜보던 미엘르가 시선을 내려 자신의 몰골을 확인했다.

피부와 머리카락은 새카만 먼지에 뒤덮여 엉망이었고, 발과 다리는 퉁퉁 부어 평민 여성들보다 흉한 상태였다. 얼굴은 굳이 확인하지 않아도 지저분할 것이다. 어쩌면 흉터가 생겼을지도 모를 일이었다. 거기까지 생각이 도달하자 몰려드는 수치심과 모멸감에 당장 죽어 버릴 것 같았다.

진즉부터 아름다움으로는 이길 수 없었던 아리아라면 모를까, 주근깨가 빼곡한 데다가 입방정이나 떨던 애니보다 흉한 몰골이라니……! 그래서 차마 고개를 들지 못하고 제 형편없는 얼굴을 숨기는데, 애니가 미엘르의 이름을 불렀다.

"미엘르 아가씨. ……아, 이젠 더는 아니지. 평민이 되었으니까 말이야. 그렇지, 미엘르?"

그것도 존칭을 생략하여 단순히 이름만을 불렀다. 외모만이 아니라 말투까지 아리아의 흉내를 내어 놀란 미엘르의 몸이 흠칫 떨렸으나 고개는 여전히 들지 않았기에 애니가 다시금 미엘르의 이름을 불렀다.

"미엘르, 목이 부러지기라도 한 거니? 왜 고개를 들지 않는 거야?"

마치 고개를 들지 못하는 이유를 알면서도 비웃듯 묻는 그 말투에 미엘르가 주먹을 꽉 쥐며 바들바들 떨었다. 뭐라고 화를 내 주고 싶었지만, 그럴 수 없는 자신에 대한 분노이기도 했다.

이를 다시 비웃듯 애니가 말했다.

"미엘르, 네가 고개를 들어야 얼굴을 확인하고 같이 나가지 않겠어? 얼굴도 보이지 않는 더러운 몰골의 소녀를 데리고 나갈 순 없으니까 말이야."

이어지는 말은 미엘르를 더욱 비참하게 만들기 충분했다. 화려하게 치장하지 않은 애니에게 들어도 비참해질 말이었으나, 아주 아름답게 꾸민 그녀의 입에서 나왔기에 미엘르의 자존심을 박살 내 버렸다.

"어쩌죠?"

그럼에도 미엘르가 고개를 들지 않았기에 애니가 간수에게 도움을 요청했고, 미엘르의 한심한 행동에 한숨을 내쉰 간수가 그녀의 머리를 잡아 강제로 고개를 들게 했다.

"아악!"

너무나도 갑작스러웠기에 미엘르가 비명을 내질렀고, 애니가 손에 든 부채로 제 입매를 가리며 눈을 동그랗게 떴다. 미엘르에게 가해진 대한 거친 행동 때문이 아닌, 그저 미엘르의 몰골이 흉했기 때문이었다.

"……세상에, 정말 그 미엘르가 맞는지 의문이 들 정도네요."

"맞습니다. 감옥에 수감되어 씻지 못해 확인하기 힘드시겠지만, 로스첸트 미엘르입니다."

"정말 믿기 힘들 정도예요. 늘 아름답고 우아했던 미엘르 아가씨였건만…… 신분이 격하됨과 동시에 이토록 볼품없어지다니. 이제는 실수로라도 아가씨라는 호칭은 붙일 리 없겠네요."

즐겁다는 듯 계속되는 모욕에 미엘르의 눈시울이 붉어졌다. 정말 지은 죄가 있었기에 수모를 당하는 것은 참을 수 있었지만, 자신의 시녀였던 애니의 가시 돋친 말은 차마 견디기 힘들었다.

"그만……. 그만해……!"

그래서 미엘르가 잔뜩 젖어 제대로 나오지 않는 목소리를 짜내자, 애니가 깜짝 놀라 어쩔 줄을 몰라 하며 간수에게 물었다.

"제, 제가 무슨 짓이라도 했나요? 왜 우는 건지 정말이지 모르겠어요……!"

이에 간수가 고개를 저으며 애니를 위로했다.

"아니요. 감옥에 들어왔을 때부터 조금 정신이 이상했습니다. 괜히 혼자 웃고 있기도 했으니까요. 그사이 상태가 더 심각해진 모양입니다. 그러니 부디 심려치 마시기를 바랍니다."

"그렇군요……. 한때는 제국에서 가장 우아한 귀족 영애였는데……. 제가 가장 존경하기도 했어요. 하지만 이제는 그 흔적을 찾을 수도 없는 데다가 정신까지 나가다니 너무 안타까워요."

믿기지 않는 결론에 다다른 두 사람이 미엘르를 퍽 가엾게 쳐다보았다.

동정 어린 그 눈빛이, 미엘르의 자존심을 흔적도 남기지 않고 찢어 놓았다.

* * *

"……서명하셨으니 절차는 모두 끝났습니다. 앞으로는 간소한 절차만 거치시면 언제든 편하게 맡기고 데려가실 수 있습니다."

마치 맡겨 둔 짐을 내주듯 설명하는 간수의 모습에 미엘르의 두 주먹이 꽉 쥐어졌다. 하지만 달리 무어라 할 수 없는 이유는 모욕적이었으나 간수의 설명이 적절했고, 또 그가 너무 무서웠기 때문이었다.

괜히 대들어서 다시 감옥에 남겨지면 어쩌나 하는 두려움도 있었다. 짐승 다루듯 머리채를 휘어잡았던 데가 아직도 아팠다. 이제는 과거처럼 백작이 나서 줄 수도, 카인이 나서 줄 수도 없었기에 온갖 적의들을 오롯이 혼자 대처해야 했는데 그럴 자신이 없었다.

그랬기에 미엘르는 아무런 반항도, 화도 낼 수 없었다.

망상에 가까운 희망만을 보고 달렸던 어린 소녀가 감당하기에는 너무나도 큰 고통이었다. 그래서 조용히, 쥐 죽은 듯 기다리면 기분만 상한 채로 이 감옥에서 벗어날 수 있었기에 소리를 죽여 가만히 대화가 끝나는 것을 기다렸다.

'……빨리 돌아가서 아리아 언니를 만나야 해.'

지금은 어쩔 도리가 없지만 이 부당한 대우를 아리아가 안다면 가만히 있지 않을 것이다. 슬퍼할 것이 분명했다. 그리고 애니를 따끔하게 혼을 내 주겠지. 어쩌면 주제넘은 시녀라며 저택에서 내쫓을지도 모른다.

지금은 둘 다 평민이라고는 하나 과거에는 둘 다 귀족이었고, 애니의 시중을 받지 않았는가. 애초에 반역에 가담하여 중죄를 저지른 자신과 카인을 살려 주었으니, 이번에도 애니에게 벌을 주고 자신의 편을 들어줄 것이 분명했다. 그럴 만한 일이었다. 아리아는 자신의 하나뿐인 언니였으니까.

"가자, 미엘르."

"……."

간수와 대화를 마친 애니가 마치 귀족이라도 된 양 등을 꼿꼿이 세우고 우아하게 걷기 시작했다. 아리아를 따라 하는 모양새였으나, 그보다 훨씬 천박한 움직임에 분노와 두려움이 사라지고 실소가 나왔다.

'아리아 언니도 저 정도는 아니었는데.'

아니, 돌이켜 보면 아리아는 감탄이 나올 정도로 우아하기까지 했다. 감히 우아함으로는 무엇 하나 트집을 잡을 수 없을 정도로 말이다. 차라리 애니도 그러기라도 했다면 좋았을 것을. 같은 평민 출신임에도 너무나 다른 그 모습에 저절로 미간이 찌푸려졌다.

'돌아가기만 하면……!'

아리아에게 모두 일러바쳐 당장 저 귀족 흉내를 내는 멍청한 시녀에게 현실을 맛보게 해 주리라. 다시금 다짐하며 미엘르가 조용히 애니의 뒤를 따랐다. 다행히 귀족의 걸음걸이를 흉내 내느라 애니의 발걸음이 조금 느렸기 때문에 고통에 허덕일 필요는 없었다.

그렇게 조금 걸어 끔찍한 감옥을 벗어나자, 이제는 감히 만들 엄두조차 내지 못할 화려한 마차가 미엘르를 기다리고 있었다.

당연하다는 듯 그 마차에 올라서는 애니를 보고 놀란 미엘르가 눈을 동그랗게 뜨며 물었다.

"……애니, 네가 이걸 타고 왔다고?"

"그럼 달리 뭘 타고 왔겠니?"

자신에게 하대하고 무시하듯 대꾸하는 애니를 신경 쓸 새도 없었다. 그만큼 마차는 화려했고, 충격적이었다. 이토록 화려한 마차라니. 로스첸트 백작가의 마차 중에서도 이러한 마차는 없었다. 아니, 정확히는 이렇게까지 꾸밀 생각을 하지 못했다.

'어째서 아리아 언니는 애니에게 이런 화려한 마차를 내주신 거지……?'

고작해야 시녀인데 말이다. 분명 시녀가 타고 다니기엔 너무 과한 마차였다. 아니, 어지간한 귀족들조차 감당하기 어려운 마차였다. 한낱 시녀에게 내어 줄 마차가 아니었다. 그런데 왜……? 왜 고작해야 애니 따위에게……!?

"아리아 아가씨께서 기다리고 계실 테니 어서 타고 돌아가야 하는데…… 흠, 너와 동승하기에는 조금 그러네."

안 그래도 그렇게 원인 모를 불쾌함에 머릿속에 복잡한데, 마차에 오르려던 애니가 미엘르를 향해 불쑥 입을 열었다. 한껏 미간을 찌푸린 애니는 무언가 마음에 들지 않는 듯한 얼굴로 미엘르를 쳐다보고 있었다.

"아무래도 같은 마차 안에 타는 건 조금 그렇고……. 그렇지, 미엘르 너는 마부 옆에 타는 게 좋겠어."

그러고는 말도 안 되는 소리를 지껄였다.

이에 화들짝 놀란 미엘르가 되물었다.

"그게 무슨 소리야? 어째서 내가 마부 옆에 타야 한다는 말이지? 날 데리러 온 게 아니었어?"

"고개를 내려 네 몰골을 확인해 보렴, 미엘르. 이 화려한 마차에 먼지라도 묻으면 어쩌려고? 아가씨께서 모처럼 내주신 마차인데, 너 때문에 엉망이 되면 안 되잖아?"

애니가 넝마와도 같은 미엘르의 복장을 가리키며 말했다. 손가락으로 가리키는 것조차 기분이 나쁘다는 얼굴이었다. 지저분한 몰골은 이미 확인한 참이었기에 굳이 고개를 내리지 않아도 제 상태를 짐작한 미엘르의 얼굴이 화르르 붉게 달아올랐다. 거리에서 구걸을 하는 이와 다를 바가 없었기 때문이다. 그럼에도 차마 마부의 옆자리는 앉고 싶지 않았기에 구차한 변명을 늘어놓았다.

"……나중에 닦으면 되지 않겠어?"

"누가? 네가? 설마 시종에게 시킨다는 말은 아니겠지? 이제 더이상 네 뒤치다꺼리를 해 줄 시종은 없으니까."

"……!"

"물론, 마부석에 앉는다고 해도 마찬가지야. 네 몸에서 나온 더러운 것은 스스로 닦으렴. 평민들은 모두 그렇게 하니까 말이야. 냄새가 고약해서 먼저 실례할게."

그 말을 남긴 애니가 미엘르를 뒤로하고 혼자서만 마차에 올랐다. 미엘르가 무어라 말을 하든 마차 안에 태우지 않겠다는 뜻이기도 했다.

"미치지 않고서야 어떻게 감히 그런 망발을……!"

차마 더는 그냥 넘길 수가 없었기에 당장 마차 문을 열고 길길이 날뛰려던 미엘르가 이내 제자리에 우뚝 멈춰 섰다. 만약 여기서 애니가 자신을 다시 감옥에 집어넣겠다고 하면 어쩌나 하는 생각이 들어서였다.

애니가 없으면 감옥에서 나갈 수 없었다. 일단은 무슨 짓을 해서라도 아리아에게 가야 했다. 돌아가서 아리아에게 알리고 애니의 오만방자함을 고발한다면 그녀가 이 어처구니없는 일을 해결해 줄 것이 틀림없었다.

"……여, 옆에 타시겠습니까."

마부가 애써 화를 삭이는 미엘르에게 조심스럽게 물었다. 그 역시 백작저에서 일을 하다가 카린의 저택으로 넘어간 자로, 귀족일 때의 미엘르를 아주 잘 기억하고 있었다. 이런 취급을 당할 소녀가 아니라는 것 또한. 때문에 애니처럼 쉽게 반말을 사용할 수는 없었던 모양인지 쓰고 있던 모자까지 벗으며 꽤 정중하게 응대했다.

"……그래야겠지."

미엘르가 깊은 한숨과 함께 대꾸했다. 정중한 마부의 대응에 그나마 조금이나마 화가 누그러진 모습이었다. 아주 친절하게도 마부는 자신의 낡은 손수건을 손수 깔아 미엘르를 위한 자리를 만들어 주었고, 선택의 여지가 없었기에 미엘르가 마부의 손수건 위에 엉덩이를 붙였다.

미엘르가 옆에 앉았기 때문인지 마차가 아주 천천히, 그리고 부드럽게 달리기 시작했다. 푹신한 쿠션으로 둘러싸인 마차 내부와 비교하면 마부석은 꽤 불편했기 때문이었다. 익숙하지 않은 미엘르가 앉기에는 더더욱 그러했다. 그래서인지 마부가 계속해서 미엘르의 안색을 살폈다.

"괜찮으십니까?"

"……괜찮아. 그러니 마차를 조금…… 아니, 아주 빨리 몰아 줘."

그러나 미엘르는 그런 것 따위는 신경도 쓰이지 않는 상태였다. 카린의 저택으로 돌아가려면 광장을 지나야 했고, 광장을 지나는 길목마다 대량의 인파가 미엘르에게 적의를 보냈기 때문이었다.

"못된 년!"

"어휴. 아리아 님께서 진짜 감옥에서 꺼내 주셨네."

"나라를 팔아먹으려 하다니, 역사에 길이 남을 악녀가 따로 없네. 쯧쯧!"

"저 꼴을 보고 누가 과거에 귀족이었다는 걸 알까. 추하기 그지없군."

"죽지 왜 살았을까!"

참기 힘든 모욕에 미엘르가 눈을 꾹 감으며 고개를 숙였다. 아무리 초라해진 몰골이라고는 하나, 본래의 이목구비와 머리카락을 감출 수는 없는 노릇이었다. 더불어 눈이 부실 정도로 화려한 마차가 아리아의 마차라는 것도 알려진 참이었고 말이다.

그래서 저절로 모인 시선이 미엘르에게 닿았고, 비난과 욕설을 서슴지 않았다. 때문에 조금 편히 가자고 마차의 속도를 줄이는 것보단 불편하지만 속도를 내어 시선을 피하는 편이 나았다.

"아…… 알겠습니다. 그럼 떨어지실지도 모르니, 단단히 잡으십시오."

마부 역시 눈치를 챈 모양인지, 그제야 마차의 속도를 올리며 광장을 빠르게 빠져나갔다. 덕분에 마차 바퀴와 말발굽의 시끄러운 소리에 묻혔고, 더는 미엘르를 모욕하는 소리가 들리지 않았다.

* * *

"……여기가 언니의 새로운 저택이라고?"

"정확히는 카린 님의 저택입니다."

"카린……?"

"백작 부인님의 본명이라고 하셨습니다. 이제 더는 백작 부인님이 아니셔서 카린 님이라고 부르고 있습니다."

"아……."

점점 가까워지는 아름다운 저택에 미엘르의 눈동자가 흔들렸다. 백작저에 있던 시종들을 모두 데리고 왔다며 설명을 늘어놓는 마부의 목소리는 들리지도 않았다.

그저 그 천박한 매춘부가 이토록 대단한 부를 쌓고 떵떵거리며 산다는 것이 믿기지 않았다. 분명 백작의 재산은 모두 빼앗겼을 텐데, 어디서 모은 거지?

"세상에. 정말 미엘르 아가씨셔……."

"이제 아가씨는 아니지. 우리를 고용하신 분은 카린 님이시니까."

"그건 그렇지만……. 15년이 넘게 아가씨라고 불렀는데 갑자기 반말을 하는 것도 이상하고."

"맞아……. 평민이 되셨다고는 하지만 아무래도 갑자기 막 부른다는 건 조금 이상하지."

"근데 저 몰골 좀 봐. 어떻게 저렇게 될 수가 있지?"

"한껏 꾸민 애니가 옆에 있어서 그런지 더 비교되네."

"반역을 저질렀으니 저런 꼴을 당해도 싸지."

"쉿! 여기 본다. 눈 돌려 눈!"

저택에 도착한 마차에서 미엘르가 내리는 것을 지켜보던 시종들이 저마다 한마디씩 거들었고, 목소리가 조금 컸던 모양인지 미엘르가 잔뜩 날이 선 눈으로 그들을 흘겼다.

"주인이 귀족에서 평민으로 바뀌어서 그런지 말버릇이 대단하구나. 그간 어떻게 참았니?"

그러곤 따끔하게 한마디 쏘아붙이자, 뒤늦게 마차에서 내린 애니가 까르르 웃으며 대답했다.

"세상에, 누가 누굴 혼내는지 모르겠네. 당연한 이야기를 하는데 왜 화를 내니?"

아무리 평민으로 격하되었다고는 하지만 저리도 대놓고 함부로 대하다니. 놀란 시종들이 수군대기 시작했고, 이제 아리아의 곁으로 오게 된 미엘르가 애니에게 쌓였던 화를 내리던 참이었다.

"너, 감히 시녀 주제에……!"

"애니, 수고했어. 미엘르, 왔구나?"

아리아가 나타나지 않았다면 그렇게 할 셈이었다.

하지만 마치 기다렸다는 듯 저택에서 나온 아리아가 화사하게 웃으며 미엘르를 반겼고, 애니는 언제 그랬냐는 듯 순진한 양의 표정을 지으며 아리아에게 돌아왔다며 인사를 했다.

"아가씨! 앞으로 언제든 편하게 맡기고 찾아가도 된다고 하더라고요."

"그래? 그것참 잘됐구나."

애니가 꼬리가 있다면 흔들 기세로 아부를 떨었고, 아리아가 참 잘했다며 그녀의 머리를 쓰다듬었다. 마치 그녀의 행동을 칭찬하듯 말이다.

저렇게 해서 그녀의 환심을 산 것인가. 본래 주인을 배신하고 모욕을 할 만큼 말이다. 참으로 역겹기 그지없었으나, 미엘르 역시 그녀와 같은 행동을 할 참이었기에 마른침을 한 번 삼켜 지저분하게 헝클어진 머리를 정리하곤 아리아에게 다가갔다.

"언니!"

"미엘르, 몸이 성치 않아 보이는데 괜찮니?"

"……괘, 괜찮…… 아요."

무척이나 다정한 아리아의 목소리에 지금까지 있었던 일을 말하기도 전에 괜히 억울함이 몰아쳤다.

어찌 이리도 마음이 넓을까. 과거에 자신이 생각했던 '천박한 매춘부의 딸'이라는 이미지와는 전혀 딴판이었다. 정말 아리아는 아주 우아하고, 자애롭고, 따뜻한 성품을 지닌 아름다운 여성이었다. 자신에게 해코지를 한 이에게도 손을 내미는 천사였다.

아리아라면 분명 못된 말과 행동을 일삼는 애니에게 철퇴를 내릴 수 있을 터. 애니가 자신의 보호자가 되었으니 그 멍청하고 어리석은 행동을 따끔하게 꾸짖어 고쳐야 했다. 미엘르가 달아오른 눈가를 한 번 비비곤 아리아에게 말했다.

"언니, 드릴 말씀이 있어요."

"내게?"

"네! 꼭 들어 주셔야 해요. 주제도 모르고 날뛰는 못된 아이에 대한 말이거든요. 언니께 누가 될까 걱정이 될 정도예요."

그 말에 아리아가 눈썹을 추어올리며 놀라움을 금치 못했다.

"그런 아이가 있단 말이야? 난 전혀 몰랐네⋯⋯. 아주 중요한 문제 같으니 네 말을 꼭 들어 봐야겠구나."

그러고는 크게 동요하며 그러겠노라 고개를 끄덕였다.

"아가씨, 그전에 미엘르는 몸을 씻어야 하지 않을까요? 옷도 갈아입어야 할 것 같은데. 이대로 아가씨와 대화를 나누게 할 순 없죠. 냄새도 나는 것 같고요."

아리아가 나누는 대화의 주인공이 자신인지도 모르고 애니가 다시금 미엘르를 모욕하는 말을 내뱉었다. 여우 같은 아리아라면 저 뜻을 읽고 애니를 혼내지 않을까 기대하는데, 뜻밖에도 그녀는 미엘르가 퍽 가엾다는 얼굴을 하며 어서 그렇게 하는 것이 좋겠다고 애니의 의견에 동의했다.

"애니, 네가 보호자이니 잘 챙겨야 해. 흙먼지가 묻어 병에 걸릴 수도 있으니 옆에서 잘 도와주렴. 넌 아주 착한 아이잖니?"

"그럼요, 아가씨. 걱정하지 마세요. 저만 믿고 안심하세요. 아가씨께선 아주 바쁘신 분이잖아요. 이런 사소한 것에 신경을 쓸 분이 아니시죠."

"고마워, 애니. 미엘르, 애니가 널 도와주겠다고 하니 참으로 다행이구나. 이따가 보자."

그러더니 부드러운 미소만을 남기며 자리를 떠났다. 잠깐 기다리라는 미엘르의 손이 무색하게도. '어째서……? 모욕을 하고 비꼬는 것이 분명한 말투였는데, 정말 걱정하는 것으로 들었다고……?' 믿기지 않음에 입을 벙긋거리자, 의기양양한 얼굴의 애니가 미엘르의 앞에 다가왔다.

"자, 미엘르. 목욕해야지. 모두 인상을 찌푸리며 널 보고 있잖니?"

정말 애니의 말대로 시종들이 모두 미엘르를 주시하고 있었다. 궁금증과 가여움, 그리고 조롱의 눈빛이 한곳에 몰려들었다. 아리아의 허락이 떨어졌다고 봐도 무방한 상태였기에 모두의 시선에 거리낌이 없었다.

"얘들아, 미엘르에게 시녀들이 쓰는 욕실을 알려 주렴. 감히 주인님들께서 사용하시는 욕실을 사용하게 할 순 없으니까 말이야."

"알았어, 애니."

"그래. 거기가 마땅하지."

기다렸다는 듯 달려 나오는 몇몇 시녀들에게서 까르르 웃음소리가 터졌다.

그녀들은 진즉 아리아에게 붙은 시녀들이었다.

＊　＊　＊

"……어떻게 하는 거지?"

거친 손길에 떠밀려 욕실에 들어오기는 했으나, 태어나서 처음으로 혼자 목욕을 하게 된 미엘르가 작은 대야를 들고 거대한 목욕용 물통 앞에 서서 곤란한 목소리를 냈다. 도무지 뭘 어떻게 해야 할지 몰랐기 때문이었다.

설마 저 큰 물통에 담긴 물을 이 작은 대야로 떠서 몸을 씻는 건지 생각되어 물통에 손을 넣어 보자, 얼음장같이 차가운 물 온도에 소름이 끼쳤다.

"앗! 차가워!"

깜짝 놀란 미엘르가 황급히 제 손을 빼내 감싸 쥐었다.

아무리 겨울이 지나 초봄이라고는 하나, 도저히 데우지 않고서는 목욕을 할 수 있는 온도가 아니었다.

'시녀들이 모두 이렇게 차가운 물로 목욕을 한다고? 평민들은 그렇다고……? 어떻게 이런 차가운 물로 목욕을 하고 병이 나지도 않는 거야? 이 물로 몸을 씻는다면 당장 감기에 걸려 쓰러질 것 같은데……?'

절대 아닌 것이 분명했다. 아니, 확신할 수 있었다. 그리고 설령 평민들이 차가운 물로 목욕을 한다고 해도 자신을 그렇게 하고 싶지 않았다.

스스로 몸을 씻는 것까진 어떻게 이해한다고 해도 이렇게 차가운 물로 목욕을 할 순 없었다. 조금 데우기만 해도 될 것 같은데 왜 굳이 차가운 물로 목욕을 해야 한다는 말인가!

말도 안 된다는 생각에 대야를 집어 던지고 욕실을 빠져나가려 문을 열자, 시녀들이 문 앞에 대기하고 있었다. 시녀들의 불만 섞인 표정은 제대로 목욕도 하지 않고 욕실을 나온 미엘르 때문인 것처럼 보였다.

"왜 그냥 나오셨어요? ……아, 아니. 흠흠, 나왔어?"

아직 반말이 익숙하지 않은 시녀가 말을 고치며 물었다.

팔짱을 낀 모습이 꽤 어색했다. 과거에 그리도 아부를 했던 이에게 비아냥거려야 했기 때문이었다. 그럼에도 눈빛만큼은 애니 못지않게 냉랭했다. 이에 미엘르가 한껏 화가 난 얼굴로 대답했다.

"……저렇게 차가운 물로 어떻게 목욕을 하라는 거야?"

"차갑다니? 평범한 물인데?"

그런 미엘르의 반항이 씨알도 먹히지 않는다는 듯 다른 시녀가 당연한 투로 대답했다.

"평범하다고? 너희들에게는 그럴지도 모르겠지만 내게는 아니야. 도저히 저 차가운 물로는 목욕을 할 수 없으니 데운 물을 가져다줘."

"뭐라고? 설마, 평민이 된 주제에 감히 아가씨처럼 물을 데워서 씻을 생각은 아니겠지? 이제 그만 자기의 분수와 위치를 파악하지 그래?"

되묻는 시녀의 얼굴이 손에 닿았던 물보다 더 차가웠다.

때문에 미엘르가 말을 잃고 입술을 깨물었다. 어째서 저리도 날이 서 있는 것일까.

한때는 자신에게 가장 아름답고 우아하다며 칭송을 늘어놓았던 시녀들이었다. 제국에서 가장 부유한 백작가의 시녀로서 늘 자부심과 긍지를 잃지 않았던 그녀들이었건만, 어째서 지금은 이리도 멍청하게 행동한다는 말인가.

"……로스첸트 백작가의 시녀로 지낸 너희들이었기에 대화를 하려고 했는데, 역시 내가 바보였어. 아무래도 언니에게 말씀드려야겠어."

그녀들과 대화를 섞을 가치가 없다는 듯 미엘르가 한숨을 내쉬며 말했다. 평민으로 신분이 낮아졌다고 이러한 대우를 하는 모양인데, 자신은 그녀들과는 다르게 이런 대우를 받을 만한 천한 출신이 아니었다.

애초에 저택 주인의 딸이자 아리아의 동생이 아닌가? 아리아와 대화를 하면 끝이 나는 일이었다. 아리아 역시 이를 알게 된다면 크게 슬퍼할 터. 애초에 귀한 태생인 자신이 이런 사소한 문제를 가지고 시녀들과 입씨름을 하는 것 자체가 우스운 일이었다.

게다가 지금의 미엘르에겐 입씨름할 기력도 남아 있지 않았다. 그런 쓸데없는 곳에 시간을 낭비하기보다는 한시라도 빨리 몸을 씻고 영양이 듬뿍 들어간 식사를 한 뒤, 포근한 침대에 누워 잠을 청해 기력을 보충하고 싶었다. 때문에 자리를 벗어나 아리아를 찾아가려 하는데, 시녀 중 한 명이 미엘르의 어깨를 잡아 그렇게 하지 못하게 막아섰다.

"뭐라고!? 어딜 가는 거야? 목욕을 하라는 지시를 들었잖아!"

"……나야말로 말했잖아? 언니에게 간다고."

"그 꼴로 아리아 아가씨께 간다고? 정말 그럴 생각이야?"

시녀가 노골적으로 미엘르를 훑으며 물었고, 차마 시녀들보다 지저분하고 못난 꼴에 미엘르의 얼굴이 다시 붉어졌다.

"염치도 없지. 걷는 자리마다 더러워지는 것도 모르고."

"마구간지기도 너처럼 지저분하지 않을걸?"

"그렇지 않아도 바쁜 아리아 아가씨께 무슨 행패야?"

귀족들의 우아한 화법에 익숙한 미엘르가 시녀들의 일차원적인 공격에 수치심을 느끼며 파르르 몸을 떨었다. 어디서 주제도 모르는 것들이.

분수와 주제를 깨달아야 하는 것은 자신이 아닌 시녀들이었다. 그래서 화를 내려다가 금세 자신이 이런 천박한 시녀들과 대치를 할 입장이 아니라는 것을 깨닫고는 표정을 가다듬었다.

"그건 너희들이 상관할 문제가 아니지. 게다가 아까부터 하대하는 말투가 너무 거슬리는데, 아무리 평민으로 신분이 격하되었다고는 하지만 나는 너희들의 주인이었고, 지금은 너희 주인인 아리아 언니의 동생이야! 언니께서 아시면 분명 엄벌을 면치 못할걸!?"

그러니 여전히 자신이 시녀들의 위에 있다며 버럭 내지르듯 소리치는 그 말에 시녀들이 잠시 욕탕의 얼음물처럼 딱딱하게 굳었다.

미엘르는 자신이 그녀들에게 일침을 가했다고 생각한 듯 얼굴에서 화를 지우고, 몰골에 어울리지는 않았지만 도도한 표정을 되찾았다. 하지만 그런 미엘르의 생각은 착각이었다. 시녀들이 서로 시선을 교환하더니 이내 어처구니가 없다는 듯 크게 웃어 젖혔기 때문이었다.

"들었니? 세상에, 정말 머리가 어떻게 된 거 아닐까?"

"카린 님의 딸이자 아리아 아가씨의 동생이라니……. 도대체 언제 적 이야기를 하는 거지?"

"저 몰골을 하고도 그런 소리라니……. 저기요, 미엘르 씨. 카린

님께서 전 백작님과 이혼하셨다는 사실을 잊으셨어요?"

그러곤 기다렸다는 듯 조롱이 따라붙었다. 백작과 카린이 이혼을 했으니 너는 이제 아무것도 아니라는 말이었다. 미엘르가 무어라 반박을 하기 전에 시녀들이 다시금 입을 열었다.

"혹시 세간에 흐르는 소문을 믿는 건 아니겠지?"

"……소문, 이라니?"

그 음흉하고 비밀스러운 얼굴에 미엘르가 저도 모르게 동요하여 되물었다.

"카린 님께서 재산을 지키기 위해 임시로 전 백작님과 이혼을 했다는 소문 말이야."

"……!"

"당연히 그럴 리가 없지 않으시겠어? 카린 님께선 저렇게나 젊고 아름다우신 데다가 재산까지 많으신데, 왜 병든 전 백작님과 재혼을 하겠어? 전 백작님께는 남은 것이 아무것도 없는데?"

지극히 타당한 그 물음에 또 다른 시녀가 동조했다.

"병이 들기만 하셨어? 반역죄라는 무거운 죄를 범한 자식들까지 있잖아? 바로 눈앞에 말이야."

"이 모든 일의 원흉이라고 부를 만한 존재이기도 하지."

시녀가 손가락으로 미엘르를 가리키며 말했다.

그 누구도 부정할 수 없는 사실이었다. 지금껏 백작이 내세울 수 있는 것은 재산과 작위뿐이었는데, 이제 그 모든 것을 잃고 건강까지 잃었으니 그 누가 그의 곁에 남아 있을까.

게다가 그것들을 모두 잃게 만든 장본인이 바로 미엘르였다. 그녀의 멍청한 행동으로 인해 로스첸트 백작가가 풍비박산이 났고,

백작 또한 건강을 잃었다.

"전 백작님께서 계단에서 떠밀리지만 않으셨어도 일이 이 지경이 되진 않았을 텐데 말이야."

미엘르가 백작을 계단에서 밀지만 않았어도 사태가 이렇게까지 극단적으로 치닫진 않을 터였다.

이를 긍정하며 시녀들이 맞장구를 치자, 미엘르의 안색이 창백해졌다. 정말로 이 모든 원흉이 미엘르였기 때문이었다. 스스로 알고 있는 것과 누군가에게 듣는 것은 그 타격이 전혀 달랐다. 후자가 훨씬 더 미엘르에게 충격을 주기 충분했다.

"그, 그건……."

애써 모른 척 외면했던 책임의 소재를 묻자 미엘르가 말을 더듬었다. 달리 무어라 변명을 할 수 있을까. 이미 명명백백하게 밝혀진 사실에 당사자의 변명을 들을 필요도 없었다. 그래서 아리아의 편이 됨과 동시에 미엘르에게 적의를 갖게 된 시녀들이 다시 조롱을 시작했을 때쯤이었다.

"뭐 하니?"

잠시 자리를 비웠던 애니가 나타나 모여 있는 시녀들을 보며 물었다. 그러고는 아직도 씻지 않고 지저분한 몰골을 한 미엘르를 보며 미간을 찌푸렸다.

"왜 아직도 이러고 있어? 목욕은?"

"글쎄? 잘 모르겠어. 예전에는 그리도 깨끗한 걸 좋아하더니, 이제는 아닌가 봐. 물이 어쩌고저쩌고 하는데 뭘 어쩌라는지 모르겠어."

이에 시녀들이 시치미를 떼며 모르는 척 굴었고, 시녀들에게 미리 언질을 주어 이 우스운 상황을 만든 장본인인 애니가 손뼉을 치며 말했다.

"아, 혹시 평민이 된 지 얼마 되지 않아 혼자 씻는 법을 모르는 게 아닐까? 그렇다면 가여우니 너희들이 도와주는 게 어때?"

"……뭐?"

설마 시중을 들라는 말인가? 거기까지는 듣지 못했기에 애니의 의도를 파악하지 못한 시녀들과 영문을 모르겠다는 미엘르가 눈을 끔뻑이며 애니를 쳐다보았다.

"뭣들 하고 있어. 아리아 아가씨께서 기다리시잖아."

그러자 비웃음을 머금은 애니가 미엘르의 팔을 잡고 욕실로 끌고 갔다.

"자, 잠깐!"

놀란 미엘르가 소리쳤으나 이미 애니의 손에 작은 대야가 들린 뒤였다.

"기다려! 기다리라고! 애니! 너! 그 물을……!"

'어떻게 할 셈이야!'라는 말은 나오지 못했다. 당황한 미엘르를 본체만체한 애니가 곧장 차가운 물을 가득 퍼 올려 망설임 없이 미엘르의 머리 위로 내용물을 쏟아 냈기 때문이었다.

"꺄악!?"

갑작스런 찬물 세례로 놀란 미엘르가 비명을 내지르며 자리에 주저앉았고, 같은 시녀들마저도 놀라 숨을 삼켰다.

이 추운 날씨에 찬물이라니. 사실 아무리 평민이라고 하여도 이런 날에는 데워서 사용하는 것이 보통이거늘. 게다가 저택에는 필요 이상의 장작이 준비되어 있었기에 언제든 말만 하면 목욕물을 데울 수 있었다.

만약 데우지 못할 상황이라면 차라리 목욕을 미루는 경우도 많았다. 며칠 목욕을 하지 못한 것보다는 찬물로 목욕을 하여 병을 얻기 더 쉬웠기 때문이었다.

그렇기에 조금씩 천천히 목욕을 하는 것을 기대했던 시녀들은, 그 차가운 물을 머리부터 끼얹었다는 사실에 저마다 놀라 벌어진 입을 가리며 상황을 지켜보았다. 차마 간섭하기 어려운 상황이었기 때문이기도 했다.

"얘들아, 뭐 하니? 어서 혼자서는 목욕도 하지 못하는 미엘르를 도와주렴."

"……애니……."

마치 정말 악녀라도 된 듯 너무 심하게 미엘르를 몰아붙이는 애니의 행동에 시녀들이 망설임을 표했다. 미엘르가 죄를 짓고 평민이 된 것과는 별개로 누군가에게 직접 악행을 저지르는 것은 꽤 거부감이 드는 행동이었기 때문이었다. 조금 말로 상처 주는 것과는 비교도 할 수 없을 만큼.

"뭐 해?"

애니가 다시 물었지만 시녀들은 우물쭈물할 뿐 적극적으로 나서지 못했다.

이에 욕실이 울릴 정도로 크게 한숨을 내쉰 애니가 다시 작은 대야에 물을 채우며 시녀들을 재촉했다.

"아리아 아가씨께서 기다리신다니까?"

"……."

하지만 어찌 '아리아'를 들먹이는 그 말을 무시할 수가 있을까.

그녀들 또한 아리아가 미엘르를 부탁한다는 말을 들었기에 눈치를 보며 주저앉은 미엘르에게 다가왔다.

"잘 생각했어. 혼자 씻기는 것보다는 여러 명이 하는 편이 훨씬 금방 끝날 테니까."

이에 애니가 활짝 웃으며 말했고, 차가운 물세례와 충격에 빠져 몸을 바들바들 떨던 미엘르가 그만하라며 소리를 쳤다.

"내가, 내가 할게……! 그러니까 제발……!"

이제 더는 아리아에게 가겠다는 말은 하지 않았다. 아니, 시녀들의 괴롭힘을 지나지 않고는 갈 수 없음을 깨달았기에 차라리 스스로 몸을 씻겠다고 결정한 듯 보였다. 그 현명한 선택에 애니가 손에 든 대야를 내려놓았다. 찬물 세례를 퍼 부울 뻔한 시녀들 역시 가슴을 쓸어내렸다.

"좋아. 이제 더는 애먹이지 않았으면 해. 어서 깨끗이 단장하고 아가씨를 찾아뵈어야 하잖아, 미엘르. 게다가 카인 도련님……. 아, 이제는 그냥 카인이지? 아가씨께서 카인도 불렀다고 하니 어서 몸을 깨끗이 하렴."

카인까지 불렀다는 소리에 한기에 바들바들 떠는 미엘르의 손이 대야를 잡았다. 다른 손으로는 제 몸을 문지르며 닦는 것을 확인한 애니가 이내 만족한 듯 욕실을 벗어났고, 미엘르를 곁눈질하던 시녀들 또한 애니를 따라 욕실을 나섰다.

* * *

목욕을 마치면 아리아를 만날 수 있을 거라는 미엘르의 기대와는 달리, 미엘르는 쉽게 아리아를 만날 수 없었다. 아리아가 무척이나 바쁘다는 이유 때문이었다.

"어차피 카인…… 도 저녁에 방문할 예정이니 같이 보자고 하셨어. 아가씨께선 그때까지 할 일이 아주 많으시거든."

나이가 어리고 아직 작은 미엘르라면 모를까, 카인을 이름만으로 부르는 것은 아직 어색한지 애니가 잠시 말을 멈췄다가 다시 이었다.

이에 목욕을 할 때에도 들었던 소리를 다시금 확인받은 미엘르가 놀라 제 입을 가렸다.

"카인 오라버니까지……."

"네가 뭐가 예쁘다고! 함께 저녁이라도 드실 모양이야. 식사를 두 사람분 더 지시하셨으니까. 어처구니가 없지."

애니가 기가 찬다는 듯 헛웃음을 내뱉었다. 그럼에도 불구하고 미엘르는 아리아가 자신, 그리고 카인을 위하고 있다는 사실에 안도하며 가슴을 쓸어내렸다.

서류상으론 이혼을 했지만 여전히 가족은 가족이었다. 정말 평민이라고 봐도 무방한 단출한 의복과 방은 마음에 들지 않았지만, 이렇게 마련을 해 준 것만으로도 충분히 만족스러웠다.

물론, 그렇다고는 해도 언제까지 이런 평민 놀이를 하며 가만히 있을 생각은 없었다. 마음에 들지 않는 부분은 후에 바꿔 달라고 할 생각이었다. 당장 오늘 저녁에라도.

"어쨌든, 아가씨께선 그사이 할 일이 많으시니 너도 모처럼의 여유를 즐기렴. 이제 더는 여유가 없을지도 모르니까."

"……언니께선 무슨 일을 하시는데?"

그렇게 말하고 돌아서려는 애니를 미엘르가 질문으로 잡았다. 문득 궁금해졌기 때문이었다. 아무것도 가진 것이 없으면서 늘 무언가를 하며 바빴던 아리아였다.

그 결과 주제에 유망한 젊은 사업가들에게 투자를 하며 부와 세력을 불리기도 했고, 저택의 시종들을 모조리 구워삶아 자신의 편으로 만들기도 했다.

예전에는 아리아를 하찮은 존재로 여겨 그녀가 바삐 했던 모든 것들 또한 별 볼 일 없는 것으로 생각했었는데 지금은 아니었다. 진심으로 궁금했다. 그래서 묻자, 애니가 진심으로 놀란 얼굴로 되물었다.

"아무리 감옥에 갇혀 있었다고는 하지만, 정말 모르는 거야?"

"……."

얼마 전까지만 해도 귀족 영애들 중에서 가장 영민하고 총명하다는 소리를 들었던 미엘르였으나, 정말 애니의 말대로 아는 것이 아무것도 없었기에 자신을 업신여김에도 달리 대꾸할 말이 없었다. 미엘르가 아는 것은 남들에게 뽐낼 수 있는 교양 지식에 불과했으니까.

그렇기에 대답이 없자, 허리에 손을 얹은 애니가 제 자랑인 양 떠벌리기 시작했다.

"반역을 저지른 귀족들을 대신하여 그 자리를 채울 사람들과, 또 황성과 연락을 하고 계셔. 빈 영지와 관직이 상당하거든."

"그걸 왜 언니가 하시는데……?"

뜻밖의 대답이었기에 그리 묻자, 당연하다는 듯 애니가 대답했다.

"그 자리에 아가씨께서 투자하신 귀족분들이 들어가실 예정이거든! 특별한 업적이 없어 영지까지 하사받진 못하겠지만 비슷한 권력은 주어지겠지. 관리를 해야 하니까. 관직도 그렇고 황성에 부족한 일손 또한 아카데미에서 유능한 자들로 충원하실 모양이야. 부족한 능력은 아카데미에서 배우게 만들고 말이야. 여러모로 아가씨의 도움이 절실한 상황이지. 아니, 이제는 아가씨가 없으시면 제국이 망해 버릴걸?"

애니가 오버하며 대답했지만 어느 정도는 사실이었다.

제국의 귀족들이 대량으로 처형되었기에 빈자리를 채우는 이들이 모두 아리아와 인연을 맺은 하급 귀족이 되었다. 평민 중에서도 유능한 자들은 귀족파가 심어 놓은 관료들을 내보낸 빈자리를 채우는 데 투입될 예정이었다.

이미 공공연하게 퍼진 소문이라서 숨길 필요도 없었다. 벌써 몇몇은 공식 발령이 나기도 했으니까 말이다. 아리아의 편이 곧 황태자의 편이기도 했기에 그렇게 하는 것이 강한 권력을 잡기에도 용이했다. 과거 귀족파가 자신들의 세력을 권력 기관에 집중시켜 황권을 무력화시키려 했던 것과도 비슷한 일이기도 했다.

"그, 그래서 언니가 중간에서 그 일을 하신다고?"

자신의 생각보다 더 대단한 일을 하고 있었기에 미엘르가 놀란 기색을 숨기지도 못했다. 이에 신이 난 애니가 자세하게는 모르면서도 아는 척을 하며 아리아의 자랑을 늘어놓았다.

"그것 말고도 아주 많으시지. 감히 너는 상상도 하지 못할 정도로 아주 많이 말이야. 그러니 있던 약혼자에게 버림받은 너와는 다르게 황태자 전하의 마음까지 사로잡으신 게 아니겠어?"

타고난 출신과 배움에 하늘과 땅의 차이가 있음에도 불구하고 말이다.

"뭐, 어쨌든 모처럼의 휴식에 감사하며 조용히 기다리고 있으라고. 앞으로 이렇게 편하게 지낼 날도 머지않았으니까."

전할 말은 이게 전부인 것인지, 아니면 더는 비아냥거릴 것이 없는 것인지 애니가 의미심장한 말을 남기고 미엘르의 방을 떠났다.

"언니가…… 과거 이시스 님처럼 권력의 중심이라는 거야……? 언니는 평민인데……? 그것도 매춘부의 딸이고. 정작 이시스 님은 이제 더는……."

이 세상에 남아 있지조차 않은데.

애니의 비아냥을 미처 깨닫지 못한 미엘르는 아리아에 대한 새로운 정보에 충격을 받아 한참을 혼잣말을 하며 시선을 허공에 두었다.

＊　＊　＊

저녁은 아주 늦게 먹게 되었다.

무슨 일인지 아리아가 방에서 나오지 않았기 때문이었다. 덕분에 아리아의 부탁으로 저녁 식사 시간에 맞춰 저택으로 이송된 카인은 아주 오랫동안 현관에서 시종들의 눈빛을 받아야 했다. 가뜩이나 관심받을 것이 수두룩한데 카인이 시동의 복장을 하고 있었기 때문이었다.

나이로 치면 시동은 아니건만, 이제야 막 황성에 들어간 참이었기에 달리 선택의 여지가 없었다. 황성에 들어가는 시종들은 모두 어린 나이에 선발이 되어 들어갔기 때문이었다. 성인이 된 뒤에 들어가는 경우는 거의 없다시피 했기에 이를 위한 복장이 존재하지 않았다.

"……세상에."

"저게 정말 카인 님이라고……?"

"모, 못 볼 걸 본 느낌이야."

그간 주인이라고 떠받들었던 이가 평민의 복장도 아닌 시동의 복장을 하고 나타났기에 다들 할 말을 잃은 듯 믿기지 않는다는 소리를 연발했다. 그럼에도 시선을 치울 수 없는 까닭은 성인 남성이 시동의 복장을 한 것이 꽤 우습고 이상했기 때문이었다.

정말로 정신이 이상한 사람이 아니라면 다 큰 성인이 아이의 옷을 입을 일은 없었다. 아무리 사이즈가 맞다고는 하여도 모양새와 무늬가 시동의 것이었다. 그것을 카인 또한 알았기에 애써 모른 척을 하다가 결국 수치심을 이기지 못했는지 눈을 흘기며 눈을 치우라 경고했다.

"……뭘 봐."

하지만 통할 리가. 아니, 주인이 바뀐 지 얼마 되지 않아 몇몇은 정말로 눈을 치웠으나, 대부분이 눈을 더욱 크게 뜨고 카인을 훑었다. 카인의 뒤에 감시자와 같은 사람이 붙어 있기 때문이기도 했다. 여차하면 그가 카인을 제압해 주지 않을까 생각해서였다. 감시자의 역할이 바로 그것이었으니까.

시종들은 이제야 카인과 미엘르가 반역을 저질러 그 명망 높았던 로스첸트 백작가가 망했다는 사실이 와닿는 듯한 얼굴들이었다. 아리아가 한참이나 내려오지 않았기 때문에 카인을 향한 조롱과 호기심이 계속되었다. 아주 오랫동안. 그리고 밤이 깊었을 무렵이 되어서야 아리아가 자신의 방에서 1층으로 내려왔다.

"세상에. 오라버니, 언제 오셨어요? 바빠서 미처 몰랐네요."

몇 번이나 제시를 통해 보고를 받았음에도 아리아가 몰랐던 척 부드러운 걸음으로 카인에게 다가갔다.

"오시느라 고생하셨어요. 어서 식사를 드는 게 좋겠어요. 공교롭게도 어머니께선 외출 중이시라 저희들끼리 들어야겠어요. 제시, 미엘르를 불러다 주겠니?"

나긋한 아리아의 말투에 수치심을 느끼던 카인의 표정이 풀어졌다.

반역에 가담한 자신을 처형대에서 구해 주고 앞으로 멀쩡히 살아갈 길을 마련해 주었는데 어찌 기쁘지 않을 수가 있을까.

"식당으로 가요, 오라버니."

아리아의 부드러운 미소에 식당으로 걸음을 옮기는 카인의 발걸음 또한 가벼워졌다. 마치 과거 귀족이었던 그의 발걸음을 보는 듯했다. 아리아와 카인이 식당에 도착하고 얼마 지나지 않아 곧장 미엘르가 나타났다. 답지 않게 숨까지 헐떡이는 걸 보면 이 상황을 아주 오랫동안 기다린 듯싶었다.

"오라버니! 언니!"

한껏 상기된 얼굴로 목소리를 높이는 미엘르에 시종들의 시선이 쏠렸다.

아무리 이 자리에 귀족이 없다고 한들 저리도 경박스러운 행태라니. 과거에는 그리도 아름다운 귀족 영애였는데. 하지만 이를 신경도 쓰지 못할 만큼 흥분한 미엘르가 놀란 눈으로 자신을 훑어보는 카인을 한 번 품에 안고 아리아를 향해 돌아섰다.

"언니, 계속 뵙고 싶었어요."

"그러니? 미안해. 내가 계속 바빠서……. 일단 자리에 앉으렴. 저녁부터 들자."

겨우 만나 할 말이 많은 듯 보였으나, 이렇게 서서 갑자기 이런 저런 이야기를 나눌 수는 없었기에 미엘르가 고개를 끄덕이며 자신의 자리를 찾아 앉았다.

"이미 너무 늦어 버렸지만, 식사를 하면서 얘기해요."

그리 말한 아리아가 샐러드를 입에 넣었다.

바쁜 듯 서두르는 손놀림이었다. 그럼에도 아주 우아하고 자연스러운 몸짓이었기에 보는 이로 하여금 감탄을 자아내기 충분했다. 우리 아가씨께선 어쩜 저렇게 모든 행동이 우아하실까.

"……일단은 이렇게 우리를 구해 줘서 고맙다고 전하고 싶다."

아리아가 바삐 식사를 시작했기에 눈치를 보다가 말을 먼저 꺼낸 것은 카인이었다. 그가 아리아에게 그간의 노고에 대한 감사를 표했다.

"별로 큰일도 아니었는걸요."

이에 아리아가 대수롭지 않았다고 대답하자 카인의 낯이 퍽 어두워졌다. 이제 정말 아리아가 너무나도 큰 존재가 되어 버린 것을 실감한 탓이었다. 카인이 말을 이었다.

"……아버지의 일도 고맙다고 해야겠지. 조금 아까 모든 설명을 들었다. 사정을 모두 알고 나니 지금 내 위치가 얼마나 과분한지도 말이야."

그 말에 사정을 모르는 미엘르가 대답을 구하듯 카인에게 시선을 돌렸다. 자신이 처한 상황에 놀라 미처 백작까진 생각하지 못했는데, 아리아가 무슨 도움이라도 주었나 싶어서였다.

"뭘요. 그건 제가 아니라 오라버니께서 짊어지실 짐인데요."

"……그래도 너와 어머니께서 마음을 써 준 덕분이지."

그러나 대답 대신 계속되는 감사 표시에 결국 참다못한 미엘르가 까닭을 물었다.

"아버지께서 지금 어떻게 하고 계신데요? 저택에 계시나요?"

백작을 끔찍한 상황에 몰아넣은 장본인이었기에 스스로 묻는 것이 이상했으나, 카인이 친절하게 설명을 해 주었다.

"아버지께선…… 의료 시설에 계신다. 로스첸트 백작저마저 제국에 귀속되었기 때문에 가실 곳이 없기 때문이지."

"……그랬군요. 정말 다행이네요."

이제야 백작의 상황을 알게 된 미엘르가 정말 다행이라는 듯 가슴을 쓸어내렸다. 이혼을 하고 버려진 줄 알았던 제 아비가 무사하다는 사실을 알게 되었기 때문이었다.

그러나 여전히 미엘르가 모르는 사실이 있었기에 아리아가 이를 친히 알려 주었다.

"글쎄요. 저와 어머니는 아버지를 옮겨 드린 것밖에 한 게 없는데요. 지금까지의 비용과 앞으로의 비용을 모두 오라버니께서 감당하셔야 하잖아요?"

"……그거야 뭐, 감사히도 황성에서 급여를 지불한다고 했으니까 어떻게든 되겠지. 미엘르도 곧 성인이 될 테고."

그러니 막대한 비용이 들어가겠지만 그것을 미엘르와 함께 갚아 나가겠다는 모양이었다. 백작의 명이 끊길 때까지 말이다.

"오, 오라버니 지금 무슨 말씀이세요……? 설마 저와 같이 갚아 나가겠다는 말씀은 아니시죠?"

이에 평생 일이라는 것을 하게 되리라는 상상조차 해 본 적 없던 미엘르가 사색이 되어 되물었고, 아무런 대답이 돌아오지 않자 그녀가 자리를 박차고 일어나 목소리를 높였다.

"어, 어머니께서 아버지와 재혼을 하시면 되는 거잖아요!?"

그 말에 식당 분위기가 싸늘해졌다. 아리아와 닮은 남자와 카린이 함께 외출한 것을 본 시녀가 몇이나 있었기 때문이었다. 그것도 꽤 다정한 분위기로 말이다.

그리도 젊고 잘생긴 데다가 다정하기까지 한 남자가 옆에 있는데 누가 거동조차 힘든 백작과 재혼을 할까. 게다가 아리아와 너무도 닮아 누가 보아도 친부로밖에 보이지 않는 남자였다.

클로이의 정체까진 파악하지 못했으나, 카린이 더는 백작을 찾을 이유가 없다는 것은 카인 역시 납득하고 이해한 모양인지 더는 이를 입에 담지 않았다.

"오라버니!? 그게 무슨 말씀이세요!? 게다가 저는 애니와 떨어질 수 없는걸요! 일이라니요!"

이에 미엘르가 다시금 소리쳤고, 이를 보다 못한 애니가 감히 대화에 끼어들었다.

"아가씨, 식사 중에 죄송하지만 제가 한 말씀 올려도 될까요?"

예전 같았다면 감히 시녀 주제에 이 무슨 망발이냐 호통쳤을 문제였지만, 이제는 모두 같은 신분이었고, 또 애니가 지금 이 대화에 관련된 인물이기도 했기에 그녀를 타박할 이는 없었다.

"그래, 애니."

"저도 슬슬 저택을 나갈 준비를 해야 하니, 저를 대신하여 미엘르를 시녀로 들이는 게 어떨까요? 어차피 미엘르는 저와 붙어 있어야 하고, 또 돈을 벌어야 하는 입장이잖아요."

아리아의 허락이 떨어지자 애니가 미리 준비했던 말을 술술 풀어냈다.

아리아만이 끝을 아는 최종 악장의 시작이기도 했다. 아주 오랜 시간 기다려 겨우 만들어 낸 기회이자, 목표.

아리아가 환하게 웃으며 자신이 미리 전달한 사항을 제 생각인 양 뱉는 애니를 칭찬했다.

"좋은 생각이구나. 앞으로 아버지와 카인 오라버니, 그리고 미엘르마저 모두 행복해질 수 있는 좋은 생각이야."

그리고 가장 행복해지는 것은 아리아임이 틀림없는 시작이었다.

"저, 저는……!"

모두가 미엘르에게 저택의 시녀가 되라고 무언의 압박을 보냈기에 당황한 미엘르가 말을 더듬었다.

어떻게 자신이 그런 천박하고 미개한 일을 한다는 말인가. 도무지 납득할 수 없는 일이었다. 하지만 그렇게 말을 할 수 없었던 것은 자신이 계단에서 떠밀어 불구로 만든 제 아비가 인질로 잡혀 있기 때문이었다.

"어차피 나와 떨어질 수 없으니 선택의 여지가 없잖아? 게다가 이 저택에서 일하지 않는 자는 먹을 수 없는걸? 아리아 아가씨를 봐. 이 늦은 밤까지 일에 몰두하고 계시잖니."

저택의 주인인 카린을 제외하곤 시종들은 물론이거니와 아리아까지 모두 일을 하고 있었다. 귀족들처럼 나라에서 하사받은 영지가 없어 공짜로 생기는 것은 아무것도 없었다.

게다가 아무리 부정을 해 보아도 시녀로서 일을 하는 것 외에는 방법이 없었다. 이제 미엘르는 귀족도, 귀족의 자제도 아니었고, 그저 아무것도 손에 쥔 것이 없이 병든 아비를 책임져야 할 자식이자 죄인이었으니까 말이다.

애니의 옆에 붙어 있지 않아도 된다고 하더라도 일은 해야 했다. 더는 교육을 지원해 줄 사람이 없으니 마땅히 그간의 세월에 감사하며 일을 해야 했다. 그녀를 이렇게 곱고 우아하게 키워 준 백작에게 보답해야 했다.

"……그, 그게……."

그러니 어찌 이 이상 토를 달 수가 있을까. 반박을 할 여지가 없었다. 이제 더는 미엘르를 책임 져 줄 사람이 없었으니까.

"미엘르, 걱정하지 말렴. 월급은 충분히 챙겨 줄게. 어떻게 내가 널 홀대하겠니?"

"언니……."

월급이 문제가 아니었기에 미엘르가 곧장 반박하려 하자, 아리아가 음료를 한 모금 마시곤 덧붙였다.

"앞으로를 위해 사회 경험을 한다고 생각하고 조금씩 익숙해지는 거야. 몸이 불편해 움직일 수 없으신 가여운 아버지를 위해서 말이야."

네가 그렇게 만든 아버지를 위해서. 미엘르에게 다시금 그 무거운 죗값을 인지시킨 아리아의 눈매가 퍽 가늘어졌다.

"언제든 불편한 것이 있으면 말하렴. 너를 위해 그 정도는 해야지."

거기까지 말한 아리아가 냅킨으로 입을 닦고 자리에서 일어났다. 그다지 식사를 들지도 않았는데 벌써 끝을 낼 모양이었다.

"저는 아직 일이 남아서 식사를 이만 끝내야 할 것 같아요. 오라버니, 미엘르. 부디 천천히 즐거운 식사를 즐기시기를 바라요. 이제 서류상으로는 가족이 아니지만, 저는 두 사람을 가족처럼 생각하고 있으니까 편하게 쉬다가 가세요."

미엘르가 아직 할 말이 남은 듯 아리아에게 손을 뻗었지만, 더는 이곳에 자리할 이유가 없는 아리아가 빠르게 몸을 돌려 식당을 빠져나갔다. 그리고 로스첸트 오누이가 남겨진 식당에는 한동안 정적이 흘렀고, 잠시 뒤, 정적을 깬 것은 카인이었다.

"미엘르. 표정을 보면 네가 얼마나 불만을 가지고 있는지 잘 알겠다만, 아리아의 호의를 감사하며 겸허히 받아들여라."

"……오라버니!?"

미엘르가 믿기지 않는다는 듯한 얼굴로 카인을 응시했다. 어째서 카인마저 자신에게 시녀 따위를 권유하는가.

"……우리가 아버지를 그리 만들었으니 마땅히 보살펴 드려야지. 이제는 현실을 직시할 때가 됐으니까. 어차피 다른 선택지가 없기도 하고."

정확히는 미엘르가 그리하였으나 더는 자신의 여동생에게 상처를 줄 수 없었던 카인이 애써 말을 삼켰다.

도대체 황성에서 무슨 이야기를 들었기에 얼마 되지도 않는 시간 사이에 사람이 저토록 변한 것일까. 믿기지 않는다는 듯 제 오라비를 훑던 미엘르가 더는 이 주제로 대화를 할 의지가 없다는 듯한 카인의 태도에 입술을 달싹이다가 이내 고개를 떨어뜨렸다.

* * *

"아가씨. 정말 미엘르가 순순히 말을 들을까요?"

방으로 돌아온 아리아에게 단출한 저녁상을 가져온 애니가 아주 은밀하게 물었다.

이에 당연하다는 듯 아리아가 대답했다.

"하지 못하겠다면 하게 만들어야지. 아주 잘하고 있으니 이대로 내가 시키는 대로 하렴."

"알겠어요, 아가씨. 그런데, 이대로 미엘르를 시녀로 만들어 무엇을 하시게요? 별로 쓸모도 없어 보이는 데다가 굳이 그런 오만한 아이를 시녀로 만들어야 하는지 의문도 들고요. 설마, 제가 데리고 나가야 하는 건 아니겠죠?"

애니의 옆에 붙어 있어야 했기 때문이었다. 걱정하는 그녀에게 아리아가 뜻 모를 미소를 지으며 대답했다.

"걱정하지 마렴. 그럴 일은 없을 테니까."

정확히는 애니가 혼인을 하여 저택을 나가기 전에 일이 모두 정리될 가능성이 컸다. 아리아의 알쏭달쏭한 대답에 애니가 고개를 갸웃거렸으나, 이내 깊은 뜻이 있겠거니 생각하며 고개를 끄덕였다.

"그럼, 말씀하신 대로 내일부터 혹독하게 굴릴게요! 사실 조금 재미를 붙인 참이거든요. 귀족들이 시녀를 괴롭히는 까닭이 이런 기분 때문인가 싶기도 하고요."

시키지 않은 것까지 열정적으로 해낼 것 같은 모습에 아리아가 작게 웃음을 흘렸다. 더불어 이유가 있어서 복수를 하려는 자신보다 재미로 남을 괴롭히는 것을 선택한 애니 쪽이 훨씬 더 질이 나쁜 악녀가 아닐까 하는 생각 또한 들었다.

미엘르를 괴롭히겠다는 선언은 빈말이 아니었는지, 다음 날부터 애니는 아주 혹독하게 미엘르를 괴롭혔다. 아니, 굳이 괴롭히지 않아도 시녀로서 하는 모든 일이 미엘르에겐 고통이었다.

미엘르는 해가 채 뜨지 않은 이른 새벽부터 일어나 심심한 아침을 허겁지겁 먹고 저택의 청소를 해야 했으며, 몇 번이나 애니에게 검사를 받으며 혼이 나야 했다. 물론 처음에는 흰자위를 드러내며 반발을 하기도 했지만, 애니가 준비한 비장의 무기에 그 독기를 사그라뜨릴 수밖에 없었다.

"미엘르, 멍청한 거니 아둔한 거니 아니면 죽고 싶은 거니? 다시 감옥으로 돌아가고 싶다면 계속 그렇게 반항해."

"……!"

"설마 그 감옥이 좋은 건 아니겠지? 아무리 날씨가 풀려 간다고는 해도, 얇은 모포 한 장 없는 감옥은 조금 그렇지 않니? 식사도 제대로 못할 것처럼 생겼던데."

"너, 너……!"

몇 번이나 미엘르를 굴복시킨 것은 몸이 아픈 아버지도, 하루가 채 지나지 않았는데 체념한 듯 변한 카인도 아닌 바로 자신을 고통스럽게 만들었던 감옥이었다. 미엘르는 타인이 받는 고통을 이해하고 공감하기보다는 스스로의 안위를 걱정하는 데 더 많은 감정을 소비했기 때문이었다.

"너라니? 애니 님이라고 부르라고 했잖아? 시녀끼리도 급이 있는데 말이야. 게다가 난 보통의 시녀들과는 달라. 무려 아리아 아가씨의 옆에 설 수 있는 시녀인걸?"

"……."

"엠마 님께 시녀들이 존칭했던 걸 잊은 건 아니겠지? 그러니 부디 말조심하기를 바라. 다시 감옥에 처박히고 싶지 않다면 말야."

다시금 감옥을 언급하며 돌아서는 애니에게 미엘르는 아무런 반항도 할 수 없었다. 그 대신 사람들의 시선을 피해 몰래 아리아의 방으로 숨어 들었다.

아리아라면. 아리아라면 저리도 주제넘게 날뛰는 애니를 질책할 것이라 믿었기에! 하지만 몇 번이나 아리아를 만나려 했으나 만날 수 없었고, 겨우 만나게 된 아리아는 애니를 옆에 끼고 즐거운 듯 웃고 있었다.

"무슨 일이야, 미엘르?"

"어, 언니……."

애니에 대해 고발하려 방문했건만 어째서 애니가 곁에 있는 것인지.

그녀가 아리아의 전속 시녀였기에 아주 당연한 일이었지만, 겨우 아리아를 만나게 된 미엘르로서는 하늘이 무너진 것과도 같은 느낌이었다.

"미안. 중요한 편지가 도착해서. 잠시 기다리고 있겠니?"

"네? 아, 네……."

퍽 고분고분해진 미엘르가 가만히 문 앞에 서서 아리아의 용무가 끝나기만을 기다렸다. 아주 당연하게도 앉으라는 소리는 없었고, 아리아와 대화를 나누던 애니가 이따금 눈을 부라렸기에 앉겠다는 말조차 꺼낼 수가 없었다.

"이게 정식 초대장인 건가요?"

"그래, 본래 겨울에 예정되었던 결혼식이었는데, 이제야 진행하는 모양이야."

"이제 제국에는 공작가가 없어서 빈센트 후작님과 사라 아가씨가 가장 높은 귀족이니, 모든 귀족들이 모이겠죠?"

"그럴 가능성이 높겠지."

"그럼 황태자 전하께서도요?"

애니가 눈을 빛내며 물었다. 제국의 모든 귀족이 모이는 자리에 아스와 함께 참석하냐고 묻는 얼굴이었다. 이에 아리아가 사라의 초대장 밑에 놓여 있던 또 다른 편지를 꺼내 들었다.

"전하께서도 친히 참석하신다고 하셨어."

"세상에……. 그럼 이게 아가씨와 전하께서 처음으로 같이 참석하시는 파티가 되겠네요!?"

사라의 약혼식에서도 만나기는 했으나 공식적으로 동반하여 참여하는 파티는 처음이었다. 결혼식의 주인공 사라보다 더 주목을 받을지도 모르는 일이었다. 그럼에도 사라는 개의치 않아 하며 기뻐할 것이 틀림없었다.

"그럼 시일이 촉박하니 어서 드레스를 맞춰야겠어요! 디자이너를 불러올까요? 화려한 게 좋겠죠!?"

흥분하며 날뛰는 애니에게 아리아가 고개를 저으며 아스가 보낸 편지의 내용이 잘 보이게 들었다.

"읽어 보렴."

이에 애니가 눈앞에 드리워진 편지를 빠르게 읽기 시작했다.

『빈센트 후작의 결혼식에 함께 가시지 않겠습니까? 모처럼의 기회이니, 허락해 주신다면 드레스와 구두 등을 보내겠습니다.』

"세상에, 그럼 전하께서 드레스를 직접 보내 주신다는 말씀인 건가요!?"

"그래. 그러니 준비할 것 없어."

편지를 다 읽은 애니가 황홀에 찬 얼굴로 제 두 손을 꼭 잡았다.

벌써부터 사라의 결혼식에서 아름다움을 뽐낼 아리아와 아스가 그려지는 모양이었다. 제 일도 아니건만 이렇게까지 반응하는 애니가 귀여웠던 모양인지, 아리아가 짧게 웃으며 애니에게 물었다.

"너는?"

"네?"

"버붐 남작과 참석하지 않는 거니? 그도 초대장을 받았을 것 같은데."

그러자 애니가 눈을 동그랗게 뜨며 놀라 아리아에게 말했다.

"바, 받긴 했는데……. 아가씨와 함께 가야 할 것 같아서요."

"네가 따라붙으면 아스 님께서 화를 내실걸?"

그러니 버붐 남작과 함께 가라는 아리아의 대답에 애니의 얼굴에 함박웃음이 떠올랐다.

"정말 그렇게 해도 돼요!?"

"그럼. 언제는 못 가게 한 것처럼 말하는구나."

"정말 감사해요! 아가씨!"

"드레스 준비는 내가 아니라 네가 해야겠네."

"……사실 그렇지 않아도 버붐 남작님께서 사람을 보내겠다고 하셨어요."

거기까지 이야기를 들어 놓고 숨기고 있었다니. 아리아가 조금 어이없다는 듯 시선을 던졌다.

이에 애니가 제 볼을 긁적이며 눈을 피했다.

"그게……. 내일인데, 아직 확답을 못 드려서요. 외출을 해도 될까요?"

"내일이라니……. 여기서 가지 말라고 하면 나는 천하의 나쁜 년이 되겠구나. 어서 다녀오렴."

"네, 아가씨!"

애니가 헐레벌떡 방을 빠져나갔고, 그제야 문가에 서 있던 미엘르에게 아리아가 손짓했다.

"할 말이 있어서 온 거니? 일이 많이 힘든 모양이구나. 얼굴이 꽤 수척해졌어."

이에 입을 꾹 닫고 어두운 표정을 지은 미엘르가 천천히 아리아에게 다가갔다.

하소연을 하러 온 것이 맞았지만, 방금 전까지 앞으로 있을 달콤한 시간에 대해 이야기를 나누었던 아리아에게 어찌 그런 말을 할수가.

스스로가 너무나도 초라했다. 볼품없었다. 분명 얼마 전까진 자신 또한 아리아와 비슷한 위치였는데. 아니, 그녀보다 훨씬 고귀하고 우아한 존재였다.

그런데 지금은 어떠한가. 한낱 시녀들에게 구박을 받으며 남들이 지나다닌 바닥을 정성스레 닦아야 하는 입장이었다. 분명 아리아는 그런 일들에는 먼지만큼도 신경을 쓰지 않겠지. 쉽게 입을 떼지 않는 미엘르의 의중을 눈치챈 아리아가 애니의 몫으로 따라 놓았던 차를 건네며 부드러운 어조로 말했다.

"힘든 일이 있다면 언제든지 말하렴, 미엘르."

"……."

마치 미엘르의 마음을 꿰뚫듯 다정한 말씨였다. 이에 미엘르가 천천히 입을 떼며 조심스레 애니가 자신에게 한 일을 고발했다.

"그게……. 애니가 너무 못살게 굴어서 힘이 들어요, 언니……."

"세상에, 그렇구나. 가엾기도 하지."

애니의 말을 들어 보지도 않고 아리아가 자신의 편을 들며 안타까운 얼굴을 감추지 못하자, 자신감을 얻은 미엘르가 그간 애니가 자신을 괴롭혔던 일을 털어놓았다.

"다 닦은 복도에 물을 엎기도 했어요. 그리고 또, 제가 길어 온 물을 발로 차기도 했고, 창틀에 먼지를 발라 놓기도 했죠. 조금만 기분을 상하게 하면 감옥으로 보내 버린다는 협박까지도요……!"

"……어쩜 그리도 못된 짓을 했을까……!"

참으로 골고루 괴롭힌 애니의 흔적에 감탄하며 아리아가 파르르 떨리는 미엘르의 손을 꼭 잡았다.

"그것뿐만 아니라 다른 시녀들도……."

"저런……. 원래 신입들에게 얄궂은 행동을 한다고는 들었는데, 설마 미엘르 네게까지 이럴 줄은 미처 몰랐어."

"언니……!"

"내가 너무 안일했던 모양이야. 따끔하게 혼을 낼 테니 걱정하지 말렴. 너는 내 동생이니까."

기다렸던 말을 꺼낸 아리아에 미엘르의 눈물샘이 터졌다.

아리아에 대한 감사는 아니었다. 그저 이제 주제도 모르는 시녀들에게 엄벌을 줄 수 있다는 기쁨 때문이었다. 그런 미엘르에게 손수건을 건넨 아리아가 좋은 생각이 났다며 한껏 밝은 목소리로 말했다.

"미엘르, 기분이라도 전환할 겸 사라 영애의 결혼식에 같이 가는 게 어떻겠니?"

"……제가요?"

사라와는 전혀 친분이 없었기에 미엘르가 눈물이 그렁그렁 매달린 눈을 끔뻑이며 되물었다. 이에 아리아가 환하게 웃으며 긍정했다.

"응. 저택에 혼자 남아 있어 봤자 우울할 뿐이니까."

"그건 그렇지만……."

그렇지만 빈센트 후작과 사라의 결혼식이라니. 아리아와 황태자의 편이 잔뜩 있을 텐데 어떻게 거길 간다는 말인가. 저택에서 받는 괴롭힘과는 비교도 안 될 정도로 모욕을 당할지도 모르는 일이었다.

더구나 이제는 신분까지 낮아져 시녀로 참가해야 하는데, 어째서 그런 제안을 하는 것인지. 미엘르의 얼굴에서 탐탁지 않음을 읽은 아리아가 잡은 그녀의 손을 쓰다듬으며 다시 말했다.

"게다가…… 계속 이렇게 오해를 산 채로 살아갈 수 없으니 다시 사람들과 만남을 갖는 것도 필요할 것 같아."

"……오해라니요?"

"이제 네가 더는 나쁜 생각을 갖고 있지 않다는 것 말이야. 아직 어려서 판단 능력이 떨어졌던 거지. 어릴 땐 누구나 실수를 하잖아?"

물론 과거의 미엘르는 성인이 된 이후에도 변하지 않았고 더욱 악랄해져 아리아의 목숨을 앗아 갔지만, 아리아는 자신의 대의를 위해 그런 쓸데없는 설명은 첨언하지 않으며 부드럽게 웃었다.

"오해……."

하마터면 제국을 망하게 만들 수도 있었던 미엘르이건만, 과연 그 누가 어린 시절의 치기로 덮어 줄까. 미엘르가 여전히 불안한 표정을 고수했다.

"그렇게 불안하면 내 옆에서 떨어지지 않으면 되잖니? 조금씩 얼굴을 익히면 될 거야."

그러나 미엘르가 긍정을 하지 않으면 끝나지 않을 정도로 아리아의 설득이 계속되었다.

"여차하면 마차에서 기다리면 되지 않겠니? 먼저 돌아가도 괜찮아. 애니의 옆에 붙어 있어야 한다는 제약이 있긴 하지만, 내가 잘 말하면 눈감아 줄 거야."

그러니 어찌 고개를 끄덕이지 않을 수가. 마뜩잖았지만 여차하면 먼저 돌아가라는 말에 미엘르가 천천히 고개를 끄덕였다. 이에 아리아가 아주 기쁜 듯 만면에 미소를 띠었다.

"아주 잘 선택했어, 미엘르. 애니에게도 잘 말해 놓을 테니 걱정하지 말렴."

그리고 그런 아리아의 미소는 미엘르에게 신뢰감을 주기에 충분했다.

* * *

아리아가 정말 애니를 따끔하게 혼이라도 낸 것인지 미엘르를 괴롭히던 애니의 행동이 갑작스레 멎었다. 다른 시녀들 역시 대놓고 미엘르를 괴롭히는 일은 없었다. 애초에 애니가 괴롭힘의 주동자였고, 그녀가 미엘르를 괴롭히는 것을 멈추었기에 나서서 악행을 저지를 필요는 없었기 때문이었다.

"미엘르, 이 먼지들 보이니? 정말 이걸 닦았다고 보고하는 거야?"

"……."

물론, 그렇다고 미엘르의 실수까지 넘어가진 않았다. 그저 없는 트집을 하지는 않을 뿐이었다. 이따금 의미심장한 미소가 따라붙었지만, 그나마 괴롭힐 때보다는 훨씬 나았다. 그보다는 역시 아리아가 단순한 시녀인 애니보다는 자신을 더 챙긴다는 것을 통감하며 잃었던 자신감을 되찾을 수 있어서 좋았다.

지금은 지은 죄가 있어 이러지도 저러지도 못하는 상황이지만, 조금만 시간이 지나면 다시 원래와 비슷한 자리로 돌아가 애니를 비롯한 시녀들을 가만두지 않으리라 다짐했다.

그것은 이따금 아리아가 미엘르에게 해 주는 조언에도 담겨 있었다. 물론, 과거의 미엘르처럼 아리아 역시 자신의 시녀를 보내 미엘르의 얼어붙은 마음을 녹여 주었다.

"괜찮아? 잠시 쉬는 게 어때? 이건 아리아 아가씨께서 주셨어. 걱정이 되신다며 조금 쉬면서 하라셔……."

미엘르의 눈매가 발갛게 물든 것은 비단 제시가 가져온 달콤한 과자 때문이 아니었다. 다른 시녀도 아니고 아리아의 곁에 가장 오래 붙어 있었던 그 제시가 그것을 가져온 탓이었다.

제시는 정말로 고생을 하는 미엘르를 가엾다는 듯 쳐다보았다. 비록 그간 아리아를 괴롭히고 죄를 뒤집어씌우기는 했으나, 아직 성인이 되지 않은 그녀가 이토록 추락한 모습을 보는 것은 퍽 연민이 들 만도 했다.

미엘르는 한낱 시녀의 동정 어린 눈빛이 마음에 들지 않았음에도, 제시가 애니와 사이가 좋다는 것을 깨닫곤 이내 눈썹 끝을 내리고 아랫입술을 깨물어 처연한 얼굴을 만들어 냈다.

"제시, 고마워. 넌 예전부터 아주 다정했지. 과거에는 귀족으로

서 너희들을 부렸지만 이제는 신분이 낮아져 모두가 싫어하는 날 유일하게 챙겨 주는구나."

단순히 신분이 낮아진 것 때문이 아닌 미엘르의 과거 행동 때문에 이리된 것이건만, 미엘르는 자신을 괴롭히는 시녀들을 그리 매도했다. 자신에 대한 연민으로 가득 찬 제시의 마음을 얻기 위해서. 분란은 그렇게 만드는 것이었다.

"……꼭 신분이 낮아져서 그렇게 된 건 아니지만, 어쨌든 다들 좋은 사람들이니까 곧 좋아질 거야."

이에 미엘르의 대답에서 조금 이상함을 감지한 제시가 그것을 수정했다.

"그래, 제시. 네 말이 맞아. 다들 좋은 사람들이지. 없는 잘못을 만들어 내는 것이 아닌 약간의 텃세야 그럴 만도 하니까."

없는 잘못을 만들어 낸다는 말에 제시가 단박에 애니의 얼굴을 떠올렸다. 애니가 미엘르를 괴롭히는 것을 본 제시 역시 그녀가 조금 과하다는 생각을 한 적이 있어서였다.

저택의 다른 시종들은 워낙 휩쓸리기 쉬운 데다가 다수의 여론에 따르는 성격들이었기에 분위기만 바뀐다면 손바닥 뒤집듯 태도를 바꿀 이들이었지만 애니는 조금 달랐다. 그녀는 마치 작정이라도 한 듯 미엘르를 괴롭혔으니까.

물론, 지금까지 미엘르가 뒤에서 몰래 해 온 짓을 생각하면 그럴 만도 하다고 생각하면서도, 막상 눈앞에서 가여운 척을 하면 마음이 흔들리는 법이었다.

과거에도 남들과 달리 끝까지 아리아에게 대들었던 제시였다. 물론, 못된 아리아가 그녀를 내치기는 했으나 끝까지 제 의지를 굽히

지 않았었다. 그랬기에 아리아도 다과를 전해 줄 이로 제시를 선택
한 것이었다.

"……걱정 마. 아가씨께서도 널 챙겨 주고 계시니 곧 좋아질 거
야. 아가씨께 말씀드리기 어렵다면 내게 털어놔도 좋고."

아리아의 바람대로 제시는 미엘르를 동정하며 조금씩 그녀의 신
뢰를 얻었다. 이따금 아리아가 전해 주라는 과자를 가져다주기도
하고, 솔선해서 고민을 들어 주기도 했다.

"……애니는 날 싫어하는 걸까? 내 무엇이 마음에 들지 않는 걸
까. 다른 사람들에게는 친절하던데……."

물론 미엘르는 순수한 제시의 의도와는 조금 다른 의도를 품고
있었다. 은연중에 애니를 폄훼하며 제시와 그녀의 사이를 틀어지
게 만들려고 했다.

"네가 일이 익숙해지면 분명 더는 그러지 않을 거야. 애니는 좋
은 아이니까."

하지만 제시에게 그런 얕은 수는 통하지 않았고, 설상가상으로
정말로 애니가 더는 미엘르의 트집을 잡지 않았기에 미엘르의 작
은 계략이 조용히 넘어가는 듯싶었다.

"세상에! 입으시니 더더욱 잘 어울리세요……!"

"그래?"

"그럼요! 평소에도 참으로 아름다우시지만, 이렇게 한껏 꾸미신
날은 말을 잃을 정도예요!"

"이쯤 되면 사라 아가씨께서 불편해하시진 않을지 걱정이 될 지
경이에요!"

아스가 보내온 드레스를 몸에 걸친 아리아는 정말 아름다움 그

자체라는 표현으로밖에 표현할 길이 없었다. 부드러운 분홍색의 드레스 위에 금으로 놓인 수는 제국을 상징하는 튤립의 모양을 하고 있었고, 드레스 밑단에 별처럼 장식한 보석들이 저마다 그 가치를 뽐내듯 은은하게 반짝였다.

아리아의 취향이 아니었기에 거추장스러운 장식이나 리본, 프릴 등은 붙어 있지 않았지만, 타고난 외모가 화려해 풍성한 치맛단과 과하지 않은 보석들만으로도 그 누구보다 아름답다고 해도 과언이 아니었다.

"사라는 그리 옹졸한 성격이 아니니 신경 쓰지 않을 거야. 나 또한 사라의 결혼식을 망치고 싶지 않으니 인사만 하고 조용히 있을 생각이고."

물론, 조용히 있다고 해서 시선이 모이지 않는 것은 아니지만, 눈치가 있는 자들은 알아서 눈을 돌릴 것이다. 사라 역시 그런 사소한 것에 신경을 쓰는 여인이 아니니 괜히 마음을 쓸 필요도 없었다.

"애니, 너도 참으로 잘 어울리는구나."

아리아가 자신의 머리카락을 매만지는 애니를 향해 말했다. 그녀 역시 버붐 남작이 보내 준 드레스로 한껏 치장을 한 상태였다. 아리아에게는 한참 미치지 못하는 외형이었지만 시녀들 사이에서는 단연 눈에 띄는 외모였다. 그런 자신에게 자부심을 가진 모양인지, 한껏 턱을 치켜든 애니가 제 입매를 가리며 웃었다.

"감사해요, 아가씨. 이게 모두 다 아가씨 덕분이죠."

"내 덕은 무슨. 네가 스스로 만든 결과지."

"아가씨도 차암……."

부끄러운 듯 붉히는 얼굴과는 다르게 눈빛에는 자신감이 가득했다. 겸손한 척 감추려는 태도가 아니었기에 그것은 여타 시녀들에게까지 그대로 전해졌다.

불과 1년 전까지만 해도 얼굴을 뒤덮은 주근깨에 걸맞은 유쾌하고 발랄한 소녀였건만, 이제는 정말 남작 부인이 되어도 손색이 없을 정도로 과거와는 달라진 그녀였다.

시기를 하는 시녀들이 당연히 있었고, 그녀들 또한 애니처럼 더 나은 삶을 살기 위해 아리아에 대한 충성에 충성을 더했다. 간택받기 위해서였다.

하지만 아리아는 과거에 미엘르를 도와 자신을 궁지로 몰아넣었던 귀 얇은 시녀들을 더는 챙길 생각이 없었고, 그것도 모르는 시녀들의 속이 보이는 행동을 그저 웃음으로 넘겼다.

이를 말없이 구석에서 지켜보던 미엘르가 작게 한숨을 삼키며 창문 밖으로 시선을 돌렸다. 과거에는 아리아의 자리가 응당 자신의 자리였으나 이제는 그렇지 않아 속이 쓰렸다.

이제 더는 그 누구도 미엘르에게 그런 눈빛을 보내지 않았다. 아니, 오히려 지척에 있는데도 없는 사람 취급을 했다. 예전에는 그리도 아부를 떨며 자신에 대한 칭송을 늘어놓았었는데. 아리아가 천박하다고 폄훼하며 말이다.

그런 미엘르의 눈에 저택으로 들어오는 화려한 마차가 들어왔다. 예전부터 아리아와 함께하는 자리를 어떻게든 과시하려 노력했던 황태자의 마차일 것이 분명했다.

"앗, 전하께서 도착하셨나 봐요!"

창문을 열어 놓은 참이었기에 다른 시녀들도 눈치를 채고 목소리를 높였다. 때문에 마지막 단장을 하던 손길이 빨라졌고, 아스가 마차에서 내리기 전에 준비를 마치고 방을 나설 수 있었다.

"오셨어요?"

"……하늘에서 내려오신 줄 알았습니다."

과장이 아닌 진심인 듯한 그 반응에 아리아가 작게 웃었다. 방금 전까지 지었던 가식적인 미소와 달리 진심 어린 미소였다.

"세상에, 황태자 전하께서 입으신 의복 좀 봐……."

멀리서 그 모습을 곁눈질로 지켜보던 시녀가 아주 작은 목소리로 제 옆의 시녀에게 말했다.

"아가씨와 맞추신 걸까? 꼭 한 세트 같아."

"정말 그런 것 같아. 옷깃에 놓인 수가 똑같은걸?"

"그래서 아가씨께 선물을 보내셨나?"

"세상에, 저래서야 하객들이 누가 결혼하는 건지 헷갈리겠네."

시녀들의 말대로 아스의 의복에는 아리아와 맞춘 듯 같은 모양의 수가 놓여 있었다. 이를 아리아 또한 눈치챈 것인지, 정중하게 내미는 아스의 손을 지나 그의 옷깃에 손을 가져다 댔다.

한 치의 어긋남이 없이 아름답게 수놓인 금실이 아리아의 손가락 끝을 스쳤다. 그것이 퍽 마음에 들어 은은한 미소를 짓자, 아스의 미소 역시 짙어졌다.

"가실까요?"

다시금 손을 내밀며 묻자 아리아가 고개를 끄덕이며 이번에야말로 아스의 손을 부드럽게 잡았다. 그대로 곧장 마차로 에스코트하여 저택을 떠나려는 그때, 아리아가 잊은 것이 있었다며 발길을 멈췄다.

"잠시만요."

"잊으신 물건이라도 있으십니까?"

"아뇨, 물건은 아니고 사람이요."

아리아의 시선이 조금 떨어진 곳에 자리한 미엘르에게 향했다. 그러자 기다렸다는 듯 앞으로 나온 미엘르가 아스의 앞에서 고개를 숙였다.

"미엘르와 동행하기로 했어요. 기분 전환을 할 겸으로요."

"……."

당연한 결과로 방금 전까지 즐거움과 만족감으로 가득 차 있던 아스의 표정이 딱딱하게 굳었다. 어째서 이 죄인이 둘만의 시간을 훼방 놓느냐는 얼굴이었다.

그리 생각한 것은 아스뿐만은 아니었던 모양인지, 주변에서 대기 중이던 시종들 또한 저마다 작게 숨을 삼키며 눈치 없이 아리아와 아스의 사이에 끼려고 하는 미엘르를 욕했다.

아무리 아리아가 권했다고 하더라도 눈치껏 거절을 해야 하는 게 마땅하지 않은가. 어찌 감히 오랜만에 만난 두 사람의 사이에 끼려고 하는지. 차갑게 내려앉은 아스의 짙푸른 눈에 미엘르의 몸이 잔뜩 움츠러들었다. 결혼식에 참가하겠다고 한 것이 그제야 후회가 되는 얼굴이었다.

이렇게 될 것을 처음부터 예상한 아리아가 모르는 척 아스의 이름을 불렀다.

"……아스 님?"

"꼭 같은 마차에 타고 가야겠습니까? 저는 영애와 둘이서만 가고 싶었습니다만."

지금까지도 둘만이 움직였을 뿐, 시녀들은 별도의 마차를 이용하거나 아예 데리고 가지 않았냐며 아스가 눈빛으로 호소했다. 아스의 이런 모습을 보고자 이 상황을 연출한 것이 아니었기에 뜻밖의 얼굴에 잠시 놀라 말을 잃었던 아리아가, 자신의 이름을 부르며 재촉하는 아스의 목소리에 퍼뜩 정신을 차리고 준비했던 말을 꺼냈다.

"아리아 영애?"

"제가 조금 무심했나 봐요. 지금까지 그런 적이 없었는데 말이에요. 미엘르, 미안하지만 애니의 마차를 타고 오겠니? 내가 애니를 위해 저택에서 가장 화려한 마차를 내주라 지시해 놓았으니 불편하진 않을 거야. 어차피 넌 애니와 움직여야 하는 제약이 걸려 있기도 하고."

애니 역시 버붐 남작이 마중을 올 것이 분명했으나 아리아가 모르는 척 웃으며 말했다. 갑작스런 짐을 떠안게 되어 애니의 표정이 사색이 되었지만 입술을 달싹이며 입만 벙긋댈 뿐이었다.

저택에서 가장 화려한 마차까지 내준다는데 어떻게 불평을 쏟아낼 수가 있을까. 아니, 그런 마차를 내주지 않는다고 하여도 아주 만족한 듯 안심하는 아스의 얼굴 앞에선 아무런 불만을 내뱉을 수가 없었다. 모처럼의 데이트를 망치게 생긴 애니의 짜증이 향하는 곳은 아리아와 아스가 아닌 미엘르였다.

"그럼 애니, 미엘르를 잘 부탁해."

놀라 말을 잇지 못하는 애니에게 모르는 척 웃어 보인 아리아가 아스와 함께 마차에 올랐다. 애니와 미엘르, 두 사람 다 충격으로 넋이 나간 얼굴이었다. 의미심장한 미소를 지으며 창밖을 힐끗대는 아리아를 이상하게 여긴 아스가 무슨 좋은 일이라도 있느냐고 그녀에게 물었다.

"그럼요. 요즘 들어 좋은 일밖에 없는걸요. 앞으로도 그럴 것 같고요."

특히 조만간 즐거운 일이 생길 것 같다며 함박웃음을 짓는 아리아의 말에 덩달아 기분이 상기된 아스가 따라 웃었다.

"저와 관련된 일입니까?"

그러고는 어쩐지 기대하는 눈치로 물었다. '앞으로'에 관한 일이라면 당연히 자신 또한 포함되어 있을 거라는 기대였다.

자신의 미래에 속한 즐거움에 아스가 없는 것은 아니었지만 이번 일과는 전혀 관련이 없었기에 아리아가 쉬이 대답을 않자, 아스의 얼굴에 의문이 떠올랐다. 도대체 무슨 일이기에 저리도 기뻐하는 것인지.

"아스 님과는 관련이 없지만, 제가 그간 학수고대하던 일이 드디어 끝이 날 것 같아서요."

"학수고대하시던 일이라면……."

아리아의 사정을 모두 아는 아스가 말끝을 얼버무렸다. 무슨 까닭인지 미엘르를 살려 둔 일과 관련이 있을 거라 생각한 모양이었다.

아리아가 말을 이었다.

"아스 님께서 추측하신 대로겠지요. 저를 죽음에 몰아넣었던 그 여자에 대한 복수예요. 그토록 염원하고 바랐던 마지막이 올 것 같거든요."

"……그렇군요. 어떻게 하실 건지 여쭈어 봐도 되겠습니까?"

"특별한 건 없어요. 그저 당했던 그대로 돌려주는 정도예요. 미엘르가 제게 했던 그대로, 제가 미엘르에게 돌려줄 생각이죠."

아리아의 말에 아스가 그녀가 고백했던 과거를 떠올렸다. 미엘르가 아리아에게 어떤 불행을 안겨 주었는지도. 과거, 끔찍하게 목숨을 잃은 아리아는 죽음의 끝에서야 미엘르의 본성과 자신의 목숨을 잃게 한 그 모든 상황이 미엘르에 의해 꾸며진 것이라는 걸 알 수 있었다.

자멸하는지도 모른 채 스스로 덫으로 기어 들어갔던 그 과거. 아리아가 준비하고 기대하는 것이 그런 것이라는 걸 깨달은 아스가 어쩐지 안타까운 마음으로 아리아의 손을 부드럽게 잡았다.

"제가 도와드릴 일은 없는지요."

"……아니요. 아스 님께서는 이렇게 못된 절 싫어하지만 않으시면 돼요."

아무리 미엘르에 의해 목숨을 잃었다고는 하나, 지금 이 순간에는 멀쩡히 살아 있지 않은가. 그렇다고 경험한 것이 사라지는 것은 아니었지만 이제 더는 가진 것도, 떨어질 곳도 없는 미엘르에게 자비를 베풀 수도 있는 일이었다.

하지만 아리아는 그렇게 하고 싶지 않았다. 예전보다 빈도가 줄기는 했으나 지금도 이따금 목 언저리에 느껴지는 서늘한 감각에 자다가도 놀라 잠이 깨곤 했으니까. 혹시 지금 이 순간이 거짓은 아닐까, 꿈은 아닐까 의심하고 또 의심하며.

그랬기에 지금 이 순간이 거짓이 아니라는 것을 증명하기 위해서라도 미엘르에게 똑같은 고통을 갚아 주어야 했다. 단순히 목숨을 잃는 것만으로는 부족했다. 시녀들에게 기만당해 목이 떨어져 나가는 것은 다름 아닌 미엘르라는 사실을 똑똑히 보아야 했다.

그래야 자신의 삶 또한 제자리를 찾아갈 것처럼 느껴졌다. 과거에 멍청하게 삶을 마쳤던 악녀가 아닌, 새롭게 태어나 모두에게 인정받는 아리아로서 말이다.

"누누이 말씀 드렸지만, 그런 일로 영애를 싫어하게 될 일은 없습니다. 오히려 영애께서 이리도 영특하게 정리를 하시니 마음이 놓일 정도지요."

걱정하는 아리아의 손을 더욱 꽉 잡은 아스가 말했다.

"그저 제가 도울 수 있는 일이 없어 조금 걱정이 될 뿐입니다."

"걱정하지 마세요. 모든 일이 순조롭게 돌아가고 있으니까요. 이번 일만 끝나면, 모든 게 제자리를 찾을 거예요."

자신의 악몽 또한 끝이 날 것이다.

"언제든 제가 필요하시다면 말씀하십시오. 그게 무엇이 되었든 기꺼이 도와드리겠습니다."

"……고마워요. 오랜만에 만나 뵈었는데 괜히 저 때문에 분위기가 이상해졌네요."

"이상해지다니요. 그 어떤 이야기를 나누든, 영애와 함께하는 매 순간이 즐겁습니다."

"저도 그래요."

아리아가 다시 웃음을 되찾아 아스에게 환히 웃어 보였다. 정말로 끝을 향해 달려가고 있었기에 가능한 미소였다. 곧 모든 것이 정리되어 새로운 삶을 맞이할 수 있는 끝.

* * *

"……너 때문에!"

마차가 떠나간 뒤에도 한참을 움직이지 못하던 애니가 이내 울분을 토하듯 미엘르에게 화를 쏟아 냈다. 모처럼 버붐 남작이 준비해 준 드레스를 입고 귀족 놀이를 하나 싶었는데, 저런 방해꾼을 데리고 다녀야 한다니!

"……나도 애니 널 따라가고 싶진 않아."

미엘르 역시 애니와 동행하고 싶은 마음은 없었던 모양인지 퍽 싸늘한 말을 내뱉었다.

그러나 그 말을 차마 상황을 이렇게 만든 장본인에게 전달할 수 없었던 두 사람이 서로를 향해 날카로운 적의를 표하며 이를 갈았다. 그리고 아주 운이 없게도 상황이 정리되기 전에 버붐 남작이 저택에 도착했다.

"벌써 나와 계셨군요."

심지어 꽤 많은 인파가 정원에 모여 있는 것을 확인한 버붐 남작이 퍽 놀란 얼굴로 물었다.

"……버붐 남작님!"

이에 애니가 서둘러 표정을 바꿔 활짝 웃으며 버붐 남작을 향해 인사했다. 이 흥미진진한 상황에 시종들이 저택으로 돌아가지 않은 채 숨을 죽이며 애니와 버붐 남작, 그리고 미엘르를 관찰하기 시작했다.

"생각했던 대로 아주 아름다우십니다."

"감사해요……. 남작님도 멋지세요."

"과찬이십니다."

여느 연인들과 마찬가지로 애니를 향한 호감을 여지없이 드러낸 버붐 남작이 시간이 촉박하다며 손을 내밀었다. 출발하자는 뜻이었다. 평소 같았다면 턱을 한껏 치켜들고 모두에게 자랑하듯 그 손을 잡았겠지만 지금은 아니었다. 미엘르의 문제가 남아 있었다.

아리아가 부탁까지 하고 떠났는데 데리고 가지 않을 수도 없고, 그렇다고 데리고 가자니 모처럼의 시간을 방해받는 느낌에 내키지 않았다. 이에 잠시 침묵이 지속되자, 눈치를 보던 제시가 애니의 등을 찌르며 그녀에게만 들리도록 조용히 말했다.

"애니, 아가씨께서 당부하셨으니 함께 가도록 해. 괜한 분란 일으키지 말고……. 알고 보면 미엘르도 좋은 아이니까."

제시는 미엘르의 고민 상담을 가장 많이 한 시녀로, 그녀에 대한 연민 또한 갖고 있었다. 때문에 편을 들며 애니를 재촉하자, 달리 선택의 방도가 없어진 애니가 아랫입술을 짓씹으며 눈을 굴리다가 이내 결심한 듯 작게 한숨을 내쉬었다.

"……남작님, 죄송하지만 시녀를 한 명 태워야 할 것 같아요."

"알겠습니다. 그렇게 하시지요."

눈치 없이 둘만의 시간을 방해한다며 한 소리 할 줄 알았는데. 서운한 듯 아리아에게 애원하던 황태자와는 다르게, 곧장 알았다는 대답을 내놓는 버붐 남작의 태도에 애니의 불만이 더욱 커졌다.

"……가자, 미엘르."

"……미엘르?"

그래서 기운 없는 목소리로 미엘르의 이름을 부르자, 버붐 남작이 놀란 표정으로 미엘르를 응시했다.

정말 소문의 그 미엘르가 애니의 뒤를 따르는 것을 본 버붐 남작의 표정이 딱딱하게 굳었다. 어째서 미엘르가 동행을 하게 된 건지. 아니, 그녀가 왜 애니의 시녀가 된 것인지 의문이 가득한 얼굴이었다.

이를 눈치챈 애니였으나, 미엘르에 대한 짜증과 버뭄 남작에 대한 서운함으로 기분이 잔뜩 상해 있던 탓에 달리 설명을 덧붙이지 않았고, 결국 사라의 결혼식장에 도착할 때까지 마차 안에서는 아무런 대화도 오가지 않았다.

＊　＊　＊

뒤늦게 출발한 애니와 버뭄 남작의 마차가 아리아와 아스의 마차보다 먼저 빈센트 후작의 저택에 도착했다. 침묵을 이기지 못한 버뭄 남작이 마부를 재촉했기 때문이었다.

물론, 아리아와 아스가 괜히 산책을 한다며 일부러 수도를 한 바퀴 돈 탓도 있었다. 그리하여 불쾌한 기분으로 마차에서 내린 애니는, 이제 막 후작의 저택에 들어서는 화려한 마차에 다시금 시선을 빼앗겨야만 했다.

"세상에, 저 마차 좀 봐. 누구 마차지?"

"황태자 전하의 마차가 아닐까? 인장을 봐 봐!"

"어머, 정말이네!?"

"그럼 저 마차에 타고 계신 건 황태자 전하와 아리아 님이신가?"

"두 분께서 이런 곳에 함께 참석하시는 건 처음이시지?"

"괜히 내가 더 설레네……!"

아주 당연하게도 제국에서 가장 화려하다고 단언할 수 있는 마차에 모든 이들의 시선이 쏠렸다. 먼저 도착한 방문객들이 아리아와 황태자가 어떤 모습으로 나타날지 기대된다며 수군댔다.

그리고 이윽고 도착한 마차에서 아스의 손을 잡아 에스코트를 받으며 내리는 아리아의 자태에 은근하게 몰려 있던 방문객들이 저마다 눈을 크게 뜨며 감탄을 감추지 못했다.

"세상에……. 성년이 가까워져서 그런지는 모르겠지만, 정말 말 그대로 빛이 나시네요."

"이제는 귀족도 아니건만, 어떻게 저리도 아름다우실까요."

"저게 바로 신분에 관계없이 타고난 아름다움이라는 거죠."

더불어 맞추기라도 한 듯한 의상에 아리아와 아스를 향한 시선에 부러움이 더해졌다. 이에 애니의 뒤에서 이를 지켜보던 미엘르가 아주 조용히 애니에게만 들릴 정도로 혼잣말을 했다.

"같은 평민인데 너무 다르네."

"……뭐라고!?"

이에 당연하게도 애니가 불같이 화를 내며 반응했고, 영문을 모르는 버뷰 남작이 눈을 크게 뜨고 애니를 쳐다보았다.

"무슨 일이라도 있으십니까?"

"……그게……!"

아리아와 비교를 당해 화가 났다고 어찌 말할 수 있을까.

아주 빈정이 상하는 말이긴 하였으나 틀린 것도 아니었다. 사실을 말한다고 해도 우스워지는 것은 바로 애니이기도 했다. 그래서 아무런 말도 못하자, 미엘르가 만족한 듯한 웃음을 짓는 것이 보였다. 그간 괴롭힘 당했던 것을 조금이나마 풀었다는 얼굴이었다.

감히. 나락으로 떨어진 미엘르와는 다르게, 이제 남작 부인이 될 자신을 이리도 농락하다니! 참을 수가 없어진 애니가 꽉 쥔 주먹을 바들바들 떨다가 이내 좋은 생각이 났다는 듯 목소리를 높였다.

"미엘르! 아리아 아가씨께서 오셨으니 이만 아가씨께 가 보렴."

애니가 미엘르의 이름을 아주 크게 외쳤기에 주변에 몰려 있던 사람들이 깜짝 놀라며 소리가 난 곳으로 몸을 돌렸다.

"미엘르…… 라고?"

누군가가 정말 방금 자신이 들은 것이 맞느냐며 중얼거렸고, 이에 보답하듯 애니가 다시금 미엘르의 이름을 불렀다.

"미엘르! 미엘르! 대답도 않고 뭐 하니?"

모인 시선이 날카롭게 변모하는 것은 순식간이었다. 감히 아리아에게 죄를 뒤집어씌우려 한 데다가 제국을 팔아넘기려 했던 그 악녀에게 모두의 살기 어린 눈빛이 쏠리기 시작했다.

"미엘르!?"

정적에 휩싸인 정원에서 애니가 마지막으로 쐐기를 박듯 미엘르의 이름을 외치자, 멀찍이 떨어진 곳에 위치한 아리아에게까지 그 목소리가 닿았다.

사색이 되어 모든 이들의 비난 어린 눈빛을 받는 미엘르와, 그 옆에서 아무것도 모른다는 듯 태연하게 웃고 있는 애니. 바라던 바를 넘어 이루 말할 데가 없이 만족스러운 장면에 큰 웃음이 터질 것 같아 아리아가 제 입술을 깨물어 겨우 감정을 감췄다.

"어찌 저런 못된 악녀가 이런 신성한 자리에……!"

"염치도 없지."

"설마 이번에는 사라 님께 해코지를 할 생각은 아니겠죠?"

"표독스러운 저 표정을 보니 그럴 것도 같네요."

쏟아지는 폭언을 감당해 낼 사람은 아무도 없었다. 사색이 된 미엘르가 제 머리를 감싸 쥐곤 당장 쓰러질 듯 바들바들 떨기 시작했고, 옆에 선 버붐 남작이 당황하여 어찌할 바를 몰라 눈동자를 굴렸다. 이를 잠시 구경하던 아리아가 실소를 흘렸다.

무얼 저리 두려워하는지. 과거에는 몇 번이고 자신을 매도했으면서 말이다. 불과 얼마 전만 하더라도 저택에 영애들을 불러 모아 아리아를 모욕하거나, 아리아의 생일 파티에 불쑥 나타나 왜 초대를 하지 않았냐며 난처한 상황을 만들기도 했었다.

그간의 기억들을 떠올리며 미엘르가 실신을 할 때까지 내버려 둘까 고민하는데, 멀찍이 보이는 사라의 당황한 얼굴에 이내 쓸데없는 유흥을 그만두기로 하고 미엘르의 이름을 불렀다.

"미엘르! 먼저 도착해 있었구나. 모처럼의 즐거운 날인데 안색이 좋지 않네."

아스의 손을 잡은 아리아가 걸음을 내딛자, 주변에 몰려 있던 사람들이 길을 터 주기 시작했다. 아무런 일도 없었다는 듯 우아한 발걸음을 내딛는 아리아에, 미엘르에게 쏠렸던 시선이 흩어지기 시작했다.

"무슨 일이라도 있니? 응? 미엘르?"

이윽고 다다른 목적지에서 아스에게서 손을 떼어 낸 아리아가 사색이 된 미엘르의 뺨을 쓸었다. 눈빛에는 걱정이 한가득 담겨 있었다. 널 이렇게 수치스럽게 만든 사람이 누구니? 늘 그래 왔듯 복수를 해야 하지 않겠니? 그 방법을 내가 아주 잘 알고 있는데.

'네가 과거의 나처럼 아주 어리석은 선택을 하여 자멸하는 방법을 말이야.'

"응? 미엘르?"

그 마음을 모두 담아 미엘르의 이름을 부르자, 참았던 숨을 터뜨린 미엘르가 눈물을 글썽이며 아리아의 손을 잡았다.

"······언니!"

울먹이며 제 손을 잡은 미엘르를 내치고 싶은 마음을 애써 눌러 담은 아리아가 그녀를 도울 시종을 찾았다. 여기서 그녀의 손을 내쳤다간 모든 게 수포로 돌아갈 테니까.

"미엘르의 상태가 좋지 않은 것 같으니 쉴 공간이 필요해요. 모처럼 데리고 나왔는데, 이리도 아파하니 마음이 아프네요."

'그' 미엘르를 손수 데리고 온 것이 아리아라는 고백에 구경꾼들의 눈에서 조금이나마 날카로움이 가셨다. 그 대신 자리한 것은 아리아에 대한 안타까움과 감탄이었다. 어찌 자신을 해하려 했던 이를 저리도 보듬어 줄 수 있을까.

"무슨 일이라도 있으십니까?"

그러는 사이 소란을 헤치고 저택의 집사가 나타났다. 공들여 준비한 주인의 결혼식이건만, 갑자기 벌어진 불미스러운 상황이 달갑지 않다는 얼굴이었다.

"아······ 미엘르가 몸이 좋지 않은가 봐요."

그 표정에 모처럼의 결혼식을 망치는 기분에 미안한 마음이 들었지만, 어차피 모두의 기억 속에 아주 조금도 남지 않을 작은 해프닝이었다. 오늘의 주인공인 사라는 모를, 이제 곧 사라질 아주 작은 해프닝.

"혹시 남는 마차가 있다면 빌릴 수 있을까요? 저택에 돌려보내야 할 것 같아서요."

그래서 더 이상의 피해가 가지 않도록 미엘르를 돌려보내겠다 말을 꺼내자, 그 말을 기다리고 있었던 모양인지 집사가 정중히 허리를 숙여 예를 표하곤 빠르게 사라졌다.

"알겠습니다. 곧 준비하도록 하겠습니다. 잠시만 기다려 주십시오."

"미엘르, 조금만 기다려."

걱정하는 아리아의 말에 시선을 피해 눈을 꼭 감은 미엘르가 고개를 끄덕였다. 퍽 가여운 모습이었으나, 그간 미엘르가 해 놓은 짓이 어마어마했기에 그 누구도 동정하지 않았다.

아주 빠르게 다시 나타난 집사는 마차와 함께였다. 그가 가져온 것은 저택의 손님들을 위한 고급 마차였다. 평민이 아닌 귀족들이 사용하는 마차. 이제 더는 미엘르에게 어울리지 않는 마차였지만, 아리아의 체면을 세우기 위해 준비한 듯 보였다.

"고마워요."

집사의 센스에 감탄한 아리아가 짧게 감사를 표하고 미엘르를 부축해 마차 안에 태웠다.

"미엘르, 저택에 돌아가서 쉬고 있으렴. 집사에게 말해 의사를 불러 달라고 하고. 알았지?"

미엘르가 의사를 불러 달라고 한들 들어줄 리 없을 테지만, 그걸 알면서도 아리아는 별다른 첨언 없이 마차의 문을 닫았다. 그래야 더욱더 서러워지지 않겠는가.

그러자 기다렸다는 듯 마차가 출발했고, 드디어 진짜 악녀가 사라져 온전히 축복의 장으로 거듭난 빈센트 후작의 저택에서 다시금 밝은 웃음소리가 천천히 울려 퍼지기 시작했다.

"미엘르가 무사해야 할 텐데……."

아리아가 걱정스러운 목소리를 올리자, 아스가 아리아의 어깨에 손을 두르며 걱정하지 말라고 위로했다. 실제로는 아리아가 미엘르를 그다지 걱정하지 않음을 알면서도.

"놀란 것이겠지요. 그 열악한 감옥에서도 무탈하게 지낸 그녀이니, 분명 괜찮을 겁니다. 걱정을 거두십시오."

"그렇다면 다행이에요⋯⋯."

"맞아요, 아가씨. 그것보다는 후작 부인님께 가 보셔야죠! 분명 목이 빠져라 기다리고 계실 거예요!"

그리고 마찬가지로 아리아가 미엘르를 걱정하지 않는다는 것을 아는 애니가 분위기를 바꿔 보자 화제를 전환했다.

"그럴까? 사라가 무척이나 기다리고 있겠지?"

"그럼요! 후작 부인님과 가장 사이가 좋은 분이 아가씨이시니까요!"

아리아도 이 이상 미엘르에 감정을 쏟고 싶지 않았기에 냉큼 미끼를 물고 표정을 달리했다.

"그렇지 않아도 후작 부인님께서 아리아 아가씨가 도착하시는 대로 알려 달라고 하셨습니다. 바로 안내하겠습니다."

집사마저 거들자 사색이 되어 바들바들 떨던 미엘르의 흔적이 완벽하게 사라졌고, 대신하여 그곳에 자리한 것은 발길이 닿는 곳마다 감탄을 자아내는, 미래의 황태자비가 될 아름다운 제국의 별이었다.

* * *

"아리아!"

"사라⋯⋯!"

아리아의 방문에 사라가 한껏 기쁜 얼굴로 그녀를 맞이했다.

예정보다 늦는 아리아에, 혹 불미스러운 일 때문에 오지 못하고 있는 건 아닌지 한껏 걱정한 듯, 돌아서는 몸짓이 퍽 재빨랐다. 무탈한 아리아의 모습을 확인한 사라의 눈에 안심이 깃들었다.

"결혼 축하드려요. 어쩜 이렇게 아름다우실까요."

사라의 모습을 살펴본 아리아가 진심을 담아 말했다. 사라는 정말 제국의 단 하나뿐인 후작가의 안주인에 걸맞게 기품 있고 우아한 드레스를 몸에 걸치고 있었다. 벌써 준비를 다 마친 것인지 머리에 얹는 티아라를 제외하곤 완벽한 상태였다.

"고마워요. 영애께서 그리 말씀해 주시니 몸 둘 바를 모르겠네요."

"이제 후작 부인이라고 불러야 할까요?"

"아리아 영애께 그리 불리면 조금 슬플 것 같으니, 언제나 그랬던 것처럼 사라라고 불러 줘요."

보통 과분한 자리를 차지하게 되면 변하는 것이 사람이거늘. 오늘부터 제국 유일의 후작 부인이 된 사라는 처음 보았을 때와 마찬가지로 아주 순수하고 올곧은 눈을 하고 있었다.

방금 전까지 미엘르를 벼랑 끝으로 몰기 위해 연기를 하고 나타난 자신을 쳐다보는 그 눈에는 한 치의 의심도 불신도 없었다. 부디 사라가 끝까지 이번 계획을 모르기를 바라며 그 눈동자를 잠시 마주하고 있는데, 돌연 사라가 활짝 웃으며 입을 열었다.

"그러고 보니, 아리아 영애께서 해 주실 일이 있어요."

"제가요?"

"예. 그리고 아리아의 결혼식에서도 제가 하고 싶은 일이기도 해요."

사라가 자신의 앞에 놓인 티아라를 가리키며 말했다. 이에 옆에서 대기 중이던 시녀가 티아라를 조심스레 들어 아리아의 앞으로 가져왔다.

"이 티아라를 제 머리에 올려 주셨으면 좋겠어요."

"……제가요?"

"예. 실은 드레스를 맞추는 것부터 모두 영애와 함께 고민하고 결정하고 싶었는데, 우리 서로가 너무 바빠 그렇게 하지 못했잖아요. 그러니 오늘의 저를 완성시키는 그 티아라를 제 머리 위에 올려 주셨으면 좋겠어요. 영애께서 손수요."

"하지만 이건……."

티아라를 신부의 머리에 올리는 것은 어미가 자식에게 해 주는 것이 일반적이었다. 의복이나 장신구는 친한 지인이 도와주기도 했지만, 티아라는 아니었다. 그래서 머뭇거리자, 시간이 없다며 사라가 아리아를 재촉하기 시작했다.

"어서요. 이러다가 식이 늦어지겠어요."

그다지 촉박한 시간이 아니었음에도 말이다.

방금 전에 사라가 공들여 준비한 이 결혼식에 작은 분란을 일으켰던 것도 모르고. 그에 아리아가 조심스레 손을 내밀어 티아라를 손에 들었다. 고급스러운 보석들이 촘촘히 박혀 있어 보기보다 꽤 무게감이 있었다. 마치 겉보기와는 다르게 묵직한 사라의 인품과도 같았다.

그것을 천천히 사라의 머리 위로 가져가자 사라가 조금 고개를 숙여 아리아의 편의를 도왔다. 곱게 틀어 올린 머리 위에 티아라를 올리자, 시녀들이 기다렸다는 듯 그것을 단단히 고정시켰다. 자칫 잘못하여 떨어지기라도 하면 부정을 탄다는 속설이 있었기 때문이었다. 얼핏 화려한 티아라가 사라의 수수하고 단아한 얼굴과 어울리지 않을 것 같았지만, 생각보다 더 잘 어우러졌다.

"고마워요. 이로서 오늘의 결혼식을 무사히 마칠 수 있을 것 같아요."

사라는 어쩜 저렇게 한결같이 자신을 믿고 좋아해 주는 걸까. 이제 더는 사라를 이용할 필요는 없었지만, 처음부터 불순한 의도로 사라에게 접근했던 것을 떠올린 아리아가 가슴에 손을 얹었다. 어쩐지 따끔거리는 느낌이 들어서였다. 그런 것도 모르는 사라는 여전히 올곧은 시선으로 아리아를 향해 신뢰의 눈빛을 보내고 있었다.

"……사라. 사라는 내 소중한 친구예요. 제 인생을 통틀어서 말이죠."

과거와 현재를 통틀어서 다신 없을 소중한 친구였다. 갑작스럽고 뜬금없는 말이었지만 진심이었다.

"저도 그래요."

아리아의 더없이 진지한 얼굴에 부드럽게 고개를 끄덕인 사라가 여전히 환한 미소로 화답했다.

＊　＊　＊

제국 내 유일한 후작의 결혼식답게 사라의 결혼식은 아주 성대했고 화려했다. 몸을 사리며 극도로 외출을 삼가던 황제마저도 잠시 얼굴을 비추었을 만큼 방문객 또한 화려하기 그지없었다.

식이 시작되어 멀리서 보아도 그 크기와 아름다움이 범상치 않은 반지를 나누어 끼는 사라와 빈센트 후작을 지켜보던 아리아가 옆에 앉은 아스의 손을 잡으며 조용히 말했다.

"저는 파란색이 좋아요."

"……예?"

뜬금없이 파란색이 좋다는 말에 아스가 영문을 모르겠다는 듯 되물었다. 그럼에도 아리아의 손에 잡힌 제 손에 힘을 주는 것을 잊지 않았다.

"반지요. 아스 님의 눈동자색과 닮은 파란색이 좋을 것 같아요. 모두가 부러워하겠죠?"

그래서 확실하게 말해 주자, 그제야 아리아의 말뜻을 알아들은 아스가 잠시 숨을 멈추고 뚫어져라 아리아를 응시했다. 사라의 결혼식을 지켜보던 아리아는 미래에 있을 아스와 자신의 결혼식에 대해 이야기를 하고 있었다. 그러니 어찌 그녀가 사랑스럽지 않을 수가.

주체할 수 없는 사랑스러움에 귀를 빨갛게 물들인 아스가 고개를 끄덕이며 대답했다

"세상에서 가장 아름다운 파란색으로 준비해야겠습니다."

마치 무언하게 홀린 듯한 눈빛이었다. 그 눈을 빤히 응시하던 아리아가 마치 비밀이라도 얘기하듯 아스의 귀에 조용히 속삭였다.

"아스 님의 눈동자만 한 게 없죠."

제 귀를 간질이는 아리아의 맑은 목소리에 아스의 눈동자가 아주 짧게 흔들렸고, 대답이 조금 늦어졌다.

"……그럼, 눈을 빼서 드려야 할까요?"

"여분이 있다면 그것도 나쁘지 않겠어요."

작게 소리를 내며 웃는 아리아의 얼굴에 아스의 눈매 역시 부드럽게 휘었다. 진짜 신부를 맞이하는 빈센트 후작보다도 행복해 보이는 미소였다.

"여분이 없으니 세계를 다 뒤져서라도 비슷한 것이라도 찾아야 겠습니다."

"기대할게요. 이제 얼마 남지 않았으니까요."

정말 아리아의 말대로 그녀의 열여덟 번째 생일이 몇 달 남지 않 았다. 미엘르를 정리하고 제국의 안녕을 도모하는 사이에 찾아올 지도 모르는 일이었다. 아주 오랫동안 기다리고 기다렸던 그날이 머지않았다는 말에 어느새 표정을 달리한 아스가 마른침을 삼키며 조금 긴장한 기색을 나타냈다.

"……갑자기 마음이 급해졌습니다."

자신의 말 한마디 한마디에 저리도 얼굴을 달리하며 반응을 내 보이는 것이 어찌나 마음에 드는지. 당장이라도 이곳에서 나가 결 혼 준비를 서두르자고 보채는 것 같은 그 얼굴에 입을 가리고 작게 소리를 내어 웃은 아리아가 붉어진 아스의 귀 끝을 슬쩍 매만지며 말했다.

"저는 어디로도 도망가지 않으니 부디 걱정하지 마세요."

감히 연인이 제국의 황태자인데 어디로 도망을 칠 수 있을까. 아 니, 애초에 아스를 떠날 생각조차 없었다. 그는 사라와 함께 아리 아에게 찾아온 소중한 보물이었다.

진정을 시키기는커녕 부추기는 아리아의 태도에 눈매를 가늘게 좁히며 짧게 앓는 소리를 내던 아스가 그대로 아리아의 허리에 손 을 감고 끌어당겨 그녀의 볼에 입을 맞췄다.

"……아스 님!?"

놀란 아리아가 제 볼을 감싸며 작게 아스의 이름을 불렀다. 아무 런 행동을 취하지 않아도 만인의 시선이 쏠리고 있는데, 어찌 이런 행동을! 그러나 아스는 남들의 시선 따위는 어찌 되어도 상관이 없다는 듯 굴었다.

"빨리 후작의 결혼식이 끝났으면 좋겠습니다."

"……식이 끝나면, 전 저택에 돌아가야 해요."

마치 식이 끝이 난 다음에 어디든 좋으니 함께 가자고 권유하는 듯한 그 말투에 아리아가 단호히 거절 의사를 내비쳤다.

"잠깐의 시간도 없으십니까?"

"아까 보셔서 아시겠지만…… 전 빨리 끝내야 하는 일이 있어요."

미엘르의 분노가 식기 전에 해치워야 하는 일이 있었다.

어째서 자신의 연인은 이토록 바쁜 것인지. 아스의 눈에 이루 표현할 수 없는 섭섭함과 서운함이 잔뜩 깃들었고, 그것을 읽은 아리아가 주변을 잠시 둘러보았다.

차마 대놓고 황태자와 아리아를 쳐다볼 순 없었는지, 눈치를 보며 힐끗대는 시선들이 눈에 들어왔다. 그것을 깨달은 상태에서 아스처럼 대담한 행동을 할 생각은 없었기에, 귓속말을 하는 척을 하며 부채로 사람들의 시야를 차단하곤 아스의 볼에 살포시 입을 맞추었다.

"저는 기다림을 아는 남자가 좋아요."

"……!"

이렇게까지 하는데 어찌 토를 달 수가 있을까. 결국 할 말을 잃은 아스가 이마에 손을 짚으며 깊은 한숨을 내쉬는 것으로 끝을 맺었다.

23. 뒤바뀐 운명

23. 뒤바뀐 운명

당연한 결과였지만 저택에 돌아간 미엘르는 의사를 만날 수 없었다.

아리아의 지시라고 전했음에도 집사는 단호히 고개를 저으며 대답조차 주지 않았다.

"상태가 그리 나빠 보이지 않으니 쉬고 있도록 해. 아가씨께서 돌아오시면 그때 다시 이야기하지."

차가운 말을 남긴 집사가 더는 볼일이 없다는 듯 돌아섰다.

"흐윽……."

서러움과 울분에 북받쳐 눈물을 흘리는 미엘르를 위로한 것은 다름 아닌 제시였다. 외출을 할 때부터 심상치 않았던 분위기를 감지했던 탓에 내내 신경을 쓰고 있었던 모양이었다.

"미엘르! 마을에서 의사를 불러왔어."

제시가 손수 마을에서 의사를 불러와 미엘르의 상태를 진찰토록 도왔다. 얼마 전까지만 해도 귀족이었던 그녀가 그다지 튼튼하지 않다는 것을 알기 때문이었다.

"무언가에 심히 놀란 것 같은데, 건강상 이상은 없습니다. 하루에서 이틀 정도 푹 안정을 취하면 괜찮아질 겁니다."

"감사합니다, 선생님."

다행히 조금 놀랐을 뿐 별다른 이상은 없다는 진단에 제시가 가슴을 쓸어내렸다. 하지만 그럼에도 불구하고 미엘르가 눈물을 짜내며 고통을 호소했기 때문에 걱정은 끝이 나지 않았다.

"안정을 취해야 한다니……. 도대체 무슨 일이 있었던 거야?"

"……제시……! 애니가……. 애니가……!"

미엘르는 울먹이며 애니의 이름만을 외쳤을 뿐이지만, 그간의 경험들로 미루어 보아 제시는 미엘르가 애니에게서 어떤 수모를 당했다는 것을 알 수 있었다.

"세상에…… 울지 마, 미엘르. 분명 괜찮아질 거야. 아가씨께 말씀드리자."

아무리 미엘르가 과거에 못된 짓을 했다고는 해도, 애니는 왜 이렇게까지 하는 건지. 아리아마저 미엘르를 도우려 하는데 말이다. 답답한 모양인지 제시가 한숨을 내쉬었다.

아리아가 부재중이었기에 다행히 시간을 자유롭게 쓸 수 있었던 제시는 밤늦게까지 미엘르의 곁에 붙어 있었고, 그동안의 애니의 행동이 너무 심했다고 판단한 제시가 아리아가 귀가하자마자 그녀의 방을 찾았다.

"……아가씨, 지금 돌아오셨는데 정말 죄송하지만 혹시 시간 괜찮으신가요?"

결혼식이 길어져 조금 늦은 시간이었기에 묻는 제시의 목소리가 퍽 조심스러웠다. 미엘르가 걱정은 되고 애니에게 화도 나지만, 혹시나 아리아에게 폐를 끼칠까 염려하는 모습이었다.

제시가 이런 소리를 할 줄 알았던, 아니, 기다리고 있었던 아리아가 속으로 웃음을 삼키며 조금 곤란한 표정으로 대답했다.

"어쩌지? 오전 중에 저택으로 홀로 돌려보낸 미엘르가 걱정이 되어서 먼저 만나 봐야 될 것 같은데. 중요한 일이니?"

"네? 아, 아뇨! 미엘르에 관한 일이었어요."

"그래? 그럼 미엘르를 내 방으로 불러 주겠니? 몸이 좋지 않아 보였는데, 올 수 있을지 걱정이 되네. 내가 찾아가는 게 좋을까?"

"그 정도는 아니에요. 조금 놀랐을 뿐이라서 안정을 취하면 된다고 하더라고요."

"정말? 많이 아픈 건 아닌지 걱정했는데 다행이야."

저택에 돌아온 아리아가 진심으로 걱정하며 곧장 미엘르를 찾는 것에 안심을 한 것인지, 제시의 표정이 한결 부드러워졌다.

"곧장 불러올게요!"

그렇게 밝은 얼굴로 사라진 제시는 곧장 미엘르를 부축하여 다시 나타났고, 미엘르와 함께 마실 차를 준비해 달라는 아리아의 말에 퍽 기뻐하며 정성스레 차를 내왔다.

"그럼, 전 나가 볼게요. 이야기 나누세요."

그러고는 가여운 미엘르에게 아리아가 도움을 주기를 바라며 공손히 인사하고 나가려는데, 뜻밖의 목소리가 제시를 잡았다.

"나가 보게? 함께 대화를 하는 건 어떠니? 네가 미엘르와 제일 친한 것 같으니, 도움을 줄 수 있지 않을까 생각되는데……."

제시는 후에 벌어질 '사건'에서 증인이 돼 주어야 했다. 아리아에겐 아무런 죄가 없다는 증인.

"……제가요?"

감히 자신이 낄 자리인가 싶은 얼굴로 제시가 되묻자, 미엘르 역시 그녀와 함께 있는 편이 안심이 되는 모양인지 고개를 끄덕이며 긍정했다.

"그렇게 해 줘, 제시."

"도움이 될 수 있을지는 잘 모르겠지만…… 알겠습니다."

제시까지 자리를 잡고 난 뒤, 잠시 차를 마시며 정적을 유지하다가 아리아가 오늘 있었던 일의 전말을 물었다.

"멀리 떨어져 있어서 제대로 상황을 파악하지 못했는데, 애니가 널 곤란하게 만든 거였니?"

묻는 얼굴이 퍽 조심스러웠다. 이에 다시금 그때의 상황을 떠올린 것인지, 미엘르가 찻잔을 쥔 손을 부들부들 떨며 대답했다.

"……맞아요. 애니가 절 곤란하게 했어요. 심지어 일부러 그런 것 같았어요. 그럴 필요도 없는데 모두에게 들리도록 제 이름을 몇 번이나 크게 불렀으니까요……."

그 말만으로도 미엘르가 어떤 수모를 당했을지 짐작한 제시가 손으로 제 입을 가리며 놀라움을 금치 못했고, 아리아의 표정 역시 어두워졌다.

그렇지 않아도 소문이 좋지 않은 미엘르이건만. 아무런 준비도 되어 있지 않은 상태에서 만인의 앞에서 수차례나 이름이 불렸다니, 분명 그간 아리아에게만 향했던 칼날같이 날카로운 시선들이 미엘르에게 모였을 것이다.

"일전에 애니에게 단단히 주의를 줘서 이제 사이가 좋아지는 일만 남은 줄 알았는데…….”

마치 후회하기라도 하는 듯한 아리아의 목소리가 정적에 휩싸인 방에 울렸다. 혼을 내 애니의 행동을 고치려 했다는 말도 함께였다. 그리고 이제 그 방법이 소용없을 것 같다는 여운 또한.

“……언니가 안 보는 곳에서만 그랬던 거겠죠.”

기다렸던 대답을 꺼내는 미엘르에, 아리아가 짙은 한숨을 내뱉으며 작은 미끼를 던졌다.

“사람은 누구나 자신이 직접 경험하기 전에는 모르는 법이니까…….”

물론, 미엘르처럼 직접 경험하고도 모르는 사람도 있었다. 제가 당한 것만 괴로운 사람 말이다. 그러니 아직까지 저리도 독기를 지우지 못하고 있지 않은가.

“가만히 있는 걸로는 해결되지 않는 문제도 있고…….”

그 말에 잠시 고민하던 제시가 동감한다며 입을 열었다.

“제 생각도 그래요, 아가씨. 미엘르가 이토록 괴로워하는데 이대로 두고만 볼 수도 없는 것 같고요. 비록 시녀로서는 미엘르가 아래라지만 그렇다고 모두 감내할 필요는 없으니, 계속 가만히 있는 게 아니라 할 말은 해야 한다고 생각해요.”

“화라도 내서 반박을 하자는 말이구나?”

“맞아요. 사실 시녀들이나 시종들은 업무상 자주 부딪치다 보니 트러블이 종종 일어나는 편이거든요. 주변에서 거들기는 하지만, 가장 빠른 해결 방법은 본인들끼리 대화를 나누는 거죠.”

“어떻게 생각하니, 미엘르?”

아리아와 제시가 어떠한 의견을 내든, 결정은 미엘르의 몫이었다. 음흉한 미엘르의 성격상 가만히 당하고만 있고 싶지도 않을 것이다.

하지만.

"······하지만, 그랬다가 애니가 절 감옥으로 돌려보내기라도 한다면 어떻게 해요!"

최종적으로 미엘르의 목줄을 쥐고 있는 것은 애니었다. 반항과 복수를 하였다가 감옥으로 돌려보내지기라도 한다면······. 그것만큼 끔찍한 일은 없을 터였다.

그리고 미엘르가 그 상황을 가장 두려워한다는 것을 익히 아는 애니가 그간 그 협박을 적절히 사용해 왔기에 수모를 당하더라도 참은 것도 있었다. 이에 아리아가 미간을 찌푸리며 말했다.

"무슨 말을 하는 거야, 미엘르. 아무리 서류상으로 애니가 네 보호자라고는 해도, 내 허락 없이는 그렇게 할 수 없다는 걸 잘 알잖아?"

그러니 네가 복수를 한다고 하더라도 감옥으로 돌아갈 일은 없을 거라는 아리아의 말에, 미엘르의 안색이 그제야 퍽 밝아졌다. 제시 역시 아리아가 적극적으로 관여하겠다는 태도를 보여 한시름 놓았다는 표정을 지었다.

"그러니 걱정하지 말고 부당한 대우를 받았을 땐 목소리를 높여도 돼. 아, 차가 조금 식었네. 제시, 차를 새로 가져다주겠어?"

"네! 아가씨! 과일도 가져올까요?"

"그러도록 하렴. 종류별로 다양하게."

밑밥을 모두 깔았기에 더는 제시가 들어선 안 되는 본론을 꺼내기 전, 아리아가 그녀를 방에서 내보냈다.

탁. 문이 닫히는 소리가 나자마자 동생을 걱정하는 언니의 표정을 지운 아리아가, 어떻게 애니에게 복수를 할까 사악한 표정으로 고민하는 미엘르에게 한 가지 묘책을 제안했다.

"미엘르, 그렇지 않아도 네 평판이 좋지 않으니 말로 반박을 하는 어리석은 수는 좋지 않은 것 같아."

그럴듯한 악녀의 얼굴로 돌변한 아리아에, 미엘르가 흠칫 놀라며 조심스레 되물었다.

"……그럼요?"

애초에 미엘르는 누군가와 정면으로 맞서 싸울 수 있는 성격이 아니었다. 거침없이 말을 내뱉은 성격도 아니었고.

"지금까지 해 왔던 대로 하면 되겠지."

그래, 지금까지 해 왔던 대로.

미엘르의 특기는 자신은 쏙 빠진 채 남을 이용해서 누군가를 괴롭히는 것이었다. 과거만 보더라도 제 시녀들을 아리아에게 붙여 악행을 종용했고, 스스로가 피해자인 양 굴어 아리아의 목숨을 앗아 가기도 했다. 그것은 비단 과거뿐만 아니라 시간을 되돌린 후에도 엠마와 베리, 그리고 애니를 통해 시도했던 방법이었다.

거들던 엠마를 희생시킨 그 방법을 언급하자, 미엘르의 안색이 다시금 파랗게 질렸다. 애써 마음을 추스른 참이었는데 다시금 엠마의 최후를 떠올린 모양이었다.

게다가 더는 그런 대담한 일을 저지를 담력 또한 남아 있지 않는 듯 보였다. 이를 눈치챈 아리아가 무얼 그리 심각하게 걱정하느냐며 작게 웃으며 말했다.

"뭘 그리 고민하니? 일을 크게 만들라는 건 아니야. 그저 아주 조금 놀라게 하라는 말이지. 차에 복통이 이는 약을 넣는다든가 하는 귀여운 장난 정도? 그 누구에게도 책임을 물 수 없게 말이야."

한껏 긴장감을 고조시켜 놓고는 고작해야 배탈을 유발하는 정도의 장난을 치라는 말에 잠시 눈을 끔뻑이며 그 말을 곱씹던 미엘르가 이내 어처구니없다는 헛웃음을 내뱉었다.

그 정도는 미엘르에게 아주 쉬운 일이었다. 몇 번이나 사람을 죽이려 했던 그녀였으니까. 오히려 그런 사소한 장난질이 복수나 되겠느냐는 웃음이었기에, 아리아가 부드러운 미소를 만들어 내며 지나가듯 한마디 덧붙였다.

"물론, 그런 가벼운 장난이 몇 번이나 반복되면 큰 공포로 자리하겠지. 그 어떤 음식을 먹어도 배가 아파진다면 더는 음식을 먹을 수 없게 될지도 모르고. 자신에게 의문의 병이 있다고 의심할 수도 있지 않을까."

"……!"

아리아의 말대로 아주 작은 장난이었지만 고작해야 배탈이니 처음 몇 번은 대수롭지 않게 넘길 것이 분명했고, 그것이 반복된다면 병이 있는 것은 아닌지 의심을 할 것이 틀림없었다.

하지만 장난에 의한 복통이기에 의사에게 가 본들 특별한 원인과 대책을 구할 순 없을 테고, 후에도 복통이 계속된다면 멀쩡한 정신으로 살아갈 수 없을 것이다.

거기까지 생각이 다다른 모양인지, 꽤 그럴듯한 묘책에 미엘르의 눈에 생기가 돌았다. 아주 간단하고 작은 복수였지만 그 효과가 아주 클 것 같아서였다.

"사실 시녀 주제에 나대는 애니가 마음에 들지 않는데, 복통으로 고통을 호소하는 꼴을 보면 퍽 즐거울 것 같기도 하네."

더욱이 방관하겠다는 아리아의 태도에 미엘르의 얼굴에 화색까지 돌았다. 지금까지 자신이 해 왔던 일에 비교하면 아주 작은 장난이라고 생각해서인지, 당장이라도 그 일을 수행하고 싶어 하는 얼굴이었다.

그것을 확인한 아리아가 드디어 때가 되었다는 미소를 지으며 아주 은밀하고 조심스럽게 미엘르에게 입을 열었다.

"유도화를 이용하는 게 어때?"

"유도화…… 요?"

"그래, 유도화. 비교적 구하기 쉬운 꽃이잖아. 사용 방법에 따라 독이 되기도 하고 약이 되기도 하는 꽃."

"하지만 그건…… 조금 위험하지 않을까요?"

독성이 강해 자칫 잘못 사용했다간 사망에 이르게 할 수도 있는 꽃이었다. 끔찍한 죽음에서 되돌아온 직후, 백합 같은 미엘르를 상대하기 위해 아리아가 닮기로 결심한 꽃이기도 했다.

"위험하긴 하지만, 극소량을 사용한다면 배탈이나 구토 정도로 끝이 날 테니까. 유도화는 약용 식물이기도 하니, 들켰을 때 둘러댈 변명도 생길 테고."

"……."

물론 극소량이라도 재수가 없으면 사망에 이를 수 있는 꽃이었지만, 아리아는 굳이 그런 말은 첨언하지 않았다. 어차피 독이 든 차를 마실 이는 자신도, 애니도 아닌 다른 사람일 테니까.

"……좋은 생각 같아요."

"잘 생각했어. 꽃을 구할 수 있는 곳을 알아봐 줄게."

미엘르가 고개를 끄덕임과 동시에 문밖에서 새로 차를 가져왔다는 제시의 목소리가 들렸다. 아주 적절한 타이밍이었다.

"들어와."

아리아의 허락이 떨어지자마자 안으로 들어온 제시가 더는 걱정이 없다는 듯 맑은 표정을 짓는 미엘르를 보며 덩달아 기쁜 표정을 지었다. 과거에 멍청한 악녀를 몰아넣었던 수법에 자기가 걸려 든 것도 모르고.

"……언니, 말씀하신 곳에서 유도화를 구했어요."

아침을 먹고 계단을 오르는데 쪼르르 따라온 미엘르가 아리아에게 말했다. 누군가에게 들킬까 봐 입을 가리고 몰래 말하는 것이 퍽 깜찍했다.

그게 더 수상해 보이는 것도 모르는 건지. 유도화를 구할 수 있는 곳을 알려 준 지 하루밖에 되지 않았는데, 얼마나 마음이 급했으면 벌써 구해 왔을까.

물론 미엘르의 마음이 변하지 않도록 애니에게 슬쩍 귀띔을 해 두었다. 지금 미엘르를 잡아 두지 않으면 나중에 기어 오를지도 모르니 단단히 교육을 시키라고. 이에 부응하기라도 하듯, 위층에서 내려오던 애니가 미엘르를 발견하고 도끼눈을 뜨며 닦달하기 시작했다.

"아가씨, 외출하신다고 하셨죠? 어서 올라가 보셔요. 미엘르, 넌 청소는 다 끝났니? 할 일이 산더미처럼 쌓여 있는데, 여기서 도대체 뭘 하는 거야?"

"……."

하지만 이제 더는 애니가 아리아의 허락 없이 자신을 감옥에 돌려보낼 수 없음을 아는 미엘르는 예전처럼 고분고분 말을 듣는 것이 아닌, 같이 눈을 흘겨 싸우는 것을 선택했다. 유도화를 구한 미엘르는 더는 예전의 미엘르가 아니었다.

"너 미쳤니!? 어디 누굴 째려보는 거야!?"

그런 미엘르의 행동은 애니의 화를 돋우었고, 두 사람의 사이가 더 이상 악화될 수 없을 정도로 악화되었다.

아무리 아리아가 허락했다고는 하나 주인을 눈앞에 두고 할 만한 행동이 아니었다. 심지어는 한판 벌이기라도 할 모양인지 소매를 걷어붙이는 애니를 본 아리아가 두 사람의 사이에 끼어들었다.

"애니, 내 외출 준비를 도와야지. 그리고 미엘르, 오후에 차를 마실 수 있게 준비해 주겠어?"

"네……? 네!"

차는 늘 마셨지만 굳이 준비를 해 달라고 언급한 이유는 단 한 가지였다. 준비하여 차에 독을 타라는 신호였다.

이를 정확하게 알아들은 미엘르가 크게 기뻐하며 대답했다.

"당장 준비를 시작할게요!"

"그러도록 하렴."

그러고는 쏜살같이 어디론가 사라져 버렸다.

"……미엘르는 왜 티타임을 지금부터 준비하는 거죠?"

손님이 방문하는 것도 아니고, 고작 해야 아리아와 몇몇 시녀들이 전부일 텐데, 왜 저리 소란을 떠느냐는 얼굴이었다. 아주 정성스레 준비해도 두세 시간이면 충분한데. 그 의뭉스러워하는 얼굴에 아리아가 까닭을 설명해 주었다.

"손님이 올 거야."

"손님이라고요?"

"그래, 손님. 미엘르가 아주 좋아할 만한 손님."

손님이 올 거라는 말에 그제야 미엘르의 행동을 납득한 애니가 얼굴에서 의문을 지웠다.

"아아, 그래서였구나. 그런데, 미엘르가 좋아할 만한 사람이라는 게 도대체 누구죠? 그런 사람이 있기나 하나요?"

"그럼 당연히 있지."

물론, 미엘르는 그 사람이 방문할 거라는 걸 모르겠지만.

"어쨌든 오후에 티타임을 가져야 하니 바삐 움직여야겠어. 준비를 도와주겠니?"

"네! 아가씨. 그런데, 혹시 괜찮으시다면 그 티타임에 저도 참석해도 될까요? 미엘르가 기다리는 사람이 누군지 궁금해서요."

애니의 순진한 물음에 아리아가 당연하다는 듯 웃으며 대답했다.

"그래, 그렇게 하렴. 새삼스러울 것도 없지."

애초에 애니가 없으면 성립되지 않는 티타임이었기에 고민할 가치도 없는 물음이었다. 미엘르가 자신을 괴롭히기 위한 티타임인 것도 모르고, 애니는 콧노래까지 부르며 아리아의 치장을 도왔다.

바삐 치장을 마친 아리아가 향한 곳은 버붐 남작의 건물이었다. 남작의 번창하는 사업 때문에 몰려든 손님과 아카데미의 학생들, 그리고 새로이 모임에 참여하고자 하는 사업가들로 발 디딜 틈이 없었다.

"……이렇게 모시게 되어 면목이 없습니다."

오랜만에 방문하여 이리도 번잡할 줄 몰랐던 탓에, 마차에서 내리다가 눈을 휘둥그레 뜬 아리아에게 남작이 고개를 숙이며 사과했다.

"아니에요. 제가 할 일을 남작님께서 도맡아 해 주시고 계신 거니까요."

그러나 사과를 할 사람은 남작이 아닌 아리아였다. 처음부터 정체를 숨긴 아리아를 그가 물심양면으로 도왔기에 자연스레 아리아와 관련된 사람들을 그가 관리하게 되었기 때문이었다.

"이러다간 버붐 남작님의 본업에 지장이 생길 것 같으니, 아무래도 적절한 건물을 하나 구입하는 게 좋겠네요."

"저는 아주 괜찮습니다. 아무렇지도 않습니다."

자신 때문에 괜히 아리아가 신경을 쓰는 것이 걱정된 모양인지, 버붐 남작이 단호하게 고개를 저으며 자신이 괜찮다는 것을 열렬히 어필했다.

이에 아리아가 애니를 데리고 오지 않아 천만다행이라며 작게 키득대며 대답했다.

"남작님 때문만은 아니에요. 저도 그럴 필요성을 느껴서요. 언제까지고 남작님의 사무실을 빌릴 순 없으니까요."

재산이 기하급수적으로 늘어나고 있는 탓에 그것을 관리해 줄 사람도 필요했다. 건물을 하나 새로 매입해 사람을 고용하고 아리아의 업무와 재산을 관리해 줄 사람이 말이다.

"그럼, 어떤 건물이 좋을지 제가 알아볼까요?"

"그럴 시간이 있으세요?"

"물론 있습니다."

없어 보이는데. 남작이 너무 바빠 만날 시간도 없다며 애니가 투정을 부리던 것이 떠올랐다. 굳이 그것뿐만이 아니더라도 인산인해를 이루고 있는 남작의 건물만 봐도 알 수 있는 일이었다.

충성심이 과해도 너무 과하다고 생각을 하며 아리아가 천천히 고개를 저었다. 이 이상 버봄 남작에게 일을 맡겼다간 과로로 쓰러져 명을 달리할지도 몰랐기에.

"괜찮아요. 그리 어려운 일도 아니고 이미 생각해 둔 건물도 있고요. 어차피 지금은 따로 할 일이 있어 나중에 구입할 생각이니, 천천히 결정하도록 할게요."

게다가 오늘의 볼일은 그것이 아니었다. 황실의 빈자리를 채울 사람을 추천하는 서류에 서명을 하는 것이 목적이었다. 아카데미에서 우수한 성적을 달성한 이들 중 품행까지 손색이 없는 이들을 황실의 하급 관료로 추천해 달라는 공문을 받았기 때문이었다.

그리고 그 명단에는 과거에 마차 사고로 죽었던 한스가 포함되어 있었다. 아리아의 전폭적인 지원과 스스로의 노력에 의해 아카데미에서 최고의 성적을 달성한 그는, 제시와의 사이 또한 돈독히 하여 아리아와 뗄래야 뗄 수 없게 된 인물이기도 했다.

딱히 입김을 넣지도 않았는데, 서류 속에 포함된 그 이름을 확인한 아리아는 모래시계 덕에 변한 것이 이리도 많음을 새삼 실감하고 감탄하며 서명했다.

"곧장 황성으로 가져가시는 건가요?"

"예, 그렇습니다."

"그럼 편지 하나를 더 부탁드릴게요. 황태자 전하께 가져다주셨으면 좋겠어요."

"……전하께요?"

왜 직접 전하지 않고? 그 의문을 읽은 아리아가 친히 까닭을 설명했다.

"갑자기 오후에 일정이 잡혀서요. 원래 없던 일정인데 갑자기 생겼죠. 그래서 겸사겸사 같이 보내 주셨으면 해요."

"그러시군요."

어차피 아리아가 시키는 일은 군말 없이 처리했던 버붐 남작이었기에, 이번에도 순순히 아리아의 편지를 황태자에게 전하도록 시종을 보냈다. 그사이 유망한 사업가들과 그들의 사업에 대해 이야기를 나누며 일정을 소화하는 동안, 아스에게 보낸 편지의 답장이 빠르게 도착했다.

『알겠습니다. 하지만 제가 아닌 다른 이를 찾는 것에 조금 마음이 상했으니, 무슨 까닭인지 후에 설명을 부탁드리겠습니다.』

참으로 귀여운 그 답장에 작게 웃음을 흘린 아리아가 일정을 마치고 저택으로 돌아갔다.

아리아가 오기만을 목이 빠지게 기다린 모양인지, 마차가 멈추자마자 제일 먼저 보게 된 얼굴은 다름 아닌 미엘르였다.

"미엘르, 준비는 잘 마쳤니?"

그 물음에 미엘르가 심히 기뻐하며 고개를 끄덕였다.

"네! 그럼요. 차를 내오기만 하면 끝이에요."

"양을 조절해야 하는 거 잘 알지? 과하면 큰일 나니까."

"······걱정 마세요."

은밀하게 속삭이는 그 목소리에 미엘르가 자신만 믿으라며 퍽 자신만만하게 대답했다. 그럼, 주의해야지. 그 차를 마실 사람이 누구인데.

아리아가 외출복을 갈아입고 잠시 쉬는 사이, 2층 정원 테이블에 다과가 준비되었다. 보통 티타임에선 컵의 색을 통일하지만, 이번 만큼은 색을 달리하여 어떤 차에 독이 들었는지 알기 쉽게 표시하였다.

독을 바를 찻잔은 형형색색의 꽃 장식이 만개한 것으로, 애니가 좋아할 법한 화려한 찻잔이었다. 찻잔 바닥에 미리 독을 발라 놓은 미엘르가 자신의 성공적인 계획을 위해 아리아에게 한 가지 당부를 했다.

"애니가 빈 찻잔을 보게 하면 안 돼요."

그 말에 아리아는 미엘르가 찻잔에 얼마나 독을 발랐는지 알 수 있었다. 배탈이 목적이라면 아주 소량만 발랐을 테니 육안으로는 구분이 힘들 것이다. 그런데 굳이 저런 말을 하는 이유는……

'나중에 알게 되면 얼마나 후회하고 땅을 칠까.'

몇 번이나 경고를 했음에도 불구하고 미엘르가 스스로 선택한 일이었다. 몇 번이나 그릇된 선택을 해 인생을 망쳐 왔으니, 이제는 깨달을 만도 하건만.

"어려운 일도 아니지."

아주 쉬운 일이었다. 더불어 미엘르의 죄 또한 무겁게 만들 수 있는 일이었다. 열어 놓은 창문 밖으로 들리는 마차 소리에 때가 되었음을 짐작한 아리아가 몸을 일으켰다.

"그럼, 네가 준비한 재미있는 구경을 하러 내려가 볼까?"

마지막까지 어리석은 선택을 한 미엘르의 최후를 기대하며 아리아가 발걸음을 옮겼다.

* * *

　미엘르가 전적으로 준비를 한 탓인지 2층 정원에 마련된 테이블은 티타임이라고 하기에는 조금 조촐했다. 애초에 차를 즐기는 것이 목적이 아니었기 때문이기도 했다.

　제일 먼저 2층 정원을 찾은 아리아가 독이 든 찻잔을 확인한 뒤, 그곳에 자리했다. 혹시 몰라 모래시계도 함께 가져왔다. 잘못하여 일을 그르쳤다가는 괜한 목숨이 사라질 테니까.

　시선을 내려 찻잔을 확인하자 물에 녹인 것인지 투명한 물이 조금 담겨져 있었다. 육안으로도 이렇게나 확인이 될 정도라니. 누군가를 죽이고도 남을 만큼의 양의 독이었다.

　'소량의 의미를 모르는 건지, 아니면 애니를 죽일 생각인지는 모르겠지만.'

　지은 죄가 그리 무거운 것도 아니건만. 자신을 괴롭힌다는 이유 하나만으로 사람의 목숨을 이리도 간단하게 빼앗으려 하다니, 참으로 어리석었다. 오랜만에 함께 티타임을 하자는 아리아의 부름에 제시와 애니가 쏜살같이 달려왔고, 미엘르는 아무렇지 않은 척을 하며 찻잔에 차를 따랐다.

　"오랜만에 여유를 갖는 것 같아요."

　"그러게 말이야. 요 근래 아가씨께서 바쁘셨으니까."

　"아쉬웠던 모양이구나?"

　"그럼요! 아가씨와 함께 차를 마시는 것만큼 기쁜 일은 없으니까요."

　제시가 즐거운 듯 대답했고 애니 역시 동조하며 웃음꽃을 터뜨렸다. 아직 아리아가 차를 마시지 않아 아무도 차에 손을 대지 않은 채였다.

미엘르는 시종일관 독이 든 찻잔을 힐끗대며 저 차를 어떻게 애니에게 마시게 할지 흥미진진한 눈으로 지켜보고 있었다. 그렇게 잠시 대화를 나누던 사이, 테이블 위에 올려놓았던 모래시계를 챙기던 아리아가 손을 미끄러뜨린 척 애니의 찻잔을 엎었다.

"꺅!"

"……!"

"애니!"

뜨거운 차가 애니의 의복에 쏟아졌고, 깜짝 놀란 제시가 벌떡 일어나 그녀의 안부를 살폈다. 미엘르 역시 생각지도 못했던 상황이었던 탓에 어쩔 줄을 몰라 하며 비명을 지르는 애니를 그저 쳐다만 보았다.

"세상에, 어쩜 좋아! 애니! 어서 의복을 갈아입어야겠어! 미엘르, 네가 도와주겠니?"

"……네?"

아리아의 그 말에 당황한 미엘르가 멍청하게 되물었다. 애니에게 차를 마시게 해야 하는데, 어째서 이런 이상한 상황이 되었는지 모르겠다는 얼굴이었다.

"어서! 이러다가 애니가 화상을 입겠어! 그래도 좋다는 거니!?"

"네? 네, 네……!"

하지만 이내 무섭게 재촉하는 아리아의 목소리에 미엘르는 저도 모르게 애니를 부축하여 정원을 빠져나갔다. 분명 아리아가 무언가 생각하는 바가 있겠지. 그렇게 생각하면서.

"아가씨는 괜찮으세요?"

"나는 괜찮아."

제시의 걱정 어린 물음에 아리아가 고개를 끄덕이며 대답했다. 이에 안심했다는 듯 제시가 쏟아진 차를 닦고 테이블을 정리했다. 슬슬 올 때가 됐는데.

생각하기가 무섭게 시종이 카인을 데리고 2층 정원에 나타났다.

기다릴 것 없이 곧장 자신이 있는 곳으로 데리고 오라는 편지에 맞게 말이다. 카인은 이제 더는 능동적으로 행동할 수 없는 처지인 탓에, 갑자기 아리아의 저택에 불려 온 까닭을 모르겠다는 얼굴을 하고 있었다.

"오셨군요. 미엘르가 모처럼 티타임을 준비한다고 해서요. 그녀가 준비하는 첫 티타임이니 오라버니께서도 참석하시는 게 좋지 않을까 싶어 초대했어요."

"……그렇군."

그래서 구구절절 설명을 덧붙이자, 납득했다며 고개를 끄덕였다.

"앉으세요. 잠깐 문제가 생겨서 미엘르가 자리를 비우긴 했지만, 차는 이미 준비된 참이에요."

그렇게 말한 아리아가 방금 전까지 자신이 앉아 있던 자리에 카인을 안내했다.

"먼 길 오시느라 고생하셨을 텐데, 미엘르가 돌아오기 전까지 차라도 마시며 여독을 푸세요."

황성에서 저택까진 그리 먼 거리가 아니었기에 여독이랄 것도 없었지만, 모처럼 아리아가 베푸는 따스한 친절에 얼굴을 붉힌 카인이 대답 없이 가만히 고개를 끄덕였다.

                        * * *

"어휴, 큰일 날 뻔했네."

 갓 따른 뜨거운 차를 뒤집어썼음에도 애니는 별다른 화를 내지
않았다. 그도 그럴 것이 차를 쏟은 이가 다름 아닌 아리아였기 때
문이었다.

 어찌 감히 아리아에게 화를 낼 수가 있을까. 불 속으로 떠민다고
하여도 화를 내지 못할 것이 분명했다.

 게다가 아직 날이 서늘해 두꺼운 원단의 실내복을 입고 있었기에
달리 큰 화상을 입지도 않았고, 또 아리아라면 분명 미안하다며 새
실내복을 사 줄 것이 분명했다. 그것도 아주 비싸고 고급스러운 것
으로. 이를 기대하기라도 하는 듯 애니의 표정이 퍽 밝았다. 옷을
갈아입는 손놀림이 경쾌하고 부드러웠다.

"뭘 그리 멍하니 서 있니?"

 그런 애니와는 반대로 미엘르는 마치 정신이 나간 듯한 모습이었
다. 위험하고 음험한 거사를 치르기 바로 직전, 생각지도 못한 상
황을 마주하였기에 아주 당연한 반응이었다.

 몇 번이나 일이 틀어졌을 때와 같은 불안감이 엄습했지만, 이내
애니가 자리를 비운 사이에 아리아가 자리라도 바꾸나 싶어 애써
마음을 가다듬었다. 그것밖에는 방법이 없었다. 달리 선택할 수 있
는 방법이.

"다 갈아입었으니 돌아가자."

 얼마 지나지 않아 약을 바르고 의복을 모두 갈아입은 애니가 이

만 돌아가자 말을 꺼냈고, 기다렸다는 듯 미엘르가 걸음을 빨리했다. 빨리, 빨리 돌아가야 했다. 혹시라도 자리를 비운 사이 차가 식었다며 교체해 달라고 하면 큰일이니까.

다행히도 애니의 행동과 걸음이 아주 재빨랐기에 시간을 지체하지 않고 바로 정원으로 돌아갈 수 있었고, 미엘르의 불안감도 점점 수그러들었다.

"아가씨! 옷을 갈아입고 왔어요!"

화를 입어 놓고 무엇이 그리 기쁜지, 한껏 웃음을 지으며 정원으로 들어선 애니가 흠칫 놀라며 문을 연 자세 그대로 멈춰 섰다.

"……어?"

그러고는 이상하다는 듯한 목소리를 냈다. 도대체 무슨 일이기에? 미엘르는 애니의 뒤를 따르고 있었기에 애니보다 한 발짝 늦게 정원 안을 확인할 수 있었는데.

"……!?"

안을 확인하곤 곧 숨을 쉬는 것조차 잊을 정도로 놀라 그대로 멈춰 서고야 말았다. 바로 이곳에 있을 이유가 없는 카인을 마주했기 때문이었다. 심지어 카인은 방금 전까지 아리아가 자리했던, 독이 든 차가 놓인 자리에 앉아 있었다.

자신의 앞에 놓인 것이 무엇인지도 모르면서 제 동생을 본 카인이 퍽 안심한 눈빛으로 말없이 인사했다.

"미엘르."

어째서 카인이! 그것도 독이 든 찻잔 앞에……!

상황을 파악하지 못하고 멍청하게 굳은 미엘르를 흘긴 아리아가 아주 걱정스러운 표정으로 애니에게 물었다.

"이제 왔니? 화상을 입진 않았고?"

"아, 네! 아가씨! 다행히 별로 다치진 않았어요. 고작해야 드레스가 망가졌을 뿐이에요."

고작해야 뜨거운 물에 젖었을 뿐인 드레스를 망가졌다고 표현한 애니가 가벼운 발걸음으로 깨끗하게 정리가 된 자신의 자리로 돌아갔다.

"그래? 미안해서 어쩌지……? 내 잘못이 크니 새로운 드레스를 선물해야겠어."

"어휴, 아가씨도 차암. 그렇게 말씀하시면 제가 너무 죄송하잖아요."

머릿속으로는 어떤 드레스를 사 달라고 할까 궁리를 하는 것이 뻔히 보이건만, 아닌 척 까르르 웃은 애니가 자신의 옆에 앉은 카인을 가리키며 물었다.

"그런데, 어쩐 일이래요?"

이제 더는 관련이 없는 그가 왜 여기에 있냐는 물음이었다.

"아아, 모처럼 미엘르가 준비한 자리이니 오라버니께서도 함께하는 게 좋지 않을까 싶어서 불렀어."

그렇게 대답한 아리아가 자신의 앞에 놓인 차를 한 모금 마시자, 카인 역시 고개를 끄덕이며 자연스럽게 제 앞에 놓인 차를 들어 입에 가져다 댔다. 이에 그때까지 상황을 파악하지 못하고 멍청하게 서 있던 미엘르가 화들짝 놀라며 정원 안으로 뛰어들어 갔다.

"안 돼! 마시면 안 돼! 안 돼!"

급한 마음에 그리 소리쳤지만, 이미 늦은 뒤였다. 애니를 위해 성심성의껏 준비한 독이 든 차가 목적지를 바꿔 카인의 목을 타고 한 모금 넘어간 뒤였기 때문이었다.

―쨍그랑!

카인이 들고 있던 잔이 바닥으로 떨어져 날카로운 파열음이 울렸고, 차를 마신 카인의 안색이 급격하게 창백해졌다. 잘못 사용하면 극소량으로도 사람의 생명을 앗아 갈 수 있는 유도화의 독이, 오랫동안 기다렸던 상대를 만난 듯 곧장 카인의 목숨을 앗아 가기 시작했다.

"꺄아아악!"

쿨럭. 기침 소리와 함께 입에서 피를 흘리며 옆으로 쓰러지는 카인의 모습에 놀란 애니가 비명을 질렀고, 사색이 된 제시가 뒤로 넘어졌다. 결코 상상하지 못했던 상황에 직면한 미엘르가 헐레벌떡 제 오라비에게 다가가 상태를 확인하며 울부짖기 시작했다.

"오, 오라버니!? 오라버니! 왜, 왜 오라버니께서!"

"……미, 미엘, 큭……. 미엘르……."

카인은 당장이라도 숨이 꺼질 듯 위급한 모습이었다. 내뱉는 숨마다 피가 섞여 나와 입 밖으로 모두 흘러내렸기에 모두가 숨을 멈추고 경악에 찬 얼굴로 이를 응시했다.

"세상에……! 누가! 누가 도와줘! 의사를 불러 줘!"

사전에 확인한 독의 양이 상당했기에 끔찍한 상황이 벌어지리라 예상했던 아리아마저도 놀라 잠시 말을 잃을 정도였다. 울부짖는 미엘르의 목소리에 아리아가 황급히 자리에서 일어나며 도움을 요청했다.

"아가씨!?"

다행히 아리아의 다급한 목소리를 듣고 곧장 집사가 뛰어들어왔으나, 그 역시 아름다운 정원에 펼쳐진 뜻밖의 참상에 곧장 대처하지 못하며 숨을 삼켰다.

"이, 이, 이게 무, 무슨……!?"

"빨리 의사를! 의사를 불러 줘!"

"……네, 네!"

놀라 우왕좌왕하는 집사에게 아리아가 서둘러 의사를 부르라 지시했다.

이에 집사가 헐레벌떡 정원을 벗어났고, 뒤늦게 소란을 감지하여 정원으로 들어온 시녀들이 저마다 비명을 올렸다.

"꺄아아악!"

"세, 세상에!"

"어떻게 하면 좋아!"

"타월을 가져와!"

카인이 토해 내는 피의 양이 점점 늘어났기에 모두가 당황하여 비명을 올리며 패닉에 빠졌고, 미엘르의 울음소리는 더욱더 커졌다.

"흐윽! 오라버니!"

"아, 아가씨……! 괜, 괜찮으세요!?"

믿기 힘든 참상에 사색이 된 제시가 아리아의 안색을 살피며 물었다. 같은 테이블에서 같은 차를 마셨기에 혹시나 하는 물음이었다.

"……나는 괜찮아."

그리 대답한 아리아는 패닉에 빠진 다른 사람들과는 다르게 천천히 이성을 되찾을 수 있었다. 아니, 점점 기분이 고조되어 가는 것을 느낄 수 있었다. 십여 년의 세월을 되돌아와, 드디어 바라고 바랐던 것을 이룰 수 있게 되었기 때문이었다.

'미엘르가 나처럼 과거의 기억을 갖고 있었다면 더 좋았을 텐데.'

그랬다면 과거에 자신이 꾸몄던 짓을 그대로 되돌려 받게 되어 그 원통함이 수배가 되었을 텐데. 죽기 전에 자업자득이라는 깨달음을 얻게 될지도 모르지 않은가.

하지만 이대로 아무것도 모른 채 죽음을 맞이하는 것도 나쁘지 않았다. 그래야 더 억울할 테니까 말이다. 그리 큰 죄를 짓지 않은 카인까지 목숨을 잃었다며 못된 악녀를 원망하며 피눈물을 흘릴지도 모르는 일이었다. 하루 빨리 그 모습을 보고 싶다고 생각한 아리아가 겁을 먹은 척을 하며 카인의 안부를 살폈다.

"도대체 이게 무슨……! 오라버니! 어떻게 하면 좋아! 괜찮으세요!? 네!?"

뻔뻔하게도. 독을 넣은 차를 카인이 마시게 한 장본인이면서 말이다. 그 가증스러운 모습에 눈물범벅이 된 미엘르가 도끼눈을 뜨며 아리아를 향해 윽박을 질렀다.

"왜! 왜 그 차를 마시게 내버려 둔 거야! 왜! 너 때문에……! 너 때문에 오라버니께서……!"

애니에게 마시게 할 작정이었던 독이 든 차를 카인이 마시게 되었잖아!

차를 마시고 피를 토할 사람이 카인이 아닌 다른 누군가였다는 뜻이 내포된 미엘르의 외침에 제시와 애니가 미간을 찌푸리며 잠시 고개를 갸웃거렸다.

"무슨, 무슨 소리야, 미엘르? 차를 마시게 내버려 두었냐니……!?"

이에 아리아가 영문을 모르겠다는 듯 퍽 당황스러워하는 얼굴로 되물었다. 발뺌하기 시작한 아리아에 미엘르가 입을 벙끗대며 말을 잇지 못했다.

"왜……. 왜 그런 걸 묻는 건데? 설마……. 차에 마시면 안 되는 무언가라도 들어 있었던 거야……!? 아니지!?"

그 물음과 함께 카인이 크게 기침을 했고, 끔찍한 양의 핏물이 역류했다. 그것이 마치 카인의 마지막을 알리는 것 같이 보여 정원이 비명으로 물들었다.

"꺄아아악!"

"어떡해! 어떡해! 카인 님……!"

"미, 미엘르……."

그리고 카인이 곧 사라질 듯 미약한 목소리로 미엘르를 불렀다. 마지막 유언이라고 해도 손색이 없을 정도로 생기가 없는 목소리였다. 당장이라도 숨이 꺼질 듯한 목소리에 화들짝 놀란 미엘르가 펑펑 눈물을 흘리며 대답했다.

"네……! 마, 말씀하세요!"

"아, 아니, 지……?"

주어가 없는 물음이었으나, 그것이 무엇을 뜻하는지 단숨에 알아챈 미엘르가 숨을 멈췄다.

"저, 저는…… 그, 그게……!"

그리고 이어진 미엘르의 명확하지 않은 대답은 카인에게 실망과 슬픔을 안겨 주기 충분했다. 카인의 눈동자가 파도를 만난 작은 배처럼 목적지를 잃고 흔들렸다.

마지막일지도 모를 감정이 하나뿐인 제 여동생에 대한 실망과 슬픔이라니. 이 정도면 과거에 자신의 목을 내리쳤던 카인에게 퍽 어울리는 죽음이라 생각한 아리아가 차갑게 식은 카인의 손을 붙잡으며 위로했다.

"오라버니……! 미엘르는……! 미엘르는 그렇게 나쁜 아이가 아닐 거예요……!"

그러면서 미엘르를 감싸는 척을 하며 그녀가 저지른 악행이 얼마나 끔찍한지 다시금 상기시켰다. 만에 하나라도 카인이 안심하며 죽음을 맞이할 수 없도록. 아비를 계단에서 밀어 불구로 만든 것도 모자라, 오라비에게 독이 든 차를 먹여 죽음을 선물한 그 패륜적인 행동을 다시금 상기시켜 주었다.

아리아의 말이 끝남과 동시에 카인의 눈이 천천히 감겼다. 감긴 두 눈에선 후회가 철철 넘치는 눈물 한 방울이 흘러내렸고, 차가운 손에서는 힘이 빠져나갔다. 맥없이 고꾸라지는 목이 마치 그의 마지막을 알리는 듯했다.

과거의 업보로 비참한 최후를 맞이한, 그의 마지막을.

"……!"

"세상에! 의사는 아직인데!"

"어째, 어쩌면 좋아!"

"오, 오, 오라버니! 아, 안 돼……! 안 돼! 안 돼! 안 돼애애애!"

미엘르가 울부짖으며 카인의 어깨를 흔들었다. 믿기지 않는다는 듯 수차례나, 어서 눈을 뜨라고 아주 세차게 흔들었다.

"오라버니! 제발……! 제발 눈을 떠요! 제발!"

이렇게 보낼 수는 없다는 듯 미엘르가 목에 핏대를 세우며 소리쳤다. 이를 보다 못한 아리아가 미엘르의 귀에 스스로 저지른 어리석은 행동을 지적할 때까지.

"그러게 내가 양을 잘 조절하라고 했잖아, 미엘르."

"아아아아악!"

마치 비웃듯 속삭인 그 목소리에 결국 미엘르가 미친 사람처럼 발악하기 시작했고, 당황하여 어찌할 바를 모르고 지켜보던 시녀들 중 몇몇이 미엘르를 제압했다.

"너 때문이야! 너 때문에! 너만 아니었어도!"

무슨 소리를 하는 거야, 미엘르. 이건 다 너 때문인데.

미엘르의 말에 상처받은 듯 가녀린 어깨를 잘게 떤 아리아가 손바닥으로 제 얼굴을 가리며 흐느꼈다. 스스로 모든 것을 엉망으로 만들고 미처 날뛰는 미엘르를 보니 미처 표정 관리가 되지 않아서였다.

누군가가 목숨을 잃었을지도 모르는 상황임에도 기쁨을 주체할 수 없는 자신이 이상하다는 생각은 들었지만, 한편으론 그것이 아주 오랫동안 바라고 바랐던 복수였기에 당연하다는 생각 또한 들었다.

"……맞아, 모두 내 잘못이야. 내가 잘 처신했다면 이런 일은 일어나지 않았을 텐데……!"

"아아아악……!"

결국 미엘르가 견디지 못할 말만 골라서 내뱉은 아리아 때문에, 제 분을 이기지 못한 미엘르가 발버둥을 치다가 정신을 잃었다. 하지만 그 누구도 쓰러진 그녀를 부축하려 하지 않았고, 오히려 경멸과 분노의 시선만이 작은 미엘르의 몸 위로 쏟아질 뿐이었다.

"……미엘르, 어떻게 네가……!"

특히 방금 전에 카인이 마신 차가 본디 아리아의 것이었다는 걸 아는 제시가 분노와 배신감, 그리고 하마터면 소중한 제 주인을 잃을 뻔했을지도 모른다는 공포에 치를 떨었다.

몇 번이나 어리석은 짓을 반복하였기에, 더는 그 누구도 미엘르를 티끌만큼도 동정하지 않았다.

* * *

얼마 시간이 지나지 않아 집사가 의사와 함께 저택으로 돌아왔다.

그리 오래 걸리진 않았지만, 미엘르가 차에 넣은 독의 양이 상당했기에 카인은 의사의 도움을 받을 수 없었다. 그는 그렇게 목숨을 잃었다.

범인은 의심할 여지없이 미엘르로 지목되었고, 정신을 잃은 미엘르는 제 방에 갇혀야만 했다. 황성에서 보낸 시종이 죽었으니, 당연하게도 이 끔찍한 사건의 조사는 황성에서 맡게 되었다.

"몸은 괜찮으십니까?"

그리고 아스가 모든 일을 제치고 한걸음에 아리아의 곁으로 달려왔다. 조사를 맡은 황실의 조사단과 함께였다. 걱정하는 그 모습에 아리아가 어색하게 웃으며 대답했다.

"저는 괜찮아요. 독을 마신 사람은 카인 오라버니뿐이었는걸요."

자신이 모두 설계했다고 봐도 무방한 일에서 피해를 입었을 리가.

태연한 그 대답에 아스도 사실을 짐작하는 듯 보였으나, 그래도 걱정을 지울 수 없는 모양인지 한참이나 아리아의 안색을 살폈다.

"정말 저는 아무렇지도 않아요."

이에 아리아가 환하게 웃어 보이며 다시 강조하자, 그제야 아스가 제 가슴을 쓸어내리며 안심했다.

"……그렇다면 다행입니다. 혹시나 영애께서 피해를 입으신 건 아닌지 걱정이 되었습니다."

"제게는 모래시계가 있잖아요. 만에 하나의 상황이 벌어진다면 모래시계를 사용하면 그만인걸요."

마침 모래시계가 테이블 위에 놓여 있었다. 티타임에서 사용하려고 꺼내 둔 것을 아직 수납하지 않았기 때문이었다. 그래서 아리아가 걱정하지 말라고 대답했으나, 아스의 표정이 다시금 어두워졌다.

"……능력은 만능이 아닙니다. 게다가 영애께선 대가가 크시기까지 하니까요. 죽는 것은 아니지만 될 수 있으면 사용하지 않으셨으면 좋겠습니다. 능력이 발현되는 것 자체가 아주 드물고 특이한 경우인데, 영애께선 그보다 더한 경우이시니 그 누구도 결과를 장담할 수 없기도 하고요."

아리아는 극히 희박한 확률로 능력이 생긴 데다가, 진짜 황족과는 다르게 사용하는 즉시 대가를 치러야만 했다. 때문에 걱정을 지우지 못한 아스가 그리 말했고, 그것은 아리아 역시 인지하고 있던 부분이었기에 가만히 고개를 끄덕여 긍정했다.

물론, 이번 일은 아리아의 인생에서 가장 큰 부분을 차지하고 있었기에 모래시계를 수백 번 돌려서 아주 큰 대가를 치른다고 하여도 상관이 없었지만, 괜히 그런 말을 해서 아스를 더 걱정시킬 생각은 없었기에 굳이 그리 말을 하진 않았다.

"그리고, 부디 모래시계를 사용하시기보다는 저를 이용하시기를 바랍니다. 저는 영애께서 생각하시는 것보다 능력이 있는 데다가 언제나 영애의 부름을 기다리고 있으니까요."

짙은 푸른 눈이 아리아를 빤히 응시하며 그리 말했다. 그 눈빛에는 일말의 거짓도 담겨 있지 않았다.

감히 과거에는 쳐다볼 수조차 없었던 존재가, 이제는 자신이 부르기만 하면 당장 따르는 수족이 되겠다는 그 말에 가슴이 벅차오르는 것을 느낀 아리아가 조금 얼굴을 붉히며 고개를 끄덕였다.

"……고마워요."

"이번 일은 제 허락하에 외출한 시종과 관련된 일이기도 하니, 최종 지시는 제가 내릴 겁니다. 조사와 처벌에 소홀함이 없도록 할 테니 영애께선 부디 걱정하지 마시기를 바랍니다."

아, 보여 주려고 그랬구나. 황성에서 그리 멀지 않은 거리였기에 굳이 기사들과 동행할 필요 없이 공간을 넘어오면 그만이건만, 어째서 시간을 허비하며 그런 수고를 했나 싶었더니…….

이러니 어찌 아스를 좋아하지 않을 수가. 자신의 과거 사정을 아는 아스이니, 분명 자연스럽게 일어난 사건이 아님을 알 텐데도 불구하고 저리도 전적으로 자신의 편을 들어 주겠다는 뜻이 아닌가.

"그렇게 말씀해 주시니 마음이 놓이네요. 저도 아스 님께서 신경 쓰시는 일이 없도록 조사에 협조할게요."

하지만 굳이 아스가 힘을 쓰지 않더라도 이미 빠져나갈 구멍 없이 완벽하게 계획해 놓은 참이었기에 괜한 수고는 필요 없었다. 이를 느낀 것인지 아스가 오늘 처음으로 유쾌한 웃음을 지었다. 자신이 할 일이 없어졌음에도, 그리고 은연중에 도움을 거절당했음에도 참으로 즐거워 보이는 웃음이었다.

"영애께서 자꾸 이러시니 제가 이렇게 힘들지 않습니까."

"……힘들다니요?"

"하고 있는 일을 모두 내던지고 이렇게 영애와 둘이 대화를 나누고만 싶어집니다."

그렇게 말한 아스가 길게 늘어뜨린 아리아의 머리카락을 은근하게 매만졌다. 잠깐의 대화를 나누기에는 어울리지 않는 행동이었다. 자신의 머리카락을 매만지는 손길에 조금 마음이 동한 아리아였으나, 이내 이러고 있을 상황이 아니라는 것을 깨닫고는 아스가 만든 오묘한 분위기를 깨뜨렸다.

"본분을 잊고 빈둥대며 노는 사람은 제 취향이 아니에요."

"……그리 말씀하시면 더는 여기에 있을 수가 없지 않습니까."

결국 바쁜 현실을 일깨워 준 아리아 덕분에 아스는 자리를 털고 일어나야만 했다. 표정에는 아쉬움이 묻어나왔지만, 필요가 없다고 하였기에 남아 있을 구실이 없었다. 저택이 뒤숭숭했기에 현관이 아닌 아리아의 방에서 배웅을 받은 아스가 방문을 열고 밖으로 나가려다가, 이내 걸음을 멈춰 서고 뒤돌았다.

"그럼, 저는 이만 가 보겠습니다. 언제든지 필요하시다면 불러 주시기를 바랍니다. 그리고……."

답지 않게 말끝을 흐린 아스에 아리아가 가만히 뒷말을 기다리자, 이어진 것은 뜻밖에도 이마에 닿는 부드러운 입술이었다. 문밖에서 대기 중이다가 이를 보게 된 기사가 놀라 눈을 휘둥그레 뜨며 얼굴을 붉혔다. 그러다가 이내 자신이 보아선 안 될 것을 보았다는 얼굴로 황급히 고개를 돌렸다.

짧게 닿았다가 떨어진 그 입술은, 물러나지 않고 다시금 아리아의 뺨에 닿았다. 이제는 퍽 익숙해져 두 사람 모두 얼굴을 새빨갛게 물들이는 일은 없었다. 그저 가만히 서로의 눈을 응시하며 다시 만날 날을 기약할 뿐이었다.

"부디 무리하지 마시기를."

"……알겠어요."

아스는 저택에 남아 사건을 검증하고 조사를 진행할 기사와 조사관들에게 철저하고 공정하게 일을 진행하라며 단단히 주의를 주고는 저택을 떠났고, 그렇지 않아도 잔뜩 긴장한 상태로 사건을 조사하던 이들의 표정에는 비장함마저 넘쳤다.

"차를 마시고 바로 쓰러졌습니까?"

"예! 마시자마자 피를 토하면서 쓰러졌어요!"

기사의 물음에 애니가 흥분하며 대답했다. 그때를 재연하는 듯 쓰러지는 흉내까지 냈다.

"아리아 님께서도 차를 드셨고요?"

"네네! 아리아 아가씨께서도 차를 드셨는데, 멀쩡하셨어요. 쓰러진 건 카인뿐이었죠."

애니의 진술에 기사가 퍽 진지한 얼굴로 고개를 끄덕였다.

같은 차를 마셨는데 홀로 쓰러졌다면, 차가 아닌 찻잔에 독을 탔을 것이라고 적으며. 아리아와 함께 처음부터 끝까지 정원에 있던 제시의 대답도 같았다.

단 한 가지. 카인과 자리가 바뀐 사람이 있다는 것을 제외하곤.

"자리가 바뀌었다는 말입니까?"

"……네. 사실 원래 그 자리는 아리아 아가씨의 자리였어요."

"……!?"

대답하는 제시의 표정이 어두웠다. 그간 믿었던 미엘르가 이런 짓을 꾸몄다는 것에 대한 배신감과 실망, 그리고 분노 때문이었다.

뜻밖의 정보를 얻게 된 기사가 제시의 다음 말을 재촉했다.

"자세히 말해 주십시오."

"……원래 그 자리엔 아리아 아가씨께서 앉아 계셨어요. 찻잔에 차도 그때 따랐죠. 아가씨께서 옆에 앉아 있던 애니의 차를 엎으신 바람에 자리가 바뀌었어요. 의복을 갈아입으러 잠시 자리를 비웠던 애니와 미엘르가 없던 사이에 일어난 일이었죠. 그때 카인이 저택에 도착해 아가씨의 자리에 앉았어요. 그리고, 그리고……."

긴 설명을 끝낸 제시가 마지막 말을 잇지 못하자, 충격적인 증언에 잠시 말을 잃었던 기사가 그녀의 대답을 대신했다.

"원래 아리아 님의 몫이었던 차를, 카인이 마시게 된 거군요. 따라 준 장본인이 사라진 사이에."

"……맞아요."

긍정하는 제시는 흡사 울 것 같은 표정이었다.

제시가 증언한 것을 정리하는 기사의 표정도 심상치 않았다. 만약 제시의 증언이 사실이라면……. 감히 황태자의 연인이자 제국에서 가장 주목을 받는 아리아를 살해하려 했다는 것이 되기에.

"그쪽도 그렇게 생각합니까?"

"……네? 뭘…… 요?"

"미엘르의 진짜 타깃이, 카인이 아닌 아리아 님이 아니셨을까 생각하느냐 묻는 겁니다."

"……."

달리 긍정의 표시는 하지 않았지만, 한껏 찌푸려진 제시의 미간과 꾹 깨문 입술이 그 답변을 대신하였다. 아스의 입김으로 그렇지 않아도 철저하게 이루어졌던 조사가 제시의 증언으로 엄격함을 더했다.

공정하고 냉철하게 조사를 진행해야 할 기사들과 조사원들의 눈빛에 경멸마저 스며들었다. 감정을 실은 조사를 계속한 그들은 애니에게서까지 자리가 바뀌었다는 사실을 확인하고 분노를 금치 못하며 아리아를 찾았다.

"증인들에게서 들은 이야기입니다. 그게 사실입니까?"

"……그런 이야기까지 나왔나 보네요."

기사의 물음에 할 말을 고르던 아리아가 이내 긍정하며 한숨을 내쉬었다. 마치 말하고 싶지 않았던 비밀을 들킨 것 같은 모습이었다. 이에 기사가 안타까운 얼굴을 감추지 못하며 말했다.

"과거에는 가족이셨으니 덮어 주시고자 하는 마음을 알겠습니다만……. 한두 번도 아니고 용서를 하는 데는 한계가 있습니다. 이런 끔찍한 짓을 저지른 대가를 치러야 합니다."

마치 아리아가 미엘르의 고약한 죄를 덮어 주려 한다고 오해하며 말이다. 그 바람직한 반응을 한껏 음미한 아리아의 눈매가 조금씩 붉게 달아올랐다. 길고 풍성한 속눈썹을 몇 번 팔랑이면 당장이라도 눈물을 뚝뚝 흘릴 것 같은 얼굴이었다.

어쩐지 봐서는 안 되는 얼굴을 봐 버린 것 같아 당황한 기사가 허둥지둥 품에서 손수건을 꺼냈다. 자신의 연인이 준 손수건이었기에 다른 이에게 빌려줄 물건이 아니었지만, 그런 것을 신경 쓸 겨를이 없었다.

"……고마워요. 친절하시네요."

"아, 아닙니다. 무례한 말을 한 것 같아 정말 죄송합니다……."

"무례하다니요. 제가 어리석은 거죠……. 계속 그렇게 미엘르의 잘못을 덮기만 해서 일이 이렇게 되어 버렸나 하는 자책감도 들고요."

"자책감이라니요! 자비를 베풀었음에도 반성하지 못한 자가 나쁜 것이지요!"

완벽하게 사심을 담은 그 대답에 눈가를 잠시 매만진 아리아가 이내 괜찮은 척 조금 슬프게 웃어 보였다.

"그렇게 말씀해 주시니 조금이나마 마음이 편하네요……."

"아리아 님께 이런 말씀을 드리기는 죄송하지만, 이번에는 자비 없이 지은 죄를 치러야 할 겁니다."

그 말에 잠시 대답을 미루던 아리아가 천천히 고개를 끄덕였다.

"……그래야겠죠. 제 쓸데없는 오지랖 때문에 괜한 사람이 목숨을 잃었으니까요……. 이제 저도 숨기지 않고 협조할게요."

정말 싫고 슬프지만 더는 어찌할 방도가 없어 그리 선택한 것처럼.

아리아가 미엘르를 엄중히 처벌하겠다는 결정을 내리자, 조사가 날개를 단 듯 순조롭고 빠르게 이루어졌다. 저택에 있었던 모든 사람들에게서 증언을 확보했고, 정원에 남아 있던 증거와 카인의 시신 역시 수거하여 분석을 위한 곳으로 각각 보내졌다.

머리 아프게 고민할 것이 없는 단순하고 명쾌한 정황과 증거들이었기에 그리 오랜 시간이 걸리지 않았다. 이 모든 것이 미엘르가 정신을 잃고 자신의 방에 갇혀 있는 사이에 일어난 일들이었다.

이미 수많은 증인과 증거가 존재했기에 미엘르에게 변론의 기회는 없었다. 과거에는 아리아가 그랬지만, 지금은 미엘르가 그러했다. 모든 것이 미엘르의 잘못이고 그녀가 꾸민 짓이며, 아리아는 그저 악랄한 악녀에게 괴롭힘을 당하는 자애롭고 순수한 성녀였다.

* * *

미엘르가 깨어난 것은 해가 저물고 날이 컴컴해진 다음이었다.

창문을 모두 막아 빛 한 점 들어오지 않는 새카만 어둠 속에서 눈을 뜬 미엘르는, 잠시 멍하니 어둠을 바라보았다.

'무슨 큰일이 있었던 것 같은데⋯⋯.'

들이닥치듯 갑작스럽게 벌어진 일들에 생각이 멈추어 버린 듯 아무런 기억이 들지 않았다. 유도화를 구한 후 아리아에게 몰래 알려 주었던 것까지는 기억이 나는데, 그 뒤로 무슨 일이 있었는지 지워진 것처럼 전혀 기억이 나지 않았다.

그렇게 얼마간 과거를 되짚어 보며 기억을 떠올리려 노력하는데, 문밖에서 시끄러운 쇠사슬 소리가 들렸다. 마치 쇠사슬로 단단하게 걸어 잠근 문을 열기도 하는 것처럼.

도대체 이게 무슨 일이지⋯⋯!? 아직 채 기억을 되찾지 못해 현실을 받아들일 준비를 하지 못한 미엘르는, 예상치 못한 갑작스런 상황에 전신을 바들바들 떨며 소리가 나는 방향을 주시했다.

그리고.

"깨어 있었군. 묶어!"

벌컥, 문을 열고 들어온 여러 명의 기사들이 가녀린 미엘르의 몸을 포박하기 시작했다.

"이, 이게 무슨 짓이에요!?"

그에 당황한 미엘르가 소리쳤으나 그 누구도 그녀의 말에 대답을 하지 않았다. 오히려 시끄럽게 군다며 손에 힘을 더할 뿐이었다.

"노, 놓으라고!"

당황하여 격해진 신분을 망각하고 반말을 내뱉으며 저항했고, 이에 한껏 미간을 찌푸린 기사가 미엘르를 향해 윽박을 질렀다.

"시끄러워! 죄인 주제에 어디 감히!"

비록 죄인이기는 했지만, 정당한 절차를 거쳐 감옥을 나온 참인데 어째서 이토록 과격하게 구는 것인지! 하루의 기억이 사라지기는 했으나, 아무 짓도 하지 않았는데 이리 포박을 하는 것은 이해할 수 없는 처사였다.

"어, 언니를 불러 줘! 아리아 언니를 불러 달라고!"

그래서 아리아를 불러 자신의 억울한 처지를 호소하려 하자, 되돌아온 것은 비웃음과 싸늘한 시선뿐이었다.

"무슨 낯짝으로 아리아 님을 찾는 거지?"

"……무, 무슨 낯짝이라니?"

"주제도 모르고."

"참으로 뻔뻔하군."

묵묵히 포박을 하던 기사들마저 미엘르를 모욕하는 일을 거들었다. 몇 번이나 자비를 베푼 아리아를 죽이려 했던 미엘르에게 퍽 나쁜 감정이 쌓인 모양이었다.

"그런 짓을 해 놓고 어떻게 아리아 님을 찾을 수가 있는 거지?"

"수많은 죄인을 보았지만 이토록 멍청한 이는 처음 보는군."

"일으켜 세워."

그런 짓.

몸이 강제로 일으켜짐과 동시에 미엘르의 머릿속에 조각난 몇 장면이 떠올랐다. 티타임을 준비하는 자신과, 찻잔에 무언가 넣는 모습. 그리고 후에 독을 넣은 찻잔 앞에 아리아가 앉아 있는 모습까지도.

"……서, 설마 언니가 죽었어? 그, 그런 거야?"

그렇지 않은 이상, 자신을 이리 막 대할 이유가 어디 있겠는가! 그래서 떨리는 목소리로 그리 묻자, 어떻게 해석한 것인지 미엘르의 방에 꽉 들어찬 기사들이 말을 잃었다.

"안타깝게도 네 바람과는 달리 아주 멀쩡하시다."

그러다가 이내 비웃음을 동반한 대답에 미엘르가 이해할 수 없다는 표정을 지었다. 아리아가 멀쩡하다면 왜? 도대체 무슨 일이 벌어진 거지?

"그럼 왜……? 왜 날 포박하는 건데……!? 언니가 멀쩡하다면 왜!?"

"……하."

답답하기 그지없는 반응을 보이는 미엘르에 기사들이 다시금 말을 잃고 실소했다. 그들은 미엘르의 물음을 '잘못하여 다른 이가 죽었지만, 아리아는 죽지 않았는데 왜 포박을 하느냐.'고 해석했기 때문이었다. 그 희생자가 자신의 오라비임에도 불구하고.

"과연, 아비를 계단에서 떠민 자의 물음답군."

"……그게 무슨 소리야? 왜 갑자기 아버지의 이야기가 나오는데!?"

"그만 떠들고 연행해. 더는 저택에서 소란을 부리지 마라."

영문을 알 수 없음에 되물었지만, 돌아온 것은 거친 손길이었다. 묶은 줄을 힘껏 당기자, 미엘르의 연약한 몸이 아주 간단하게 끌려 갔다.

"꺄악!"

너무 갑작스럽게 당겨 고꾸라질 뻔했으나, 옆에 선 기사가 혀를 차며 넘어지지 않게 몸을 일으켜 주었다.

"빨리 걸어. 이 이상 아리아 님과 저택에 폐 끼치지 말고."

"내, 내가 뭘, 내가 뭘 어쨌다고……!"

참으로 뻔뻔하기 그지없는 반응이 계속됨에 기사들의 행동이 거칠어졌다. 그것이 미엘르를 공포로 몰아넣었고, 반항하는 목소리 또한 점점 작아졌다.

"언니를 만나게 해 줘……! 제발……. 부탁이야……!"

그럼에도 아리아를 만나게 해 달라는 말은 멈추지 않았다. 애니가 자신을 괴롭혔을 때와 마찬가지로 아리아가 나선다면 이 이상한 상황을 해결해 줄 것 같았기 때문이었다.

"그렇게 애원하지 않아도 아리아 님께서 마중을 나와 계시는군."

"……참으로 자애롭기도 하시지. 어떻게 이런 자를 다시 만나려 나오셨을까."

기사들의 말대로 아리아는 저택 로비에서 미엘르를 기다리고 있었다.

뜻밖에도 어미인 카린과 함께였다. 그리고 그녀의 옆에는 몇 번 얼굴을 본 적이 있는 남자가 있었다. 바로 아리아의 친부인 클로이었다. 뒤늦게 소식을 들은 것인지, 카린은 클로이의 품에 안겨 도끼눈을 한 채로 미엘르를 노려보고 있었다.

"어, 언니! 어머니……!"

끌려가던 미엘르가 아리아와 카린을 향해 그리 부르자, 카린이 당혹스럽다는 듯 숨을 삼키며 대답했다.

"어머니라니!? 내가 왜 네 어머니니!? 어떻게 저런……!"

터져 나오는 목소리에 흠칫 놀란 미엘르가 어깨를 잔뜩 웅크렸다.

이제 더는 어미가 아니긴 했지만, 저토록 과격하게 반응할 필요가 있을까. 카린의 어깨를 감싼 클로이 역시 흰자위를 잔뜩 드러내며 미엘르를 향해 적개심을 내 보였다. 그들의 옆에 선 아리아만이 미엘르가 가엾다는 표정을 짓고 있었기에, 미엘르가 다시금 아리아의 이름을 불렀다.

"어, 언니! 언니! 무언가 잘못된 것 같아요! 저 좀 도와주세요!"

뜻밖의 반응을 보이는 미엘르에 아리아의 미간이 티가 나지 않게 좁혀졌다. 감히 나를 속였냐며 길길이 날뛰어야 하거늘, 어째서 자신에게 도움을 요청하는 것인지 모르겠다는 얼굴이었다.

"잘못되었다니?"

"모, 모르겠어요! 기억이 군데군데 흐릿해서 잘 모르겠는데, 아무튼 그 차 앞에 앉았던 건 언니시고, 언니는 이렇게 멀쩡하시잖아요!"

"……기억이 군데군데 흐릿하다고?"

"흐윽……. 네……! 네!"

"네가 저지른 일이 하나도 기억이 안 난다는 말이야?"

눈물 바람으로 세차게 고개를 끄덕이는 미엘르에 아리아가 제 입을 손으로 가린 채 눈을 휘둥그레 떴다. 거짓말처럼 보이진 않았다.

……어쩜 저리도 마지막까지 복수할 재미를 주는 것인지.

저 상태로 취조를 받는다면 얼마나 억울할까. 중간에 기억이라도 돌아온다면 충격으로 미쳐 버릴지도 모르는 일이었다. 이미 모든 일이 미엘르가 아리아를 죽이려 했다는 것으로 확정되어 있었기 때문이었다. 자신이 이번 일의 공범인지도 모르고.

그래도 저리 뻔뻔한 낯짝을 보는 것은 재미가 없으니, 카인이 죽은 것은 알아야 하지 않겠냐는 생각에 아리아가 슬픈 표정을 지어 내며 조심조심 말을 이었다.

"그럼……. 그럼 카인 오라버니께서 돌아가신 것조차 모른다는 말이야……?"

아주 당연하게도 그 말에 놀란 미엘르가 숨을 쉬는 것조차 잊고 딱딱하게 굳었다. 그게 도대체 무슨 말이냐는 반응이었다. 이에 아리아가 친히 카인이 죽은 경위를 설명했다.

"……네가 독을 넣은 차를…… 카인 오라버니께서 드셨잖아……! 그래서 피를 토하고……. 그리고……!"

차마 말을 잇지 못하겠다는 듯 얼굴을 손바닥에 숨기자, 믿기지 않는다는 듯 미엘르가 말을 더듬었다.

"그게, 그게 무슨 소리예요……? 오라버니께서 왜 그 차를 드셨다는 거죠……!? 애초에 여기에 올 이유가 없잖아요!?"

미엘르의 외침에 기사들의 표정이 퍽 진지해졌다. 독을 넣은 차에 대해 부인을 하지 않고 저리도 술술 자백을 하는 꼴이라니. 취조를 할 필요도 없었다.

"네가 처음으로 준비한 티타임이니까……! 그러니까 오라버니도 불렀는데, 하필이면 내 자리에 있던 차를 마시는 바람에……!"

거기까지 말하자 카인이 피를 토하고 죽어 가는 모습이 떠오르기라도 한 것인지 미엘르의 얼굴이 순식간에 무너졌다.

물리적인 충격으로 기억을 잃은 것이 아니었기 때문인지, 아니면 그저 기절을 했기에 잠시 기억이 나지 않았던 것인지는 명확하지 않았지만, 미엘르는 일어난 사건들을 언급할 때마다 부분적으로 기억을 되찾고 있었다.

"마, 말도 안 돼……!"

그리 부정을 해서 무슨 소용이 있을까. 이미 카인은 이 세상을 떠났는데. 대화가 끝이 났음을 짐작한 기사가 미엘르의 등을 떠밀었고, 정신이 나간 상태의 미엘르가 반사적으로 걸음을 내디뎠다.

"이번에는 도와주지 못해서 미안해, 미엘르……."

눈물을 훔치며 말하는 아리아에, 미엘르를 향한 모두의 분노가 더욱더 커졌다.

단 한 명.

이 상황이 아주 이상하고 이상하다고 생각하는 미엘르를 제외하면.

"미엘르, 널 믿었는데……. 이제 더는 나쁜 짓을 하지 않을 거라고 믿었는데……! 어떻게 이럴 수가……."

그렇게 기사에게 떠밀려 현관을 나서는 미엘르에게 제시의 원통한 목소리가 닿았다. 그녀는 진심으로 미엘르가 개과천선할 수 있을 것이라 믿었던 모양이었다. 과거에 아리아에게 기대했던 것처럼.

"……!"

그 목소리에 완전히 무너진 미엘르가 힘없이 끌려 현관을 벗어났고, 곧 죄인을 이송하는 마차에 실려 저택을 떠났다. 이미 현관 앞에서 자신이 행한 일에 대해 자백을 한 것과도 마찬가지인 말을 늘어놓았기에, 사실을 확인하기 위한 취조나 조사가 이루어질 일은 없을 것이다.

증거와 증인 또한 명확했기에 더더욱 그럴 필요는 없을 터였다. 그저 부인하고 당황하는 미엘르에게 윽박을 지르며 끝이 나겠지. 그사이에 기억을 되찾은 미엘르가 아리아를 죽이려 한 것이 아니고, 아리아 또한 공범이라며 아무리 주장을 해도 그 누구도 들어주지 않을 것이다.

도리어 벌을 면하기 위해 헛소리를 한다며 흠씬 두드려 맞을지도 모르는 일이었다. 그 뒤로 곧장 처형이 결정되겠지. 아니, 처형보다 심한 형벌을 받을지도 모른다.

취조 장면을 직접 보지 못해 안타깝다는 얼굴을 한 아리아가 미엘르의 욕을 하며 흩어지는 시녀들을 뒤로하며 제시를 불렀다.

"제시."

"……네? 아, 네. 아가씨……."

"시간이 아주 늦었지만, 잠시 차를 좀 마시는 게 어떨까?"

"……차요?"

되묻는 제시의 얼굴에 죄책감이 서려 있었다. 그녀는 자신이 미엘르를 옹호하고 감싸 이런 상황을 만들었다는 생각을 갖고 있는 듯 보였다. 아리아에게 이용당한 것도 모르면서 말이다.

"응. 심란해서 그런지 잠이 올 것 같지 않네. 제시 너도 그럴 것 같고."

"……아, 네……. 금방 준비할게요."

잠을 이루지 못하겠다는 아리아의 말에 제시의 표정이 완벽하게 어두워졌다. 그래서인지 제시는 답지 않게 퍽 서툰 손놀림으로 다과를 준비해 아리아의 방으로 들어갔다.

"……아가씨."

아리아를 부르는 제시의 목소리가 퍽 조심스러웠다. 이에 아리아가 자신의 맞은편에 앉으라며 제시에게 부드럽게 웃었다.

"앉아, 제시. 혼자는 외로우니 같이 마시자."

"……."

감히 자신이 저 자리에 앉을 자격이나 있는 걸까. 어줍지 않은 동정으로 모시는 주인을 죽을 위기에 빠뜨릴 뻔했는데.

"어서. 이러다가 차가 식겠어."

그러나 아리아가 포기하지 않고 재촉하여 결국 제시는 아리아의 맞은편에 자리했고, 두 사람은 잠시 동안 말없이 차를 음미했다.

"나는 미엘르를 옹호했던 제시 네가 나쁘다고 생각하지 않아."

그러다가 갑자기 아리아가 본론을 꺼냈다.

화들짝 놀란 제시가 눈을 휘둥그레 뜨며 아리아를 응시했다. 아리아는 여전히 부드러운 미소를 띠고 있었다.

"세상에는 자신이 저지를 죄를 후회하고 뉘우치는 사람들이 아주 많잖니."

물론, 그렇지 않은 사람들도 있었다. 이를테면 과거 제시를 엉망으로 만들어 내쫓았던 아리아와 미엘르처럼.

"그러니까 난 네 행동이 잘못되었다고 생각하지 않아. 그저……."

잠시 말을 멈춘 아리아가 차를 한 모금 마시며 뒷말을 이었다.

"조금 더 언행에 신중했으면 해. 너무 속내를 다 내보이지 말고."

"……그게 무슨 말씀이세요?"

"정말 완벽하게 믿을 수 있는 상대가 아닌 이상, 본심을 모두 내비치지 말라는 뜻이야. 그래 봤자 상처받는 것은 바로 자신이거든."

그리 말하는 아리아는 방금 전에 미엘르에게 내보였던 표정과는 전혀 다른 평온한 얼굴이었다. 마치, 어느 한쪽이 거짓인 것처럼.

"그렇지 않으면 지금처럼 스스로 상처받든지, 아니면 누군가에게 피해를 끼쳐 후회하게 될 거야. 네가 한스와 계속 만남을 유지한다면 앞으로는 그 처세술이 더욱더 필요하겠지."

한스는 계속해서 승승장구를 하고 있었고, 이대로라면 그의 연인인 제시 역시 사교계에 발을 내디뎌야 할 상황이 올 테니까. 아리아는 제시가 더는 남들을 위해 희생하고 상처받기를 원하지 않았다. 자신처럼 악녀는 되지 못할지라도 최소한 남을 너무 믿고 개선할 수 있다고 생각하기를 바라지 않았다.

이번 일로 깨달은 바가 있는 모양인지, 시선을 내리깐 제시가 제 입술을 꾹 깨문 채로 말없이 고개를 끄덕였다.

＊ ＊ ＊

그 후로 제시는 이따금 홀로 생각에 잠겨 있는 시간이 생겼다.

아리아의 말을 곱씹어 보는 듯했다. 다른 조언이라면 곧장 받아들였을지도 모르겠지만, 20년 동안이나 고수했던 타인에 대한 믿음을 한순간에 바꾸기는 힘들었기 때문이었다. 아리아는 제시가 충분히 고민하고 선택할 수 있도록 재촉하지 않고 내버려 두었다.

그럼에도 제시가 스스로를 위해서라도 조금 더 사람을 의심하는 편이 좋을 것이라 생각했다. 자신과 미엘르처럼, 최소한 눈에 보이는 악행을 저지른 사람만이라도 말이다. 그래야 과거와 같은 꼴을 면하지 않겠는가.

물론, 혹시라도 제시가 누군가를 무턱대고 믿어 화를 입는 상황이 발생한다면 그 상대방을 가만히 두지 않을 생각이었지만, 애초에 그런 상황이 발생하지 않도록 제시가 조금 더 처세술을 익혔으면 하는 바람이 컸다.

그사이, 아리아의 바람대로 미엘르는 변명의 기회도 잃은 채 감옥에서 자신의 최후가 결정되기만을 기다려야 했다. 처음에는 사실 확인이라며 조사관들이 몇 차례 질문을 하기도 했지만, 이내 충격에서 벗어나 기억을 되찾은 미엘르의 허무맹랑한 주장에 질려버린 듯 더는 그녀를 찾지도 않게 되었다.

"내가, 내가 아니야! 모두 아리아 언니……. 아, 아니, 아리아 그

못된 악녀가 꾸민 짓이라고! 몇 번이나 말했잖아! 제발, 제발 내 말을 믿어 줘!"

며칠 만에 미엘르의 상태를 확인하기 위해 온 조사관과 기사가 자신을 발견하자마자 있는 힘을 모두 쥐어짜 소리를 치는 미엘르를 보며 혀를 찼다. 어째서 아직도 저런 힘이 남아 있는 것인지 참으로 신기할 따름이었다.

그도 그럴 것이 이번 사건의 조사를 하는 내내 미엘르는 그 어떤 음식도 먹지 못했다. 어차피 처형을 당할 것이 뻔한 그녀에게 괜한 식량을 허비할 필요가 없었기 때문이었다. 물론, 죽는 것을 막기 위해 소량의 물이 지급되었다.

그나마 나은 처우였다. 지금까지 처형을 목전에 둔 다른 죄인들의 경우엔 혹독한 매질과 고문이 따랐으나, 아직 성인이 되지 않은 데다가 가녀리고 심약한 미엘르는 단 한 번의 고문만으로도 사망할 가능성이 있었기에 아주 다행히도 고통을 피할 수 있었다.

"더 들어 볼 필요도 없으니, 이제 전하께 보고를 드리는 게 좋겠어."

"그렇군요. 정황과 증거가 확실한 데다가, 아직도 반성의 기미를 보이지 않으니 말입니다."

"저런 자와 같은 공기를 마시는 것조차 끔찍하군."

"맞습니다. 저토록 어린데도 끔찍한 악행을 몇 번이나 저지르다니…… 더는 피해를 보는 사람이 없도록 하루빨리 세상에서 없애버려야 마땅하겠지요."

잠시 미엘르의 발악을 지켜보던 그들은, 더는 그녀를 상대할 가치가 없다는 듯 미련 없이 발걸음을 돌렸다.

"내가 아니라고! 죽이려 했던 것도 그 악녀가 아니라 애니였어!

한낱 시녀일 뿐이라고! 그래서 그 여자가 내게 유도화를 알려 준 거야! 제발……!"

감옥을 빠져나가는데 뒤에서 들려오는 미엘르의 자백에 미간을 좁힌 조사관이 기사에게 물었다.

"추가할까요?"

"뭐, 거짓말일 테지만 일단은 그렇게 하지."

하지만 정말 그렇다고 하더라도 변하는 것은 없을 터였다.

이미 사람이 죽은 마당에 그 대상이 누구였다고 한들 무슨 소용이 있을까. 게다가 세간에는 이미 미엘르가 아리아를 죽이려 했다고 소문이 파다하게 퍼진 뒤였다.

이제 와서 그 대상이 애니라고 공표해 봤자 아무도 믿지 않을 것이다. 이미 미엘르가 아리아에게 없는 죄를 뒤집어씌우려 거짓말을 했던 전적이 있었기에 그 누구도 믿지 않을 것이 분명했다.

그럼에도 황태자에게 직접 보고를 해야 했기에 세세한 부분까지 모두 일목요연하게 작성한 조사관이 정리한 보고서를 가지고 아스를 방문했다. 증언이나 분석 내용을 상세하게 적어 상당한 분량이 된 보고서를 받은 아스가 그 내용들을 한 글자도 빠뜨리지 않고 눈에 담았다. 더는 아리아가 과거에 얽매이지 않도록, 그리고 오랜 시간 고통 받아야만 했던 원인을 확실하게 제거하기 위해서.

"죽이려 했던 것이 아리아 영애가 아니라 시녀인 애니였다고?"

"아, 네! 마지막에 그리 말했습니다. 하지만 제정신이 아닌 듯 보여 진짜인지 아닌지는 잘 모르겠습니다."

"그래, 그렇군."

그리 대답한 아스가 아주 조금 입꼬리를 올려 웃었다. 그것은 미엘르에 대한 비웃음에 가까웠다. 다시 한번 서류를 처음부터 끝까지 훑어본 아스가 이내 자리에서 일어났다.

"직접 가서 대면을 해야겠어."

"……직접, 말씀이십니까?"

"최종 책임자이니 당연히 그렇게 해야지."

"아……!"

그 말에 구석에서 대기하고 있던 시종이 서둘러 아스의 겉옷을 가져왔다. 시종의 도움으로 빠르게 준비를 끝낸 아스가 보고서를 가지고 집무실을 나섰다. 아주 오랫동안 격무에 시달린 것 같이 보이지 않는 거침없는 발걸음이었다.

그 뒤를 조사관이 헐레벌떡 따랐다. 아스의 손에 들린 보고서를 본 조사관의 얼굴에는 만족감이 서려 있었다. 그렇게 빠르고 큰 보폭으로 황성 복도를 걷는데, 반대편에서 걸어오던 이가 아스를 보고 퍼뜩 놀라며 황급히 다가왔다.

"전하? 어딜 가시는 겁니까?"

비카였다. 목적지를 묻는 것이 아닌, 이렇게 바쁜 와중에 어째서 황성을 나가냐는 물음에 아스가 불쾌함을 감추지 못하며 대답했다.

"감옥에. 예의 그 사건에 대한 보고서를 받았거든."

"……감옥이요? 지금 말씀이십니까? 이제 곧 피노누아 영식이 도착할 텐데요?"

피노누아 레인이 돌아온다는 비카의 말에, 아스가 눈동자를 굴리며 대답하지 않았다. 지방으로 돌린 지 한참이나 되어 잠시 잊고 있었던 탓이었다. 레인은 귀족파의 눈을 피해 움직일 수 있는 아스의 몇 없는 수족이었다.

여러 가지 가명을 사용하며 사람을 만나 온 탓이기도 했고, 피노누아 가문 자체가 그리 큰 영향력을 갖고 있지 않아 귀족들과 그다지 친분이 없기 때문이기도 했다. 그는 스파이인 비카와 비슷하면서도 다른 존재였다.

그랬기에 마음껏 움직일 수 있는 레인을 제국 구석구석으로 돌려 상황을 파악하고 지속적으로 보고서를 받아 왔는데, 바로 오늘이 돌아오는 날이었다니. 때문에 잠시 고민하던 아스가 이내 결정을 내렸는지, 표정을 달리하며 말했다.

"몇 시에 돌아올지도 모르는데 일정을 미루고 집무실에 처박혀 있을 필요는 없겠지. 기다리라고 해."

"……네!?"

"어차피 중요한 보고는 다 서면으로 받은 참이니 굳이 만날 필요도 없고."

아스의 말대로 제국을 돌며 얻은 정보를 서면을 통해 모두 보고를 한 참이었다. 수도로 돌아온 레인과 나눌 이야기라고는 귀환의 환영 인사나 그간의 노고에 대한 위로 정도였다.

"아니면, 그냥 집에 돌아가서 쉬라고 해. 나중에 부를 테니."

"……아스테로페 전하."

게다가 오랜 시간 동안 제국 곳곳을 돌아다녔으니 피곤할 것이 분명했다. 그래서 배려하는 척을 하자 비카가 참으로 서운하다는 표정을 지으며 아스의 이름을 불렀다.

"그래도 오랫동안 나가 있었는데 너무 박하시지 않습니까. 만나셔서 수고했다는 말씀 정도는 하시는 편이 좋지 않을까 싶습니다만……."

"내가 없는 것이 편하지 않겠어? 이상하군. 지금까지 그런 줄 알

앉는데.”

　상황에 따라 달랐지만, 사실상 대체로 그런 편이었기에 비카가
대답을 못하며 입을 닫았다. 아스의 뒤에 있던 조사관이 입 모양과
제스처로 아리아에 관한 일이니 닥치라는 설명을 덧붙인 탓이기도
했다.

　하는 수 없이 비카가 더는 반문하지 않고 수긍하는 얼굴을 하자,
아스가 마지막 말을 남기곤 다시 걸음을 서둘렀다.

　“추가로 보고할 것이 있다면 서류를 남겨 놓으라고 해.”

　“……알겠습니다.”

　아리아와 만날 때와는 다르게 황성의 마차인지 모를 정도로 단출
하고 가벼운 데다가 빠른 마차를 탄 아스가 곧장 미엘르가 수감된
감옥으로 향했다.

　마지막 조사관이 방문한 뒤로 아무도 감옥을 찾지 않았기에 미엘
르는 모든 것을 포기한 듯 바닥에 힘없이 누워 있는 채였다.

　당장 죽어도 이상하지 않을 모습이었다. 며칠 동안 물로만 생명
을 유지해 온 탓도 있었다. 그럼에도 아스와 조사관의 발소리가 들
리자, 화들짝 놀라며 빳빳하게 굳은 고개를 들었다.

　“화, 황태자……. 전하…….”

　그러나 이내 자신을 찾은 인물이 아스라는 것을 깨닫곤 하늘이
무너진 듯한 표정을 지었다. 아리아의 연인인 그가 자신의 말을 들
어 줄 리가 만무했음으로.

　“참으로 안타까운 모습이군. 로한에게 붙어 제국을 팔아먹으려
했던 여인이라고는 생각할 수 없을 정도로 말이야.”

　그런 미엘르에게 아스가 신랄하고 솔직한 감상을 내뱉었다.

이 몰골을 보고 그 누가 제국에서 가장 우아했던 로스첸트 영애를 떠올릴 수 있을까. 아스가 가만히 미엘르의 추한 몰골을 내려다보았다.

"저는…… 저는 정말 아니에요……. 흐윽. 그 여자가…… 그 여자가 시킨, 시킨 일이에요……. 정말 나쁜 건 제가 아니라고요……!"

그리고 그 정적을 견디지 못한 미엘르가 마지막 희망을 담아 아스에게 말했다. 진정으로 못된 악녀의 정체를 깨달으라는 한탄도 함께였다.

이에 아스가 퍽 우습다는 듯 입꼬리를 올리며 대답했다.

"그래서?"

"……네……?"

"그래서 어쩌라는 건지 모르겠군."

너무나도 상관이 없다는 그 대답에, 아스가 자신의 말뜻을 제대로 이해하지 못한 것이라 생각한 미엘르가 다시금 아리아의 정체를 폭로했다.

"그, 그 악녀가 지금까지 얼마나 못된 짓을 저질렀는데요……! 저, 전하께선 상상도 하지 못하실 거예요……! 겉으로는 착한 척을 하지만 속으로는 어떻게 악행을 저지를까 늘 고민을……!"

"그건 너겠지."

그러나 말을 끝까지 듣지도 않고 곧장 싸늘한 얼굴로 대답하는 아스에 미엘르가 벼락을 맞은 듯 놀라 숨을 삼켰다.

"앞에서는 아닌 척하며 로스첸트 백작을 계단에서 떠밀기까지 했잖아. 그 죄를 아리아 영애께 뒤집어씌우기까지 했었고."

"그, 그건……!"

"다른 사람은 모르겠지만, 나는 그 장면을 똑똑히 보았지. 네 말대로 공간을 이동해 그 자리에 나타났었으니까. 그러니 네가 말한 그 악녀는 아리아 영애가 아니라 바로 너 같은데."

"……!"

마지막이라서 그런 것인지 아스가 스스로의 능력까지 언급했다.

"그, 그럼 역시 내가 본 게……!"

"그래, 맞아. 그렇다고 달라지는 것은 없지만."

놀란 것은 미엘르뿐만 아니었는지, 조사관이 입을 쩍 벌리고 눈을 휘둥그레 떴다. 이를 눈치챈 아스가 이곳에서 나갈 것을 종용했고, 조사관이 눈치 빠르게 감옥을 벗어났다.

"게다가, 난 영애가 어떤 사람이든 상관없어. 네가 말한 대로 끔찍한 악녀라도 상관이 없지. ……아니, 오히려 너 같은 것들을 상대하고 살아남으려면 그러는 편이 좋을지도 모르겠군."

당한 것을 그대로, 철저하게 갚아 주어야 마땅하다는 말을 덧붙이는 아스는 정말 아리아가 어떤 성품을 가졌더라도 상관이 없다는 얼굴이었다.

그런 아스를 향해 그 어떤 대답을 할 수 있을까. 이제 더는 자신의 말을 들어 줄 사람이 없다는 사실에 미엘르가 바닥으로 쓰러졌다.

남아 있던 모든 힘을 다하여 지탱하고 있던 팔이 제 기능을 상실했다. 눈물을 쥐어짤 힘조차 나오지 않아 곧 바스러질 산송장처럼 밭은 숨을 내뱉는데, 점점 이쪽으로 다가오는 발자국 소리가 들리기 시작했다.

또 누가 자신을 조롱하러 왔나 눈동자를 돌려 입구를 확인하자, 나타난 것은 뜻밖에도 피노누아 레인이었다. 미엘르는 여전히 대부호의 시종으로 아는 그 레인이었다. 미엘르에게 산더미같이 많은 금은보화를 보내 호감을 표했던 그 주인의 시종.

설마.

"레, 레인 님……!"

미엘르가 레인의 이름을 불렀다. 설마 자신을 구하려고 대부호가 보낸 건 아닌지 일말의 기대를 품은 채로!

"아, 이런 세상에. 꼴이 말이 아니군요."

아스에게 아는 척을 하기도 전에, 자신의 이름을 애타게 부르는 미엘르에 레인이 퍽 안타까운 얼굴로 대답했다.

"저, 저를 도와주러 오신, 오신 건가요!? 네!?"

"……예?"

그러나 이내 이어진 뜬금없는 소리에 이내 눈을 동그랗게 뜨며 그게 무슨 말이냐고 되물었다. 이에 마음이 조급해진 미엘르가 퍽 흥분하여 서둘러 말을 내뱉었다.

"레, 레인 님의 주인님 되시는 분께서 제게 호감을 표하셨잖아요……! 그 어떤 요구든 다 들어드릴 테니 제발 저를 이곳에서 꺼내 주세요……! 그분이라면 충분히 그럴 수 있으시잖아요……! 제, 제발요. 제발요……!"

그리 대단한 부를 가진 자이니 분명 자신을 꺼내 주고 변론할 기회를 줄 능력이 있을 것이 틀림없다는 눈빛이었다.

그것이 누구인 줄 알고. 참으로 우습다는 듯 웃음을 흘린 아스가 레인을 빤히 응시했다. 설마 미엘르가 자신에게 그런 말을 할 줄 몰랐던 탓에 진심으로 당황한 레인이 어떻게 대답을 해야 할지 몰라 미간을 찌푸리며 곤란해했다.

도와주지 못해서 곤란한 것은 아니었다. 레인은 직접 미엘르, 아리아와 대화를 나눈 장본인인 데다가 미엘르의 이중적인 성격을 직접 경험한 바 있었기에, 그녀가 자신에게 이리도 애원을 한다는 것에 불쾌감을 느꼈다. 그러다가 이내 이 상황을 흥미롭게 지켜보는 아스의 시선을 눈치채고 어쩔 수 없다는 듯 입을 열었다.

"……저, 죄송하지만 제 주인……. 아니, 제가 모시는 분은 아스테로페 전하십니다."

"……네?"

"그쪽에게 보냈던 보물과 호의는 사실 당신을 아리아 님과 혼동하여 잘못 보낸 것일 뿐입니다. 처음엔 아리아 님의 존함을 모른 채로 그저 로스첸트 백작 영애라고만 알았거든요."

그렇게 대답한 레인이, 얼이 빠져 메마른 눈으로 자신을 하염없이 응시하는 미엘르를 뒤로하고 뒤늦게 아스에게 인사했다.

"늦어서 죄송합니다. 갑자기 말을 걸어서……. 지시하신 일을 모두 마치고 돌아왔습니다."

"수고했어. 저택에 돌아가서 쉬라고 전했는데, 왜 와서 이런 봉변을 당하는 건지 모르겠군."

"듣긴 했습니다만, 전하의 얼굴을 잊어버릴 것 같아서 왔습니다."

겁도 없이 퍽 서운한 표정으로 툴툴대던 레인이 이내 아스의 심기를 건드리지 않도록 금세 표정을 달리했다.

"용무가 끝나셨다면 이만 돌아가시겠습니까?"

"……가서 일이나 하라는 소리군. 비카가 무슨 말이라도 했나?"

"……."

당장 절망의 구렁텅이에서 헤어 나오지 못하는 사람을 앞에 두고 아스와 레인이 농담을 주고받았다. 미엘르를 바로 그 절망으로 몰아넣는데 일조한 두 사람이.

"좋아, 볼일은 끝났으니 돌아가도록 하지. 더는 죄인에게 할 말도 없고, 애초에 알아낼 것도 없었으니."

그리 말한 아스가 마치 귀찮은 일을 털어 냈다는 듯 개운한 얼굴로 말했다. 이제 미엘르의 일만 끝을 내면 아리아는 과거에서 벗어날 수 있을 테고, 자신과 함께 미래만을 보며 살아갈 것이다.

"자업자득이라고 생각해. 과거에 네가 아리아 영애께 똑같이 한 짓이니까. 아니, 그보다 못할지도. 적어도 넌 신체는 멀쩡하니 말이야."

"그게 무슨……!"

절망 속에서 이해할 수 없다는 표정을 더한 미엘르를 뒤로한 아스가 매정하게 돌아섰다.

마음 같아서는 과거에 아리아가 당했던 것처럼 혀를 자르고 싶었으나, 혹여나 아리아가 마지막으로 미엘르와 대화를 나누고 싶어 할지도 모른다는 생각에 애써 충동을 억누르며 감옥을 빠져나왔다.

"형벌은 결정하셨습니까?"

돌아가는 마차에 올라 창밖을 응시하는 아스에게 레인이 조용히 물었다.

"글쎄, 사지를 찢을까?"

"너무 잔인하지 않습니까?"

"아리아 영애께서 당한 것과 비교하면 새 발의 피도 안 되지."

그 대답에 레인이 고개를 갸웃거리며 의문을 표했다.

"제가 잘못 안 것이라면 죄송하지만, 그렇게 심한 일을 당하진 않은 것 같습니다. 물론, 악의적인 소문을 퍼뜨리거나 독을 넣은 차를 먹이려 했다거나 죄를 뒤집어씌우려 한 것은 죽어 마땅한 일이나, 사지를 찢는 것보다는 약하지 않겠습니까? 반역에 대한 죄는 수감으로 끝났으니 말입니다."

감정이 개입되어 너무 엄한 처벌을 내리는 것 아니냐는 레인의 말에 아스의 눈이 짙어졌다. 그는 레인이 모르는 과거의 일을 알고 있었기 때문에, 결단코 그것이 과한 처벌이 아니라고 생각하고 있었다.

오히려 할 수만 있다면 정신이 온전히 붙은 채로 온갖 고문을 한 뒤에 머리카락 하나까지 모두 불태워 버리고 싶었다. 하지만 진정으로 그리했다간 미친 황태자라는 소리를 들을 것이 뻔했기에 사지를 찢는 정도가 어떨까 싶어 대답했건만, 식겁하며 반박하는 레인에 아스가 진실을 삼켰다.

"그리 난색을 표할 거면 뭐 하러 물었지? 사지를 찢는 것이 안 된다면 남은 형벌은 하나인데."

귀족파를 처형했던 것처럼 단두대에 목을 올리는 것이었다. 과거에 아리아가 당했던 것과 같은 방법이었다.

만인의 앞에서 죄목을 낱낱이 읊어 모욕을 준 뒤, 환호 속에서 목숨을 잃는 방법.

"혹여나 지난번처럼 또 용서를 하실까 봐 물었습니다."

"이제 그런 일은 없어. 모든 게 끝이 났으니까. 아마도."

아리아의 복수가 끝이 났다면, 더는 자비를 베푸는 일은 없을 것이다.

곧바로 황성으로 돌아간 아스는 급한 일을 처리하고는 잠시 생각할 시간이 필요하다며 집무실 안에 있던 시종들을 모두 물렀다. 그러고는 이미 해가 지고 어둠이 내려앉을 무렵이었지만, 공간을 이동해 아리아의 저택을 찾았다.

"영애, 나가도 되겠습니까?"

아리아의 방에 딸린 작은 방에서 아스가 문밖을 향해 기척을 내며 말했다.

그 방은 아리아가 아스를 위해 만든 방으로, 1인용 소파와 테이블이 준비되어 있었다. 능력을 들키지 않고 모두의 눈을 피해, 그리고 아리아의 사생활을 지키며 언제든 방문하라는 뜻이 담겨져 있었다.

"아스 님?"

마침 저택에 있었던 모양인지, 아스의 목소리에 아리아가 퍽 놀란 목소리로 대답했다. 아리아가 방에 있다는 것을 확인한 아스가 조심스레 문을 열고 밖으로 나갔다.

"참으로 유용한 방입니다."

"만들어 두기를 잘했네요."

웃으며 아스를 반긴 아리아가 시녀를 불러 차를 한 잔 더 대령할 것을 지시했다.

차마 방 안을 보여 줄 순 없었기에 문밖에 두고 가라 말하자 고개를 갸웃거린 시녀였으나, 이내 이유가 있겠거니 납득하고 시키는 대로 문밖에 차를 내려놓고 떠났다.

"바쁘신데 이 시간에 무슨 일이세요?"

"예의 그 조사가 끝이 났습니다. 처벌만을 남겨 두고 있는 상태지요."

"……아……. 그래서 찾아오셨군요."

자신에게 마지막 허락을 구하기 위해서.

아스의 의도를 알아챈 아리아가 차를 한 모금 마시며 잠시 생각에 잠기는가 싶더니, 이내 천천히 입을 열었다.

"당한 것은 모두 되돌려주었으니 더는 미련이 없어요. 괴롭힐 만큼 괴롭혔죠. 이 이상 목숨을 붙여 놓을 필요도 없을 만큼요. 어쩌면 과한 대가를 치렀을지도 모르겠어요."

그리 말하는 아리아의 표정에는 서운함이라거나 아쉬움 따위는 없었다. 그저 할 일을 모두 마쳤기에, 이제는 정말 털어 내야 할 과거를 말하는 듯했다.

"알겠습니다. 그럼 제국의 법대로 처리하겠습니다."

이에 아스 역시 드디어 그간 바라고 바랐던 일을 끝낼 수 있겠다는 얼굴로 대답했다.

"한시라도 살려 두고 싶지 않아 내일 새벽에라도 당장 형을 집행할 생각입니다만……. 혹, 마지막으로 미엘르를 만나 보지 않으셔도 괜찮으시겠습니까?"

"마지막으로……. 그러네요."

아스의 말대로 내일 새벽에 형이 집행된다면 더는 미엘르를 볼 수 없을 테니까.

게다가 묻고 싶은 것도 있었다. 모래시계를 되돌리기 전부터 내내 묻고 싶었던 것이었다. 제대로 된 대답을 들을 것 같진 않았지만, 묻기라도 하고 싶었다.

아리아의 허락이 떨어지자 자리에서 일어난 아스가 손을 내밀었다. 몇 번이나 있어 왔던 상황이었기에 곧장 아스의 의도를 파악한 아리아가 마찬가지로 자리에서 일어나며 아스의 손을 잡았다.

그러자 시야가 바뀌는 것은 순식간이었다. 축축하고 음습한, 횃불 몇 개에 의지한 더러운 감옥에 도착한 아리아가 제 발을 내려다보며 안도의 한숨을 쉬었다. 실내화를 신고 있어서 참으로 다행이라고.

"……!?"

놀라 숨을 삼키는 소리가 들리는 곳으로 시선을 돌리자, 그곳에는 비좁고 지저분한 감옥에 갇힌 미엘르가 있었다. 갑자기 나타난 아리아와 아스에 충격을 금치 못한 얼굴이었다.

"이미 한 번 봤으면서 뭘 그리 놀라?"

이에 아리아가 그리 물었고, 아스는 잠시 자리를 비우겠다며 자리를 비켜 주었다. 그 누구의 방해도 받지 않은 채 아리아가 편히 대화를 나누기를 바라는 듯 보였다.

"……어떻게 내게 이럴 수가 있죠?"

드디어 아리아가 자신을 벼랑 끝으로 몰아넣은 것을 깨달은 것인지 미엘르가 힘없이, 그럼에도 차가운 말투로 되물었다.

"너야말로 내게 왜 그랬는지 궁금한데?"

"……제가 뭘요?"

그러나 오히려 따지듯 되묻는 아리아에 미엘르가 경멸하는 눈초리로 다시 물었다. 그리 큰 죄를 지은 것도 아니건만, 어째서 이리도 괴롭히냐고. 그 눈빛에 아리아가 여상하게 대답했다.

"처음, 네가 못된 짓을 저질렀던 건 열세 살쯤이었지. 네 시녀들을 내게 보내 내가 못된 짓을 하게끔 바람을 넣으라고 지시했어. 네가 흘린 소문처럼 내가 악녀가 되기를 바란 거였겠지."

그것은 과거에도, 현재도 마찬가지였기에 놀란 미엘르가 숨을 삼켰다.

"그리고 나는 아주 멍청한 데다가 어리석었기에 시녀들의 장단에 맞춰 네게 못된 짓을 했어. 품행 또한 방정하지 못해 과연 그 소문의 악녀가 맞다는 사람들이 늘었지."

하지만 여기서부턴 전혀 기억에 없는 내용이었기에 미엘르가 미간을 찌푸렸다. 도대체 무슨 말을 하는 것인지. 아리아가 말을 이었다.

"그런 나를 모두가 칭송했어. 속으로는 멍청하고 어리석은 악녀라고 욕을 하면서도 겉으로는 너보다 훨씬 아름답고 대단하다고. 실상은 외모밖에 없는 인형일 뿐이었는데 말이야."

"지, 지금 무슨 말을 하는 건지 모르겠어요……!"

"그래서 난 점점 더 삐뚤어졌고, 여동생을 괴롭히며 열등감을 채우는 악녀가 되어 버렸어. 다 네 덕분이었지."

거기까지 여유를 갖고 말하던 아리아의 표정이 이윽고 무너졌다.

모래시계를 되돌려 복수를 할 찬스를 잡았기에 내내 운이 좋은 척, 괜찮은 척을 했지만 끔찍했던 과거를 되짚으니 다시금 억울함과 분노에 휩싸였기 때문이었다.

모래시계를 되돌렸다고 한들 어미가 죽은 경험이 사라지는 것은 아니었다. 목이 베인 경험 또한 사라진 것이 아니었다. 비참함과 열등감, 분노와 억울함 또한 모두 아리아의 머리와 가슴에 똑똑히 새겨진 뒤였다.

영원히 지울 수 없이 아주 선명하게.

"……거기까지만 했으면 이렇게 되돌아오는 일은 없었을 텐데. 그저 멍청한 악녀인 채로 어리석게 살다가 끝이 났을 텐데! 왜 어머니를, 나를 그렇게 비참하게 만든 거야? 그깟 신분이 도대체 뭐라고……! 그게 뭐라고 분하고 억울해서 시간까지 되돌리게 만든 건데!"

아주 오랫동안 가슴속에 담아 둔 외침이 감옥을 넘어 조금 떨어진 곳에서 대기하던 아스의 귀에까지 닿았다. 경험하지 못한 자의 마음까지 아프게 할 정도의 한탄이었다.

그러나 미엘르에게는 도저히 이해할 수 없는 외침이었기에 목적지를 잃은 외침은 감옥을 맴돌다가 이내 사그라졌다. 부질없는 외침이었다.

"이렇게 말해도 너는 모르겠지. 시간을 돌리기 전, 과거는 네가 모르는 과거이니까. 오직 나만…… 나만 아는 비참한 과거니까."

담아 뒀던 감정을 털어 내듯 제 뺨을 쓸며 말하는 아리아에, 미엘르가 마치 미친 사람을 본다는 듯한 얼굴로 응시했다.

진정으로 저 악녀가 미쳐 버린 것이라고.

홀로 망상하며 정신이 나가 버린 것이라고.

"지, 지금 그런 망상 따위로 날 이렇게 만들었다는 말이야……!?"

그래서 억울함에 그리 묻자, 지저분한 감정을 모두 털어 낸 아리아가 다시 늘 자신을 지켰던 표정을 만들어 내며 미엘르가 알아도, 몰라도 되는 진실을 털어놓았다.

"망상이라니? 너는 수백 번 설명해도 이해하지 못하겠지만, 내게는 시간을 되돌리는 능력이 있어. 지금 내가 말한 모든 것은 모두 일어났었던 일이야. 내가 시간을 되돌리기 전에 일어났던 일이지. 멍청한 악녀를 죽이기 위해 우아한 백작 영애께서 하셨던 일."

"……저, 정말로 미쳤어! 미치지 않고서야 저런 헛소리를 늘어놓을 리가……!"

이에 미친 아리아의 망상과 농간에 의해 자신이 이리되었다는 듯 미엘르가 외쳤다. 오히려 억울한 것은 자신이라는 듯. 여전히 자신의 죄를 가벼이 생각하고 부당한 대우를 받고 있다고 외쳤다.

"공간을 이동하는 능력도 있는데, 시간을 되돌리는 능력이 무슨 대수일까. 믿지 않아도 그만이지만, 생각해 봐. 네 말대로 멍청하고 어리석은 매춘부의 딸이 어떻게 하루아침에 다른 사람이 된 것처럼 갑자기 세력을 쌓고 부를 축적할 수 있었을까? 시간을 되돌리는 능력이라도 있다면 미래를 모두 예측해 그렇게 할 수 있었지 않았을까?"

"……뭐…… 라고……!?"

묵은 감정을 털어 내고 할 말을 모두 쏟아 냈기에 더는 미엘르를 상대할 가치를 느끼지 못한 아리아가 마지막 말을 남기고 아스가 사라진 곳으로 걸음을 옮겼다.

이제 더는 미련이 없었다. 성에 찰 만큼 복수도 했고, 하고 싶은 말도 다 쏟아 냈고, 무엇보다 과거에는 상상조차 할 수 없는 좋은 사람들과 인연을 맺었다.

비록 미엘르는 끝까지 억울하다고 생각할지 모르겠으나 그건 그거대로 만족스러운 결과였다. 납득하고 지난날을 후회하는 것보다, 억울하다 소리치며 죽는 편이 더 비참하고 괴롭고 무서운 죽음일 테니까.

"……돌아가시겠습니까?"

"네, 고마워요."

정말 여한이 없다는 아리아의 표정에 그녀의 손을 잡는 아스의 표정 역시 만족감이 서렸다.

이제 정말 모든 것을 끝내고 과거에서 벗어나 오롯이 자신만을 위해 살아갈 수 있는 미래가 기다리고 있기 때문이었다.

* * *

다음 날 아침. 어둠이 걷히고 해가 뜨자마자 다시금 광장에 단두대가 세워졌다. 만인의 앞에서 형을 집행하는 일은 아주 드물었기에, 소식을 들은 사람들이 이른 아침부터 졸음을 떨쳐 내며 서둘러 광장에 모여들었다.

도대체 누가, 어떤 끔찍한 짓을 저질렀기에 광장에 단두대가 세워졌을까 저마다 기대하고 상상하며. 불행히도 아주 갑작스럽게 형의 집행이 결정된 탓에, 귀족파의 처형 때처럼 명망 높은 귀족들이 모두 참석하지는 않았다.

이제는 그리 중대한 사안이 아닌 탓이기도 했다. 고작해야 평민으로 격하된 작고 초라한 여자아이의 처형이었기 때문이었다. 이제 더는 그 누구도 관심을 갖지 않는, 작은 여자아이의.

그렇다고는 하나, 감히 아리아와 관련된 인물이었기에 아리아를 존경하고 호의를 표하는 몇몇 귀족이 처형대 옆에 마련된 자리에 착석했고, 남의 불행과 죽음을 유흥으로 소비할 구경꾼들이 광장을 가득 메웠다.

아리아 역시 끔찍한 과거를 떠나보낼 준비를 하며 미엘르를 기다렸다.

과연 어떤 얼굴로 미엘르가 나타날지 기대하고 또 기대하며, 과거에 미엘르가 그랬던 것처럼 퍽 슬픈 얼굴로 사라가 선물한 아름다운 손수건으로 눈매를 훔쳤다.

그리고 시끄러운 쇠 마차와 함께 나타난 미엘르는, 아리아가 기대했던 것보다 더 얼빠진 표정을 짓고 있었다. 지난밤 진실을 말한 가치가 있는, 마지막에 어울리는 비참한 얼굴이었다.

"내려!"

기사의 강압적인 힘에 의해 마차에서 끌어내진 미엘르는 구경꾼들이 던지는 돌멩이와 쓰레기를 맞으며 단상 위로 끌려갔다. 이제 더는 그녀의 방패가 되어 줄 사람이 없었기에 그 폭력을 홀로 감당해야만 했다.

"설마 했는데 저 못된 년이 또 죄를 저질렀다니!"

"도대체 무슨 죄를 또 저지른 거래요?"

"저도 모르겠어요. 하지만 분명 끔찍하고 추악한 짓을 저질렀겠죠!"

두 번이나 단상 위에 올라가게 된 미엘르에 대한 사람들의 분노가 쏟아졌다.

또 아니라고 변명할까. 언니가 시킨 짓이라며 변명할까 싶었는데, 뜻밖에도 고개를 두리번거려 아리아를 찾은 미엘르는 아주 절박한 얼굴로 입을 열었다.

"저, 정말 시간을……! 악!"

그러나 이내 조용히 하라며 그녀를 포박하고 있는 줄을 힘껏 끌어당긴 기사에 의해 채 말을 잇지 못하고 볼품없이 바닥을 뒹굴었다.

"시간을…… 이라니."

이에 미엘르가 했던 말을 작게 읊조린 아리아가 잠시 생각에 빠졌다.

절박해 보이는 표정, 그리고 시간.

설마 지난밤 했던 이야기를 모두 믿고 정말 시간을 되돌렸냐고 묻고 싶은 것일까? 지금 와서 진실을 확인해 무엇하려고. 그저 못난 자신을 탓하며 분노를 숨기지 못하고 죽음을 맞이하면 그만인 것을.

"감히 몇 번이나 자비를 베푼 은인 아리아를 독살하려 한 것도 모자라 오라비인 카인까지 독살한 죄!"

그리고 아주 당연하게도 아리아의 편인 시간은 그녀의 숙적인 미엘르를 도와주지 않았다. 가엾게도 미엘르는 바닥에 널브러진 채로 자신의 마지막을 장식할 형벌을 선고받아야 했다. 집행관이 잠깐의 틈도 주지 않고 말을 이었다.

"제국의 법에 따라 죄인 미엘르에게 참형을 선고한다!"

애간장을 태우며 죄인들에게 공포를 심어 주었던 지난번과는 다르게 퍽 서두르는 모양새였기에, 어쩌면 당장 눈에서 치우라는 황태자의 명을 받았을지도 모른다. 단숨에 일을 처리하는 것이 마음에 들었는지, 상석에서 지켜보던 아스가 입꼬리를 올렸다.

"아, 안 돼!"

너무도 갑작스럽게 선고된 자신의 끔찍한 최후에 바닥을 짚고 상체를 일으킨 미엘르가 목소리를 높였다. 그러나 형을 선고한 이는 굳게 다문 입으로 미엘르에게 차가운 시선만을 보냈고, 구경꾼들 또한 비난의 목소리를 높이며 서둘러 미엘르의 목을 벨 것을 종용했다.

결국 미엘르의 시선이 닿은 곳은, 다름 아닌 아리아였다.

미엘르의 시선에는 억울함이 잔뜩 서려 있었다. 이 모든 것이 너 때문이라는 분노 또한.

"그러게, 처음에 좀 잘하지."

그런 미엘르를 응시하며 아리아가 혼잣말했다. 입모양을 크고 똑

바르게 하여 들리지 않아도 읽을 수 있게. 진심을 담아서.

"……!"

그것을 읽은 분노한 미엘르가 채 감정을 드러내기도 전에 그녀는 짐승처럼 단두대로 끌려갔고, 단단한 목뼈까지 한 번에 베어 낼 칼날이 하늘 높이 치솟았다.

아리아가 처형을 당했을 때와 마찬가지인 상황이었다. 아무도 미엘르를 도울 이가 남아 있지 않은, 모든 것이 다 미엘르의 탓이라 소리치는 비난 일색의 현장이었다.

"죽여!"

"사악한 악녀를 죽여라!"

"못된 악녀에게 죽음을!"

"죽어라! 죽어!"

안 돼. 안 돼. ……안 돼!

찰나의 시간조차 주지 않고 곧장 죽음으로 향하는 상황에, 눈에 눈물이 한가득 고인 미엘르가 채 내지르지 못한 비명으로 소리쳤다.

하지만 더는 그 어디로도 도망칠 수 없게 단단한 형틀이 미엘르의 목을 옥죄었고, 광기에 사로잡힌 구경꾼들이 어서 그녀의 목을 베라며 목소리를 높였다.

"안 돼! 그만! 제발! 제발!"

그리고 공포에 허덕이며 발버둥 치던 미엘르의 눈이 아리아에게 향했을 때.

"……!"

"와아아아아!"

"악녀가 처형당했다!"

"제국에서 가장 추악한 악녀가!"

빛보다 빠른 속도로 떨어진 칼날에 의해 미엘르의 가녀린 목이 떨어졌다. 추악한 악녀의 처형은 제국의 국민들에게 환희와 기쁨을 안겨 주었다. 가녀린 소녀의 목이 떨어진 것에 모두가 기쁨의 목소리를 높였다.

그리고 아주 불행하게도, 목이 베인 후에도 눈을 끔뻑이며 찰나의 시간 동안 살아 있었던 미엘르는 그 장면과 목소리를 똑똑히 기억한 채 수만 가지 감정을 느끼며 숨을 거뒀다.

오랜 시간 누군가에게 고통을 선사한 미엘르에게 어울리는 비참한 죽음이었다. 마치 과거의 아리아의 최후와도 같았다. 자신을 똑똑히 응시하던 눈에서 생명의 빛이 사라진 것을 확인한 아리아가 그제야 오랫동안 참았던 숨을 뱉어 냈다.

드디어. 드디어 모두 끝이 났기에.

시간을 되돌리면서까지 바꾸고 싶었던 과거를 바꿨기에.

아리아의 시선이 미엘르에게서 아스로 옮겨 갔다.

"……!"

그러자 언제부터 아리아를 주시하고 있었던 것인지, 단박에 아스의 짙푸른 눈동자와 마주할 수 있었다. 거리가 조금 떨어져 대화를 나눌 순 없었지만, 아리아는 자신에게 향하는 아스의 눈이 부드럽게 웃는 입매가 말하고자 하는 것을 깨달을 수 있었다.

괜찮다고. 모두 끝났다고.

더는 고통을 받을 이유도, 그리고 감정을 소비할 필요도 없다고.

"마님, 급히 드릴 말씀이……."

그리고 그사이, 아리아와 마찬가지로 퍽 긴장하며 처형을 지켜보던 카린에게 시종이 급히 전할 말이 있다며 시종이 다가와 조용히 그녀의 귀에 무언가를 속삭였다.

"……세상에."

그리고 카린의 탄식이 길게 이어졌다. 믿기지 않는다는 듯 몇 번이나 숨을 삼켰다. 이에 아스에게서 시선을 돌린 아리아가 무슨 일이냐고 묻자, 그녀가 조금 떨리는 목소리로 조용히 대답했다.

"네 아버지, ……아니, 전 백작이 스스로 목숨을 끊었다는구나."

"……네!?"

카린이 붙여 준 시종을 통해 이런저런 정보를 얻고 있다는 말은 들었는데, 설마 목숨을 끊을 줄이야. 작위를 박탈당하고 재산을 몰수당했으며, 몸이 망가진 것도 모자라 자식들까지 모두 잃은 탓일까.

어쩌면 단 한 명. 유일하게 의지했던 카린의 배신 때문인지도 모른다. 그래서 더는 살아갈 의지를 잃었을지도. 악녀의 최후에 환호하는 사람들 속에서 아리아가 가만히 대답했다.

"……그렇군요. 이로서 완벽하게 로스첸트 가문이 몰락했네요."

감히 상상조차 하지 못했던 복수가 아주 완벽하게 이루어졌음에 충격과는 다른 기쁨이 아리아를 휘감았다. 부도덕함에 소름이 끼쳤지만, 이내 자업자득이라 납득할 수 있었다.

생각보다 더 큰 복수가 되었지만 이 모든 것은 그들이 자초한 일이라고. 누구라도 그렇게 생각할 것이 분명했다.

아리아가 경험했던 과거이자 미래는, 그만큼 끔찍하고 비참하고 슬펐기 때문에.

—

에필로그

에필로그

그토록 간절히 바랐던 것과는 달리, 미엘르의 처형 이후 아리아의 삶과 세상에 큰 변화는 없었다.

마치 처음부터 아무런 일도 없었던 것처럼, 아니, 그런 사소한 일은 아무것도 아니라는 것처럼 세상은 조용히 흘러갔다.

누군가에게는 시간을 되돌려 버릴 만큼 대단한 일은 누군가에게는 아무런 가치도 없는 일이었다. 그랬기에 아리아도 더는 과거에 얽매이지 않고 시간에 순응하며 언제나 그랬던 것처럼 새로운 사업가들을 발굴해 지원하고, 가난한 이들에게 배움의 기회를 제공하여 부와 명예를 쌓았다.

그사이 아리아가 키운 세력과 아스를 지지하는 세력으로 제국의 빈자리가 점점 채워져 갔고, 혼란스러웠던 정세도 점차 안정을 되찾아 갔다.

그래서 이따금 시간을 쪼개 몰래 방에서만 만났던 아스를 드디어

밖에서 정식으로 만날 수 있게 된 아리아가 아침부터 외출 준비를 서두르는데, 어느샌가 나타난 카린이 새삼스럽게 열려 있는 문을 두드렸다.

"시간 괜찮니?"

"······지금이요?"

괜찮지 않았기에 눈썹을 치켜뜨며 되묻자, 카린이 마지못해 하며 고개를 끄덕였다.

"······그래? 그럼 이따가 얘기할까?"

"······."

그렇다고 대답을 해야 하는데. 큰 결심을 하고 온 것인지 축 처진 눈에 실망으로 가득 찬 얼굴을 하는데 어찌 그렇게 하자고 대답할 수가 있을까. 아리아가 작게 한숨을 쉬며 물었다.

"긴 이야기인가요? 짧다면 지금 해도 돼요."

"그, 그래? 걱정하지 말렴. 아주 짧으니까!"

"좋아요. 그럼 어서 끝내도록 해요."

아리아에게서 긍정의 말이 나오자, 카린이 서둘러 시녀들을 물렸다. 궁금한 모양인지 눈을 동그랗게 뜬 애니가 굼뜬 발걸음으로 사라졌고, 모두가 나간 것을 확인한 카린이 얼굴을 붉히고 손가락을 만지며 천천히 입을 열었다.

"저······ 이혼한 지 얼마 되지 않았는데 이런 말을 하기 조심스럽지만······."

카린이 채 말을 끝내기도 전에 아리아는 그녀가 하고자 하는 말을 깨달았다.

"재혼하시려는 거군요?"

"어!? 어, 어……. 응……."

새삼스럽지도 않았다. 그간 하루가 멀다 하고 클로이와 만나 시간을 보내던 카린이었으니까 말이다. 오히려 왜 재혼을 하지 않는지 이상할 정도였기에 아리아가 고개를 끄덕이며 긍정을 표했다.

"어머니 인생이시니 마음대로 하세요."

게다가 자신이 관여할 문제가 아니라고 생각했다. 이제 더는 돈이나 신분에 구애될 필요가 없는 카린이었으니, 마음껏 인생을 즐겨야 하지 않겠는가.

그러나 그런 아리아의 허락에도 불구하고 아직 전할 말이 남은 것인지, 카린이 제 아랫입술을 깨물며 눈을 굴렸다.

"저, 아리아……."

"말씀하세요."

이에 아리아가 여상하게 대답했다. 도대체 무슨 할 말이 더 남았기에.

외출을 해야 했기에 카린을 다시 재촉하자, 어쩔 수 없다는 듯 카린이 한 번 숨을 크게 내뱉은 뒤 조심스레 입을 열었다.

"재혼하면 크로아로 떠날 생각인데……. 같이 가지 않겠니?"

그 말에 아리아의 얼굴이 거짓말처럼 딱딱하게 굳었다.

"크로아요……?"

"으응. 아무래도 넌 아직 미성년자이니 어미와 함께 움직이는 편이 좋을 것 같아서. 내가 널 두고 혼자 어떻게 크로아에 가겠니? 피아스트 후작님도 널 아주 기다리고 계시는 모양이야……. 가문의 사람들을 만나 봐야 하지 않겠니? 게다가 호적을 정리할 필요도 있고, 또 크로아의 다른 귀족들과 안면을 터 두는 것도 필요하고.

아무래도 클로이 님이 후작 작위를 이으면 가문의 유일한 핏줄이 네가 될 테니까 말이야. 그리고 또……."

준비라도 한 것처럼 술술 말을 풀어내는 카린과는 달리, 아리아는 여전히 차갑게 굳어 아무런 반응도 표하지 않았다. 갑자기 친족을 만나라는 말 때문은 아니었다. 지금 이 상황을 아스가 무척이나 싫어했다는 점 때문이었다.

'……아스 님이 알면 크게 실망하고 슬퍼할 것 같은데.'

그런 생각을 하며 아무런 대답도 하지 않자, 계속해서 준비한 말을 잇던 카린이 이내 말을 멈추고 아리아를 불렀다.

"아리아? 아리아! 내 말 듣고 있는 거니?"

"아…… 네."

"내키지 않을지도 모르겠지만, 계속 살라는 것도 아니고 만나 보기라도 하라는 말이야. 너를 위해서도 생각해 보기를 바라. 다른 건 몰라도 호적 정리는 꼭 필요한 절차이기도 하니까."

"……."

여전히 대답 않는 아리아를 뒤로한 카린이 조용히 그녀의 방을 빠져나갔다. 곧장 답을 구할 수 없는 문제이기도 했기 때문이었다.

이제 곧 아스가 도착할 시간이 가까워져 오고 있건만. 아리아는 시녀들을 방으로 불러들일 생각조차 하지 못한 채 홀로 생각에 잠겼다.

카린의 말대로 호적을 정리할 필요가 있었다. 설령 그녀가 재혼을 하지 않는다고 하더라도 이대로 평민인 채로 남아 있는 것보단 피아스트 후작의 손녀로 들어가는 것이 여러모로 미래를 위해 나았다.

물론 평민인 채로 남아 있는다 하더라도 더는 신분으로 차별을 받거나 천대를 받는 일은 없겠지만, 조금 더 먼 미래를 생각하면 그렇게 하는 편이 나았다. 아무래도 평민 출신의 황태자비보다는 이국의 후작 영애가 나을 테니까 말이다.

그러니 크로아에서 신분 문제만 정리하는 거면 괜찮지 않을까.

그 정도라면 얼마 걸리지 않을 테니 아스 님도 이해해 주지 않을까, 그리 생각했다.

'이용할 수 있는 건 이용해 두는 편이 나을 테고.'

어차피 카린의 재혼이 이미 결정 났으니 참관하러 크로아에 다녀올 필요도 있었다. 그사이에 빨리 해결하자는 결론에 다다른 아리아가 창문 너머로 들려오는 마차 소리에 이내 자리를 털고 일어났다.

"어? 아가씨? 그대로 외출하시게요?"

다시 시녀들을 불러들여 치장을 마무리하지 않았기에 애니가 의아한 듯 아리아에게 물었다. 제시 역시 아리아의 의중을 깨닫곤 조금 아쉬워하는 표정을 지었다. 여타 시녀들 역시 마찬가지였다.

"시간도 없고, 아스 님께서도 곧 도착하실 것 같으니까."

이에 아리아가 여상하게 대답했다. 어차피 아침부터 분주하게 움직였기에 남은 것이라곤 머리카락을 조금 더 빗거나 더 어울리는 장신구를 찾는 일에 불과했다. 지금은 그런 쓸데없는 짓을 하며 시간을 낭비하고 있을 때가 아니었다. 아스와 중요한 이야기를 나눠야 했기 때문이었다.

"그래도……."

"괜찮대도."

"……알겠어요, 아가씨."

아직 마차는 채 도착하지도 않았건만, 아리아가 아래층으로 향하는 발걸음을 서둘렀다.

햇볕을 반사하며 저택으로 빠르게 접근하는 아스의 마차가 눈에 들어왔다. 오늘도 역시 눈이 부시다 못해 아플 정도로 화려한 마차였기에 아리아를 따르던 시녀들이 이내 아쉬운 표정을 지우고 웃음꽃을 피웠다.

"마중을 나와 계셨군요."

이윽고 아스의 마차가 도착했고, 미리 나와 자신을 기다리고 있는 아리아에 아스가 행복한 듯 만면에 웃음을 띠었다. 더는 걱정이 없다는 듯 즐거운 미소였다.

"……표정이 안 좋으신데 무슨 걱정이라도 있으십니까?"

"네? 그럴 리가요. 아니에요."

그러나 이내 아리아의 표정에서 평소와는 다른 기색을 눈치챈 아스가 미간을 찌푸렸다. 아니라고는 대답했으나 결코 아닌 것이 아니라는 걸 알아챈 얼굴이었다.

"……그러시군요."

부정하는 아리아에게 아스가 손을 내밀었다. 말로는 납득했으나 후에 그 까닭을 묻겠다는 얼굴이었다. 이에 아리아가 아스의 손을 잡으며 그의 에스코트로 마차에 올랐다.

그러자 저택에 올 때와는 달리 마차가 아주 부드럽고 조심스럽게 움직이기 시작했다. 그 움직임이 퍽 느린 것이 오랜만에 만난 두 사람이 오붓하게 대화를 나누라는 마부의 노력인 듯 보였다.

"날이 좋아 다행입니다."

"그러네요."

"빈 영지에 새로운 귀족들을 모두 배치했습니다. 개중에는 처음 영지를 관리하는 이들도 있어, 전문 인력을 파견하여 보좌할 생각입니다."

"그렇군요. 생각보다 일이 빨리 정리되어 참으로 다행이에요."

"그렇지요. 영애의 도움과 더불어 미리 생각을 해 둔 자들이 있었으니까요. 가을이 오기 전에 끝이 나 참으로 다행입니다."

"그러네요."

"예."

그러나 그런 마부의 노력과는 다르게, 마차 안은 퍽 어색함이 감돌았다. 아스는 아리아가 숨기고 있는 이야기를 꺼내기를 기다렸고, 아리아는 어떻게 말을 꺼내야 할지 고민했기 때문이었다.

"……."

"……."

결국 더는 대화가 이어지지 않아 마차가 침묵에 휩싸였기에, 타이밍을 재던 아리아가 이내 조심스럽게 입을 열었다.

"크로아에 다녀와야 할 것 같아요."

"……."

그 말에 아스가 숨을 삼켰다.

제발 그것만은 아니기를 바랐다는 얼굴이었다. 하지만 그렇게 말할 수 없음에 이내 입을 꾹 닫은 채 고개를 끄덕였다. 친부를 만났기에 어차피 언젠가 다녀와야 했다. 당연한 수순이었다. 그러나 납득한 것과는 다르게 서운한 것은 사실이었기에 아스의 표정이 꽤 침울했다.

"어머니께서 재혼을 하실 모양이에요. 결혼식만 보고 금방 돌아올게요. 저는 할 일이 아주 많으니 크로아에 오래 있을 순 없잖아요?"

이에 아리아가 애써 변명을 덧붙였다.

사실이기도 했다. 모래시계를 돌리기 전의 과거까지 합친다면 삼십 년이 넘는 세월 동안 보지 못한 친족들이니 굳이 오랫동안 남아 있을 이유가 없었다. 간단한 인사만 나누면 되겠지. 그럴 생각이었다.

"그랬으면 좋겠습니다."

그러나 아스는 그렇게 생각하지 않는 모양인지, 퍽 의미심장한 대답을 내놓았다. 그는 아리아가 그렇게 하려고 해도 그리될 수 없는 상황을 상상하는 듯 보였다.

"그러니 부디 아스 님께서는 괜한 걱정 마시고, 성인이 될 저를 위한 선물을 준비해 주셨으면 좋겠어요. 곧 제 열여덟 번째 생일이 다가올 테니까요."

이에 아리아가 아스의 손을 잡고 부드럽게 웃으며 화제를 전환했다. 열여덟 번째 생일. 비로소 아리아가 모든 억압에서 자유로워지는 날이었다. 아리아와 아스가 그토록 기다렸던 날이기도 했다.

"아주 대단한 것을 준비해 주셨으면 좋겠어요. 아스 님께서 걱정하시는 모든 상황을 잊을 만큼 대단한 선물로요."

아스의 걱정을 덜고자, 그리고 아리아 또한 수도 없이 바라 왔던 선물을 은근하게 입에 담자, 언제 침울한 표정을 지었냐는 듯 놀라 말을 잃은 아스가 뚫어져라 아리아를 응시했다.

설마 아리아가 먼저 그 얘기를 꺼낼 줄은 상상도 하지 못했다는 얼굴이었다. 바라던 반응을 내비친 아스에 아리아가 웃음을 삼키며 말을 이었다.

"예전에도 한번 말씀드렸지만, 저는 아주 화려하고 성대한 선물을 기대하고 있답니다. 이 마차보다 더요.”

결국 아리아의 말이 채 끝나기도 전에 맞잡은 아스의 손에 힘이 단단히 들어갔다. 눈동자가 짙푸르게 변했다. 귀 끝이 빨개지는 것이 보였다.

‘방금 전까지 세상이 무너진 듯 걱정하고 있었으면서.’

말 한마디에 동요하는 참으로 솔직한 반응에 만족한 아리아가 작게 소리 내며 웃자, 그제야 정신을 차린 아스가 잡은 아리아의 손에 입을 맞추며 대답했다.

“……감히 마차 따위와는 비교도 하지 못할 선물로 준비하겠습니다.”

“기대하고 있을게요.”

정말이었다. 진심이었다. 30년간 보지 못했던 친족을 만나는 것보단 아스가 줄 선물이 더 기대되었다. 애초에 아스와 조금 더 행복하게 지내기 위해 떠나는 것이었으니까.

그리고 아리아는 태어나서 지금까지 가족이나 친족에 대한 애정을 느껴 본 적이 없었기에 정말 간단한 절차만을 끝내고 돌아올 수 있으리라 믿어 의심치 않았다.

* * *

크로아로 떠나는 날은 생각보다 더 빠르게 잡혔다. 마치 이미 모두 정해져 있었던 것처럼 빨랐다. 애초에 모든 것을 결정하고 날까지 잡은 뒤에 아리아에게 통보를 한 것처럼.

예상할 수 있는 일이었기에 달리 불만을 갖진 않았다. 카린은 늘 그랬기 때문이었다. 그저 너무 이른 것이 아니냐고 서운해하는 아스를 몇 번이고 달랠 뿐이었다. 그리고 출발 당일.

"저도 함께 가야 마땅하거늘……. 그럴 수 없어서 죄송합니다. 부디 무사히 다녀오시기를 기도하고 있겠습니다."

"가, 감사합니다. 전하."

감히 황태자의 정중한 배웅을 받은 탓에 카린이 말을 더듬으며 대답했다. 이와 동시에 아스가 카린과 아리아에게 붙여 준 기사들이 고개를 숙여 예를 표했다. 그가 붙여 준 시종들 또한 마찬가지였다.

피아스트 후작가에서 보내온 기사와 시종들만으로도 상당한 인원이었건만. 걱정이 된다며 아스가 붙여 준 이들까지 합세해 일국의 사절단이라고 해도 무방할 정도로 거대한 행렬이 되었다.

"금방 다녀올게요. 걱정하지 마세요."

마차에 오르기 직전, 어두운 얼굴을 한 아스에게 다가간 아리아가 그의 손을 잡았다. 그럼에도 여전히 걱정이 사라지지 않았기에 발뒤꿈치를 들어 아스의 뺨에 살포시 입을 맞췄다.

"……!"

만인이 보는 앞에서 이런 행동을 하는 아리아가 아니었기에, 놀란 아스가 제 뺨을 감싸며 아리아를 응시했다.

"아스 님께선 부디 걱정 마시고 제가 당부한 것을 준비해 주시기를 바랄게요."

아리아가 이렇게까지 하는데 어떻게 계속 침울한 표정을 짓고 있을 수 있을까. 그럼에도 아쉬움이 남았기에 짧게 한숨을 내뱉은 아스가 있는 힘껏 아리아를 품에 가득 안으며 그러겠노라 약속했다.

* * *

"어쩜 그렇게 로맨틱하신지……! 버붐 남작님께서도 좀 보고 배우셨으면 좋겠어요."

힘껏 내달리기 시작한 마차 안에서 아리아를 품에 안았던 아스를 회상한 애니가 벌써 몇 번째인지 모를 감탄을 내뱉었다.

먼 길을 이동해야 했기에 일부러 카린과 마차를 나눠 탔건만. 어째서 주인의 평안을 도모해야 할 시녀가 주인을 괴롭히는 것일까. 읽던 책을 덮은 아리아가 귀찮다는 듯 대꾸했다.

"제시가 있으니 굳이 너까지 따라올 필요는 없었는데, 애니."

"아가씨께서 먼 길을 떠나시는데 어떻게 제가 남을 수 있겠어요!"

"하지만 그사이에 버붐 남작을 만날 수 없잖아?"

아무리 짧게 다녀온다고 하더라도 국경을 넘어야 했기에 최소 한 달은 족히 걸릴 것이 분명했다.

그 말에 애니가 퍽 서운하다는 듯 눈썹 끝을 내리며 목소리를 높였다.

"아가씨……! 어떻게 그리 말씀하실 수가 있으세요! 전 버붐 남작님보다 아가씨가 더 좋은걸요!"

"……알았어. 알았으니 조용히 가자."

귀찮다는 듯한 아리아의 대꾸에도 애니는 한참이나 더 아스에 대한 이야기를 떠들었다. 아리아가 몇 번이나 싸늘하게 경고했지만 소용이 없었다.

게다가 하루가 지나고 이틀이 지나자 곧 후작 영애이자 황태자비가 될 아리아에 대한 찬양으로 바뀌었기에 결국 참다못한 아리아가 카린의 마차로 옮겨 탈 정도였다.

아스와 둘이 이동할 때와는 달리 능력을 사용할 수 없었고, 인원 또한 많았기 때문에 크로아에 도착하기까지 일주일이 넘는 시간이 걸렸다. 그리고 이윽고 피아스트 후작가에 도착하자, 마중을 나온 클로이가 마차에서 내리는 카린을 반겼다.

"카린! 먼 길 오느라 고생했어. 직접 데리러 가지 못해 정말 미안해."

"무슨 소리예요. 준비할 것이 산더미라 바쁘실 텐데 어찌 그런 먼 길을 왕복하실 수 있으셨겠어요."

그런 클로이에게 화사한 얼굴로 대답한 카린이 이내 그의 뒤로 펼쳐진 웅장한 저택을 보며 애써 태연한 척을 하며 마른침을 삼켰다.

그것은 카린의 뒤를 이어 마차에서 내린 아리아 역시 마찬가지였다. 어찌 제국도 아닌 왕국의 후작가가 이토록 대단한 저택을 소유하고 있는 것인지. 그 위상이 과거의 프레데리크 공작저와 비교해도 손색이 없을 정도였다.

"어서 오십시오. 기다리고 있었습니다."

아리아와 카린이 저택에 감탄하며 말을 삼킨 사이, 클로이의 뒤에서 피아스트 후작과 그의 부인인 바이올렛이 천천히 걸어 나왔다.

"이 아이가…… 아리아군요. 클로이의 아이인…….'

이미 한 번 아리아를 만난 피아스트 후작과는 다르게 처음 아리아를 만나게 된 바이올렛은 마치 울 듯 감격한 표정을 짓고 있었다. 한때는 황족의 일원이기도 했던 우아하고 고운 여인과는 어울리지 않는 표정이었다.

그래서였다. 아리아는 비카의 지인으로 만났던 남자가 피아스트 후작이라는 것에 놀랄 새도 없이 말을 잃고 바이올렛을 응시했다.

어째서 자신을 향해 저렇게까지 애절하고 감격스러운 표정을 내비치는 것인지. 그것은 아리아에게 아주 생소한 얼굴이었다.

"혹시 괜찮다면…… 손을……. 손을 잡아 봐도 될까요……?"

아리아의 지척까지 다가온 바이올렛이 아주 조심스럽게 물었다. 손을 잡는 것이 뭐 그리 대수로운 일이라고 저토록 용기를 내어 묻는 것인지.

"그럼요."

아리아가 가만히 고개를 끄덕이자, 바이올렛이 미약하게 떨리는 손을 내밀어 아리아의 손을 잡았다.

"보드랍기도 해라……. 이렇게 예쁜 손녀가 있었는데, 그동안 까맣게 모르고 지냈었다니……. 어떻게 그런 일이……!"

그러다가 이내 잡은 손을 제 뺨에 가져다 대어 눈물짓는 바이올렛의 얼굴에, 아리아는 생전 처음 아주 이상한 감정을 느끼고 미미하게 미간을 찌푸리며 말을 잇지 못했다.

"저택을 안내해 줄까요?"

한참이나 아리아의 손을 붙잡고 감격해 마지않던 바이올렛이 어느새 눈물을 그치고 잔뜩 기대가 어린 표정으로 아리아에게 물었다.

할 수만 있다면 저택뿐만 아니라 크로아 왕국 전체를 소개할 얼굴이었다. 하지만 전혀 예상하지 못했던 감정을 조우한 탓에 아리아는 이 이상 바이올렛과 같이 있고 싶지 않았다.

"……아뇨, 쉬고 싶어요."

그래서 고개를 저으며 거절하자, 바이올렛이 자신이 너무 배려가 없었다며 당황해하기 시작했다.

"세상에. 이렇게 먼 길을 왔는데 제가 너무 생각이 없었네요. 저택을 구경하기 이전에 마땅히 푹 쉬며 기력을 회복해야 하거늘……."

"부인. 그리 걱정하실 필요 없습니다. 이제 막 도착하지 않았습니까. 부인께서 아리아 영애를 위해 준비한 방까지 안내해 드리는 것이 어떻겠습니까?"

"그러는 게 좋겠네요. 그래도 될까요?"

그러나 옆에서 바이올렛의 기분을 풀어 준 피아스트 후작 덕분에 그녀가 미약하게 상기된 분홍빛 뺨으로 아리아에게 물었다.

"……부탁드릴게요."

거절할 필요 또한 없었기에 이번에는 그렇게 해 달라고 대답하자, 바이올렛의 얼굴에 화색이 돌았다. 고작해야 방을 안내하는 것인데 무엇이 저리 기쁜 것일까.

바이올렛뿐만 아니라 피아스트 후작까지 퍽 만족한 듯한 모습이었다. 재회의 기쁨을 나누던 클로이와 카린 역시 부드러운 미소를 지으며 바이올렛과 아리아를 응시하고 있었다.

"전망이 좋은 방이에요. 따사로운 볕도 잔뜩 들어오죠. 부디 영애께서 좋아해 주셨으면 좋겠어요."

그리 말하는 바이올렛은 퍽 신이 나 보였다. 마치 아주 오랫동안 오늘을 기다린 사람처럼 보였다. 어느새 다시 잡아 온 손에 속절없이 이끌려 간 아리아는 심히 당혹스러운 상태였다.

시종의 도움 없이는 열 수 없을 것 같은 거대한 문을 지나자 고풍스럽게 꾸민 실내가 한눈에 들어왔다. 황금이나 보석들로 만들어진 장식품은 없었으나 하나하나 그 깊이를 알 수 없을 정도로 고급스러운 것들로 채워져 있었다.

그것들을 지나 계단을 오르자 바이올렛이 준비한 방에 다다를 수 있었다. 그녀가 아리아를 위해 준비한 방은 저택의 가장 위층인 3 층이었다. 그녀의 말대로 주변 풍경이 한눈에 내려다보여 전망이 좋았다.

지금 제국에서 사용하고 있는 방의 두 배는 더 되어 보이는 큼직한 방에는 소녀들이 좋아할 법한 부드러운 색감과 곡선의 가구들이 깔끔하게 정돈되어 있었다.

물론 겉과 속의 나이가 다른 아리아의 취향은 아니었지만, 꾸민이의 정성과 고심이 묻어 나오는 방이었기에 잠시 말없이 그것들을 눈에 담으며 구경했다. 그리고 아리아가 자신이 꾸민 방을 마음에 들어 한 것을 눈치챈 것인지, 바이올렛이 환하게 웃으며 말했다.

"식사 준비가 다 되면 시녀를 보낼게요. 그때까지 잠시 쉬고 계세요."

"네."

그럼에도 아쉬운 모양이었는지, 쉬라고 말한 뒤에도 잠시 머뭇거리며 아리아를 응시하던 바이올렛이 이내 자신의 손을 부드럽게 잡아 온 피아스트 후작과 함께 방문을 닫고 사라졌다.

"세상에! 아가씨……! 이렇게 아름다운 방은 처음 봐요!"

문이 닫히고 외부와 차단이 되자마자 애니가 작게 비명을 지르며 호들갑을 떨었다. 그도 그럴 것이, 바이올렛이 아리아에게 준비해 준 방이 지금까지 그녀가 시중을 들었던 그 어떤 주인들의 방보다 훨씬 넓고 고급스러웠기 때문이다. 아름답다고 수천 번을 칭송했던 지금의 아리아의 방보다 훨씬 더 대단했기에 제시 역시 감탄을 금치 못하며 방 이곳저곳을 둘러보았다.

"아가씨, 아가씨! 설마 크로아의 귀족분들은 모두 이렇게 대단한 저택에서 지내시는 걸까요?"

"글쎄……."

아니, 그렇지 않을 것이다. 아무것도 몰랐던 과거라면 모를까, 사업가를 지원하고 돈의 흐름과 시세에 능통해진 지금은 이 저택이 보통 귀족들의 수준을 훨씬 뛰어넘는다는 것을 알 수 있었다.

아리아가 창밖으로 시선을 돌렸다. 이미 완벽하게 정돈이 된 정원이건만, 무엇이 그리 할 일이 많다고 바삐 움직이며 정원을 손질하는 정원사들이 눈에 들어왔다.

그 행동이 마치 멀리서 온 가족들에게 한 치의 흠도 보이지 않겠다는 의지처럼 보여 한참이나 시선을 뗄 수가 없었다.

* * *

피아스트 후작의 저택은 그들이 성심성의껏 준비한 것과는 다르게 아리아에게 조금 불편했다. 저택 자체가 불편한 것은 아니었다.

불편한 것은 후작가의 사람들이었다.

"디저트가 입에 맞으신가요?"

특히 바이올렛이.

"……네."

벌써 몇 번째인지 모를 물음에 아리아가 작게 한숨을 삼키며 대답했다.

일부러 그러는가 싶을 정도로 바이올렛은 아리아가 무엇을 할 때마다 괜찮은지, 혹은 마음에 드는지 물었다. 이제는 주변의 관심과 호의가 익숙한 아리아임에도 너무 부담스러워 방 밖으로 나오고 싶지 않을 정도였다.

"해산물 요리는 좋아하시나요?"

"……네."

"그럼 저녁은 해산물 요리가 좋겠네요. 그러고 보니, 영애께선 케이크를 좋아하시는지요?"

"……좋아해요."

"그럼 크로아에서 가장 달콤하고 부드러운 케이크도 준비해야겠어요. 케이크에는 밀크 티가 빠질 수 없죠. 밀크 티는 괜찮으신가요?"

"……네."

그녀는 후작 부인이라고는 볼 수 없을 만큼 수다스러웠고 질문이 많았다. 물론 아리아에게 한정된 것이었지만. 같이 저택에 방문한 카린에게는 부드럽기는 했으나 여느 귀족과 다를 바 없는 우아하고 고상한 태도를 고수했다.

말 그대로 선을 지켜 행동했다. 때문에 바이올렛의 원래 성격이 그렇지 않다는 것을 깨달아 더욱더 부담스럽기 그지없었다. 그녀를 피해 방에 틀어박힐 만큼.

"후작 부인님께서 아가씨가 정말 좋으신가 봐요."

한 무리의 시녀들이 차리고 나간 다과 테이블을 보며 제시가 말했다. 어쩜 저리도 맛깔스럽게 보이냐는 감탄도 함께였다.

부담스러워하는 아리아와는 달리 제시와 애니는 후작가의 사람들이 아리아에게 지극정성을 쏟아 행복한 듯 보였다. 게다가 너무도 과한 대접에 아리아가 아닌 제시와 애니가 호사를 누리고 있었다.

"아가씨. 이 딸기 케이크 먹어도 될까요?"

애니의 물음에 아리아가 무심히 고개를 끄덕였다.

어차피 아리아는 먹지도 않을 케이크였다. 쿠키도 그러했다. 아리아가 전혀 손을 대지 않았기에 모두 제시와 애니의 몫이 되었다.

"어쩜 이리도 맛있는 거지? 마치 제가 귀족이 된 것 같아요. 너무 행복해요!"

순식간에 케이크를 두 조각이나 해치운 애니가 따뜻한 밀크티를 마시며 말했다. 제시 역시 동조하며 쿠키를 입에 넣었다.

"원래부터 간단한 시중 이외의 일은 하지 않았지만 이렇게 아무것도 하지 않은 채 호사를 누리게 될 줄은 꿈에도 몰랐어요."

그도 그럴 것이 잠깐의 틈이 생기면 저택의 시녀들이 알아서 차를 내오거나 방을 정리했다. 제시와 애니가 무언가를 하기도 전에 말이다.

"그러게. 나도 이런 곳일 줄은 꿈에도 몰랐지."

방해만 되지 않는다면 다행이라고 생각했을 때가 있었는데. 자신의 명성을 이용하려 하는 건 아닌지 의심했을 때가 있었는데. 후작가라고는 해도 제국보다 훨씬 작은 왕국의 후작가이니 분명 자신이 더 우위에 서 있을 것이라 생각했다.

하지만 이제는 그것이 오만한 생각이었음을 깨달았다. 지금까지 아리아가 만나고 보았던 멍청하고 어리석었던 귀족들과는 다르게 피아스트 후작가의 귀족들은 진짜 귀족이었다. 그저 조금 자신에게 과한 호의를 보였지만.

"아가씨께선 이곳이 싫으세요?"

아리아의 표정이 퍽 석연치 않았기 때문에 제시가 조심스레 물었다. 싫으냐고? 글쎄. 딱히 싫다고 단언할 순 없었다. 그저 과한 호의가 부담스러울 뿐.

"왜 내게 저렇게 호의를 베푸는지 잘 모르겠어."

"왜라니요? 그야 아가씨께서 아주 오랜만에 만나게 된 손녀이자 딸이니 그렇겠지요."

"그래, 내 말이 그거야. 내가 세상에 태어난 지 17년이나 흘렀고, 그간 서로의 존재조차 의식하지 못했는데 갑자기 왜 이러는지 모르겠어."

아리아의 말에 제시가 눈을 동그랗게 떴다. 그녀의 질문을 이해하지 못하겠다는 얼굴이었다.

때문에 옆에서 케이크를 먹던 애니가 제시를 대신하며 아리아에게 답을 주었다.

"그거야 가족이니까 그렇죠."

"가족이니까?"

"예. 가족이란 그런 거잖아요. 떨어져 있든 어쨌든 유일하게 의심 없이 좋아하고 믿을 수 있는 존재요."

"……."

동의하며 제시가 고개를 끄덕였다. 아리아가 미간을 찌푸렸다. 그런 존재가 세상에 어디 있다는 말인지. 아무리 가족이라고 하여도 득이 되는 자에게 마음이 더 가는 것이 당연했다.

게다가 틈만 나면 사리사욕을 채우려 남을 이용하는 것이 사람이라는 족속이었다. 당장 제시만 해도 미엘르를 돕다가 큰 실망을 하지 않았는가.

게다가 미엘르는 피가 이어진 제 아비를 계단에서 떠밀기까지 했다. 카린 역시 매춘부였던 시절에는 아리아를 거들떠보지도 않았다. 지금도 그리 살갑게 챙기는 편은 아니었다.

오히려 아리아를 챙기고 생각해 주는 것은 피가 전혀 이어지지 않은 아스뿐이었다. 엄연히 따지면 그는 아직 가족이 아니었기에 가족이기 때문에 무조건 믿고 좋아한다는 말을 이해할 수 없었다.

"가족을 배신하는 경우도 있잖아. 미엘르처럼."

"그건…… 그렇지만 아주 일부에 불과하죠. 게다가 배신을 해 놓고 마지막에 찾는 것이 가족일 때도 있고요. 배신을 당한 가족도 마찬가지죠."

생각해 보니 백작은 미엘르에게 그리 배신을 당해 놓고 마지막에 그녀를 따라 죽음을 선택했다. 불구의 몸이 되어 비관한 것은 아니라고 들었다. 자식들이 모두 끔찍한 상황에 직면하고, 또 죄를 저질러 슬픔을 이기지 못했다고 들었다.

"……왜?"

하지만 도대체 왜 그런 것일까.

배신을 당했다면 응당 복수를 하는 것이 마땅하거늘. 아무리 딸이라고는 하지만, 자신을 불구로 만든 아이이니 그 비참한 죽음에 환호해야 하지 않겠는가.

아리아가 가족 간의 사랑과 믿음에 대해 전혀 이해하지 못하겠다는 반응을 내비쳐 제시와 애니의 표정이 퍽 어두워졌다. 아리아가 나고 자란 환경을 떠올린 모양인지 안타까움마저 서렸다.

평범하게 살아온 이들이라면 가족이나 친척과 남은 다르다는 것을 알 텐데, 아리아는 가족과 남을 동일시하고 있었다. 언제든 필요할 때만 찾는 존재로 여기고 있었다.

"가족은…… 특히 자식은 사랑하는 사람과의 결실이기도 하니까요."

"······결실?"

"네, 사랑하는 사람과 내 피를 이은 결실이요. 제가 아이를 낳은 것은 아니라 어떤 마음인지 확실하게 이해할 순 없지만, 어렸을 때는 자주 들었어요. 제시 너는 네 아빠의 눈을 닮아 아주 예쁘다고요. 어머니께선 이따금 제 얼굴에서 아버지의 흔적을 찾고는 행복해하시곤 했죠."

사랑하는 사람의 흔적이라.

그 말에 아리아는 아스의 얼굴을 떠올릴 수 있었다. 아스와 자신의 사이에서 낳은 아이라니. 그것도 아스를 닮은 아이. 단 한 번도 생각해 본 적 없는 일이었다. 아니, 그럴 여유가 없었다.

그러나 지금. 제시의 말을 듣고 곰곰이 생각해 보니 썩 나쁘지만은 않은 것 같기도 했다. 궁금하기까지 했다. 과연 어떤 얼굴을 한 아이가 나올지 말이다. 아주 먼 이야기라서 실감은 되지 않았지만.

"그러니 사랑하는 사람과의 사이에서 낳은 아이가 행복하기를 바라는 것은 당연해요. 오롯이 내가 낳은 아이가 불행하길 바라는 사람은 없을 거예요. 이런 말씀을 드려도 될지 모르겠지만······. 특히나 아가씨께선 유복하지 못한 어린 시절을 보내셨고, 성인이 되지도 않으셨는데 이런저런 고생을 하셨잖아요. 그러니 더 애틋하겠죠. 그동안 못해 준 것을 모두 해 주고 싶기도 하실 테고."

"그런가······."

대답은 그리했지만 여전히 완벽하게 이해하지 못한 얼굴에 제시가 아리아의 손을 잡으며 말했다.

"그럼요. 아가씨께서도 아무런 감흥이 없으신 건 아니잖아요?"

제시의 말이 맞았다. 그저 부담스럽기만 했다면 얼마든지 이용을 할 수 있을 텐데 굳이 피하는 까닭은 뜻 모를 감정이 자신을 괴롭혔기 때문이었다.

"말로는 이해하기 힘드실 테니, 저택에서 지내시는 동안 경험해 보시는 게 어떨까요? 이렇게 계속 피하지만 마시고요."

"……."

"어차피 오래 계실 것도 아니잖아요? 새로운 경험을 한다고 생각하시고 바이올렛 님과 다과도 즐기시고 산책도 해 보세요. 바이올렛 님은 황성에서도 오랫동안 지내셨으니 분명 무언가 얻을 것이 있을 거예요."

제시의 말을 모두 동의할 순 없었지만, 바이올렛이 황성에서 오래 지냈으니 얻을 것이 있을지도 모른다는 말에는 공감할 수 있었다. 어차피 이렇게 무료한 매일을 보내는 것보단 그편이 낫기도 했다.

불편한 감정이 무엇인지도 궁금했고. 아리아가 고개를 끄덕였다.

"……좋아. 옷을 준비해 줘, 제시."

산책이라도 할 모양인지 의복을 갈아입겠다는 아리아의 말에 제시가 함박웃음을 지었다. 가벼운 실내복에서 조금 격식을 차린 복장으로 탈복한 아리아는, 며칠 동안이나 숨어 있던 방 밖으로 발을 내디뎠다. 제시와 애니가 아리아를 뒤를 따랐다.

식사를 할 때를 제외하고는 처음이었다. 게다가 식사 시간은 정해져 있었고, 그마저도 후작가의 시종과 함께 움직였기에 아리아의 동선에 맞춰 시종들이 자리를 비웠다.

하지만 지금은 아니었다. 아무런 예고도 통보도 없이 갑작스레 방을 나섰기에 아리아를 마주한 시종들이 서둘러 허리를 굽혀 예를 취했다. 타국에서 온 귀한 손님이었다.

아니, 이제는 자신들이 평생 모셔야 할지도 모르는 주인님의 손녀였다. 심지어 황태자의 연인인 데다가 제국에 크나큰 세력을 만든 제국의 별이기까지. 그러니 어찌 감히 함부로 눈을 마주칠 수 있을까.

물론 아리아의 성품이 아주 곱고 선하다는 소문 또한 듣기는 했지만, 소문은 소문일 뿐이니 조심해야 마땅했다. 때문에 시종들이 최대한 허리를 숙여 아리아의 심기를 거스르지 않도록 노력했다. 분명 그렇게 하려고 했는데.

"저, 후작 부인님께서 어디 계시는지 아니?"

복도를 지나던 아리아가 갑작스레 허리를 굽히고 있던 시종에게 물었다. 이에 시종이 화들짝 놀랐으나, 이내 늘 그랬던 것처럼 배운 대로 공손하고 깍듯하게 예를 갖춰 대답했다.

"정원에서 산책을 하고 계십니다."

"어느 정원?"

"1층 현관에서 나가시면 바로 보이는 정원입니다."

"아아, 내 방에서 보이는 그 큰 정원 말이구나? 알려 줘서 고마워."

부드럽게 웃으며 고맙다고 전한 아리아가 우아한 걸음으로 사라졌다.

"……세상에."

아리아가 시야에서 사라지자, 그제야 잔뜩 긴장했던 몸에 힘을 푼 시종이 감탄사를 내뱉었다.

평소 같았다면 아무리 주인이 보고 있지 않다고 하더라도 경망스럽다며 다른 시종들에게 혼이 날 행동이었지만 오늘은 달랐다. 오히려 아리아와 무슨 대화를 했는지 궁금해하는 시종들이 도리어 경박스러운 발걸음으로 다가와 그 까닭을 묻기 시작했다.

"불편하신 점이라도 있으시대?"

"뭐가 필요하시다니?"

"혹시 혼이라도 났니!?"

아무리 그간 만나지 못했다고는 하나, 황태자의 연인이자 엄격하디엄격한 피아스트 후작의 손녀이니 마땅히 그러한 성품을 가지고 있을 것이라는 추측에서 기원한 물음이었다. 게다가 저택에 도착한 이후, 식사 때를 제외하고는 그 누구와도 어울리지 않고 방에만 틀어박혀 있었기에 마땅한 질문이기도 했다.

이에 아리아와 대화를 나눈 시종이 천천히 고개를 저으며 몽롱한 눈빛으로 대답했다.

"아니……. 후작 부인님께서 어디 계시느냐고 물으셨어."

"후작 부인님을 찾으셨다고……?"

"그게 정말이야?"

분명 어색해하며 피하는 것 같았는데.

너무나도 티가 났기에 저택의 모두가 인지하고 있었다. 이에 저마다 의아함을 감추지 못하고 있는데, 시종이 끝내지 못한 말을 다시 이었다.

"……게다가 물으신 것을 대답했더니 고맙다고 하셨어."

그녀가 감탄을 내뱉을 까닭이기도 했다. 로스첸트 백작가의 시종들을 구워삶기 위해 고맙다는 인사를 하기 시작했던 게, 어느새 아리아의 버릇이 되어 있었다.

마땅히 알려 줘야 할 것을 알려 줬을 뿐인데 고맙다니. 모시는 주인에게도 평생 동안 들어 본 적이 없는 말이었다.

"소문은 소문일 뿐이라고 생각했는데, 정말 소문대로의 성품이셨나 봐……."

　모두가 놀라 침묵으로 휩싸인 복도에서, 시종 중 누군가가 반짝 반짝 눈을 빛내며 조용히 읊조렸다. 자신을 해하려 했던 악녀에게도 몇 번이나 자비를 베풀었다는 그 성품, 일개 평민들의 재능을 높이 사 지원을 아끼지 않았다는 성품에 대한 소문은 국경이 없었다.

　"정말 그런 분이시라면……."

　그런 사람이 주인이 된 것이라면 좋겠는데. 자비로운 주인 밑에서 일하는 것만큼 기쁜 일도 없었다.

　"그럼 아가씨께선 지금 후작 부인님께서 계신 정원에 가셨다는 거야?"

　"아마도……?"

　"……!"

　그 대답에 말없이 눈동자를 굴리며 눈치를 보던 시종들이 서둘러 정원이 있는 창문 쪽으로 걸음을 옮겼다. 후작 부인이 산책 중인 정원이 한눈에 내려다보이는 창문이었다.

　그곳에는 아직 다가올 자신의 미래를 모르는 후작 부인이 한가롭게 꽃밭을 거닐고 있었다. 자신들의 새로운 주인인 아리아는 도대체 무슨 까닭으로 후작 부인을 찾은 걸까. 좋은 일이었으면 좋겠는데. 시종들은 그리 생각하며 볼을 붉히고 두근대는 마음으로 창밖을 응시했다.

　"피아스트 후작 부인님."

　바이올렛의 지척까지 도착한 아리아가 조용히 그녀를 불렀다. 이에 그녀답지 않게 화들짝 놀란 바이올렛이 재빨리 뒤를 돌아보았다.

"······아리아 영애?"

설마 아리아가 먼저 자신을 찾을 줄은 꿈에도 상상하지 못했는지 바이올렛의 뺨이 빨갛게 달아올랐다. 표정 또한 한껏 상기되어 흥분한 모습이었다.

"같이 산책해도 될까요?"

안 될 리가! 오히려 몇 번이나 그렇게 하고 싶었기에 바이올렛이 서둘러 고개를 끄덕이며 제 옆을 손짓했다.

"그럼요! 이곳이 저택에서 가장 아름다운 정원이랍니다. 함께 산책해요."

"감사해요, 부인. 날이 차네요."

"그러게요. 이제 곧 겨울이 다가오려고 그런가 봐요. 이렇게 볕이 높은 낮에 산책을 해 두지 않으면 밖에 나오기 힘든 날씨가 되었지요. 영애께서도 종종 낮에 산책하시는 게 어떨까요? 여기 말고도 정원은 많으니, 언제든 한가로이 조용한 산책을 즐길 수 있답니다."

아리아는 퍽 짧게 인사를 건넸으나 돌아오는 대답은 아주 길었다. 마치 어떻게 해서든 대화를 이어 가고 싶은 것처럼 말이다. 게다가 아리아가 자신을 피하는 것을 진즉부터 눈치채고 있었기에, 같이 산책을 하자는 말 대신 언제 어디서든 혼자서 산책할 수 있는 환경이니 그렇게 하는 것이 어떻겠냐며 돌려서 말했다.

"그렇군요. 말씀 감사해요. 날이 더 추워지기 전에 돌아 봐야겠네요."

마침 방에 틀어박혀 있는 것도 지겨워진 참이었기에 아리아가 가만히 고개를 끄덕였다. 산책을 즐길 만한 가치가 있는 아름다운 정원이기도 했기에 고개를 끄덕이지 않을 수가 없었다.

"그이가 저를 위해 만들어 준 정원이에요. 저는 밖에 나갈 수 없었거든요. 그래서 저택이 이렇게나 아름답죠."

여러 가지 불행한 일이 많아 외출을 할 수 없었던 바이올렛이었다.

클로이도 마찬가지였다. 그들은 외출을 하여 얼굴을 보일 수 없는 처지였기에 아주 오랫동안 저택에서만 기거해야 했다.

"그러셨군요."

"그러니 영애께서도 부디 오랫동안 이 아름다운 저택을 즐겨 주셨으면 해요."

"……."

결혼식이 끝난 뒤에도 돌아가지 말아 달라는 뜻인 듯 보여 아리아가 대답을 하지 않았다. 이미 머릿속에는 한시라도 빨리 제국으로 돌아가고 싶다는 생각밖에 없었기 때문이다.

"이런 제가 불편하시지요?"

대화가 끊겼기 때문인지, 잠시 침묵을 고수하던 바이올렛이 은은한 미소를 지으며 아리아에게 물었다. 아리아가 며칠 동안이나 방에 틀어박혀 있었기에 마음이 불편했던 모양이었다.

"조금요. 제게 이렇게 대가 없이 지대한 관심을 주신 분은 처음이거든요."

그녀가 솔직하게 물었기에 아리아 역시 솔직한 마음을 내비쳤다.

정말로 부담스러웠고 불편했다. 아무리 혈연관계라고 해도 태어났을 때부터 함께 지낸 어미보다 더욱더 관심을 주니 부담스러웠다.

무언가 바라는 것이 있었다면 그에 맞춰 반응했겠지만, 바이올렛이 아리아에게 아무것도 바라지 않아 더욱 그러했다. 어미인 카린조차도 제게 무언가를 바라는 눈빛을 보낸 적이 있는데 바이올렛은 전혀 그렇지 않았다. 이에 조금 놀란 듯 눈을 끔뻑이던 바이올렛이 이내 아무것도 되묻지 않고 잔잔한 얼굴로 자신의 마음을 설명했다.

"그랬군요. 17년 만에 손녀를 만난 할머니라서 주책을 떨었나 봐요. 기대조차 못했거든요. 설마 클로이에게 딸이 있을 줄은…….그것도 클로이를 쏙 빼닮아 이렇게 예쁜 딸이 말이에요."

바이올렛은 진심으로 후손을 보지 못할 것이라 생각했던 모양이었다. 그도 그럴 것이 아들인 클로이는 아주 오랫동안 한 여자만 그리워하고 있었고, 멀리 소문으로만 소식을 들은 장녀인 프레이 역시 결혼과는 거리가 멀었기 때문이었다.

게다가 바이올렛 역시 과거에는 그다지 행복한 결혼 생활을 누리지 못했었기에 자식들에게 강요를 할 수 있는 처지가 아니었다. 그랬기에 그저 몸 건강히 행복하게 살았으면 하는 바람뿐이었는데, 설마 손녀를 만나게 될 줄이야.

"그래서 그간 해 주지 못했던 걸 다 해 주고 싶은 마음에 자꾸 말을 걸고 귀찮게 했던 모양이에요. 영애께서 이렇게 불편해하실 정도로 말이죠. 미안해요."

바이올렛이 사과를 건네며 아리아의 눈치를 보았다. 아리아가 마음을 풀었으면 하는 기대감이 서려 있었다.

아무리 피가 통했다고는 해도 어째서 일국의 후작 부인이 한낱 매춘부의 딸에게, 그것도 이렇게 어린 손녀에게 저리도 저자세를 취하는 걸까. 이해할 수 없음에 아리아가 바이올렛에게 물었다.

"혈연관계라는 게…… 그렇게 중요한가요? 처음 보는 여성에게 후작 부인님께서 이토록 감정을 내비칠 만큼 중요한가요?"

내내 아리아의 눈빛에, 얼굴에 있었던 의문이었기에 바이올렛이 당황하지 않고 조용히 대답했다.

"아마도 그런 것 같아요. 저도 손녀가 생긴 게 처음이라 다른 사람들은 어떤지 잘 모르겠지만요. 그저 애틋하고 사랑스럽다는 감정이 넘쳐 주체할 수 없게 되어 버리네요."

"아무런 대가도 없이요?"

"그럼요. 감히 손녀에게 무슨 대가를 바랄 수 있을까요. 아……! 어쩌면 존재 자체만으로도 절 행복하게 만들어 주니, 그것이 대가일지도 모르겠어요. 그저 건강하기만을 바랄 뿐이죠."

그리 말하는 바이올렛의 표정은 진심이었다.

"……사랑의 결실이라서요?"

그래서 제시가 했던 말을 떠올리며 되묻자, 뜻밖의 물음이었던 모양인지 제 입을 가리고 잠시 대답을 않던 바이올렛이 이내 화사한 미소를 지으며 그렇다고 긍정했다.

"로맨틱한 표현이네요. 그렇다고 봐도 무방하겠지요. 제가 사랑하는 사람과의 결실인 클로이가, 저와 마찬가지로 사랑하는 사람을 만나 이룬 결실이니까요."

"그렇군요……."

"그리고 제 분신이자 아이 같기도 하죠. 영애께선 아니라고 생각하실지도 모르겠지만, 영애의 귀가 저를 쏙 **빼닮았거든요**."

"……제 귀요?"

귀라니. 놀란 아리아가 자신의 귀를 만지며 바이올렛의 귀로 시선을 옮겼다. 조금 작지만 부드러운 곡선을 지닌 귀가 보였다.

저 귀와 자신의 귀가 닮았다는 말인가. 단 한 번도 자신의 귀를 자세히 본 적이 없었기에 당황스러웠다.

"예, 자세히 보면 그래요. 귓불에 작고 귀여운 점이 있는 것도 닮았지요. 그 점은 클로이의 귀에도 있답니다. 아마 카린에게는 없을 걸요?"

아리아의 시선이 계속해서 바이올렛의 귀에 머물렀다. 그러자 정말로 그녀의 귓불에도 작은 점이 있는 것이 보였다. 아리아의 귀에도 있는 점이었다.

정말 닮았구나. 아무런 접점도 없는 여인이라고 생각했는데. 그것을 발견하자 이상한 기분이 들었다. 처음 클로이를 보았을 때와는 또 다른 느낌이었다. 그는 한눈에 봐도 정말 자신과 닮았기에 거부감 없이 아버지라고 받아들일 수 있었는데 바이올렛은 전혀 아니었기 때문이었다.

게다가 바이올렛의 얼굴을 천천히 살펴보니 클로이와, 그리고 자신과 닮은 것 같은 느낌이 들기도 했다. 한 번 닮은 것을 찾으니 여러 가지가 눈에 들어오기 시작했다.

"이렇게나 닮았는데 어찌 분신이라고, 제 아이라고 생각하지 않을 수가 있을까요. 자기 자신에게 대가를 바라거나 불행하기를 바라는 사람은 없잖아요? 다른 사람들은 어떻게 생각할지 모르겠지만…… 적어도 제게는 그래요."

"……그런가요."

"그럼요. 그러니 대가가 없는 호의라고 너무 부담스러워하시지 않으셨으면 좋겠어요. 가족은 모두 그런 법이니까요. 그래도 불편하시다면…… 제가 행동을 고칠게요. 영애께서 부담스럽지 않게요."

그렇게 하라고 대답을 하면 편해지는 것을. 부드럽게 웃으며 손을 잡아 오는 바이올렛의 미소가 진심으로 보였기에 그렇게 할 수 없었다. 바이올렛의 그 미소는 마치 사라를 보는 듯한 착각을 들게 했다. 대가 없이 자신에게 친절을 베푼 사라를 말이다.

어쩌면 사라 역시 아리아에게 무언가를 바라고 있을지도 모르는 일이었지만, 적어도 지금까지 아리아가 겪은 사라는 대가를 바라는 여인이 아니었다.

"……조금 더 지내 보고 그때도 불편하다면 말씀드릴게요. 아직 결혼식까지는 며칠 시간이 남았고, 그때까지는 저택에서 지내야 할 테니까요."

"고마워요, 아리아 영애."

* * *

그때부터 아리아는 더는 방에만 틀어박혀 있지 않고 밖으로 나가 후작 부인과 산책을 하거나 티타임을 가졌다. 클로이와 카린은 결혼 준비와 교육, 그리고 피아스트 후작은 작위를 물려줄 준비와 교육을 했기에 시간이 남는 것은 바이올렛와 아리아뿐이었다.

물론 바이올렛 또한 후작 부인의 자리를 넘겨줄 준비를 해야 했지만, 그녀는 그간 가문의 일에 거의 가담하지 않았었기에 카린에게 알려 줄 것이 거의 없었다.

아리아 역시 결혼식에 참석하고 호적을 정리하기 위해서 방문한 참이었기에 달리 할 일이 없어 자연스레 바이올렛와 어울리는 시간이 늘었고, 처음보다 훨씬 편하게 대할 수 있었다.

"……그럼, 황성에서도 파티나 모임에 참석하지 않으셨다는 말씀이세요?"

"예, 귀족들만 모인 자리도 불편한데, 황족들까지 오가는 자리는 더더욱 견딜 수가 없었거든요."

"안 좋은 일이라도 당하셨나요?"

"그렇다고 하기보다는 특유의 분위기를 견딜 수가 없었어요. 그 날카롭고 긴장감 어린 분위기요."

그리 대답하는 바이올렛은 생각보다 더 심약해 보였다. 원래부터 타인과의 신경전을 견딜 수 있는 성격이 아닌 듯 보였다. 그런데도 어떻게 몰래 클로이를 임신하고 키울 생각을 했을까.

아마도 그녀에게 있어서는 두 번 다시없을 일생일대의 결심이자 모험이었음이 틀림없을 것이다. 바이올렛에게서 더는 얻을 것이 없음을 깨달은 아리아가 수긍하며 대화를 끝냈다.

"그러셨군요. 말씀 감사해요."

"제가 영애께 폐를 끼치는 건 아닌지 걱정이네요."

바이올렛의 표정이 조금 어두워졌다. 그녀는 역사에 길이 남을 대형 스캔들을 터뜨리고 황성에서 쫓겨났기 때문이었다. 그런 그녀가 할머니라는 사실이 알려진다면 분명 좋은 소리를 듣지 못할 것이다.

하지만 아리아는 조금도 걱정하지 않았다. 과거에는 차마 입에 담기 힘든 모욕조차 들어온 자신이 아닌가. 게다가 자신은 심약한 성정도 아니었다. 더욱이 오롯이 혼자였던 과거와는 다르게 지금은 든든한 아군이 몇 명이나 존재했다.

이에 아리아가 퍽 자신만만한 미소를 지으며 대답했다.

"제가 그렇게 약해 보이시나요?"

처음 보는 누군가가 마주한다면 오만하다고 손가락질을 할지도 모르는 미소였다. 바이올렛이 이겨 내지 못한 황실 생활을 이겨 낼 수 있다고 자만하는 미소이기도 했다.

일말의 망설임 없는 아리아의 답변에 바이올렛이 잠시 눈을 크게 떴고, 그녀의 놀란 듯한 시선을 마주한 아리아가 얼굴을 굳혔다. 바이올렛이 너무 편하게 대해 줬기 때문일까. 그녀의 질문에 일순 간 숨겨 두었던 성정을 내비친 게 아닌지 뒤늦게 깨달았기 때문이었다.

"아니요. 전 그저, 영애께서 겪을 필요가 없는 불쾌함을 겪을까 봐 걱정을 했을 뿐이랍니다."

그러나 그런 아리아의 걱정과는 다르게 바이올렛은 숨겨 두었던 아리아의 오만함마저 사랑스럽다는 듯 이내 다시 미소를 머금으며 대답했다. 일순 걱정한 아리아가 민망해질 정도로 마음을 놓았다 는 편안한 얼굴이었다.

"오히려 대담하신 성품인 듯 보여 안심이 되네요. 황실에서 살아 남으려면 그 정도는 되어야지요."

"……."

자신에게서 얻어 갈 것이 있는 시녀도 아닌데, 비웃음을 당했음 에도 기뻐하는 얼굴이라니. 그에 아리아가 눈을 끔뻑이며 대답하 지 못하자 바이올렛이 말을 이었다.

"염치없는 부탁일지는 모르겠지만, 영애께서 결혼하실 때 제게 도 초대장을 보내 주실 수 있으실까요? 비록 참석은 하지 못하겠지 만 기념으로 간직하고 싶어서요."

"……어째서 참석을 하지 못하신다는 말씀이시죠?"

"제 얼굴을 기억하는 사람들이 아직 남아 있을 텐데 어떻게 참석을 할 수 있을까요. 저뿐만 아니라 영애께도 비난이 쏟아질 거예요."

그렇다고 초대장만 받아 간직하겠다니. 참석하고 싶으면 참석하면 되는 것이 아닌가? 아쉬움이 뚝뚝 떨어지는 그 표정에 아리아가 미간을 찌푸렸다.

"혹여나 제가 걱정되어 그런 것이라면 괜한 짓이라는 말씀을 드리고 싶네요. 말씀드렸다시피 저는 그리 약한 사람이 아니랍니다."

설마 아리아가 그런 말을 할 줄은 몰랐던 모양인지 바이올렛이 눈을 동그랗게 뜨며 놀랐다.

"게다가 저는 어머니처럼 두 번 결혼을 할 생각이 없으니, 다음 기회라는 건 없으실 거예요."

일어나지 않은 일을 걱정하여 몸을 사리고 보고 싶은 것을 애써 눌러 참으며 참석하지 않는다면 후회하는 것은 바이올렛일 것이 틀림없었다. 바이올렛은 아리아의 말에 입술을 달싹이며 아무런 대답을 하지 못했다.

왜 이런 말을 하고 있는 걸까. 그저 무시하면 될 것을.

어쩌면 바이올렛의 말대로 그녀가 참석하지 않는 편이 뒷말이 나오지 않을지도 모르는 일인데 왜 이런 소리를 하고 있는 것인지.

하지만 생각처럼 깨끗하고 깔끔하게 남인 척 무시할 수 없었다. 그리 길지 않은 시간이었지만 함께 지내며 대화를 나누었기 때문인지도 모른다.

"……그렇군요."

그제야 바이올렛의 얼굴에 잔잔한 미소가 떠올랐다. 뾰족한 말투이기는 했으나, 아리아의 속마음을 알아챈 덕이었다.

"역시 영애께선 참으로 사랑스러운 분이세요."

······어째서 결론이 그렇게 나는 것인지. 무슨 말을 해도, 행동을 취해도 실없이 행복한 미소를 짓는 바이올렛에 아리아가 다시 미간을 찌푸렸다.

아리아에게는 생소하고 이상한 반응이었기에.

* * *

며칠 뒤, 피아스트 후작가의 후계자인 클로이와 카린의 결혼식이 열렸다. 드디어 후작이 쉴 수 있게 되었다며 퍽 기뻐하는 왕국의 모든 귀족이 이를 축하하기 위해 참석했다.

물론, 개중에는 단순히 축하만이 목적이 아닌 자들도 여럿 있었다. 도대체 그간 정체를 꽁꽁 숨겨 두었던 후계자가 누군지, 그리고 후작 부인이 누군지 궁금하여 참석한 이들도 있었다.

소문대로 제국의 황실에서 쫓겨난 그 바이올렛이 후작 부인이 맞는지, 후계자는 그녀가 외도를 하여 낳은 아이인 클로이인지 확인하기 위해서 말이다. 그러한 궁금증을 품에 가득 안고 호기심 어린 얼굴로 후작저를 방문한 귀족들은, 그곳에서 마주한 뜻밖의 인물에 당황을 금치 못했다.

"······누구라고요?"

"제국의 별이라고······? 로스첸트 아리아?"

"어디예요?"

"저기 있잖아요, 저기."

한 귀족이 부채로 아리아를 가리켰다. 그곳에는 오늘의 주인공이라고 해도 손색이 없을 정도로 화사하게 꾸민 아리아가 있었다.

그녀가 소문의 그 로스첸트 아리아라고?

크로아 왕국에는 이름만 알려졌을 뿐, 얼굴이 알려지지 않은 탓에 모두가 처음 접한 아리아의 외모에 넋이 나가 시선을 빼앗겼다. 그 시선을 진즉부터 눈치챈 아리아가 애써 난색을 감추며 우아한 자세를 유지했다. 후에 카린이 화를 내는 건 아닐지 걱정을 하는 모양이었다.

"……영애의 명성과 아름다움이 크로아의 귀족들의 마음까지 사로잡았군요."

이를 아는지 모르는지, 바이올렛이 그저 즐겁고 행복하다는 미소를 지으며 작게 속삭였다.

아리아가 주목을 받는 것이 마냥 좋은 모양이었다. 옆에 자리한 피아스트 후작 역시 바이올렛의 행복한 미소에 만족한 듯 고개를 끄덕이며 긍정했다. 정작 정체를 밝힌 것은 바이올렛인데 어째서 자신이 주목을 받는 것인지.

"피아스트 후작님, 축하드립니다."

"린트 백작님이 아니십니까."

모두가 아리아에게 말을 걸 기회만 노리고 있는 사이, 한 중년 남성이 재빨리 후작에게 먼저 말을 건넸다. 그럼에도 시선은 아리아에게 향해 있었다.

"설마 이분이 오늘의 주인공은 아니실 테고……."

린트 백작이 말끝을 흐렸다. 아리아의 정확한 소개를 바라는 얼굴이었다. 숨길 일도 아니었기에 후작이 흔쾌히 아리아를 손짓하며 소개했다.

"제 손녀인 아리아입니다. 피아스트 아리아이지요."

더는 로스첸트라는 성을 붙이지도 말라는 듯 후작이 피아스트를 강조했다.

"제국에서 나고 자란 탓에 이제야 겨우 인연이 닿았습니다."

그러니 자세한 사정은 묻지도 말라는 설명도 함께였다.

평소 피아스트 후작과 친분이 있던 덕에 그가 하고자 하는 말의 속뜻을 알아챈 린트 백작이 더는 쓸데없는 말을 하지 않았다.

"만나 뵙게 되어 반갑습니다, 피아스트 아리아 영애."

그러곤 만면에 호감을 담아 아리아에게 정중히 인사했다. 이제 제국이 아닌 크로아 왕국의 일원이 된 그녀를 환영하기라도 하듯.

"그간 제국에 이토록 훌륭한 영애를 빼앗겨서 마음이 아팠는데, 참으로 잘된 일이지."

그리고 린트 백작의 마음을 대변하듯 누군가가 큰소리로 아리아의 칭찬을 하며 나타났다.

"전하!"

그는 다름 아닌 로한이었다. 그가 퍽 자랑스러워하는 얼굴로 허리를 굽혀 예를 취하는 사람들을 헤치고 아리아에게 다가갔다.

"그러니 오래오래 크로아에 남아 주시기를, 피아스트 영애."

아리아의 손등에 입을 맞추며 그리 말하는 로한의 미소가 꽤 음흉해 보였다. 이에 아주 자연스럽고 빠르게 손을 빼낸 아리아가 한껏 화사한 미소로 인사에 화답했다.

"글쎄요. 죄송하지만, 저는 곧 제국으로 돌아갈 몸이라서요. 기다리는 사람이 있답니다."

그러나 말투만은 매정하기 그지없었다. 이를 못마땅하게 여긴 로한이 한쪽 입꼬리를 올리며 비아냥거리기 시작했다.

"제국의 황태자는 이제 모든 걸 다 가졌으니, 영애 하나쯤은 크로아에 남아도 될 것 같은데."

"그건 전하께서 관여하실 문제가 아니시지요."

"그건 그렇군. 하지만 모처럼 가족이 상봉했는데 그리 매정하게 돌아가시면 남은 이들이 가엾지 않은가."

로한이 후작 부부를 가리키며 말했다. 그는 아리아를 잡아 두기 위해 후작 부부를 이용할 생각인 듯 보였다. 그리고 로한의 바람대로 바이올렛이 섭섭한 표정을 지우지 못하며 애써 웃는 얼굴로 대답했다.

"이제 곧 아리아 영애께서도 성인이 되시니, 가족의 품에 갇혀 있을 시기는 지났지요."

"그래, 내 말이 그 말이야. 이제 곧 성인이 되면 다시는 가족과 함께 지낼 수 없을 텐데, 이렇게 빨리 떠나도 되냐는 말이지."

로한이 이겼다는 듯 의기양양하게 말했다. 가족의 이야기를 꺼낸 이상, 아리아가 당해 낼 수 없을 것이라고 생각하는 모양이었다. 이를 비웃듯 아리아가 아주 냉정하고 차갑게 가족이 무엇이 대수냐고 대답하려 했지만, 이상하게도 목에 걸린 듯 그렇게 대답할 수 없었다.

"그러니 최소한 생일까지는 계시다가 가시는 게 어떠신지 궁금하군, 피아스트 아리아 영애. 어차피 얼마 남지도 않았잖아?"

"……"

"진짜 가족과 처음이자 마지막으로 생일을 보낼 수 있는 기회일지도 모르겠어. 앞으로 평생을 같이 지낼 황태자와는 다르게 말이야."

어쩜 저리도 신경 쓰이는 말만 늘어놓는 것인지.

분명 아스와 자신이 생일을 함께 보내지 못하게 장난을 치는 것이라는 걸 알면서도 코웃음을 치며 말을 잘라 낼 수가 없었다. 아리아에게 크로아에서 생일을 보내고 가라는 말에 옆에 선 바이올렛의 표정이 미미하게 상기되었기 때문이었다.

"뭐, 그러는 편이 좋지 않을까 하는 소소한 조언이니 크게 신경 쓰지 않았으면 좋겠어. 클로이 영식의 결혼을 진심으로 축하해, 피아스트 후작."

이미 아리아가 크게 신경을 쓰는 것을 알아챈 로한이 제 할 말만 늘어놓고 정말 즐거워하는 얼굴로 자리를 이동했다.

"신경 쓰지 마요, 아리아 영애. 저는 영애께서 하고 싶은 대로 하시는 것이 가장 행복하니까요."

바이올렛이 그리 말을 하여 더욱더 신경이 쓰였다.

그깟 가족이 뭐라고 자신을 이토록 고뇌하게 만드는 것인가. 잔뜩 미간을 찌푸린 아리아의 시선이 아스가 붙여 준 시종에게 향했다.

로한의 말대로 만약 이번 생일을 크로아에서 보내려면, 아스에게 편지를 보내야 했기에.

*　*　*

"아가씨, 어떻게 하실 생각이세요?"

카린의 결혼식이 끝이 나고, 호적 정리까지 마쳐 이제 곧 제국으로 돌아가야 하건만.

카린은 클로이와 함께 정식으로 작위를 물려받기 전에 짧게 여행을 다녀오겠다며 크로아를 떠났기에 더는 크로아에 머물 이유가 없었다. 그럼에도 별다른 언급도, 준비도 없는 아리아에 제시가 조심스레 그녀가 어떤 결정을 할지 물었다.

"뭘?"

"제국으로 돌아가실 생각이시라면 준비를 시작하셔야죠. 짐이 많으니까요."

"……그렇지."

그러나 아리아는 여전히 고민하는 듯 보였다. 고민을 할 시간이 없음에도 불구하고. 저리도 고민이 될 정도면 후회하지 말고 생일까지 남아 있는 편이 좋지 않을까.

그리 생각한 제시가 아리아에게 말했다.

"아무리 성인이 되는 생일이라고는 하지만 크로아에서 보낼 수 있는 처음이자 마지막 생일일지도 모르는데, 후회하실지도 모른다고 생각되시면 남아 계시는 게 어떨까요?"

"……."

"편지를 보내시면 분명 황태자 전하께서도 너그러이 이해해 주실 거예요. 17년 만에 겨우 만난 가족인데, 그리도 매정하게 구실 리가 없으시겠죠."

게다가 바이올렛은 제국에 방문하기 여의치 않은 이였다. 고작해야 출신만으로 천대를 받던 아리아와는 다르게 충분히 모욕을 당할 사건 또한 존재했다. 스스로가 만든 과오이기도 했다.

물론, 이제는 아리아와 바이올렛이 관련이 있다는 사실이 퍼져 눈치를 보며 대놓고 모욕을 할 이들은 드물겠지만, 차가운 눈초리는 면치 못할 것이 틀림없었다.

그러니 저토록 즐거워하는 바이올렛을 위해 며칠 더 크로아에서 묵는 것도 나쁘지 않을지도. 지금까지, 그리고 앞으로 계속 함께 지낼 아스와는 다르게 바이올렛과 지낼 수 있는 시간은 지금밖에 없으니까.

"……편지지를 가져와 줘."

그간 그녀가 받아 보지 못했던 애정을 퍼부은 바이올렛은, 결국 아리아의 마음을 움직였다. 어미인 카린조차도 제대로 주지 못했던 사랑을 쏟아부은 덕이었다.

조금 더 기간이 길었다거나 아스와 바이올렛 중 누군가를 택하는 상황이었다면 바이올렛을 택하는 일은 없었을지도 모르는 일이었지만, 고작해야 며칠 더 남아 생일을 보내는 정도였기에 가능한 일이었다. 아리아는 아스가 서운해하지 않도록 정성스레 편지를 작성하여 그가 붙여 준 시종에게 그것을 전해 달라고 지시했다.

"……이 편지만을 말씀이십니까? 알겠습니다."

편지를 받아 든 시종은 아리아의 의중을 깨닫고 퍽 난처해하는 표정을 지었으나, 이내 공손히 인사를 한 뒤 저택을 떠났다. 그리고 아리아가 며칠 더 저택에서 머문다는 이야기를 들은 바이올렛은, 한참이나 말을 잇지 못하며 그녀가 얼마나 놀랐는지를 여실히 표현했다.

"……저, 정말인가요?"

"네, 어차피 생일만 지나면 곧장 떠날 생각이에요."

"……세상에! 설마 이게 꿈은 아니겠지요!?"

방금 전까지 여유롭게 차를 마시던 모습은 온데간데없었다.

우아하고 기품 있는 후작 부인의 모습도 없었다. 그저, 손녀가 자신과 함께 생일을 보내게 되어 기뻐하는 여인만이 남아 있었다.

"며, 며칠 남지 않았으니 서둘러 준비를 해야겠어요!"

그리 말한 바이올렛이 경박스럽게 자리에서 일어났다. 그녀의 말대로 아리아의 생일이 정말 며칠 남지 않아 준비해야 할 것이 산더미였다. 그랬기에 무엇부터 준비해야 할지 몰라 우왕좌왕하던 바이올렛이 이내 퍼뜩 정신을 차리고 바로 눈앞에 있는 생일의 장본인인 아리아의 의사를 물었다.

"영애께선 어떤 생일 파티가 좋으신지요?"

"전 아무거나 상관없어요."

그러나 돌아온 대답은 시큰둥했다. 여타 귀족들의 생일 파티처럼 과시를 하기 위함이 아니었기 때문이었다. 달리 초대를 할 귀족들도 생각나지 않았다.

후작가의 인맥으로 초대를 한다고 하여도 카린의 결혼식에서처럼 괜한 주목을 받거나 관심을 끄는 일밖에는 없을 것이다. 그랬기에 아리아는 그저 가족들과 조용히 밥을 먹는 정도로도 충분했다.

그러나 바이올렛은 그렇지 않은 모양인지 퍽 실망한 기색을 내비쳤다. 그도 그럴 것이, 처음이자 마지막일지도 모르는 손녀의 생일이니 최대한 화려하고 성대하게 치르고 싶었기 때문이었다. 대기하며 이를 가만히 지켜보던 제시가 천천히 바이올렛에게 다가갔다.

"……그동안 아가씨의 생일 파티는 제가 준비해 왔었기 때문에, 아가씨께서 좋아하시는 것이라면 제가 잘 알고 있습니다."

그러곤 조용히, 아주 은밀하게 바이올렛에게 속삭였다.

이에 바이올렛이 놀란 듯 눈을 크게 뜨며 제시에게 시선을 돌렸다. 아무리 아리아가 인정해 주었다고는 해도 시녀는 시녀였기에 감히 허락도 받지 않고 후작 부인에게 먼저 말을 거는 것은 주제넘은 짓이었으나, 그 내용이 아주 흥미로워 바이올렛의 눈이 반짝반짝 빛났다.

"영애, 죄송하지만 티타임은 이만 끝내도 될까요? 갑자기 급한 일이 생겼어요."

그렇게 말한 바이올렛이 제시에게 무언의 지시를 보냈다. 자신을 따라 밖으로 나오라는 뜻인 듯 보였다. 이에 제시 역시 무언으로 눈을 깜빡이며 긍정의 표시를 보였다.

"……그렇군요. 알겠어요."

그것이 아리아의 바로 앞에서 펼쳐졌기에 이미 모든 상황을 파악한 아리아가 작게 한숨을 삼키며 고개를 끄덕였다.

저러한 성격으로 잘도 황성에서 30년 가까이 살아남았다고 감탄하며.

＊　＊　＊

바이올렛의 행동력과 제시의 적절한 조언으로 아리아의 생일 파티가 순조롭게 준비되었다. 머리가 크고 나서는 파티에서 솔직한 감정을 표하지 않았던 아리아였기에, 그녀가 어릴 때 좋아했던 것들 위주로 파티가 꾸며졌다.

아리아의 생일 파티를 준비하는 바이올렛은 보는 이까지 기분이 좋아질 만큼 기쁜 얼굴을 하고 있었고, 한동안 피아스트 후작가에는 즐거운 웃음이 끊이지 않았다.

그사이 아리아는 잠도 줄이며 생일을 준비하는 제시와 바이올렛을 구경하며 시간을 보냈다. 이따금 아닌 척 음식이나 색깔에 대해 확인 질문을 하는 것에 답변을 하기도 했다.

'케이크는 5단짜리에, 파티의 전체적인 색은 파랑인가……'

생일 당일까지 비공개로 진행하려 노력하는 모양이었지만, 너무나도 티가 났기에 아리아가 애써 모르는 척하는 수밖에 없었다.

'저렇게 성대하게 할 필요가 있을까.'

생각은 그리하면서도 슬금슬금 올라가는 입꼬리를 막을 수 없었다. 그간 시종들이 열과 성을 다하여 파티를 준비해 줬던 것과는 달랐다. 시종들은 그저 그것이 일이었고 대가를 받기 위함이었기에 별다른 감흥이 없었는데, 바이올렛은 달랐기 때문이다.

그녀는 정말로 아리아의 생일을 축하하기 위해, 그리고 행복해하기를 바라며 생일 파티를 준비하는 듯 보였다. 그리고 아리아의 행복이 자신의 행복이라는 듯 굴었다. 그러니 어찌 마음이 동하지 않을 수가 있을까.

시일이 얼마 남지 않았기에 시간이 빠르게 흘렀고, 마침내 생일 파티 당일. 저택에서 보낸 시종 덕분에 아리아의 생일 파티를 크로아에서 열게 되었다는 것을 들은 카린과 클로이가 아침 일찍 저택으로 돌아왔다.

"뭐하러 이리 일찍 돌아오셨어요."

"클로이 님께서 꼭 네 생일 파티에 참석하고 싶다고 하시지 뭐니."

클로이를 타박하는 카린 역시 달리 불만은 없어 보였다. 그녀 역시 클로이와의 여행보다는 아리아가 성인이 되는 날을 축하하고자 하는 마음이 더 커 보였다.

"그나저나, 어쩜 이렇게 성대하게 준비하셨다니?"

카린이 저택을 둘러보며 말했다. 아직 이른 시간이라서 방문객이 아무도 없던 탓에 바이올렛이 성심성의껏 꾸민 저택을 여유롭게 둘러볼 수 있었다.

"내 결혼식보다 화려한 것 같구나."

그럴 리는 없겠지만 그런 것 같다며 카린이 장난스럽게 눈을 흘기며 말했다.

그것이 아주 자연스럽고 즐거워 보였다. 눈치를 보며 비위를 맞춰야 했던 로스첸트 백작과의 결혼 생활에선 볼 수 없었던 모습이었다.

"글쎄요? 제 눈에는 어머니의 결혼식이 더 화려했는걸요? 원래 남의 것이 더 빛나 보이는 법이죠."

아리아 역시 장난스럽게 대응하자, 카린이 까르르 웃으며 즐거운 웃음을 흘렸다.

"파티가 끝나면 바로 돌아갈 생각이니?"

"네. 내일 아침 일찍요."

대단한 선물을 준비하고 있겠다는 아스를 버리고 선택했으니 최대한 빨리 돌아가야 했다.

편지를 보내긴 했으나 마음이 불편하기 그지없었다. 아스의 성격상 화를 내진 않겠지만 서운해하고 있을 것이 틀림없었다.

이에 카린이 고개를 끄덕이며 대답했다.

"그렇구나. 별로 해 준 것도 없는데 이렇게 어른이 되어서 따로 살게 되었네."

처음이라고 생각될 만큼 생소한 어미의 얼굴이었다. 그럼에도 애써 티를 내지 않으려 태연한 척하는 얼굴이었다. 혹자는 이제 와 그러냐고 생각할 수도 있겠지만, 아리아는 그간 카린이 어미 노릇을 제대로 하지 못한 것을 충분히 이해했다. 그렇게 할 수 없었음을 이해했다.

"해 준 것이 없다니요. 절 낳아 주시고 키워 주신 것만으로도 감사를 드려야지요."

아무리 방치한 날이 길었다고는 하나, 버린다는 선택지 또한 있었음에도 카린은 끝까지 아리아를 버리지 않고 이렇게 성인이 될 때까지 곁에 두었다. 그간 어려운 환경에 처했던 카린이었기에 아리아는 그것만으로도 충분했다.

"저는 단 한 번도 어머니를 원망한 적이 없으니 그런 생각 마세요. 오히려 감사하고 있답니다. 남편 없는 여인이 홀로 아이를 키우기는 쉽지 않았을 테지요."

"아리아……."

이제 정말 어른이 되어 어른스러운 대답을 늘어놓는 아리아에 카린이 차마 말을 잇지 못했다.

"그러니 부디 앞으로는 어머니가 행복하신 대로 사시기를 바라요. 제 걱정은 하지 마시고요."

"……."

카린이 말없이 아리아의 손을 잡았다.

늘 태연한 척, 여유로운 척 감정을 숨겼던 그녀와는 전혀 다른 모습이었다. 죽음을 피해, 과거에는 상상도 할 수 없었던 행복을 찾게 된 카린에 아리아 역시 먹먹해지는 가슴을 억누를 수 없었다.

"국경이 있다고는 하지만, 바로 옆에 붙어 있는 나라이니 종종 제국에도 놀러 가마. 널 만날 수 있을지는 잘 모르겠지만."

"감히 누가 피아스트 후작 부인을 막을 수 있을까요. 없던 시간 도 만들어 내야 하지 않을까요?"

결국 서로가 서로를 치켜세우는 것으로 대화를 마치며 까르르 웃은 모녀는 잠시 손을 잡은 채 상대방의 얼굴을 확인했다. 참으로 잘되어서, 잘 풀려서 다행이라는 공통된 생각을 하며.

* * *

"정말 축하드립니다, 피아스트 영애."

"성인이 되신 것을 축하드립니다."

"바로 얼마 전에 결혼식에서 뵈었는데, 이렇게 또 즐거운 일로 뵙게 되었군요."

"이렇게나 훌륭하신 분께서 피아스트 후작가의 영애셨다니, 기쁘기 그지없는 일입니다."

수많은 사람들의 축복을 받은 아리아가 화사한 미소를 지으며 그들에게 감사의 말을 전했다. 세기의 악녀였던 과거에는 상상조차 할 수 없는 광경이었다.

과거에 성인이 되었을 땐 어땠는지 돌이켜 보자 그다지 기쁘지도 않았고, 술에 취해 그저 소란을 피웠던 기억만이 떠올랐다. 성인이 된 것을 축하한다며 미엘르의 시녀들이 준비해 준 술이었다. 도수가 너무 높아 한 잔만으로도 만취할 만한 술이었는데, 그 사실을 몰랐던 탓에 바보같이 쓰디쓴 술을 연거푸 들이켰던 기억 또한 떠올랐다.

'……어리석고 불쌍하고 가여운 내 과거.'

그리고 이제 더는 없을 과거를 되새기며 영혼 없이 사람들의 축하에 미소를 짓는데, 갑자기 저택 입구 쪽이 소란스러웠다.

"세상에나, 무슨 꽃다발이 저리도 클까요……?"

깜짝 놀라는 누군가의 목소리도 들렸다.

"심지어 튤립이잖아요? 누군지는 모르겠지만, 아직 제국의 황태자 전하와 연인일 뿐인데 아부가 너무 심하네요."

비아냥거리는 목소리 또한 들렸다. 이에 아리아가 설마 하는 생각으로 재빨리 현관 쪽으로 시선을 돌렸다.

"……어째서?"

그곳에는 아주 뜻밖에도, 제국에 있어야 할 아스가 존재했다. 품에 거대한 튤립 꽃다발을 안고서.

"아스테로페 황태자 전하!?"

아리아를 따라 시선을 돌렸던 애니가 화들짝 놀라 큰 목소리로 아스의 이름을 외쳤고, 그제야 아스의 정체가 밝혀져 여러 가지 감정과 시선으로 아스를 훑던 사람들이 식겁하며 불경한 눈빛을 치우고 예를 갖췄다.

때문에 조용해진 실내에 아스의 발소리만이 조용히 울렸다. 그가 내디딘 걸음마다 눈치를 보며 시선을 흘기는 사람들의 눈이 따라붙었다. 그리고 빠른 걸음으로 아리아에게 다다른 아스가 품에 안은 꽃다발 사이로 환하게 웃었다.

"영애께서 오시지 못한다고 하셔서, 제가 왔습니다."

아리아가 보낸 편지를 받고 쉬지 않고 마차를 내달려도 도착할 수 없는 거리임에도 불구하고. 아스가 직접 찾아온 것을 보고도 믿기지 않는 듯 아리아가 말없이 눈을 깜빡였다. 마치 환각을 보기라도 한 듯 한참이나 시선을 돌리지 못했다.

　편지가 도착하고 나서 출발을 했다면 밤낮 없이 쉬지 않고 말을 내달려도 도착하지 못할 거리였기 때문이었다. 설마 자신이 돌아오지 않을 것을 미리 알고 출발했을 리는 없을 테니, 남은 방법은 하나였다.

　능력을 사용하여 제국에서 크로아까지 넘어온 것.

　시종 하나 없이, 크지만 퍽 간소한 꽃다발만을 가져온 것을 보면 그렇게밖엔 생각할 수 없었다. 그것을 깨닫자 아리아가 커지는 눈을 주체하지 못하며 허둥지둥 아스의 안부를 살폈다.

　"아, 아스 님. 몸은, 몸은 괜찮으세요!?"

　어째서 이런 무모한 짓을. 아리아의 표정에 숨겨진 의미를 알아챈 아스가 참으로 대수롭지 않다는 얼굴로 부드럽게 웃으며 대답했다.

　"당연히 괜찮습니다. ……지금은요."

　"세상에……!"

　지금은, 이라니! 그럼 나중에는 괜찮지 않다는 뜻인지!? 어떻게 반응해야 할지 몰라 아리아가 손으로 입을 가린 채 당혹스러움을 감추지 못했다.

　그사이 아스가 품에 안은 꽃다발을 애니에게 넘겼고, 그제야 손이 가벼워진 아스가 여전히 어떻게 반응해야 할지 몰라 고민하는 아리아에게 손을 뻗었다.

　"오랜만에 만나 뵈었는데 이리도 홀대하시면 마음이 아픕니다. 먼 길을 달려오지 않았습니까."

　"지금 그런 말을 하실 때가……!"

"그리고, 이미 와 버렸으니 어쩔 수 없지 않겠습니까? 다시 돌아갈까요? 안타깝게도 그렇게 하기에는 힘이 없어 할 수가 없는데, 어쩔까요."

참으로…… 뻔뻔하기도 하지. 걱정할 것을 알면서도 저렇게 웃는 얼굴로 돌이킬 수 없다 말하면 그 어떤 여인이 타박을 계속할 수 있을까.

"……"

잠시 미간을 찌푸리며 잔뜩 힘을 준 눈으로 아스를 흘기던 아리아가 이내 작게 한숨을 쉬며 내밀어진 그의 손을 꼭 잡았다. 그 손과 표정에는 후에 아스가 저지른 일의 죗값을 물겠다는 의지가 서려 있었다. 절대 그냥 넘어가지 않겠다는 감정 또한.

"이렇게나 제 손을 꼭 잡으시다니, 그렇게나 제가 좋으십니까?"

하지만 그것마저도 즐거운 모양인지 아스의 미소가 한층 짙어졌다. 생일에 돌아오지 않은 아리아에 대한 원망 따위 한 점도 없었다.

"최근에 줄곧 느끼는 거지만, 아스 님께선 처음 만났을 때와 비교하면 참으로 많이 변하셨네요. 이런 분일 줄은 꿈에도 몰랐어요."

"영애께만 그러는 겁니다. 그래서 싫으십니까?"

"……"

자신에게만 다정하고 친절한 연인이 싫을 리가.

아리아가 대답을 않고 자신을 쏘아보기만 하자, 아스의 웃음이 짙어졌다. 참으로 얄밉지만 사랑스러운 웃음이었다.

그렇지 않아도 모인 이들의 주목을 한 몸에 받고 있는데, 더는 아스의 이런 모습을 보일 수 없었던 아리아가 아스의 손을 잡아끌어 바이올렛에게 다가갔다.

"소개할게요. 처음 뵙지요? 이분은 제 조모인 바이올렛이세요."

"만나서 반갑습니다. 피아스트 후작 부인."

이에 아스가 장난스러운 미소를 지우고 아주 정중하고 공손하게 인사를 건넸다. 신분이 훨씬 위임에도 불구하고 아리아의 조모라는 이유만으로 말을 놓지 않았다.

자신의 소문을 알고 있을 것임이 틀림없는데도 그런 것 따위는 신경 쓰지 않고, 오롯이 연인의 가족이라는 태도를 고수하는 아스에 바이올렛이 양 뺨을 붉히며 마주 인사했다.

"……먼 길 오시느라 고생이 많으셨습니다. 부디 편히 쉬시다가 가세요."

"감사합니다, 부인. 그런데 이렇게 아름다운 저택에서 감히 쉴 수 있을지 모르겠습니다. 구경하는 데만 며칠이나 걸릴 것 같군요."

그리고 아스의 그런 모습은 잔뜩 성이 난 아리아의 마음을 녹이기 충분했다. 자신의 가족에게 저리도 지극히 대하는데 어떻게 기분이 풀리지 않을 수가 있을까.

그 뒤에도 아스는 피아스트 후작과 카린, 그리고 클로이와 인사를 나누며 아리아의 가족들에게서 호감을 쌓았다. 쌓을 필요도 없는 호감이었지만, 아스는 최선을 다해 아리아의 친인척들과 대화를 나누며 그들과 친분을 쌓았다.

그 친근하고 부드러운 태도에 파티에 참석한 사람들이 아스의 주변으로 모이기 시작했다. 감히 제국의 황태자를 볼 수 있는 기회가 없었기 때문이었다.

"그 거대했던 반역 세력을 정리하시다니, 정말 대단하십니다."

"이 모든 게 다 아리아 영애의 도움 덕분이지요. 영애께서 절 도와주시지 않았다면 해낼 수 없는 일이었습니다."

"아, 그러고 보니, 피아스트 영애의 신흥 세력이 제국의 빈자리를 채웠다고 들었습니다."

"맞습니다. 처음부터 끝까지 모두 영애의 손길이 닿아 있지요."

"역시 소문대로 대단하신 분이셨군요. 그런 분께서 이제 크로아의 사람이 되었다니, 이 기쁨을 어떻게 다 말로 표현할 수 있을까요."

크로아의 귀족이 하하 웃으며 기쁜 얼굴로 말했고, 주변에서 대화를 청취하던 귀족들 또한 기쁨을 감추지 못했다.

제국에 이어 크로아까지 번영을 맞게 될 거라며 맞장구를 쳤다. 하지만 그런 주변의 반응이 못마땅했던 모양인지, 시종일관 부드러운 표정을 고수하던 아스가 이내 차갑게 얼굴을 굳히며 대답했다.

"죄송하지만, 그럴 일은 없습니다. 영애께서는 곧 다시 제국의 사람이 될 테니까요. 아주 빠른 시일 내로 말이죠."

"아……."

갑작스런 아스의 변화에 귀족이 긴장하며 식은땀을 흘렸다. 주변에서 흐뭇한 얼굴로 대화를 청취하던 이들도 마찬가지였다. 분위기가 순식간에 찬물을 끼얹은 듯 차갑게 식기 시작했다. 이를 옆에서 지켜보던 아리아가 참으로 이상한 곳에서 정색을 한다며 한숨을 삼켰다.

"아스 님, 제가 술을 처음 마셔서 그런지 얼굴이 뜨겁고 힘이 없는데, 테라스까지 데려다주실 수 있으신가요?"

그러고는 망친 분위기를 되살리기 위해 아스의 팔에 기대며 조용히 속삭였다. 살포시 내리깐 속눈썹이 팔랑이며 아스에게 둘만의 공간으로 이동하자고 재촉했다. 원흉을 제거하는 것이 가장 빠르고 확실한 방법이었기에.

"……."

이를 거절할 수 있는 남자가 세상에 어디 있을까.

대답도 않은 아스가 서둘러 아리아의 허리에 손을 감고 북적이는 홀을 빠져나갔다. 그 발걸음이 퍽 조급하여 다시금 사람들의 시선이 따라붙었기에, 아리아가 애써 웃음을 삼켰다.

"괜찮으십니까?"

이윽고 테라스의 문이 닫히고, 걱정과 함께 미묘한 감정을 담은 아스가 아리아의 뺨을 쓸어내리며 물었다. 괜찮지 않다고 하여도 상관이 없다는 얼굴이기도 했다. 아니, 어쩌면 이렇게 취한 채로 자신에게 기대 주기를 바라는 얼굴일지도 몰랐다.

사실은 그다지 술에 약한 편이 아니었고, 정말 조금밖에 마시지 않았기 때문에 전혀 취하지 않은 아리아였지만 아스의 얼굴이, 그리고 그 음흉한 속내가 퍽 마음에 들었기에 살포시 눈을 감으며 아스의 가슴에 뺨을 기댔다.

"잘 모르겠어요. 과거에는 잘 마셨던 것 같아서 조금 많이 마셨는데……. 제 착각이었나 봐요."

때문에 생각지도 못한 상황에 직면한 아스가, 한참이나 말없이 자신에게 기댄 아리아를 내려다보았다. 그는 마치 시험이라도 당하는 듯한 얼굴을 하고 있었다.

"아스 님?"

"……앉으셔야겠습니다."

이윽고 갈등하던 아스가 아리아의 부름에 짙은 한숨을 내뱉으며 그녀를 의자로 부축했다. 차마 아리아의 가족들이 모두 있는 저택이라 경솔하게 행동할 수 없는 모양이었다. 하지만 아리아는 자신을 의자에 앉히고 반대편으로 가려던 아스의 손을 놓아주지 않았다. 놀란 아스의 눈이 아리아에게로 향했다.

"이렇게 취한 저를 두고 반대편에 앉으시게요? 중심을 잃고 의자 밖으로 넘어지면…… 어쩌죠? 저는 뼈가 가늘어서 작은 충격에도 잘 부러지는 체질인데."

취했다는 사람의 말투가 저리도 또박또박할 리가 없는데도 아스는 그것을 의심할 이성이 남아 있지 않았다. 아니, 알아챘다고 하더라도 기꺼이 아리아의 유혹에 넘어갈 용의가 있었다.

이리도 아름다운 연인이 대놓고 유혹을 하는데 어떻게 넘어가지 않을 수가. 게다가 이제 아리아는 성인이 되지 않았는가. 더는 망설일 필요가 없었다.

"아스 님. 왜 대답이 없으시죠? ……설마, 제가 다쳐도 괜찮으시다는 말씀은 아니시겠지요?"

답은 이미 정해져 있는 것을.

멈춰 있던 아스를 아리아가 재촉했다. 잡은 손을 아주 미약하게 잡아끌면서. 얼마든지 뿌리칠 수 있는 힘이었으나, 아스는 아리아의 손에 아주 쉽게 끌려갔다.

자세가 뒤바뀐 것은 순식간이었다. 마법이라도 부린 것처럼 아주 자연스럽고 재빠르게 아리아가 앉았던 자리에 대신 앉고, 그녀를 자신의 무릎에 앉힌 아스에 아리아가 퍽 즐거워하며 작게 웃었다.

"……아스 님의 무릎에 앉을 생각은 없었는데, 참으로 파렴치하시네요."

유혹한 것이 누구인데. 파렴치한 행동을 하게 만든 것이 누구인데.

즐거운 듯 웃는 아리아와는 달리 아스는 전혀 웃고 있지 않았다.

"파렴치해서 싫으십니까?"

아스가 조금 흐트러진 아리아의 머리카락을 넘기며 물었다.

그 손길이 평소와는 달리, 정말 아리아의 말대로 사심을 담고 있었다. 이건 시작일 뿐이라는 사심을.

이에 아리아의 미소 또한 조금씩 그 의미를 달리했다. 장난스럽게 키득대던 모습은 어느새 사라진 지 오래였다. 오늘 성인이 된 여인에 걸맞은 얼굴로 변모해 있었다.

"……글쎄요, 아직 얼마나 파렴치하신지 잘 모르겠어서 판단하기 어렵네요."

말투 또한 그러했다. 연인의 파렴치한 행동에 정당성을 부여할 만큼 은밀하고 은근했다. 때문에 아리아의 대답이 끝나자마자 머리카락만을 매만지던 아스의 손이 그녀의 뺨으로 향했다.

겨울바람을 맞은 보드라운 뺨이 차게 식어 있었다. 그것이 안타까워 몇 번이나 쓸어내리자, 언제 차가웠냐는 듯 붉게 달아오르기 시작했다.

"뺨이 뜨겁습니다."

"……취해서 그런가 봐요."

누가 보아도 취해서 그런 것이 아닌 얼굴이었지만 아리아가 그리 대답했고 아스 역시 반문하지 않았다. 아리아가 취했는지 아닌지는 그다지 중요한 일이 아니었기 때문이었다.

"고통은 나누면 반이 된다고 하던데…… 취한 것도 그럴까요?"

아리아가 자신의 뺨을 쓸어내리는 아스의 손에 제 손을 겹치며 물었다. 참으로 어리석은 물음이었으나, 아스에게는 그 무엇보다도 중요하고 유혹적인 물음이었다.

"글쎄요……. 시험해 보겠습니까?"

어떤 방법인지 물을 필요도 없었다. 뺨을 매만지던 아스의 손가락이 아리아의 입술을 쓸었기 때문이었다.

그 농밀한 손길에 아리아가 대답 없이 천천히 눈을 감았다. 아스역시 더 이상 참지 않고 고개를 숙였다. 테라스 밑 정원에서 은밀한 행동이 보일 거라는 생각은 그 누구도 하지 않았다.

그리 오랫동안 보지 못한 것도 아니건만. 멀리 떨어져 있었다는 이유 하나만으로 겹친 입술의 움직임에 그리움이 묻어나왔다. 다시는 그 어디에도 가지 말라는 애원과 간절함 또한 담겨져 있었다.

그리고 보내지 않겠다는 듯 단단히 끌어안고 깊숙이 입을 맞춰 오는 아스에, 아리아 역시 그렇게 하겠다며 아스의 목에 손을 감고 매달렸다.

두 사람의 입맞춤은 테라스 너머의 사람들이 궁금증을 이기다 못해 정원으로 뛰쳐나오게 만들 때까지 계속되었다.

* * *

단번에 제국에서 크로아로 넘어온 탓에 아스는 아리아가 모래시계를 사용했을 때와 마찬가지로 하루를 꼬박 일어나지 못했다.

불행 중 다행으로 외부 자극에도 전혀 일어나지 못했던 아리아와는 달리, 격하게 흔들어 깨우면 눈을 뜨고 정신을 차리기는 했다. 하지만 멀쩡하게 일상생활을 할 수 있는 상태는 아니었기에, 방에 틀어박혀 미처 처리하지 못한 일을 하고 있다는 변명을 해야 했다.

"……다시는 이렇게 무모한 짓 하지 마세요."

하루를 꼬박 침대에서 보낸 아스에게 아리아가 차가운 물을 건네며 말했다. 다른 중요한 일도 아닌, 고작해야 자신의 생일 때문에 이리되었다고 생각하니 마음이 불편하고 또 불편했다.

이에 아스가 태연하게 대답했다.

"영애께서 걱정하실 만한 일은 하지 않겠습니다."

아리아의 충고를 수긍하는 것이 아닌, 다시 이런 행동을 할지도 모르겠다는 애매한 대답이었다. 이런 몰골을 하고도 그런 대답이 나오다니! 아리아가 미간을 찌푸렸다.

"너무 경솔하세요! 다른 누구도 아닌 황태자 전하께서 이렇게 무모한 짓을 하시면 어떡해요!"

자신과는 다르게 깨우면 눈을 뜰 수 있기는 했으나, 불시에 위협이라도 받으면 목숨을 잃을지도 모르는 일이었다. 이에 화를 내자, 아스가 그런 걱정은 하지 말라며 아리아의 손을 가만히 잡았다.

"영애와 관련된 일이 아니라면 이렇게 무모한 짓을 하는 일은 없습니다."

"그걸 지금……!"

말이라고 하는 것인가. 하지만 저리도 부드럽게 웃으며 자신 때문이라고 말을 하니 더는 화를 낼 수 없었다. 그렇다고 알겠다며 그냥 넘어갈 순 없는 일이었기에 아리아가 작은 충고를 덧붙였다. 아스가 더는 고집을 부릴 수 없는 충고를.

"……알겠어요. 아스 님께서 그리 생각하신다면 어쩔 수 없겠지요. 그 대신 이런 일이 생길 때마다 방에 틀어박혀 아스 님을 뵙지 않을 테니 알아서 하세요. 다시는 어제처럼 반기는 일은 없을 거예요. 이렇게 물을 떠다가 바치는 일도요.”

“…….”

결국 손해를 보는 것은 아스였다. 애써 만나기 위해 능력을 써도 만나주지 않겠다는 선언이었기 때문이다. 거기다가 이 이상 고집을 부렸다간 아리아의 화까지 부를 것 같았다.

“대답이 없으시네요? 그렇게 하시겠다는 뜻으로 받아들여도 될까요?”

그리고 당장이라도 방에 틀어박히겠다는 듯한 말투에 어쩔 도리가 없어진 아스가 한숨을 쉬며 고개를 끄덕였다.

정말로 지킬 수 있을지는 모르겠으나, 지금은 아리아의 기분을 풀어 주는 것이 중요했다.

* * *

“세상에, 하루 사이에 무슨 일을 그리 많이 하셨기에 이렇게나 수척해지셨나요?”

아침 식사를 위해 식당에 나타난 아스에게 바이올렛이 퍽 놀란 얼굴로 물었다. 그녀의 말대로 아스가 무척이나 피곤해 보였기 때문이었다.

이에 아리아가 부드럽게 웃으며 아스 대신 대답했다.

“황태자 전하시잖아요. 자세히는 모르겠지만, 그에 걸맞은 대단한 일을 하셨겠지요.”

“…….”

넘어간다고는 하였으나, 화가 아주 풀린 것은 아니었는지 참으로 아스를 할 말 없게 만드는 대답이었다. 이에 아스가 가만히 고개를 끄덕이며 말을 아꼈다. 괜한 말은 삼가는 것이 나았다.

"오늘 돌아가실 생각이신가요?"

"그렇습니다. 식사 후에 바로 출발할 예정입니다."

"그러시군요……. 금방 돌아가시네요. 모처럼 방문해 주셨는데, 대접이 변변치 못해 마음이 불편하네요."

"대접이 변변치 않다니요, 충분히 즐겁게 보냈습니다. 제가 갑자기 방문한 잘못도 있으니 너무 마음 쓰지 마십시오."

"그리 말씀해 주시니 마음이 놓이네요."

정말로 신경이 쓰였던 모양인지 바이올렛의 표정이 조금 부드러워졌다.

"아리아, 너는 언제 돌아갈 생각이니? 원래대로라면 어제 아침에 출발할 예정 아니었니?"

카린의 물음에 아리아가 고개를 끄덕이며 대답했다.

"네, 그럴 생각이었는데 뜻밖의 손님이 방문해서요. 따로따로 갈 필요 없이 아스 님과 함께 아침 식사 후에 출발할게요."

그 대답에 바이올렛의 표정이 다시 어두워졌다. 마치 다시는 보지 못할 사람을 앞에 둔 것처럼. 국경이 있는 것치고는 가까운 편이라 마음만 먹으면 얼마든지 오갈 수 있는데도 말이다.

"그렇구나, 준비는 마쳤니? 마차는 대기 중인 것 같았는데."

"네. 가져온 짐이 많지 않아서 준비랄 것도 없어요."

"조심해서 돌아가렴. 시간을 내어 조만간 들르마."

"네, 어머니."

정말 떠날 시간이 얼마 남지 않았기 때문에 카린을 비롯한 클로이, 그리고 피아스트 후작까지 아리아에게 조심히 돌아가라는 인사를 건넸다. 여전히 어두운 안색의 바이올렛만을 제외하고.

충분히 예상 가능한 일이었음에도 그녀는 식사가 끝이 날 때까지 단 한 마디도 내뱉지 않았다. 그저 슬픔에 빠져 아주 느리고 처연하게 식사를 할 뿐이었다.

그리고 그 상태는 식사를 마치고, 아리아와 아스가 제국으로 떠나기 위해 현관을 나설 때까지 계속되었다. 늘 아리아의 옆에서 조곤조곤 대화를 건넸던 여인은 온데간데없었다. 바이올렛은 마치 말을 하지 못하게 된 것처럼 입을 꾹 다물었다.

"이만 가 볼게요. 부디 몸 건강히 지내세요."

아스와 함께 마차 앞에 선 아리아가 후작가의 사람들에게 마지막 작별의 인사를 건넸다. 그때까지도 바이올렛의 침묵이 계속되었기에, 신경이 쓰인 아리아가 결국 그녀의 손을 잡으며 다시금 인사를 건넸다.

"걱정하지 마세요. 영영 헤어지는 것도 아닌걸요. 어머니와 함께 꼭 제국에 방문해 주세요. 후작저만큼은 아니지만, 제국의 저택도 무척이나 아름답답니다."

"……아리아 영애."

그리고 그것이 내내 참고 있던 바이올렛의 눈물샘을 건든 것인지, 그녀가 갑작스레 펑펑 눈물을 흘리며 아리아의 손을 맞잡았다.

"부디……. 부디 몸 건강히 지내세요. 무슨 일이 생기면 꼭 연락하시고요. 용기를 내어 조만간 제국에 방문할게요."

눈물을 쏟으며 그리 말하는 바이올렛은 진심으로 아리아를 떠나보내기 싫다는 표정을 짓고 있었다. 아직 해 주지 못한 것이 너무 많아 아쉽고 슬픈 감정이 맞잡은 손을 지나 아리아에게 그대로 전해졌다.

어미인 카린조차 저리도 담담한 모습이거늘. 이것 또한 아리아에게는 처음 마주하는 감정이었다.

마음만 먹으면 다시 볼 수 있는데 어찌 이렇게나 슬퍼하는 것인지. 의아함이 들었지만 그보다 앞선 것은 바이올렛에게서 옮은 슬픔이었다. 아리아 역시 내심 바이올렛과 이별하여 아쉽다는 마음이 들었다.

달리 도움이 되는 여인도 아니건만. 주변의 시선을 신경 써 외출마저 하지 못하고 고작해야 함께 차를 마시고 담소를 나누는 것밖엔 할 수 없는 여인이었다. 그럼에도 아쉬운 마음이 드는 것은, 바이올렛이 자신에게 주었던 대가 없는 애정 때문일지도 모른다는 생각이 들었다.

만약 운명이 꼬이지 않아 카린과 클로이가 이별하는 일이 없었다면, 그랬다면 화목한 가정에서 자라 전혀 다른 사람이 되어 있지 않았을까 하는 쓸데없는 생각까지 들었다. 그래서 아쉽다는 생각이 들었다.

"부인, 걱정하지 마십시오. 제가 곁에 있으니 영애께 무슨 일이 생기는 일은 없을 겁니다."

아리아가 미처 대답을 하지 못하자, 옆에 있던 아스가 대신하여 바이올렛의 걱정을 덜어 주었다. 다른 이도 아닌 황태자가 그렇게 말하는데 어느 누가 의심할 수 있을까.

"……감사합니다. 아리아 영애를 잘 부탁드려요."

결국 그리 믿겠다며 바이올렛이 고개를 끄덕인 후에야 작별 인사를 끝낸 아리아가 아스와 함께 마차에 오를 수 있었다.

무엇이 그리도 급한지 잠깐의 틈도 주지 않고 마차가 출발하였고, 아리아는 창문 너머로 점점 작아져 가는 후작저와 자신의 가족들을 하염없이 응시했다.

"영애. 이걸 쓰십시오."

이제 점이 되어 후작저가 더는 보이지 않을 정도가 되었을 무렵, 옆에 앉아 있던 아스가 갑자기 제 손수건을 아리아에게 건넸다.

이걸 왜? 아리아의 눈빛에서 의아함을 읽은 아스가 아리아의 손에 손수건을 쥐어 주는 대신, 그녀의 눈가와 뺨을 닦아 주었다.

"울고 계십니다."

"······제가요?"

아스의 말에 깜짝 놀라 손수건을 내려다보자 정말로 조금 젖어 있는 것이 눈에 들어왔다.

눈물을 흘렸던 적이 언제였지. 목이 베이기 직전 미엘르의 충격적인 고백에 피눈물을 흘렸던 때가 마지막이었던가. 아니, 그 후에도 분노와 원망에 눈물을 흘렸던 것 같기도 하였지만, 이렇게 순수한 슬픔 때문에 눈물을 흘린 적은 없었다.

"······후작 부인께 옮았나 봐요. 하품이 옮듯, 그럴 때가 있잖아요."

만난 지 얼마나 되었다고. 영영 못 만나는 것도 아닌데 눈물을 보여 창피해진 아리아가 애써 아닌 척 변명을 했다.

이에 아스가 발갛게 달아오른 아리아의 눈가를 쓸며 맞는 말이라고 긍정했다.

"맞습니다. 그럴 때가 가끔 있지요. 그리고 제 경험상 감정이 옮았을 때 애써 흘려 보내려 하지 말고 그대로 받아들이는 편이 좋더군요. 쌓이면 화가 되기도 하니까요."

그리 말한 아스가 손수건을 아리아의 다리 위에 올려놓고는 아리아의 반대편으로 고개를 돌렸다. 아닌 척 참지 말고 마음껏 슬퍼하라는 뜻인 듯 보였다. 아리아의 성격상 약한 감정을 그대로 내비치지 않았기 때문이기도 했다.

그 배려에 감사를 보내며 아리아가 다시금 창문으로 고개를 돌렸다. 손에는 손수건을 쥔 채.

* * *

휴양이나 여행이 목적이 아니었기 때문에 마을에 잠깐 들러 휴식을 취하는 것 외에는 계속해서 마차를 타고 이동했다. 이따금 말없이 생각에 빠지거나 초조함을 감추지 못한 아스의 표정 때문이기도 했다.

예정에 없던 크로아를 방문했으니 쌓인 일이 많아서 그럴 것이라 추측한 아리아는, 천천히 가자는 아스의 제안에 단호히 고개를 저었다. 중간중간 말도 새로 바꾼 덕분에 빨리 달려도 일주일은 걸릴 거리를 나흘 만에 지나 수도를 목전에 두고 있을 때였다.

"이 정도 거리라면 충분히 돌아갈 수 있으니, 먼저 가 보겠습니다."

"······네?"

돌연 아스가 능력을 사용해 먼저 돌아가겠다는 말을 꺼냈다. 어찌 그런 무심하고 차가운 말을 꺼낼 수 있는 것인지, 잘못 들은 것은 아닌지 다시금 되묻는 아리아에 아스가 얼마 없는 자신의 물건을 손에 들며 다시 말했다.

"죄송하지만, 아주 중요한 일을 방치한 채거든요. 같이 돌아가기에는 마부가 이상한 의심을 할 테니, 저 혼자 돌아가겠습니다."

그렇다면 처음부터 오지 않았으면 되었을 것을. 게다가 반나절이면 도착할 거리밖에 남지 않았는데 혼자 돌아간다는 말이 가당키나 한가. 참으로 어이가 없었지만 아스의 의지가 너무나도 확고해 아리아가 조금 벌어졌던 입을 꾹 닫았다.

"수도에서 뵙겠습니다, 영애."

"……고작 하루, 아니 반나절밖에 안 남았는데도 이렇게 돌아가신다니, 아주 바빠 보이시는데 과연 뵐 수 있을지 의문이네요."

그 말에 아스가 뜻 모를 미소를 지으며 대답하지 않았다. 이에 더욱더 기분이 상한 아리아가 시선을 돌리며 아스에게 축객령을 내렸다.

"……어서 가세요. 바쁘시다면서요?"

"알겠습니다. 그럼 내일 뵙겠습니다, 영애. 부디 좋은 밤을 보내시기를."

그 말과 함께 아스는 모습을 감추었고, 이불을 목 끝까지 덮고 누운 아리아가 신경질적으로 눈을 감았다. 내일 만날 거라면 어째서 지금 혼자 떠나는지 모르겠다며 구시렁대며.

다음 날, 언제나 그랬듯 아침 일찍 수도로 출발을 하게 된 아리아는 아스의 빈자리를 대신하여 애니와 제시를 태웠다. 시종들이 타는 마차보다 승차감이 좋았기 때문이었다. 굳이 자리를 놀릴 필요는 없었다. 목적지를 코앞에 두고 사라진 아스에 애니와 제시가 눈을 동그랗게 뜨며 의아함을 감추지 못했다.

"혼자 떠나셨다고요!?"

"그래."

"도대체 왜요……?"

"바쁜 일이 있으시대."

대답하는 아리아의 목소리가 퍽 쌀쌀맞았기에 애니가 더는 아리아에게 질문을 하지 않았다. 제시 역시 기분이 나빠 보이는 아리아에 눈치를 보며 조용히 창밖을 응시했다. 이럴 거면 그냥 시종들과 함께 마차를 편이 나았을 텐데, 생각하며.

그렇게 반나절을 쉼 없이 달려 수도에 다다랐을 무렵이었다.

"……어? 저게 뭐지?"

내내 창밖을 응시하고 있던 제시가 이상하다는 듯 목소리를 높였다.

"왜?"

"저기 좀 봐 봐!"

제시가 수도 외곽을 둘러싼 벽을 가리켰다. 그리고 제시의 손짓을 따라 시선을 돌린 애니가 그녀와 같은 반응을 내 보였다.

"……세상에! 저게 뭐야? 꽃? 꽃인가? 꽃이 왜 저기에 있지?"

두 사람의 이상한 반응에 아리아 역시 창문을 열고 고개를 빼어 성벽을 확인하곤 마찬가지로 눈을 휘둥그레 뜨며 놀라움을 감추지 못했다. 그도 그럴 것이, 마차에서 보이는 성벽 전체가 튤립으로 장식되어 있었기 때문이었다.

"저건…… 튤립……!?"

어찌 놀라지 않을 수가 있을까. 수도를 수호하는 것이 마땅한 성벽에 저리도 아름다운 튤립이 만개해 있는데 말이다.

그것은 수도에 입성하려 성문 앞에 길게 줄을 선 이들 또한 마찬가지인지, 다들 성벽을 빼곡하게 채운 튤립을 눈이 시려 아플 지경이 될 때까지 응시하고 있었다.

화려하게 수놓인 성벽을 응시하며 제시가 몽롱한 눈빛으로 아리아에게 물었다.

"수도에서 무슨 축제라도 열리는 걸까요?"

"그럴 리가! 무슨 겨울에 축제를 하겠어. 게다가 아무리 대단한 축제라고 해도 저렇게나 많은 꽃을 동원하는 건 보질 못했는걸?"

이에 아리아가 채 대답을 하기 전에 말도 안 되는 소리를 한다며 애니가 타박했고, 제시 역시 맞는 말이라며 수긍했다.

"그럼, 왜 갑자기 성벽이 저렇게 된 걸까?"

"글쎄, 나도 모르지. 아가씨는 짐작 가시는 것이라도 있으세요?"

"……."

그 물음에 아리아의 머릿속에 순간적으로 아스의 얼굴이 떠올랐다. 겨울에도 싱싱하게 피어 있는 튤립을 이용해 이런 대단한 이벤트를 준비할 수 있는 사람은 황태자인 아스뿐일 테니까.

아리아가 대답을 않고 눈을 굴리자, 눈치 빠른 애니가 눈을 휘둥그레 뜨고 손으로 제 입을 가렸다. 그녀 역시 아스를 떠올린 모양이었다.

"세상에나……. 설마……! 그래서 먼저 수도로 돌아가셨나……!?"

이 아름다운 광경을 아리아에게 선물하려고?

아니, 뜬금없이 튤립을 자랑하려 이런 이벤트를 준비하진 않았을 것이다. 무언가 더 큰 목적을 가지고 준비한 것이 틀림없을 것이라며 애니가 빠르게 머리를 굴리다가, 이내 가장 큰 가능성에 다다른 모양인지 작게 비명을 올렸다.

"왜 그래, 애니?"

여전히 상황을 파악하지 못한 제시가 애니에게 물었고, 참으로 눈치가 없다며 애니가 제시를 타박했다.

"왜 이렇게 눈치가 없는 거야!"

"왜, 왜……?"

"어휴, 이 겨울에 저렇게 많은 튤립을 구할 수 있는 사람이 누가 있겠니!? 누구에게 보여 줄 생각이겠어!"

그 타박에 제시가 눈동자를 굴리다가 이내 한 인물을 떠올린 모양인지 눈을 크게 떴다.

그사이, 마차가 빠르게 내달려 성문을 통과했다. 다른 누구도 아닌 아리아의 마차였기에 달리 신분을 확인하는 데 시간이 걸리지 않았다.

그리고.

"어서 돌아오십시오, 피아스트 영애님."

수도 안으로 들어가자, 수십 명의 기사들이 아리아를 향해 공손히 예를 갖췄다. 황실 기사단인 모양인지 공식 행사 때나 입는 새하얀 제복을 차려입고 있었다. 이미 한참이나 전부터 기다리고 있었던 모양인지, 눈치를 보며 아닌 척 주변을 배회하는 구경꾼들도 가득 몰려 있었다.

게다가.

"서, 성벽은 맛보기였나 봐요……!"

성벽을 둘러싼 튤립은 시작에 불과했다는 듯, 통행로와 마차가 지나는 도로를 제외하곤 눈이 닿는 모든 곳에 튤립이 가득했다.

마치 안내하듯 쭉 늘어선 튤립의 길에 아리아가 놀라 말을 잇지 못하는 사이, 기사들이 아리아의 마차를 호위하듯 둘러쌌다.

"기다리고 계십니다."

열린 창문 사이로 기사의 목소리가 들렸고, 그제야 아리아가 정신을 차리고 고개를 끄덕였다. 그러자 기사들과 마차가 천천히 목적지로 움직이기 시작했다.

"어젯밤에 돌아가셨다고 하지 않으셨어요? 도대체 하룻밤 사이에 이걸 다 어떻게 준비하셨을까……!"

성벽은 물론이고 수도 전체를 이리 화려하게 꾸며 놓았으니, 하룻밤 사이에는 도저히 할 수 없는 일이 분명했다. 많은 이들의 손을 빌린다고 하더라도 최소 일주일의 시간은 필요했다.

"분명 오래전부터 준비하셨을 거야! 아가씨의 귀국에 맞춰서 말이지!"

애니가 당연하지 않겠냐며 대답했다. 본래 생일에 맞춰 귀국을 하려던 아리아였으니, 당연하고 마땅한 추측이었다.

제국을 모두 이용해 화려하고 성대한 프러포즈를 하겠다고 약속한 아스가 아니었던가. 제국 전체는 아니었지만, 그는 수도 전체를 이용해 아리아에게 한 약속을 지키고 있었다.

"세상에……. 그럼 그 꽃인가? 아가씨가 예전에 받으셨던 그 꽃말이야."

"아아! 시들지 않는 꽃!"

"로맨틱하기도 하셔라……."

"그러니까 말이야. 버붐 남작님이 제발 보고 배우셨으면 좋겠어."

제시와 애니가 옆에서 저마다 감탄을 연발하는 사이, 아리아는 아스가 만든 꽃길에 감동하여 아무런 말도 하지 않았다.

바로 어젯밤, 아스를 타박했던 모습은 온데간데없었다. 이를 준비하기 위해, 확인하기 위해 돌아간 것을 깨달았는데 더는 그런 감정이 남아 있을 리가.

마차는 수도 입구를 지나 광장을 넘어 황성으로 향했다. 눈이 닿는 곳마다 아름답지 않은 곳이 없어 시선을 뗄 수가 없었다. 더욱이 정말 애니의 말대로 오래전부터 이렇게 꾸며 놓았던 모양인지, 익숙한 듯 그 누구도 꽃에 관심을 두지 않았다.

그보다는 황실 기사단의 호위를 받는 아리아의 마차가 더 주목을 받았다. 지나는 길목마다 마주친 사람들이 모두 기쁨과 환희에 찬 얼굴로 아리아의 마차를 응시했다. 드디어 올 것이 왔구나, 하며 기대하는 이들도 보였다.

"세상에나, 아름다우셔라……!"

"저렇게나 곱고 총명하신 분이니 이런 대단한 프러포즈를 하시는 거겠지?"

"그렇지. 보통 귀족 영애께서 아니시지 않은가. 이제 제국의 실세라고 불리어도 손색이 없는 분이신데!"

"적폐 세력도 처단했고, 총명하고 아름다운 황태자비까지 맞이했으니 이제 제국은 걱정이 없겠어."

그들은 한마음 한뜻으로 아리아를 칭송하고 기뻐했다. 제국이 조금 더 나아질 거라는 희망도 보였다. 미천한 출신으로 태어나 최고에 자리에 이르게 된 아리아가 자신들을 위해 무언가 해 줄 것이라는 기대 또한.

마치 아리아에게 아스의 정성을 보여 주기라도 하듯 기사들과 마차가 천천히 수도 전체를 행진한 덕분에 제국의 국민들이 모두 하던 일을 멈추고 아리아의 마차 뒤를 따랐다.

도대체 황태자는 어떤 모습으로 아리아를 기다리고 있을지, 기대하고 또 기대하며. 이렇게 대대적이고 화려한 이벤트를 연 것은 아스가 처음이었기 때문이었다.

수많은 인파를 끌고 도착한 황성에는 아리아가 데려온 구경꾼들보다 더 많은 인파가 대기하고 있었다. 마차의 뒤를 따라가는 것보다는 미리 황성에서 좋은 자리를 잡아 황태자의 구혼을 구경하려는 속셈인 듯싶었다.

그리 많은 사람들이 모여 있었음에도 불구하고 늘 굳게 닫혀 있던 문은 활짝 열려 있었고, 삼엄한 얼굴로 방문객을 통제하고 확인했던 기사들은 아무것도 묻지 않은 채 허리를 깊게 숙여 아리아의 도착을 환영했다.

"어서 오십시오, 피아스트 후작 영애."

"들어가십시오."

그 허락에 마차가 지체 없이 황성 안으로 들어갔다.

오늘을 위해 황성의 거대한 정원을 모두 비운 듯 마차가 지나는 길목에는 그 누구의 방해도, 흔적도 없었다. 항상 목청껏 지저귀던 새들조차도 조용히 이 광경을 지켜보았다.

길고 긴 여정을 끝내고 마차가 멈춘 곳은, 정원 한가운데 위치한 거대한 분수 앞이었다. 오늘을 위해 맞춘 듯 그간 보지 못했던 화려한 의복을 걸친 아스가 그곳에서 아리아를 기다리고 있었다.

"도착했습니다."

마차를 호위하던 기사가 문을 열었고, 뺨을 붉힌 아리아가 조심스럽게 마차에서 내렸다. 내딛는 발걸음에 심장이 뛰는 것처럼 두근거렸다.

그 찰나의 시간 동안 언제 대열을 바꾼 것인지, 마차를 호위하던 수십 명의 기사가 아리아가 지나는 길 양옆에 늘어서 화려한 세공이 돋보이는 검을 높이 쳐들었다. 황실의 공식 행사에서나 볼 법한 아름다운 장면이었다.

물론, 그것뿐만이 아니었다. 반대편에 있는 아스에게 향하기 위해 아리아가 걸음을 내디디려는 순간, 돌연 아스가 자세를 낮춰 한쪽 무릎을 꿇었다. 이에 소리라도 지르고 싶었던 모양인지 마차 안에 남은 제시와 애니가 자신들의 입을 틀어막고 온몸을 배배 꼬았다.

지켜보던 구경꾼들 역시 마찬가지였다.

황태자의 로맨틱한 모습에 당장이라도 비명을 지르며 반응을 내보이고 싶어 했지만, 분위기를 깨지 않으려 애써 참고 꼭 쥔 주먹만을 바들바들 떨었다.

"이 길을 건너시면, 다시는 돌아가실 수 없습니다."

놀라 잠시 멈췄던 아리아가 다시 걸음을 내디디려 하자, 정적을 깬 아스가 조용히, 그리고 천천히 입을 열었다. 그것은 경고이자 충고였으며, 반드시 그렇게 될 것이라는 선언이었다. 더불어 마지막 기회를 줄 테니 잘 생각해 보라는 뜻이기도 했다.

그럼에도 표정만큼은 아리아가 지체 없이 자신에게 와 줄 것이라 믿어 의심치 않고 있었다. 그저 후에 마음이 변해 아리아가 떠나려고 한다면 과거를 들먹이며 잡아 놓기 위함인 듯 보였다. 왜 어째서 약속까지 해 놓고 자신을 버리느냐 탓할 수 있는 방편이었다.

이를 눈치챈 아리아의 얼굴에 짙은 미소가 떠올랐다.

다시 돌아갈 수 없다니, 그건 자신이 하고 싶은 말이었다. 다시금 내딛는 아리아의 걸음에 후회나 망설임 따윈 존재하지 않았다.

처음 마차에서 내렸던 모습과는 전혀 달랐다.

마치 구혼자를 기다리는 것이 아스이고, 구혼을 하러 가는 것이 아리아인 것처럼 보였다. 이에 아스는 불쾌해하기는커녕 참으로 그녀답다며 작게 웃음을 흘렸다.

"아스 님이시야말로 괜찮으시겠어요?"

이윽고 아스의 앞에 다다른 아리아가 자신의 손을 내밀며 그리 물었다. 아스에게 마지막 기회를 베풀겠다는 듯 그리 물었다. 이에 아스가 내민 아리아의 손을 잡아 손등에 입을 맞추며 망설임 없이 대답했다.

"생각할 필요조차 없는 물음이군요."

"그 말씀, 꼭 지키셔야 해요. 만약 아스 님께서 절 배신하신다면 얼마든지 모래시계를 되돌릴 의향이 있으니까요."

가능할지는 모르겠지만, 모래시계를 깨뜨려 먼 과거로 되돌리는 한이 있더라도 그렇게 할 생각이 있었다. 그 무서운 협박에 아스 역시 질 수 없다는 듯 대답했다.

"부디 그렇게 해 주시기를. 아니, 그렇게 해 주셨으면 좋겠군요. 저야말로 영애께서 아무리 모래시계를 되돌려 빠져나가려고 해도 그러지 못하도록 따라가겠습니다. 저는 영애와는 달리, 몇 번이고 능력을 사용할 수 있으니까요. 영애께서 아무리 시간을 되돌리셔도 절대 벗어날 수 없을 겁니다."

그 끔찍한 집착으로 점철된 대답에 아리아가 만족스럽다는 듯 화사한 웃음을 지었다.

아스에게서 벗어나지 못한다니, 그보다 더 좋은 미래가 어디 있을까. 더는 아무런 말도 필요 없어 보이는 그 모습에 아스가 준비했던 반지를 꺼내 아리아에게 향하며 말했다.

"그래도 괜찮으시다면, 저와 결혼해 주시겠습니까?"

그 어디에서도 보지 못했던 신비롭고 아름다운 보석을 담은 반지가 푸른빛으로 반짝였다. 마치 청혼을 하는 아스의 눈동자 같았다. 아스는 정말 아리아의 바람대로 그의 눈동자를 쏙 빼닮은 반지를 준비했다.

멀리 떨어진 곳에서 두 사람을 지켜보는 이들이 기대하고 또 기대했던 순간을 지켜보며 침을 꼴깍 삼켰다. 황성에 숨어 몰래 이 모습을 훔쳐 보는 이들의 시선까지 한 몸에 받은 아리아가 잠시 눈을 감고 숨을 들이마셨다.

아스가 청혼을 하면 곧장 알겠다며 반지를 받을 것이라 생각했는데, 처음 맛보는 무서울 정도의 희열과 기쁨에 곧장 그렇게 할 수 없었다.

감은 아리아의 두 눈 속에 늘 올곧게 빛나는 아스의 눈이 떠올랐다. 그리고 뒤를 이어 사라와 카린을 비롯한 소중한 존재들, 무한한 호의를 보내는 자신의 세력, 마지막으로 수도 전체가 튤립에 장식된 모습까지 천천히 제 모습을 과시하듯 차례대로 떠올랐다.

아무것도 없던 과거와는 달리, 생각만으로도 가슴이 따뜻해지는 소중한 것들이 이렇게나 많이 생기다니. 눈을 감아도 생생하게 펼쳐지는 그 감동적이고 아름다운 모습에 눈물을 쏟을 것만 같았다.

이제 더는 과거의 추악한 감정도, 모습도, 사람도 없는 꿈에서조차도 그리지 못한 미래를 맞이한 아리아가 천천히 감은 눈을 뜨며 당장이라도 울 것 같은 얼굴로 꿇어앉은 아스를 가녀린 두 팔로 힘껏 안았다.

"……당연하지요."

아리아가 채 대답을 마치기도 전에 아스가 자신을 안은 아리아를 마주 안았다. 그 바람에 아스가 들고 있던 반지가 바닥에 나뒹굴었지만 아무도 이를 신경 쓰지 않았다.

외전1.

———

새로운 미래에는
사랑하는 사람과

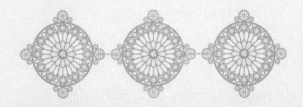

외전1. 새로운 미래에는 사랑하는 사람과

생일이 지나 성인이 된 아리아는 아주 당연하게도 눈코 뜰 새 없이 바쁜 나날을 보냈다. 과거처럼 자신의 이익을 위해서만 움직일 수 없었기 때문이었다.

이제는 귀족파의 빈자리를 채워 제국의 기둥이 된 자신의 세력을 관리해야 했고, 어머니인 카린이 제국을 떠나 대신 맡게 된 저택과 재산들도 관리해야 했다.

더불어 아카데미와도 깊은 인연을 맺고 있었기에 수시로 학생들의 성취도를 보고받아야 했고, 개중에서 뛰어난 자들을 파악해 자금을 투자하거나 더 나은 환경을 제공해야 했다.

이것만으로도 충분히 바쁜 나날을 보낼 터인데, 아리아에게는 이를 모두 합친 것보다 더 중요하고 중대한 일이 있었다. 바로 국혼 준비였다.

수도 전역에 꽃을 깔아 모두에게 과시하듯 대대적인 청혼을 한 아스 덕분에 아리아와 아스의 국혼은 제국의 국민들을 넘어 타국의 사람들의 관심까지 지대하게 받고 있었다. 이에 한 치의 실수 없이 만인이 부러워하고 감탄할 만한 국혼을 준비해야 했기에 더더욱 바쁘기 그지없었다.

물론, 식의 준비 등은 황성에서 알아서 하였으나 드레스를 고르거나 식의 순서, 예법을 공부하는 등 아리아의 노력 또한 상당히 필요로 했다.

"아가씨! 주문했던 드레스가 도착했어요!"

호들갑을 떨며 방문을 두드리는 애니에 아리아가 새로이 투자를 할 사업가에게 쓰던 편지를 정리하고 방밖으로 나갔다. 방문 바로 앞에는 눈을 반짝이며 홍조를 띈 애니가 있었다. 제 드레스가 도착한 것도 아니건만, 아리아보다 더 흥분하여 기쁨을 감추지 못하는 모습이었기에 아리아가 짧게 웃음을 흘리며 애니에게 물었다.

"어디에 있니?"

"응접실예요! 백 벌에 가까운 드레스를 가지고 온 모양이에요! 시종들이 스무 명도 넘게 따라왔더라고요! 옮기는 것을 힐끗 보았는데, 눈이 멀 정도로 눈이 부셔서 말문이 막힐 지경이었어요!"

백 벌이나? 고르고 설명한 디자인은 스무 개 남짓이었는데. 지시한 디자인 외의 여분의 드레스를 가져올 것이라는 생각은 했지만, 설마 백 벌이나 되는 드레스를 가져올 것이라곤 미처 생각지 못했기에 아리아가 가만히 입을 닫았다.

물론, 그렇다고는 하여도 적게 가져온 것도 아니고 많이 가져왔다니 그 어떤 불만을 내뱉을 수 있을까. 오히려 수많은 드레스 중 자신에게 가장 어울리고 빛이 나게 해 줄 드레스를 고를 수 있겠다는 생각이 먼저였다.

"빨리 아가씨께서 입어 보셨으면 좋겠어요! 얼마나 아름다우실까요? 아마 제국에 역사에 길이 남을 만큼 아름다우시겠죠? 이렇게 실내용 의복만 걸치셔도 눈이 부실 정도이시니까요!"

벌써 화려하고 우아한 드레스를 입은 아리아를 상상이라도 하는 듯 애니가 황홀함에 취해 혼잣말을 했다. 온 제국의 남자들이 홀딱 반할 거라며 당연한 소리를 하기도 했다.

그렇게 애니의 소란과도 같은 수다를 들으며 도착한 응접실에는 정말 그녀의 말처럼 백 벌 가까이 되는 드레스가 저마다 아름다운 자체를 뽐내며 아리아의 선택을 기다리고 있었다.

그 양이 퍽 많았기에 미처 끝내지 못한 정리를 서두르던 디자이너와, 그녀와 동행한 시종들이 아리아를 발견하고 황급히 예를 취했다. 깊게 숙인 고개 뒤로 곤란해하는 표정이 역력했다. 곧 황태자비가 될 아리아였기에 긴장한 듯했다.

"주, 준비를 다 마치지 못해 죄송합니다."

이에 방문객들을 응접실로 안내한 제시가 눈치껏 그녀들을 대변하며 아무렇지 않게 아리아를 향해 입을 열었다.

"아가씨, 일찍 내려오셨네요. 드레스가 백 벌도 넘어 정리에 시간이 걸리는 모양이에요. 차를 드시며 기다리시겠어요?"

보통의 귀족들과는 달리 이런 사소한 일로 아리아가 화를 내지 않을 것이라는 걸 알기 때문이기도 했다. 바쁜 아리아는 비생산적인 일에 괜한 감정을 소비하는 멍청한 짓은 하지 않았다. 제시의 물음에 아리아가 고개를 저으며 대답했다.

"아니, 그렇게 세세하게 정리를 할 필요는 없어. 어차피 다시 가져갈 거니까 말이야. 그러니 차를 마시며 기다리는 시간에 드레스를 보고 입어 보는 게 좋겠어. 게다가 백 벌이나 준비했다니 디자인을 살펴보는 데만 하루가 다 걸릴지도 모를 테니까."

그 목소리가 퍽 부드러웠기에 한껏 고개를 숙이고 있던 시종들이 슬쩍 눈을 들어 아리아의 표정을 확인하곤, 정말 목소리와 같이 부드러운 표정을 짓고 있었기에 이내 안도의 한숨을 삼켰다.

"어쩌다가 이렇게 많은 드레스를 가져왔는지는 모르겠지만……. 슬쩍 훑어보기만 했는데도 마음에 드는 것들이 수두룩하니 타박할 이유도 없지."

게다가 언짢아하기는커녕 퍽 마음에 들어 하는 눈치였기에 용기를 얻은 디자이너가 그 까닭을 입에 담았다.

"화, 황태자 전하께서 손수 지시하셨습니다. 될 수 있는 한 많은 디자인의 드레스를 만들어 피아스트 영애님께서 만족하실 수 있게 하라고 당부하셨습니다."

"아스 님께서?"

아리아가 눈을 크게 뜨며 되물었다. 자신 못지않게 바쁜 나날을 보내고 있을 것이 틀림없을 텐데 이런 사소한 일에까지 관심을 두었다니.

게다가 드레스나 장신구 등은 아스가 관여할 부분이 아니었다. 관여해선 안 되는 것은 아니지만, 보통은 여성들이 알아서 하는 부분이었고, 사소하다고 할 수 있는 일이었기에 여인의 의복에까지 관심을 두는 남자는 거의 전무했다.

"예. 영애님의 아름다움에 걸맞은 드레스를 준비하라는 말씀도 함께하셨지요."

"……."

바빠 만나지 못한 것을 서운해할 틈을 주지도 않을 작정인지. 아스는 종종 이렇게 아리아의 말문을 막히게 만들었다.

멀리 떨어져 지내는 지금도 이토록 지극정성을 쏟는데 같이 살게 되면 어떨까. 이제 곧 이루어질 미래를 상상이라도 하는 듯 아리아의 눈동자가 미세하게 떨리기 시작했다.

"아, 그리고 전하께서 직접 디자인하신 드레스도 있답니다."

"……직접?"

"예! 한번 보시겠어요?"

그리 말한 디자이너가 제일 앞에 놓인 드레스를 가져오도록 시종들에게 지시했다. 당연히 아리아가 그것을 볼 것이 틀림없다는 듯 자신에 차 있었다. 어느 누가 자신의 연인이 손수 준비했다는 드레스를 그냥 넘길 수 있을까. 아리아가 천천히 고개를 끄덕이자, 디자이너의 얼굴에 화색이 돌았다.

"전하께선 정석인 하얀색 드레스를 지시하셨지요. 하얀색 예복을 입으실 전하와 맞춘 드레스가 좋을 것 같다고 하셨어요. 그 대신 영애님의 외모가 뛰어나시니, 그에 걸맞게 장식 또한 화려하게 준비하라 말씀하셨습니다."

그리 말한 디자이너가 드레스를 가져온 시종들에게 그것을 아리아에게 잘 보이게 펼치라고 지시했다.

정말 그녀의 설명대로 순백의 색으로 이루어진 드레스이건만, 오색으로 빛을 내는 신비로운 진주와 찬란하게 빛을 반사하는 다이아몬드, 그리고 장인의 손길이 닿았음이 분명한 레이스 조각들의 조화로 '화려함의 극치'라고밖에 설명할 수 없는 디자인이었다.

감히 누가 자신의 한 번뿐인 결혼식에 이토록 화려한 이 드레스를 입을 수가 있을까. 주인공이 신부가 아닌 드레스로 변모할 것이 분명했다. 그만큼 어떤 여인도 감히 소화해 낼 수 없을 것 같은 화려한 드레스였다.

　하지만 아리아는 그렇지 않았다.

　"입어 보시겠어요?"

　"좋아."

　아리아의 대답이 끝나자마자 대기 중이던 시종들이 능숙한 손길로 그녀가 옷을 갈아입는 것을 도왔다. 우아하지만 단출한 실내복은 어느새 아스의 정성이 닿은 화려한 드레스로 변모하였고, 그 누구도 소화하지 못할 것 같았던 드레스는 아리아의 일부가 되어 그녀의 외모를 돋보이게 만들었다.

　"세, 세상에나, 아가씨……! 너, 너무 아름다우세요……!"

　쉴 새 없이 쫑알대던 애니가 말을 더듬게 만들 정도였다.

　그리고 그리 생각한 것은 애니뿐만이 아니었다. 아리아가 드레스를 입은 것을 눈에 담은 모든 이들이 감탄하며 말을 잇지 못했다. 만들면서도 혹시나 아리아의 외모가 드레스에 묻히진 않을까 걱정했던 디자이너까지도.

　"다른 드레스를 입어 볼 필요도 없겠어. 수선할 필요도 말이야. 마음에 드니 이 드레스로 할게."

　정말 마음에 든 모양인지 한껏 입꼬리를 올린 아리아가 거울 속 자신을 확인하며 말했다. 예전에도 비슷하게 화려한 드레스를 선물 받았던 기억이 떠오른 것인지 아스의 취향을 알 것 같다며 이따금 작게 웃음소리를 내기도 했다.

밤낮을 가리지 않고 정성을 들여 만든 드레스들이 아직 백여 벌이나 남았지만, 그것들은 확인도 하지 않겠다는 아리아의 말에 아쉬움을 느끼는 이들은 그 누구도 없었다. 모두가 아주 당연한 결과라고 받아들인 그때였다.

"아, 그렇지만 치우는 건 조금 기다려 줘. 아직 드레스를 고를 사람이 남아 있거든."

"……예?"

뜻밖의 말을 내뱉은 아리아가 은은한 미소를 머금은 얼굴로 제시와 애니에게 시선을 보냈다. 마치 방금 자신이 꺼낸 말의 주인공이 그녀들인 것처럼.

"날 위해 지금까지 열과 성을 다한 소중한 시녀들인데, 당연히 이 정도 선물은 해야겠지."

"아가씨……!"

"……!"

아리아가 제 짝을 찾았듯 그녀들 역시 제 짝을 찾았기에 만인의 축하를 받을 날이 머지않았을 것이 틀림없었다. 때문에 그때를 위한 선물을 하겠다는 아리아의 말에 디자이너가 퍽 당황하여 말을 더듬으며 감히 반론했다.

"하, 하지만 피아스트 영애님……! 이 드레스는 황족을 위해, 아니, 황족이 되실 분을 위해 특별히 제작한 드레스로 평민에게는 조금 과분한……!"

하지만 이내 돌아온 싸늘한 아리아의 눈빛에, 디자이너는 말을 채 끝까지 잇지 못하고 그 입을 꾹 다물 수밖에 없었다.

"그리 걱정하지 않아도 이 아름다운 드레스에 걸맞은 성대한 결혼식을 올릴 테니 쓸데없는 말은 삼가 주시기를."

게다가 아리아 역시 반은 평민의 피를 이었고, 어린 시절은 평민으로 자란 애매한 출신이었다. 심지어 매춘부이기까지 하여 핏줄로 트집을 잡으려면 얼마든지 트집을 잡을 수 있었다.

이를 떠올린 것인지 디자이너가 더는 반론하지 않았다. 그렇다고는 해도 불만스러운 표정을 완벽하게 숨길 수는 없었는지, 지금 이 상황이 마음에 들지 않는다는 눈빛을 띠고 있었다.

이를 눈치채고 불안감을 느낀 제시가 서둘러 손을 내저으며 괜찮다고 말하려 하는데, 그보다도 빨리 황홀경에 찬 애니가 작게 비명을 질러 시선을 끌어모았다.

"정말이세요!? 정말 마음에 드는 드레스를 골라도 되는 건가요!?"

"그럼. 누군가에게 입힐 목적으로 만든 드레스가 아니겠니?"

"세상에……. 세상에! 이렇게나 우아하고 아름다운 드레스를 제가 입을 수 있게 되다니!"

아리아의 허락이 떨어지자마자 들떠 신이 난 애니가 드레스들 사이를 누비고 다니며 자신에게 어울릴 가장 아름다운 드레스를 찾기 시작했다. 디자이너와 마찬가지로 자신들의 일에 자부심을 느끼는 시종들이 이를 못마땅하게 여겼으나, 달리 표현하지 못한 채 조용히 애니의 시중을 들었다.

"제시, 너도 고르지 않고 뭐 하니?"

"아가씨……."

그사이 우물쭈물하며 눈치를 보는 제시에게 다가간 아리아가 그녀의 등을 떠밀며 어서 드레스를 고르라고 재촉했다.

"하, 하지만……. 제게는 너무 과분해요……. 게다가 괜히 저 때문에 아가씨께 누가 될 것 같기도 하고요…….”

울 것 같이 떨리는 그 대답을 예상하기라도 했던 모양인지, 아리아가 퍽 의미심장한 미소를 지으며 제시의 어리석음을 꼬집었다.

“제시, 네가 뭘 걱정하는지 알겠는데……. 내가 그렇게 호락호락해 보이니?”

“……네?”

완벽하게 이해할 수 없는 질문이었기에 제시가 눈을 끔뻑이며 아리아를 올려다보았다.

“네가 걱정할 것은 없어. 아니, 걱정할 일은 일어나지 않을 거야. 너도 알다시피…… 애초에 난 그렇게 착한 성품이 아니잖아?”

길고 긴 시간을 돌아 감히 대적하지 못하리라 생각했던 악인까지 처치하고 겨우 마음에 드는 사람들을 손에 넣었는데, 고작해야 이런 사소하고 별 볼 일 없는 자들의 눈치를 볼 리가 없지 않은가.

“아가씨…….”

“그리고 네가 여기서 내 말을 듣지 않고 저들의 눈치를 보는 것이 내게 더 치욕이자 모욕이라는 걸 깨닫기를 바라.”

아리아가 다시금 제시를 재촉했다.

처음과 마찬가지로 우아하고 부드러운 말씨였으나 속에 담긴 뜻이 퍽 의미심장했다. 아무리 제국에서 내로라하는 유명하고 대단한 디자이너라 할지라도, 감히 곧 황태자비가 될 여인의 지시를 반박하고 이겨 먹기까지 했다는 일이 생긴다면 그보다 더 수치스러운 일은 없을 것이었다.

이를 깨달은 제시가 제 입술을 깨물며 울상을 지으면서도 어쩔 수 없다는 듯 천천히 드레스 쪽으로 걸음을 옮겼다. 이런 아리아의 행동이 좋지 못한 결과를 가져올 것이라는 걸 알면서도 달리 선택할 방도가 없었기 때문이었다.

결국 아리아는 제시와 애니에게 각각 드레스를 두 벌씩 선물하고 자신 또한 여분의 드레스를 몇 벌 더 골랐다.

"대금은 황성으로 청구하겠습니다."

아무리 귀족이라고는 해도 개인이 지불하기에는 상당히 큰 금액이었기에 그리 말하자, 아리아가 고개를 저었다.

"아니, 내가 지불할게. 제시와 애니의 몫도 있으니 황성으로 청구할 순 없지."

아리아의 손짓에 대기 중이던 아리아의 시녀가 금화를 꺼내 대금을 지불했다. 제국에서 가장 부유했다고 알려진 한창때의 로스첸트가의 재력을 뛰어넘는 큰 부를 쌓은 아리아였기에 한 치의 망설임도 없었다.

수표도 아닌 현금 지불에 불순한 눈빛을 띠던 디자이너가 어느새 주제를 파악하고 표정을 달리한 뒤, 공손히 예를 취한 뒤 저택을 떠났다. 고작해야 시녀 따위가 자신이 정성을 들여 만든 드레스를 입게 되는 자존심이 상하는 일을 겪었으나 아리아는 아리아였다.

악녀라 괄시 받던 때부터 자신의 세력을 견고히 쌓고 대단한 부를 취한 데다가 곧 황태자비가 될 여인. 심지어 타국에 단단한 외척 세력까지 존재하지 않는가.

외모 외엔 잘난 것이 없다며 무시 받던 과거와는 달리, 이제 더는 대적할 사람이 없는 그녀에게 괜히 밉보일 필요는 없었다. 모두가 떠난 뒤, 뜻밖의 선물을 갖게 된 애니가 마치 꿈이라도 꾸고 있는 건 아닌지 의심하며 응접실을 한 바퀴 빙그르르 돌았다.

"내가 이런 고급 드레스를 갖게 되다니……! 아무리 사업으로 대성한 버붐 남작님이라고 하시더라도 이런 대단한 드레스를 선물하시진 못할 거야!"

"……그러니까 말이야. 난 어디에서 입어야 할지도 모르겠는걸."

하지만 마냥 신이 난 애니와는 달리 제시는 어딘가 불안하고 석연치 않은 듯 말끝을 흐렸다.

이에 흥이 깨졌다는 듯 애니가 제시를 타박했다.

"모처럼의 선물인데 왜 그렇게 죽상을 하고 있어? 아가씨의 결혼식에서 입으면 되지, 뭘 그리 걱정하니? 네 결혼식도 있을 테고."

"하지만 고작해야 시녀인데……. 귀족들 중에서도 소수만 입을 수 있는 드레스잖아. 분명 누군가의 비웃음을 살 거야."

"……뭐? 지금 그런 걱정을 했던 거야?"

쓸데없는 걱정을 한다며 한바탕 크게 웃은 애니가 어느새 눈빛을 달리하며 제시에게 물었다.

"그리고…… 고작해야 시녀라니? 시녀라고 다 같은 시녀니? 우리가 어느 분의 시녀인데."

참으로 어리석고 멍청한 고민을 한다는 듯한 눈빛이었다.

"제국의 별이자 황태자비가 되실 아리아 님의 시녀잖아! 무려 황태자비의 시녀라고! 귀족들조차 꿈꾸는 자리잖아?"

"그건…… 그렇지만……."

귀족의 지척에서 일을 하는 것도 쉽지 않은 일이건만, 무려 황태자비의 시녀였다. 일반 평민은 감히 넘볼 수도 없는 자리를 꿰찼음에도 자신을 비하하며 불안한 태도를 보이는 제시가 어리석기 그지없었다.

"지금 누가 누굴 걱정하는 거야? 설령 네가 걱정하는 일이 일어 난다고 한들, 아가씨께서 가만히 두실 것 같니? 그런 분으로 보이 셔? 뭐, 좋아. 걱정해서 손해를 보고 싶다면 네 마음대로 해. 난 아 가씨 덕을 톡톡히 보아 내 몫을 챙길 테니까."

"애니……."

그 말을 남긴 애니가 더는 제시와 말을 섞고 싶지 않다는 듯 자리 를 비웠다. 응접실에 남겨진 제시가 한숨을 쉬며 홀로 복잡한 감정 을 추슬렀다.

*　*　*

그로부터 얼마 뒤, 결혼식에 참석하기 위해 크로아에서 피아스트 후작가의 사람들이 도착했다. 식을 며칠밖에 남기지 않은 급박한 방문이었다. 눈물 바람으로 도착하자마자 아리아의 손을 잡은 바 이올렛이 늦게 와서 미안하다며 사과하기 시작했다.

"늦어서 미안해요. 서두른다고 서둘렀는데……."

"아니에요. 이렇게 와 주신 것만으로도 감사드려요."

아리아의 대답은 진심이었다. 가족들의 참석 따위 그다지 중요하 게 생각하지 않았었는데, 막상 시일이 촉박해지자 저도 모르게 괜 히 신경이 쓰였기 때문이었다.

"일찍 오려고 했는데, 작위를 계승하는 데 생각보다 더 시간이 걸려서 말이야."

카린이 클로이를 가리키며 말했다. 편지로 전해 듣기는 했으나, 정말 클로이가 후작 작위를 물려받은 모양이었다.

이제 완벽하게 후작 부인이 된 카린은 정말 그 신분에 걸맞게 우아하고 아름다운 데다가 여유롭기 그지없었다. 늘 눈치를 보며 백작의 비위를 맞췄던 모습은 온데간데없었다.

걱정 따위 하지 않았지만 생각보다 더 잘 지내는 듯 보여 한시름 놓은 아리아가 바이올렛과 카린에게 보여 줄 것이 있다며 제 방으로 손을 잡아 이끌었다.

"뭔데 그러니?"

"보면 깜짝 놀라실 거예요."

아리아가 이렇게 행동하는 것은 아주 드문 일이었기에 카린이 흥미로운 표정을 지었고, 아리아가 그 어떤 말을 하더라도 행복해하는 바이올렛은 말할 것도 없었다.

그리고 조금 뒤에 아리아가 힘겹게 가져온 제법 커다란 상자에 카린과 바이올렛이 눈을 동그랗게 뜨고 이것이 무엇이냐는 듯 아리아에게 답을 구했다.

"생각보다 무겁네요. 결혼식에서 입을 드레스예요."

"세상에……!"

"어머나."

당일까지 못 볼 줄 알았던 모양인지 바이올렛이 퍽 감격한 얼굴로 말을 잇지 못했다. 카린 역시 기대하지 않았던 듯 상자를 열어 보아도 되겠느냐 아리아에게 물었다.

"열어 보아도 되겠니?"

"그럼요. 열어 보세요."

아리아의 허락이 떨어지자마자 카린이 냉큼 상자 뚜껑을 열었다. 상자 안에 곱게 접혀 있는 드레스는 한눈에 보아도 예술 작품에 가까운 아름다운 드레스였다.

"어쩜 이렇게 예쁜 드레스가 있을까."

"입어 볼까요?"

아리아가 그리 묻자, 바이올렛과 카린이 감히 그래도 되겠냐는
듯 대답을 하지 못했다. 국혼에서 입을 귀한 드레스였기 때문이었
다. 망가지기라도 하면 어쩌려고. 그리 쉽게 망가지는 것은 아니지
만, 어쨌든 신경이 쓰이는 것이 당연했다.

때문에 이렇게 몰래 꺼내서 보는 것조차 괜히 염려가 되는데, 입
어 보기까지 하겠다니. 두 사람이 쉬이 대답하지 못하자, 상자에서
드레스를 꺼낸 아리아가 입는 것을 도와달라고 부탁했다.

"왜 대답이 없으세요? 보기 싫으신 건가요? 드레스를 고를 때 보
지 못하셨으니 당연히 지금이라도 보셔야지요. 저는 두 분께서 다
른 사람들보다 먼저 보셨으면 좋겠어요."

본디 드레스를 고를 땐 여성 친족이 동석하는 것이 기본이었다.
하지만 아리아는 가족들과 떨어져 홀로 제국에 남아 있었기에 혼
자서 모든 것을 해결해야 했다.

당시에는 그다지 대수롭지 않은 일이라 여겼었는데, 막상 바이올
렛과 카린을 마주하자 왠지 모르게 다른 사람들보다 먼저 드레스
를 보여 줘야 할 것 같다는 생각이 들었다.

"정말 도와주시지 않을 생각이세요?"

때문에 아리아가 재차 묻자, 바이올렛이 냉큼 그녀에게 다가가
드레스를 입는 것을 돕기 시작했다. 다른 사람들보다 자신이 먼저
보았으면 좋겠다고 말하는 사랑스러운 손녀의 부탁을 어떻게 거절
할 수 있을까.

카린 역시 마찬가지였다. 몇 년 전에 비해 자신의 딸이 아주 많이 변한 것 같다고 생각하며 아리아가 드레스를 입는 것을 도왔다. 아주 조심스러운 손길이었기에 퍽 시간이 걸렸지만, 얼마 지나지 않아 아리아는 아름답고 화려한 드레스로 갈아입을 수 있었다.

"……내가 지금껏 본 신부들 중에 가장 아름답구나. 어쩜 이렇게 화려한 드레스마저 잘 어울릴까. 이렇게 어여쁜 아이가 내 손녀라니……."

눈물이 헤픈 바이올렛이 손수건으로 눈가를 훔치며 말했고, 카린 역시 동감한다는 듯 고개를 끄덕였다.

"내가 낳은 아이지만 정말 찾아보기 힘든 미인이야. 드레스도 네게 아주 잘 어울리는구나. 누가 만들었는지는 모르겠지만, 상을 주어도 부족할 정도야."

카린의 말에 아리아가 기다렸다는 듯 드레스를 만든 이를 입에 담았다.

"그럼 결혼식 때 만나게 되면 한마디 인사라도 건네시는 게 어떨까요? 아스 님께서 손수 지시하신 드레스라고 하셨거든요."

"……누구라고?"

"아스 님이요. 화려한 것이 취향이신 모양이에요. 예전에도 이렇게 과한 드레스를 보내셨거든요. 그래서 미처 입어 보질 못했죠."

"……!"

황태자가 손수 지시한 드레스라고? 되묻지는 않았지만 바이올렛과 카린의 얼굴에 믿기지 않는다는 표정이 서렸다.

어찌 황태자가 손수 드레스를 지시하기까지……! 심지어 아리아에게 아주 잘 어울리는 화려하고 섬세한 드레스였기에 그가 얼마나 공을 들였는지 여실히 알 수 있었다.

어쩜 저리도…… 팔불출인 것일까. 연인의 드레스에까지 손을 뻗는 것은 세간에서 말하는 바람직한 남성상이 아니었다.

물론, 그것은 남성들 사이에서의 평가로 여성들 사이에서는 전혀 달랐다. 사랑하는 사람이 자신을 이렇게나 위해 준다는데 뿌듯하고 자랑스럽지 않을 리가 없을 테니까.

먼 곳에 홀로 남은 핏줄이 이토록 반려에게 사랑을 받고 있다니, 어찌 기쁘지 않을 수가 있을까. 거울을 통해 다시금 제 아름다운 모습을 확인한 아리아가 한껏 미소를 띠우며 바이올렛과 카린에게 말했다.

"아직 드레스만 도착해 있어 이것밖에 보여 드릴 수가 없네요. 드레스에 맞춰서 장신구를 제작하고 있어요. 며칠 안으로 도착한다고 하니, 그땐 같이 봐 주셨으면 좋겠어요."

"그럼요. 당연히 그래야지요. 영애께 어울릴 장신구를 함께 고를 수 있어서 영광이에요."

아주 당연하게도 바이올렛이 그러겠다고 대답했고, 카린 역시 달리 대답은 하지 않았지만 당연하다는 표정을 지었다. 그렇게 대화가 훈훈하게 일단락되는 듯 보였는데, 바이올렛의 대답에 무언가 못마땅하다는 표정을 지은 아리아가 이내 그 이유를 깨달았다는 듯 바이올렛을 물끄러미 응시하며 말했다.

"바이올렛 님. 이제 절 영애라고 부르시는 건 그만두시는 게 어떠세요?"

"……예?"

뜬금없는 물음에 바이올렛이 퍽 당황했고, 그녀가 자신의 물음을 이해하지 못했다는 것을 알아챈 아리아가 다시 입을 열었다.

"타인이 저를 부를 땐 영애라는 호칭이 맞긴 하지만……. 바이올렛 님은 제 할머니시잖아요? 아무리 생각해도 이상해서요."

그제야 아리아의 의도를 파악한 바이올렛이 눈꺼풀을 빠르게 깜빡였다. 당장이라도 깨질 것 같은 유리 위를 걷는 것처럼 불안했던 예전과는 다르게, 소소한 곳에도 관심과 의문을 갖는 아리아를 카린이 조금 떨어진 곳에서 웃음을 머금은 채 지켜보았다.

"어머니께서 저를 영애라고 부르지 않듯, 할머니께서도 저를 영애라고 부르는 것은 이상하지 않나 싶어요. 물론, 할머니가 생긴 것이 처음이라서 정확히는 모르겠지만요. 아마도 어머니나 아버지와 같이 '아리아'라고 부르는 게 보통 같은데, ……제가 틀렸다면 죄송해요."

"……!"

말인즉 편하게 불러 달라는 뜻이었다.

하지만 바이올렛에게는 너무 과분하고 뜻밖의 부탁이었던 모양인지 당황하여 아무런 대답도 하지 못했다. 이에 가만히 상황을 지켜보려던 카린이 바이올렛을 위해, 그리고 제 딸을 위해 한마디 첨언하였다.

"그래, 아리아 네 말이 맞아. 보통 가족끼리는 특별한 일이 없는 이상 이름을 부르지. 사이가 아주 나빠 벽이 있다는 걸 과시하고 싶다면 또 모르겠지만 말이야."

"그럼 저희는 사이가 나쁘지 않으니 괜한 호칭을 붙일 필요는 없겠네요?"

"그렇지."

대화를 마친 카린과 아리아의 시선이 바이올렛에게 향했다. 그럴 필요가 없다는 결론에 다다랐으니 어서 이름으로 부르라는 의미가 담겨 있었다.

하지만 정작 시선을 받은 바이올렛은 어찌 대답할 도리를 모른 채 바짝 긴장한 상태로 얼어 있었다. 얼굴에는 정말 그렇게 불러도 되는지 모르겠다는 의문이 한가득이었다.

"……저를 꼭 영애라고 부르고 싶으시다면 어쩔 수 없겠지요."

이에 아리아가 마지막 기회라는 듯 무심하게 말하며 드레스를 갈아입으려 하자, 화들짝 놀란 바이올렛이 말까지 더듬으며 아리아의 이름을 불렀다.

"아, 아리아!"

"네. ……할머니."

그리고 아리아 역시 '바이올렛 님'이라는 호칭 대신 할머니라고 대답했다. 나이에 비해 곱고 젊어 보이는 바이올렛에게는 어울리지 않는 호칭이었지만, 바이올렛은 그것이 아주 마음에 드는 듯 눈물까지 글썽이기 시작했다. 가만히 두었다간 펑펑 울어 버릴 기세였기에 카린이 냉큼 두 사람의 사이에 끼어들어 화제를 전환했다.

"호칭 정리가 끝났으니 저택을 구경하시는 게 어떠세요? 이래 봬도 제국에서는 견줄 곳이 없이 아름다운 저택이랍니다. 이렇게 두고 떠나기엔 아까울 정도로 꽤 공을 들였지요."

"그러시는 게 좋겠어요, 할머니. 어머니가 정성스레 꾸민 실내 정원도 꽤 볼 만하답니다."

그러나 화제를 전환했음에도 다시금 아리아가 바이올렛을 할머니라고 불러 눈물을 막는 것은 실패하고 말았다. 그럼에도 바이올렛이 아주 화사하고 곱게 미소 지으며 대답했기에, 카린과 아리아 역시 부드러운 미소로 화답했다.

＊　＊　＊

드레스에 맞춘 장신구는 국혼을 며칠 남기지 않았음에도 도착하지 않았다. 아스의 요구가 과했기에 드레스의 완성 자체가 늦었던 탓도 있었다.

애초에 국혼까지의 기간을 넉넉하게 잡았다면 이렇게 촉박하지 않았을 테지만, 한시라도 빨리 황태자비를 맞이하여 황실이 안정을 찾아야 한다는 아스의 강력한 요구와 주장으로 인해 최소한의 일정으로 국혼 날짜가 잡혔다.

그사이 아리아는 모든 일정을 미루고 모처럼 제국에 방문한 가족들과 화목한 시간을 가졌다. 달리 특별한 일을 하는 것은 아니었다. 그저 피아스트 후작저에 있었을 때처럼 함께 산책을 하고 차를 마시고 저녁을 먹는 정도의 일이었다.

그럼에도 얼마 지나지 않아 이 소박한 즐거움이 끝이 날 것 같아 아쉬움이 들 때쯤이었다.

"아가씨! 손님이 오셨어요! 보석상에서 왔다나 봐요!"

애니가 헐레벌떡 달려와 한껏 들뜬 목소리로 방문객을 알렸다.

"보석상?"

"네! 커다란 상자를 몇 개나 가지고 왔더라고요!"

"그래?"

장신구가 완성된 건가. 정말 촉박한 일정이었기에 장신구 없이 식을 진행해야 하는 건 아닌지 걱정하던 아리아가 참으로 다행이라 생각하며 그녀답지 않게 조금 걸음을 서둘렀다.

"시일이 촉박해서 걱정했는데, 도착해서 참 다행이구나. 응접실로 안내했단다."

먼저 내려와 있었던 모양인지 보석상에서 나온 사람들을 응접실로 안내했다며 카린이 아리아에게 말했다.

뒤를 이어 바이올렛도 모습을 나타냈다. 봄이 한창인 덕에 정원에 핀 꽃을 감상하며 차를 마시자는 약속을 했기 때문이었다. 보석상에서 사람이 방문한 것을 들은 모양인지, 바이올렛이 눈을 반짝이며 어서 확인하러 가자 재촉하며 입을 열었다.

"커다란 상자를 몇 개나 들고 왔다면서요? 고르는 재미가 있겠네요."

"드레스를 입고 맞춰 봐야 할까요?"

"그러면 좋겠지만, 혹여나 망가질까 봐 걱정이 되네요. 상당히 섬세한 드레스였으니까요."

드레스를 입고 맞춰 보면 어떠냐는 아리아의 물음에 바이올렛이 퍽 걱정하는 말투로 대답했다. 그럼에도 표정이 밝아 참으로 이상한 모습이었다. 그에 카린이 동조했다.

"순백의 드레스이니 굳이 입지 않아도 되겠지. 하얀색은 그 어떤 색과 맞춰 보아도 잘 맞을 테니까."

"그렇기는 하네요."

거리는 얼마 되지 않았지만, 아리아와 바이올렛, 그리고 카린은 응접실까지 이동하는 사이 어떤 장식품이 아리아에게 가장 어울릴지 이야기를 나누었다. 그러다가 이내 다다른 결론은 아리아라면 무엇을 착용해도 우아하고 아름답게 소화해 낼 거라는 것이었다. 참으로 빠르게 나온 결론이었다.

"들어가시지요. 안에서 기다리고 계십니다."

응접실에 다다르자 보석상에서 나온 시종인 듯한 남자가 허리를 깊게 숙이며 세 사람을 맞이했다. 옷차림이나 말투가 보석상에서 나온 사람이라고 보기에는 조금 딱딱하고 이상했지만, 곧 마주하게 될 장신구에 정신이 팔린 세 사람은 그것을 이상하다고 느끼지 못한 채 한껏 들뜬 마음으로 응접실 안으로 들어갔다.

"영애."

"······!?"

그리고 응접실 안에서 마주한 뜻밖의 인물에 아리아가 돌처럼 딱딱하게 굳었다.

"어, 어째서 전하께서······?"

때문에 아리아를 대신해 카린이 아스가 저택에 방문한 까닭을 물었다.

"보고 싶어서 왔습니다."

"······세상에. 결혼식이 코앞인데 성미가 급하시네요. 신부가 치장한 모습은 당일에 보셔야 마땅하거늘."

참으로 당당한 그 대답에 바이올렛이 부드럽게 웃으며 타박 아닌 타박을 하자, 아스 역시 변명 아닌 변명을 늘어놓았다.

"장신구 중에 제가 지시한 것들이 몇 개 있어 확인차 온 것이기도 하니, 그리 노여워하지 말아 주십시오. 시일이 급해 어쩔 수 없었습니다."

"드레스에 이어 장신구까지요? 소문이라도 나면 어쩌시려고 그러셨어요."

"바라던 바입니다. 소문이 나서 감히 아무도 영애를 쳐다도 보지 않았으면 하는 게 제 심정입니다."

스스로 소문이라도 내겠다는 듯 뻔뻔하게 대답하는 아스에 결국 바이올렛이 작게 웃음을 터뜨렸다.

그 웃음 속에는 아스가 진정 아리아를 위하고 아껴 줄 좋은 사람이라는 걸 확인하고 안심한 마음 또한 포함되어 있었다. 그것은 카린 역시 마찬가지였는지, 그녀 역시 은은한 미소를 지으며 어서 장신구를 확인하자고 재촉했다.

"이렇게나 많은 장신구를 일일이 확인하려면 시간이 꽤 걸리겠어요. 식 당일이 되어서야 결정할지도 모르겠네요."

"그러게나 말이에요. 참으로 많기도 하지."

카린과 바이올렛이 서둘러 장신구를 확인하려는 사이, 그때까지 가만히 지켜만 보던 아리아가 슬며시 아스에게 다가가 아주 조그맣게 일은 어쩌고 여기까지 왔느냐고 타박했다.

"바쁜 거 아니었나요?"

"급한 일은 모두 처리하고 왔습니다."

그렇다면 급하지 않은 남은 일은 다른 사람들이 처리하고 있다는 뜻인가. 아스의 말에 숨겨진 뜻을 정확하게 해석한 아리아가 자신 때문에 여러 사람 고생한다며 속으로 한숨을 삼켰다.

"어머나, 이것 좀 보세요. 후작 부인. 이 에메랄드가 아리아에게 참으로 잘 어울릴 것 같은데 어떻게 생각하시나요?"

"정말 그러네요! 반지에 맞춘 사파이어 귀걸이도 잘 어울릴 것 같아요."

"눈에 띄게 레드 다이아몬드를 걸치는 것도 나쁘지 않겠지요?"

"포인트도 되고 좋겠네요!"

"순백으로 모두 치장하는 것도 나쁘지 않겠어요. 세상에, 다 잘 어울릴 것 같아서 차마 어느 것이 가장 어울릴 것 같다고 단언하지 못하겠네요."

"동감해요."

마치 자신이 착용하는 것처럼 열중하여 신중하게 하나하나 장신구를 확인하는 카린과 바이올렛을 잠시 지켜보던 아리아가 그럴 필요가 없다고 입을 열었다.

"어째서?"

"너도 어서 와서 확인하렴, 아리아."

"아뇨, 전 이미 결정한 장신구가 있어요."

보지도 않고? 뜬금없는 소리에 바이올렛과 카린이 아리아를 응시하며 자세한 대답을 구했다. 이에 아리아가 슬쩍 아스를 흘기며 대답했다.

"아스 님께서 지시하신 장신구로 결정하려고요."

"……미리 보기라도 한 거니?"

"아뇨, 그런 건 아니지만. 장신구 또한 손수 지시하신 드레스에 맞는 디자인이 아닐까 생각해서요."

드레스와 어울리지 않는 디자인이라고 해도 상관이 없었다. 그보다는 아스가 손수 자신을 위해 바쁜 시간을 쪼개 준비했다는 것에 의의가 있었다.

게다가 일생에 단 한 번뿐일지도 모르는 결혼식이니, 연인이 꾸며 준 드레스와 장신구로 치장하는 것도 나쁘지 않겠다는 생각 또한 들었다. 물론, 이 모든 결정은 자신이 어떤 것을 걸쳐도 아름답고 우아하게 소화해 낼 자신이 있었기에 가능한 것이기도 했다.

"……전하만 그런 줄 알았는데, 아리아 너도…….."

팔불출이구나. 굳이 언급하진 않았지만 응접실에 모인 모두가 카린의 뒷말을 예상할 수 있었다.

어쩜 저리 죽고 못 살 수가 있을까. 남부끄럽지도 않은지 과시 또한 서슴지 않았고, 아리아 역시 크게 내색하진 않지만 이를 즐기는 듯 보였다.

애초에 아스가 아리아를 만난다는 광고를 하려고 제국에서 가장 화려한 마차를 타고 다녔을 때부터 그러했다. 말은 하지 않았지만 동네방네 떠들고 싶어 하는 기색이 역력했다.

떨어져 지내는 지금도 이렇게 보는 이로 하여금 말을 잃게 만드는데, 정말 식을 올려 함께 지내게 되면 어떨지 상상조차 되지 않았다. 단 한 가지 확실한 것은 주변 사람들이 꽤 피곤해질 것이라는 정도였다.

"분명 영애께 아주 잘 어울리실 겁니다."

"그런가요? 기대되네요. 어서 보고 싶어요, 아스 님."

카린과 바이올렛이 신중하게 장신구를 골랐던 것은 기억도 나지 않는지, 잘 어울릴 거라는 아스의 한마디에 아리아가 화사한 미소를 지으며 대답했다. 이에 기다렸다는 듯 시종들이 아스가 준비한 장신구를 꺼냈다. 일부러 따로 빼놓은 모양인지 모양과 색깔이 다른 상자와 조금 달랐다.

"……예쁘네요."

"그러게요……. 이걸 먼저 보여 주시지 그러셨어요. 괜한 수고를 한 느낌이네요."

그리고 아스가 손수 준비한 장신구는 카린과 바이올렛이 아무런 타박을 할 수 없을 정도로 화사하고 아름다웠다. 정말로 아리아를 순백의 신부로 만들고 싶었던 모양인지 대부분 하얀색과 투명한 다이아몬드에 기초한 장신구였지만, 디테일 하나하나가 감탄을 자아낼 만큼 섬세했다.

"……이런 말씀 드려도 될지 모르겠지만, 황태자 전하께선 부업으로 디자이너를 하셔도 되겠어요."

"그러게나 말이에요. 분명 대성하시겠지요. 예약이 줄을 이어 본업보다 바쁘실지도요. 저도 하나 예약해도 될까요? 마침 머리 장식을 하나 새로 구입하려던 참이었거든요."

장난과 진심이 섞인 카린의 물음에 아스가 미안해하는 눈빛으로 대답했다.

"말씀은 감사드립니다만, 전 아리아 영애 외의 여성분께 장신구를 만들어 드릴 생각은 없으니 부디 제 마음을 이해해 주시기를 바랍니다."

"……그러시군요……."

"……아아, 네……."

그리도 끔찍이 여기는 아리아의 어머니와 할머니이니 장난으로라도 맞장구를 쳐 주면 어디가 덧나는가. 꼭 이렇게 단호히 거절해야 하는지. 그럼에도 밉지 않은 것은 아스가 그만큼 아리아에 목을 매고 있다는 점이 여실히 느껴졌기 때문이었다.

"아스 님……."

자신들이 사랑하고 아끼는 아이가 저토록 좋은 남자를 만났는데 싫어할 이가 어디 있을까.

결국, 긍정적인 결론에 다다른 바이올렛과 카린이 조금 당혹스러워하며 아스의 팔을 치는 아리아를 보고 작게 웃음을 터뜨렸다.

"결정이 되긴 했지만, 그래도 한번 걸쳐 보는 게 어떻겠니?"

"그래요, 아리아. 이 예쁜 장신구들을 걸친 모습이 보고 싶네요. 그이와 클로이도 함께 보았다면 좋았을 텐데, 뭐가 그리 바쁘다고 하루가 멀다 하고 밖으로 나가는지 모르겠어요."

분명 저녁에 돌아와 아리아가 장신구를 걸쳐 보았다는 이야기를 들으면 크게 슬퍼하고 후회할 거라며 바이올렛이 두 남자를 동정했다.

"그렇군요. 저도 보고 싶습니다."

이에 지켜보던 아스까지 반색하며 긍정했고, 아리아 역시 결정은 했지만 장신구를 착용하여 확인은 할 생각이었기에 고개를 끄덕이며 장신구 쪽으로 걸음을 옮기는데, 갑자기 아스에게 다가간 바이올렛이 화사한 미소를 지으며 그에게 축객령을 내렸다.

"죄송하지만, 전하께선 이만 나가 주셔야겠습니다."

"……무슨 말씀이십니까?"

이에 아스가 퍽 당황하며 그 까닭을 묻자, 바이올렛이 아주 당연하다는 듯 자연스럽게 대답했다.

"식 당일까지 신부의 모습을 보지 않는 것이 제국의 전통이 아니었나요? 평민들은 모르겠지만, 귀족들은 그리하고 있는 것으로 아는데요. 모두가 지키는 와중에 제국의 황태자 전하께서 사리사욕을 채우려 이를 어기신다면 얼마나 슬퍼할까요. 분명 억울해하겠지요. 어여쁜 신부를 빨리 보고 싶어 하는 것은 비단 전하뿐만이 아니실 테니까요."

"……."

"확인차 오신 거라고 말씀하신 걸로 기억하는데요. 확인을 하셨으면 응당 돌아가셔야지요."

바이올렛이 그녀답지 않게 속사포처럼 말을 쏟아 냈다.

그런 전통이 있긴 했지만 사실 모두가 지키는지 그녀가 알 리가 없었다. 이는 줄곧 제국에서 지낸 아스조차도 알지 못하였다. 아니, 관심조차 없었다. 아마 아스뿐만 아니라 모두가 관심 없어 할 일이 분명했다.

그럼에도 이렇게 매정하게 축객령을 내린다는 것은……. 설마, 조금 아까 아리아 외의 여인에게는 장신구를 만들어 줄 생각이 없다고 단호하게 거절해서인 건가. 소소한 복수인 건가. 그럼에도 그 충격이 아주 대단했다.

"그렇군요, 전하께서는 이만 나가 주시는 것이 좋겠어요."

"……."

미처 생각지 못한 상황이었기에 무어라 대답을 해야 할지 몰라 아스가 고민하는 사이, 카린마저 바이올렛을 거들어 그를 궁지에 몰았다.

"영애……."

결국 아스가 아리아를 향해 구원의 눈빛을 보냈고, 아리아가 미처 대답을 하기도 전에 카린이 대답을 대신했다.

"조각조각 보여 주는 것만큼 볼품없는 일도 없지. 어차피 며칠 남지도 않았으니 드레스를 비롯해 장신구와 머리, 화장까지 완벽하게 꾸민 모습을 보여 주는 게 낫지 않겠니?"

그편이 전하께서도 감동하실 게 분명하단다. 너무 모든 걸 보여 주면 금방 시들 거야. 아리아에게만 들리도록 작게 덧붙인 카린이 태연한 척 부채를 흔들었다.

두 사람이 이렇게까지 열을 내며 말하는데 어찌 아스를 내보내지 않을 수가 있을까. 다른 것도 아니고 고작해야 장신구를 착용한 자신을 보네 마네 하는 사소한 일이었다.

그리 중요한 일이 아닌 데다가 바이올렛과 카린이 저토록 자신들의 편을 들어 주기를 바라니 선택지는 하나였다. 식을 올리기 전, 피아스트 후작가를 떠나기 전에 아리아가 들어줄 수 있는 사소한 부탁이었다.

"죄송하지만 아스 님, 당일에 보셔야겠어요. 그런 전통이 있다고 하시니까요."

그 대답에 아스가 퍽 아쉬운 표정을 지었지만, 이내 어쩔 수 없다는 듯 수긍하고는 고개를 끄덕였다. 그래서 그렇게 돌아가는 듯싶었는데.

"어머나."

"……세상에!"

역시 이대로 그냥 갈 순 없었던 모양인지 아리아의 뺨에 짧게 입을 맞추었다.

"……그럼 식 당일에 뵙겠습니다."

그러고는 아무런 일도 없었다는 듯 놀라 입을 가린 바이올렛과 카린에게 정중히 인사를 한 뒤 이내 응접실을 떠났다. 남은 아리아가 제 뺨에 손을 가져다 대고 얼굴을 붉히고 있는 사이, 바이올렛과 카린이 소녀처럼 수줍은 미소를 띠며 이미 가고 없는 아스의 이야기에 열을 올렸다.

"누가 황태자 전하께서 저런 분인줄 감히 상상이라도 할까요."

"……그러게요. 이따금 보고 듣는 저도 놀랄 정도니까요."

아스의 아쉬움이 무색하게 결혼식 당일까지 시간이 유수처럼 빠르게 흘렀다.

* * *

아스와 아리아의 결혼식에는 제국의 귀족들은 물론, 외국의 귀족과 왕족들까지 참석했다. 권력의 중심에서 떨어져 있는 보통 황족이 아닌 차기 황제가 될 황태자의 결혼식이었기에 아주 당연한 일이었다.

게다가 아리아는 제국의 별이자 크로아의 귀족이었다. 피아스트 후작가의 영애라는 사실이 알려져 친분이 없는 크로아의 귀족들까지 모두 참석했다. 그들은 조금이라도 아스와 아리아에게 잘 보이려 방대한 양의 선물을 가져왔고, 황성의 시종들은 숨을 쉴 틈도 없이 선물들을 처리해야 했다.

물론, 초대장을 보내고 답신 또한 받은 덕에 예상하지 못한 일은 아니었지만, 그렇다고는 해도 너무 과한 선물을 보내왔기에 국혼 며칠 전부터 밤을 꼬박 새며 정리에 몰두했다.

"제 몫은 정리가 다 끝났는데, 도와드릴까요?"

"벌써!? 역시 한스! 일 처리가 대단히 빨라! 그럼 다음 물건들을 부탁하지!"

"예!"

황성에서 근무하게 된 한스도 예외가 아니었다.

마땅히 제시와 함께 결혼식에 참가해야 했지만, 이렇게나 바쁜데 능력이 있는 그를 쉽게 내버려 둘 리가 없었다. 그랬기에 그는 내색하지 않은 채 일에 몰두했고, 제시는 아리아의 곁에서 시중을 드는 일을 해야 했다.

물론 황태자비의 결혼식에서 시중을 드는 일은 무척이나 영광스럽고 대단한 자리였지만, 연인과 함께 제 주인을 축복하는 것보다는 못한 일이었다. 황성에서 나온 시녀들의 치장을 받던 아리아가 그 사이에 끼어 자신의 머리카락을 만지는 제시를 향해 의아한 듯 물었다.

"제시, 한스는 아직이니?"

"……네?"

"버붐 남작님은 곧 도착하신다고 들었는데, 한스는 아직 오지 않았냐는 말이야."

아리아는 한스가 황실에서 근무를 하고 있다는 사실을 모르는 모양이었다. 자신이 그렇게나 지원한 한스가 설마 결혼식에 참석도 못하고 선물을 정리하고 있을 줄은 꿈에도 상상하지 못할 것이다. 이에 제시가 대답을 망설였다.

"제시?"

설마. 극단적인 상상에 다다른 듯 아리아가 눈을 동그랗게 뜨며 조심스레 제시에게 물었다.

"……설마, 헤어진 건 아니겠지?"

"아, 아니에요! 그럴 리가요……! 얼마나 제게 잘해 주는데요."

"그래? 그럼 왜 혼자 이러고 있니? 애니는 아침부터 내가 선물한 드레스를 입고 자랑을 한다며 버붐 남작과 함께 황성으로 출발했는데, ……혹시, 드레스가 마음에 들지 않았니?"

"아뇨! 너무 마음에 들어요! 그런 이유가 아니라…….”

"그럼?"

그런 이유가 아니라면 어째서? 아리아가 화장으로 더욱 길고 풍성해진 속눈썹을 깜빡이며 되물었다.

하지만 제시는 대답을 하지 못했고, 결국 눈치를 보던 시녀들 중한 명이 자신이 대신하여 대답해도 되겠냐며 조심스레 입을 열었다.

"저…… 황태자비 전하, 혹 괜찮으시다면 제가 대신 대답드려도될까요?"

아리아의 전폭적인 지지와 더불어 뛰어난 유능함으로 평민임에도 그 능력을 인정받고 유명인이 된 한스였기에 황성의 시녀가 그의 행방을 알고 있는 모양이었다.

"한스를 알아?"

"예. ……엿들어서 정말 죄송합니다만, 조금이라도 도움이 될까싶어 감히 허락도 구하지 않고 먼저 입을 열었습니다."

아리아가 정말 송구스러운 듯 대답하는 시녀의 눈을 빤히 쳐다보았다. 그녀의 눈은 마치 호시탐탐 기회를 노리는 애니와 닮았기 때문이었다. 이 일을 기회 삼아 아리아에게 잘 보이고 싶은 모양이었다. 아리아와 가깝게 지내던 시녀들이 모두 큰 덕을 입었다는 소문을 익히 들었기 때문이기도 했다.

"……그래? 제시가 답을 하지 않으니 알려 주겠니?"

게다가 아리아는 그런 사람들을 싫어하지 않았다. 대가 없이 베푸는 친절보다는 대가를 바라는 친절, 그리고 관계가 쉬웠기 때문이었다.

아리아의 허락이 떨어지자마자 시녀가 눈을 빛내며 냉큼 대답했다.

"네. 황성에서 근무하시는 걸로 알고 있습니다. 국혼으로 들어온 선물들을 정리하고 계신다고 들었습니다."

"……선물을 정리하고 있다고?"

"예. 너무 많은 선물이 들어와 남은 인력이 모두 동원된 걸로 알고 있습니다."

"세상에……."

일을 하고 있을 줄이야. 유능하여 여기저기서 도움을 요청한다는 소리를 듣기는 했지만, 설마 오늘까지 일을 하고 있을 줄은 꿈에도 상상하지 못했다는 듯 아리아가 놀람을 금치 못했다.

"……너, 이름이 뭐지?"

"세그 루비라고 합니다."

세그 루비.

세그 자작가의 여식인 모양이었다. 황성에서 황태자비의 시중을 드는 시녀인 만큼, 귀족의 여식이 그 자리를 채우는 것이 당연했다. 그토록 바라던 아리아의 관심을 얻은 루비가 눈을 반짝이며 아리아의 다음 말을 기다렸다.

"좋아, 루비. 한스에게 가서 전해 줘. 내가 찾는다고 말이야."

"알겠습니다, 황태자비 전하."

게다가 따로 일까지 지시하여 퍽 화색을 띤 얼굴로 급히 저택을 빠져나갔다.

"아가씨, 어쩌시려고요……?"

그 모습을 지켜보던 제시가 어쩔 줄을 몰라 하며 아리아에게 물었다. 바삐 일하는 한스를 저택으로 불렀다면 남은 것은 한 가지밖에 없다는 것을 알면서도.

"어쩌기는. 너는 어서 치장이나 하렴. 설마 평생에 단 한 번뿐인 내 결혼식에 시녀 차림으로 참석할 건 아니겠지? 너를 대신할 시녀가 이렇게나 많은데."

"……."

"게다가 한스는 내 옛 지인이기도 하니 무를 생각은 없어. 그러니 가여운 한스를 홀로 참석하게 만들기 싫다면 어서 준비하렴. 그대로 간다고 해도 말리진 않겠지만."

반쯤 협박에 가까웠으나 그 속뜻은 다정하기 그지없었다. 아리아의 말을 들은 이들 중에 이를 느끼지 못한 이는 단 한 명도 없었다.

"아가씨……."

"하지만, 그대로 참석했다가는 내가 사 준 드레스가 네 옷장 속에서 울고 있을지도 모르겠어. 꽤 정성을 들인 드레스인데……. 디자이너가 얼마나 슬퍼할까? 가엾기 그지없어라."

거기에 한술 더 떠 온갖 이유를 다 붙여 가며 어서 결혼식에 참석할 준비를 하라는 아리아의 부추김에, 결국 우물쭈물 갈피를 잡지 못하던 제시가 천천히 고개를 끄덕였다.

"……감사해요, 아가씨."

"인사는 됐으니 어서 가 보도록 해."

그러고는 황급히 제 방으로 달려갔다.

제시가 사라지고 난 뒤, 아리아의 치장을 돕던 시녀들이 속으로 작게 웃으며 아리아의 고운 마음씨를 칭송했다.

얼마 뒤, 헐레벌떡 아리아가 자신을 찾는다는 소리에 헐레벌떡 저택에 찾아온 한스는, 무슨 큰일이라도 난 것은 아닌지 걱정하며 심각한 얼굴을 하고 있었다. 이제는 감히 안으로 들어가 아리아를 마주할 순 없었기에 한스가 문을 사이에 두고 퍽 다급한 목소리로 물었다.

"차, 찾으셨다고 들었습니다!"

"그래, 찾았지. 제시를 홀로 쓸쓸하게 두었잖아?"

"……예?"

"오늘 같은 날에 일이나 하고……. 선물을 그리 빨리 정리할 필요가 있어? 어디로 도망가는 것도 아닌데."

도망을 가진 않지만, 양이 너무 많아 시급히 처리해야 할 문제이기는 했다. 그게 한스의 일이기도 했다. 그러나 마음 한구석에선 역시 제시와 함께 식에 참석하지 못한다는 것이 마음에 걸렸던 모양인지, 타박하는 아리아의 말에 한스의 얼굴에 화색이 돌았다.

"그럼 저를 부르신 이유가……!"

"아마 지금쯤 준비를 마쳤을 테니, 제시를 데리고 가도록 해. 마차가 없다면 저택에서 빌려 가도 좋아. 가장 예쁜 마차로 말이야."

"……!"

아리아의 배려에 한스가 말을 잇지 못하고 있자, 그녀가 어서 가보지 않고 무엇을 하냐며 다시금 한스를 타박했다.

"제시는 내가 가장 아끼는 시녀이니, 부족함 없이 대해 주기를 바라."

한스의 능력이 뛰어난 것과, 그가 과거의 지인이었기에 여러모로 신경을 써 준 것이기는 하나, 그보다 더 큰 이유는 한스가 제시의 인연이었기 때문이었다.

아리아는 한스가 보란 듯이 성공하여 제시를 행복하게 해 주기를 바랐다. 아리아로서는 그의 성공보다는 제시의 행복이 우선이었다. 그러니 일에만 몰두하여 제시를 방치하면 곤란했다.

"아, 알겠습니다!"

대답과 함께 멀어지는 한스의 발걸음을 소리를 들으며 아리아가 한시름 놓은 얼굴로 거울 속 제 모습을 확인했다.

과거부터 지금까지 수많은 사람을 홀린 얼굴이 참으로 아름답기 그지없었다. 그냥 두어도 그 누구와도 견줄 수 없을 만큼 아름다운데, 식을 치르기 위해 정성을 다해 꾸며 놓으니 그야말로 그림이 따로 없었다.

'아스 님께서 좋아하셨으면 좋겠는데.'

아무런 치장을 하지 않아도 몰래 귀를 붉히며 좋아하는 아스이긴 했지만, 이렇게나 열심히 치장했으니 한 번쯤은 대놓고 좋아하는 티를 내 주었으면 좋겠다는 생각이 들었다.

"세상에, 예쁘기도 해라⋯⋯."

"하늘에서 내려온 천사가 따로 없구나. 내가 낳았지만 감탄이 저절로 나오네."

그사이, 준비를 마친 카린과 바이올렛이 아리아의 방에 찾아왔다. 슬슬 떠날 준비를 할 시간이었기 때문이었다. 황태자비의 티아라는 식을 진행할 때 황태자가 직접 올려 주었기 때문에, 틀어 올린 머리카락을 고정하는 보석 핀만이 차례를 기다리고 있었다.

이는 보통 신부의 어머니가 하는 것으로, 카린 역시 마땅히 자신이 하는 것이라 생각한 듯 핀을 손에 집으려던 그때였다.

"죄송하지만, 어머니. 핀을 꽂아 줄 사람은 따로 있어요."

"⋯⋯응?"

설마 바이올렛? 카린의 시선이 바이올렛에게 향했고 바이올렛 역시 믿기지 않는다는 듯 눈을 동그랗게 떴으나, 핀을 꽂아 줄 사람은 두 사람 모두 아니었다.

"그럼 누구……?"

도대체 누구기에 카린과 바이올렛을 제치고 아리아의 머리카락에 핀을 꽂아 준다는 말인가. 이는 시녀들 또한 궁금했던 모양인지 모두가 숨을 죽이고 아리아의 대답을 기다렸다.

"제 소중한 친구요."

그러니까 그게 누구기에. 대답을 대신 하기 위해서인지, 아리아가 오매불망 기다리던 '소중한 친구'가 얼마 지나지 않아 저택에 도착했다. 그녀는 바이올렛을 제외한 저택의 시종들과 카린, 그리고 황성의 시녀들 모두가 아는 인물이었다.

"사라!"

바로 빈센트 후작 부인이 된 사라였다.

"아리아! 세상에, 어쩜 이렇게 아름다울 수가 있죠? 감히 질투조차 나지 않을 정도로 너무 예뻐요!"

할 수만 있다면 아리아의 아름다움을 어딘가에 몰래 보관하고 싶어 하는 얼굴이었다. 머리핀을 꽂아 줄 이가 다른 누구도 아닌 사라라는 사실에, 카린이 조금 허탈해하면서도 어쩔 수 없다는 듯 웃었다.

"제 할머니세요. 처음 뵙죠? 이쪽은 제 가장 소중한 친구인 빈센트 후작 부인 사라랍니다."

"그랬군요. 아리아의 소중한 친구가……. 만나 뵙게 되어 반가워요, 아리아의 할머니랍니다."

"저야말로 영광입니다, 부인."

사라가 더할 나위 없이 우아하고 공손한 몸짓으로 바이올렛에게 인사했다. 귀족 중에서도 단연 돋보일 자태였다. 이에 바이올렛은 우아하고 기품 넘치는 사라가 퍽 마음에 든 모양인지, 아리아를 대할 때와 마찬가지로 부드러운 미소를 지었다. 아리아의 가장 소중한 친구인 덕도 있었다.

"사라. 사라가 제 머리핀을 고정시켜 줬으면 좋겠어요."

"……영광이에요, 아리아."

사라의 결혼식에서는 아리아가 그 역할을 대신했었다.

그때의 약속을 떠올린 듯 사라가 은은한 미소를 머금은 채 머리핀을 들었다. 이미 고정되어 있는 머리카락에 핀을 꽂는 일이었지만, 혹여나 실수를 할까 봐 손길이 섬세하고 신중하기 그지없었다.

"……다 됐어요."

"고마워요."

오매불망 차례를 기다린 것치고는 아주 간단하고, 금세 끝나 버렸지만 아리아와 사라는 다시금 자신들의 우애를 확인할 수 있었다.

마지막 준비까지 마친 아리아가 자리에서 일어나 자신의 옷차림을 한 번 더 확인하고는 사라와 카린, 그리고 바이올렛에게 아주 길고 부드러운 시선을 주었다.

오랜 시간과 먼 길을 돌아 드디어 아이에서 성인이 된 여인이 가족을 떠나 새로운 길을 향해 나아가기 위한 마지막 인사였다.

이는 차마 말로 표현할 수 없는, 설명할 수 없는 감정이었다. 그럼에도 모두가 이해하고 행복을 바라는 따뜻한 감정이기도 했다.

＊　＊　＊

준비를 마친 아리아가 저택을 나서기 전, 홀 창문 밖으로 보이는 마차에 잠시 시선을 두었다.

오늘을 위해 아리아에게 보내진 마차는 튤립과 보석으로 장식된 화려한 마차였다. 새하얀 차체가 따사로운 볕을 반사해 반짝반짝 빛이 났다. 그 빛이 마치 아리아의 앞날을 축복하는 듯 보였다.

이제 마차에 몸을 싣고 출발하면, 더는 카린의 저택에 돌아올 일은 없을 것이다. 중요한 짐은 모두 미리 황성으로 보내 놓은 참이었고, 데리고 갈 시녀들 또한 오늘 함께 입성할 예정이었기 때문이었다. 그러니 더는 저택에 돌아올 이유가 없었다.

"아가씨……."

"무슨 소리야, 이제 아가씨가 아니라 황태자비 전하시잖아."

"……이제 더는 아가씨께서 돌아오지 않으실 거라니, 믿기지가 않아요……!"

"아가씨……! 부디 황성에서도 잘 지내시기를 바라요!"

"분명 잘 지내실 거야!"

"부디 저희를 잊지 말아 주세요!"

주인이 없는 저택은 지상 낙원이 틀림없을 터인데, 저택의 시종들은 어째서인지 아리아가 떠나는 것을 슬퍼하며 눈물을 흘렸다.

처음 그녀가 백작저에 들어왔을 때는 천박하고 미천하다며 그리 욕을 했건만, 언제 그랬냐는 듯 깊은 충성심을 보이며 벌써부터 아리아의 부재를 슬퍼했다.

참으로 빠른 태세 전환이 아닐 수가 없었다. 과거에는 이들뿐만 아니라 거리의 아이들조차도 아리아를 욕했는데, 지금은 모두에게 사랑을 받고 있으니 아이러니하기 그지없었다.

'……고작해야 겉으로 보이는 태도만을 바꿨을 뿐인데.'

속은 여전히 어떻게 자신의 이득을 채울 수 있을지 생각했다. 게다가 목적을 위해선 수단과 방법 또한 가리지 않았다. 자신에게 해를 끼친 자에게는 죽음까지 선사하는 악녀이건만.

하지만 지금 생각해 보니 자신뿐만 아니라 모든 이들이 그러했다. 시종들 또한 자신들에게 이득이 되는 주인에게만 호감을 느끼지 않는가. 그러니 자신의 이익을 위해, 행복을 위해 이기적으로 행동하는 것에 양심의 가책을 느낄 필요는 없었다. 물론 죄책감이나 양심의 가책 따위, 느끼지 않게 된 지 오래였지만 새삼 그런 생각이 들었다.

"성에서 봬어요."

저택을 나서기 바로 직전, 아리아가 자신의 가족들을 향해 그리 말했다. 피아스트 후작가의 사람들은 아리아의 마차 뒤로 이어질 다른 마차에 타고 함께 황성으로 향할 예정이었기 때문이었다.

앞뒤로 백마를 탄 기사들을 대동한 아리아의 마차는 수도를 천천히 한 바퀴 돈 뒤에 결혼식이 거행될 황성으로 들어가게 되는데, 그 행렬의 뒤를 피아스트 후작가의 마차가 따르게 된다. 그리고 마차에서 내린 아리아를 아스가 맞이하는 것이 순서였고, 향후의 일정이었다.

"……그래요."

아주 당연한 순서임에도 대답하는 바이올렛의 표정에서 미약하게 쓸쓸함이 묻어나왔다. 이에 카린이 바이올렛의 손을 잡고 그녀를 위로했다.

"지금은 마차를 따로 타고 가지만, 황성에 가면 다시 볼 수 있는 걸요. 그리고 아리아가 자주 놀러 온다고 했으니, 즐거운 마음으로 기다리도록 해요. 어서 가렴, 아리아."

"네. 그렇게 할게요."

축하만 받아도 모자란 상황이었기에 분위기를 망치고 싶지 않다는 듯한 얼굴이었다. 이에 아리아가 동조하며 아주 공손하고 우아하게 마지막 인사를 마쳤다.

그럼에도 바이올렛이 쓸쓸한 얼굴을 지우지 못했기에, 이 이상 우울한 분위기가 지속되기 전에 출발할 생각으로 몸을 돌리자 시종들이 기다렸다는 듯 저택의 현관문을 열었다. 마차에 오를 시간이었다.

그래서, 그렇게 하려고 했는데.

"아스 님……?"

어째서 황성에서 자신을 맞이해야 하는 아스가 저택 현관 앞에 서 있는 걸까. 놀란 아리아가 잠시 얼이 빠져 자신을 기다리는 아스를 멍하니 응시했다.

눈앞에 보이는 아스가 현실이 맞느냐는 듯 가늠하는 눈빛이기도 했다. 그도 그럴 것이 새하얀 정장을 입은 아스는, 현실감이 느껴지지 않을 정도였기 때문이었다.

"데리러 왔습니다. 내 사랑스러운 비."

그런 아스가 아리아에게 손을 내밀었다. 잡으라는 뜻인 듯 보였다.

이에 아리아를 배웅하기 위해 홀에 모인 시종들이 얼굴을 붉히거나 손으로 입을 틀어막는 등의 반응을 내 보이며 다신 보지 못할 광경을 눈에 담았다.

"……얼마나 보고 싶으셨으면."

카린이 그 누구에게도 들리지 않게 조용히 혼잣말했다. 며칠 전에도 장신구 핑계를 대며 저택에 방문했던 아스였기에 그 목적은 불 보듯 뻔했다.

게다가 '내 사랑스러운 비'라니. 오늘 결혼식을 치르게 될 '예정'이니 틀린 말은 아니었지만, 아직 치른 것은 아니니 그리 부르기엔 섣부르다 볼 수도 있었다.

하지만 이를 지적했다가는 갖은 이유를 대며 아리아를 비로 불러 마땅하다는 핑계를 댈 것이 분명했다. 게다가 다른 누구도 아닌 아리아에게 저리도 팔불출같이 구는 모습이 퍽 보기 좋았기에, 그 누구도 아스의 과한 행동을 지적하는 이는 없었다.

"……아스 님."

얼굴을 붉힌 아리아가 아스의 이름을 불렀다. 만인의 앞에서 부끄러운 호칭으로 불리었으면서도 싫어하는 모양새는 아니었다. 아니, 오히려 그 기쁨을 표현하고 싶지만 어떻게 표현해야 할지 몰라 이름을 부르는 것으로 대신한 듯 보였다.

"잡으시지요."

아스의 재촉에 아리아가 천천히 그의 손을 잡았다.

태연한 태도, 말투와는 다르게 조금 긴장을 한 것인지 맞잡은 손에 힘이 들어가 있었다. 그럼에도 겉으로는 전혀 티를 내지 않은 아스가 아리아와 함께 저택을 빠져나와 마차에 올랐다.

과연 황태자비가 탈 마차라서 그런지 겉뿐만 아니라 안에도 정성스레 공을 들인 모양이었다. 포근한 의자에 착석하자 잠시 뒤, 마차가 기다렸다는 듯 출발하기 시작했다. 바삐 출발한 것치고는 퍽 느린 움직임이었다.

그것은 아리아가 창밖의 풍경을 보게 하기 위해서라기보다는, 제국의 국민들에게 새로운 황태자비가 탄생했다는 것을 알리기 위함이었다. 천천히 움직이기 시작한 마차 너머로 저택의 시종들이 일제히 허리를 숙여 자신에게 예를 표하는 것을 잠시 지켜보던 아리아가, 이내 그 모습이 작아져 사라지자 시선을 아스에게 돌렸다.

"여기까진 어떻게 오셨어요? 황성에서 기다리셔야 하는 게 아니었나요?"

"……내 비를 빨리 만나고 싶어서 그랬습니다. 지난번에 매정하게 저를 내치시지 않으셨습니까."

"그렇다고 순서까지 어기고 오시면 어떡해요."

그간 얼마나 공부를 열심히 했는데. 혹여나 작은 실수라도 하여 비웃음을 살까 봐 밤낮을 가리지 않고 열심히 지식을 채웠다.

그런데 아스가 이렇게나 쉽게 순서를 어기면 자신은 도대체 무엇 때문에 그리도 열심히 공부를 한 것인지. 그래서 억울함에 조금 타박하듯 되묻자, 아스가 아리아보다 더 억울한 듯 섭섭함을 감추지 못했다.

"비께선 순서가 중요하십니까, 제가 중요하십니까?"

"……네?"

갑자기 이 무슨 뜬금없는 질문일까.

"저는 한시라도 빨리 비를 뵙고 싶어 이렇게 한걸음에 달려왔는데, 순서가 더 중요하십니까?"

"그건…… 당연히 아니지요. 그깟 순서를 어떻게 아스 님과 비교할 수 있겠어요."

참으로 가치가 없는 질문이었기에 서둘러 대답하자, 그제야 표정을 푼 아스가 아리아의 손을 잡아 제 뺨에 가져다 대며 말했다.

"그렇게 말씀하실 줄 알았습니다."

이에 타박을 하던 아리아의 마음이 언제 그랬냐는 듯 녹아 없어져 버렸다. 마치 지금, 그리고 앞으로도 그렇게 다른 사소한 것이 아닌 자신만을 생각해 달라는 듯한 표정과 말투였기 때문이었다.

이렇게나 순식간에 마음을 녹여 놓다니, 참으로 신기했다. 한껏 풀어진 표정의 아리아가 조용히 아스의 눈을 응시하자, 그가 잡은 아리아의 손바닥에 천천히 입을 맞췄다.

방금 전까지 애정을 갈구하던 청년의 모습은 없었다. 고작해야 손바닥이었고, 장갑 위였지만 농밀하고 은근한 입맞춤에 아리아의 양 볼이 빨갛게 물들었다.

"아, 아스 님……."

결혼식에 참석하러 가는 마차 안에서 이래도 되는 것인지. 손바닥을 지나 손목으로 올라온 입술에 아리아가 아스의 이름을 불렀지만, 그는 대담한 행동을 멈추지 않았다.

오히려 뻔뻔하게도 눈 하나 깜빡이지 않고 아리아를 올려다보며 자신에게는 죄가 없다는 듯한 눈빛을 보내왔다. 작정한 듯 이제 더는 귀도 붉히지 않은 채 말이다.

어쩌지……. 이보다 훨씬 적극적인 남자도 수두룩하게 보았고 어렵지 않게 거절하는 방법도 알았지만, 어째서인지 아스에게는 그렇게 할 수…… 아니, 그렇게 할 생각조차 들지 않았다.

그래서 허리에 손을 감아 오는 아스를 어찌할 바를 모른 채 내버려 두는데, 뜻밖에도 그 행동을 막은 것은 아리아가 아닌 다른 이들이었다.

"와아아아!"

"황태자비 전하 만세!"

"부디 제국에 번영을 가져다주시기를!"

바로 창밖에서 들려오기 시작한 사람들의 목소리였다. 카린의 저택에서 벗어난 마차가 사람들의 왕래가 잦은 곳에 접어들었기에, 아리아의 행렬을 발견한 이들이 모두 목청껏 그녀를 축복했다.

"……."

그래서였다. 아스가 돌처럼 딱딱하게 굳었다. 아무리 아스라고 하여도 밖에서 마차를 향해 갖은 목소리를 내는 이들이 수두룩한데 모른 척 이를 무시할 수는 없었다.

"……축하를 하는 이들인데 왜 짜증이 나는 건지 모르겠습니다."

"제국의 국민들이니 그리 말씀하시면 안 되죠."

"그러니까 말입니다."

결혼식 당일까지 왜, 어째서. 그것도 하필이면 자신의 국민들이 훼방을 놓는 것인지. 그리 말하고 싶어 하는 아스가 자세를 바로 고치곤 아리아의 맞은편으로 자리를 옮겼다. 왜 그러나 싶어 가만히 아스의 행동을 지켜보자, 옷매무새를 다듬은 그가 마차의 창문을 열어도 되겠냐며 아리아에게 물었다.

"창문을 열어도 되겠습니까? 저들에게 인사를 해 주는 것이 황태자와 황태자비가 오늘 해야 할 일이지 않습니까."

정확히는 마차를 타고 황성까지 이동할 아리아 혼자 했어야 할 일이었지만, 뻔뻔하게도 아스가 자신의 이름을 끼워 넣었다. 짜증을 내면서도 제국의 국민들에게 인사를 하는 것은 잊지 않은 모양이었다. 과연 황태자다웠다.

"그렇게 해요."

이에 아리아가 작게 웃으며 허락했고, 곧 마차의 창문이 열렸다. 그러자 창문을 닫았을 때에는 미처 몰랐던 크기의 거대한 목소리가 마차 안으로 쏟아졌다.

"세상에! 아름답기도 하셔라!"

"저런 아름다운 분이 제국의 황태자비가 되셨다니!"

"부디 오래토록 제국을 행복하게 해 주세요!"

그들은 하나같이 밝은 표정과 목소리로 오늘을 축복했다.

결혼을 하는 것은 바로 자신이건만. 저렇게나 많은 사람들이 기뻐하고 축하해 주는 것이 참으로 이상하여 아리아가 어색한 얼굴로 손을 흔들었다.

"오오오오! 손을 흔드셨어!"

"황태자 전하도 계신 것 같은데!?"

"황태자 전하! 황태자비 전하!"

"부디 제국을! 이 나라를 좋은 곳으로 만들어 주십시오!"

그러자 마치 신의 축복이라도 받은 듯 환희를 감추지 못했다.

이에 생각지도 못했던 책임감이 생겨났다. 이 결혼이 아스와 자신만의 일이 아닌, 제국에서 나고 자란 모두의 일이기도 하다는 것을 새삼 깨달았기 때문이었다.

앞으로 자신이, 그리고 아스가 어떻게 마음을 먹느냐에 따라 저들의 인생이 송두리째 바뀔 수도 있었다. 자신과 같이 어린 시절을 불행하게 보낸 아이들을 수두룩하게 만들 수도 있었고, 만들지 않을 수도 있었다.

완벽하게 사라지게 만들 순 없겠지만 최소한으로 만들 수는 있을 거라는 생각이 들었다. 단순히 사리사욕을 채우기 위해 아카데미에 투자를 한 것이, 어떤 이들에게는 희망이 되었고 빛이 된 것처럼 말이다.

"아스 님."

"예."

"황태자비가 되어도 지금까지 해 왔던 걸, 모두 해도 될까요?"

그래서 아스가 당연히 허락할 일을 묻자, 기대했던 것보다 훨씬 짙은 미소로 그가 그리하라 대답했다.

"당연하지요. 지금까지 해 왔던 이외에도 비께서 하고 싶은 걸 모두 하셔도 됩니다."

아무것도 묻지도, 따지지도 않고 오롯이 자신을 믿어 주는 든든한 이가 곁에 있으니 어찌 그에게 도움이 될 일을 하지 않을 수가 있을까. 무시하며 과거의 멍청한 악녀처럼 흥청망청 살 수도 있었지만, 이리도 열렬히 환호하는 이들을 마주하니 그런 생각 따위는 전혀 들지 않았다.

"그렇군요."

아리아의 대답이 군중의 함성 속에 묻혔다.

마차가 황성에 도착하기까지 퍽 오랜 시간이 걸렸으나, 그 어느 한곳에서도 함성이 잦아드는 일은 없었다.

＊　＊　＊

마차가 아주 천천히 수도를 한 바퀴 돌아 만인에게 황태자비의 탄생을 알리고는 목적지인 황성으로 향했다. 속도가 퍽 느렸기에 마차 뒤로 사람들의 행렬 또한 이어졌다.

꽤 먼 거리를 돌아 목적지로 향하는 마차였음에도 사람들은 힘들어하는 내색 하나 없이 조용히 마차의 뒤를 따랐다. 이윽고 마차가 황성에 도착하고, 마땅히 아리아를 맞이해야 할 황태자가 나타나지 않아 국혼의 순서를 아는 일부 귀족들이 의아함을 표했다.

"전하께선 왜 나오시지 않는 것이지요?"

"이러다가 황태자비 전하께서 혼자 내리셔야 할 판이지 않습니까."

"세상에나, 그렇게 안타까운 일이 있을 수가."

"지금 이렇게 홀로 기다리고 계신 것도 가여우신데……."

"멀리서 마차가 모습을 드러내자마자 나오셨어야 하거늘……."

아스가 독단적으로 아리아를 마중 나갔기 때문이었다. 그 누구도 감히 상상하지 못할 만큼 이례적인 일이었다. 그래서 황태자 없이 홀로 마차 안에서 대기하고 있을 아리아를 가여워 하고 있는데, 마차를 호위하던 기사 중 한 명이 문을 열었다.

"어머나, 홀로 나오실 모양이에요."

"어쩜, 가엽게도……."

그리고 아주 당연하게도 다시금 아리아에 대한 동정 여론이 쏟아지는데, 그들의 예상을 모두 깨고 마차 밖으로 모습을 드러낸 것은 아리아가 아닌 아스였다.

"……!?"

"……어째서 전하께서……?"

"지금 이게 무슨……?"

외국의 왕족들도 참석한 자리였다. 그 어느 때보다도 격식을 차려 진행해야 함이 마땅한데 도대체 무슨 일이 일어나고 있는 것인지.

"내리시지요."

그러더니 이내 안쪽을 향해 손을 내밀었다.

설마, 정식으로 식을 올리기도 전에 함께 마차를 타고 온 것은 아니겠지!? 물론 남녀가 함께 마차를 타는 것이 금기시되는 것은 아니었지만, 오늘은 다름 아닌 국혼 당일이었다. 수십만 명이 제국의 얼굴을 지켜보는 가운데, 순서를 어기고 둘이서 마차까지 타고 왔다며 당당하게 자랑할 일은 아니었다.

때문에 국제적인 망신이라며 몇몇 귀족이 그럴 리가 없다고 애써 부정했지만, 기다릴 필요도 없이 결국 아리아가 내민 아스의 손을 잡고 마차에서 내렸다.

"……세상에."

"……어찌 전하께서 저런……."

공개적인 장소에서 망측한 짓을.

하지만 그런 제국의 일부 귀족들의 반응과는 달리, 대다수의 국민, 그리고 외국의 귀족들 또한 이를 유쾌히 웃어 넘겼다.

특히 크로아에서 온 귀족들이 그러했다. 아리아가 크로아의 후작 영애로 지낸 지는 얼마 되지 않았지만, 제국과 크로아를 넘어 먼 타국에까지 그 소문이 빠르게 퍼질 정도로 파급력이 있었기 때문에 아리아와 자신들을 동일시 여겼기 때문이었다.

크로아의 귀족들은 아스가 식의 순서와 예법까지 어기며 저리도 아리아에게 목을 매고 팔불출처럼 구는 것이 퍽 마음에 드는 모양이었다. 그만큼 크로아 출신의 귀족인 아리아가 대접을 받고 있다 생각한 덕이었다.

물론, 틀린 생각은 아니었다.

아스는 아리아를 위해서라면 지금 당장 이곳에서 다시 청혼을 하라고 해도 그리할 생각이 있을 정도였기 때문이었다. 무엇보다 크로아의 국왕인 로한의 성격이 꽤 자유분방하여 종종 예법과는 동떨어진 행태를 보였기에 남을 욕할 처지가 되지 못했다.

"뭐 그럴 수도 있지요."

"로한 님에 비하면 아주 정상이십니다."

"그렇지요. 순서야 뭐 어떻습니까. 국혼을 치른다는 것 자체가 중요하지 않겠습니까."

"로한 님께서는 언제쯤 저렇게 훌륭한 모습으로 성장하셔서 국혼을 치르실까요."

"불행히도 이미 다 성장하셨지요."

"이런, 정말 불행한 일입니다."

로한은 식이 거행될 홀에 마련된 자리에 착석한 상태였기에 크로아의 귀족들이 감추지 않고 막말을 털어 냈다. 황성 안으로는 들어갈 수 없었기에 성문 밖에 모인 수십만 명의 평민이 아리아와 아스를 향해 환호를 쏟아 냈다. 그들의 아리아에 대한 호감은 차고 넘칠 만큼이었기 때문이었다.

더불어 예법을 그리 중시하지 않는 데다가 표면적으로는 자신들을 위해 자비를 베푸는 황태자를 어찌 나쁘게 볼 수가 있을까. 모든 순서를 어길 생각은 없었는지, 마차에서 내린 아리아와 아스는 만개한 튤립으로 만든 길을 천천히 따랐다. 따뜻한 바람을 타고 싱그러운 튤립의 향기가 황성을 가득 채웠다.

자신을 향해 축하의 말을 아끼지 않는 수십만 명의 국민과, 과거에는 저주와 악담만을 늘어놓았던 귀족들의 따뜻한 시선. 그리고 제 손을 잡고 옆에 나란히 서서 함께 걷는 아스까지.

'이렇게 행복해도 되는 걸까.'

생각했던 것보다 더 벅차오르는 가슴에 아리아가 크게 숨을 몰아쉬었다. 꿈은 아닌지 몇 번이나 눈을 깜빡이기도 했다. 그와 동시에 부담감으로 불안감 또한 엄습했다. 긴장하여 입술이 바싹 말랐다.

이를 힐끗 흘겨 확인한 아스가 잡은 손에 조금 힘을 주며 퍽 걱정스러운 목소리로 아리아에게 물었다. 성 밖에서 들리는 목소리가 꽤 컸기에 그에 따라 아스의 목소리도 조금 커져 있었다.

"기분이 별로 좋아 보이시지 않습니다. 어디 아프신 건 아니신지요?"

"아뇨, 그럴 리가요……."

"그럼 왜……?"

아니라는 아리아에 아스의 표정이 퍽 어두워졌다.

혹여나 그간 몰랐던 자신의 단점이 떠올라 아리아의 마음이 변한 것은 아닌지 걱정하는 눈치였다. 평소 같았다면 그것이 아니라는 것을 단박에 알아챘을 아스였지만, 그 역시 아리아와 마찬가지로 상당히 긴장을 한 상태였다.

전 프레데리크 공작가의 장녀였던 이시스처럼 계약 관계에 의해 치를 뻔했던 혼인이 아닌, 진정으로 마음에 품은 여인과 치르는 결혼식이었기 때문이었다. 조금이라도 불안해하는 기색이 보이면 신경이 쓰이는 것이 당연했다.

그것이 아스의 표정에 그대로 나타났기에 이를 확인한 아리아가 그 역시 자신과 같은 상태라는 것을 깨닫고는 반대로 안정을 되찾았다. 긴장을 하는 것이 당연하다는 걸 깨달았기 때문이었다. 어느새 부드러운 미소를 띤 아리아가 아스의 손을 잡은 제 손에 조금 힘을 주었다.

"아스 님께서 마음이 변하시면 어쩌나 걱정이 되어서요."

그러고는 이제 괜찮다는 듯 여유롭게 입을 열었다. 늘 그랬듯 괜한 걱정을 할 필요가 없다는 의미를 담은 말이었다. 하지만 여전히 긴장으로 똘똘 뭉친 아스는 이를 심각하게 받아들이고는 절대 그렇지 않다며 필사적으로 변명했다.

"어째서 그런 걱정을 하시는지 모르겠습니다. 당연히 아니지 않겠습니까? ……제가 감히 어떤 불신을 드렸는지는 잘 모르겠습니다만, 부디 노여움을 푸시고 제 본심을 알아주셨으면 좋겠습니다. 저는 절대, 죽어 몸과 영혼이 모두 사라진 뒤에도 변심할 생각이 없습니다."

"……죽은 뒤에도요?"

"예."

그걸 어떻게 저리도 확신하는 것인지. 말도 안 되는 변명이자 주장이었다. 그럼에도 저렇게나 당연하다는 듯 선언하는데 어찌 이 이상 아스를 괴롭힐 수가 있을까.

게다가 이제 정말 식이 거행될 홀에 다다른 상태였기에 더는 대화를 주고받을 수 없는 상태였다. 이대로 아스를 불안에 떨게 한 채로 안으로 들어갈 순 없었기에, 아리아가 만면에 미소를 띠며 부디 꼭 그렇게 해 달라며 아스에게 대답했다.

"부디 꼭 그렇게 해 주세요."

"걱정하지 마십시오. 하지 말라고 해도 그렇게 하겠습니다."

그렇게 걱정을 덜어 낸 두 사람은 잠시 멈췄던 걸음을 재개해 홀

안으로 들어갔다. 홀 내부는 수십만 명의 목소리로 귀가 아플 정도로 떠들썩했던 외부와는 다르게 아주 조용하고 경건했다.

선택받은 각국의 고위 귀족들과 관계자들, 그리고 아리아가 특별히 자리를 부탁한 애니와 제시, 버붐 남작과 한스 등이 그곳에 자리하고 있었다.

그들의 시선을 한 몸에 받으며 아리아가 아스와 함께 천천히 앞으로 걸어 나갔다. 이제 곧, 제일 앞 단상까지 걸어가 머리에 티아라를 올리면 황태자비로소 인정을 받게 될 것이었다.

그리 생각하자 다시금 긴장이 되어 등이 빳빳하게 굳었다. 그러나 그것이 도리어 우아하고 기품 있는 자세를 만들어 냈기에 그 누구도 아리아가 긴장을 하고 있다는 것을 눈치채지 못했다.

그리고 이윽고 도착한 단상 아래에서 아리아와 아스가 걸음을 멈췄다. 참으로 멀고 험난한 길을 돌아서 도착한 목적지였다. 제국에서, 아니, 대륙에서 가장 천하다 여겨졌던 여인이 가장 고귀한 여인으로 변모하는 순간이었다.

지난 과거와 지금까지의 일들을 떠올린 아리아가 밀려오는 감동을 애써 삼키며 단상 쪽으로 들려오는 발소리를 향해 천천히 고개를 들었다. 준비한 티아라와 함께 등장할 대신관을 확인하기 위해서였다.

하지만 그곳에는 있어야 할 대신관 대신 아주 잠깐이지만 얼굴을 본 적이 있었던 다른 이가 있었다. 대신관이라면 마땅히 초면이어야 하거늘.

"……황제…… 폐하!?"

반역자들의 처형식에서나 잠깐 얼굴을 보았던 황제였다.

황태자의 결혼식이니 마땅히 황제가 등장하는 것이 이상하진 않았지만, 그간 그렇게나 몸을 사리며 모습을 나타내지 않았던 황제가 이제 와서 나타났다는 사실에 놀라지 않을 수가 없었다.

"아버지께서 이제야 마음이 놓이신 모양입니다. 그간 만에 하나라도 귀족들에게 목숨을 위협받으실까 봐 줄곧 성안에만 계셨지요."

아리아가 당연히 놀랄 것이라 생각했던 모양인지, 아스가 아주 조용히 아리아에게만 들릴 목소리로 속삭였다.

반역자들이 처형당한 지 한참인데 이제야 모습을 드러내다니. 어려운 일은 모두 자식에게 맡기고는 안락한 황성 생활을 즐겼다는 말이 아닌가. 그가 조금이라도 아스를 도왔다면 반역자들의 소탕이 더 빨리 끝났을지도 모르는 일이었는데.

어려워해야 마땅한 황제이거늘. 그리 생각하자 참으로 어리석다는 생각이 들었다. 그리고 저런 황제의 밑에서 아무것도 모른 채 살아왔기에 자신 또한 불행했을지도 모른다는 생각이 들었다.

이윽고 단상에 다다른 황제가 새로운 황태자비를 눈앞에 두고 황제가 준비한 축사를 내뱉기 시작했다. 대부분이 제국의 앞날과 번영을 바라는 내용이었다.

그는 이뤄 낼 수 없었기에 대신하여 아스가 이룬 과거의 일이건만. 그리 생각하며 축사를 듣는데, 몰래 손을 잡은 아스가 아주 조용히 아리아에게 속삭였다.

"아버지께선 곧 물러나실 예정이라고 하셨습니다. 그리고 수도를 떠나신다고 하셨습니다."

분수를 깨닫고 물러난다는 말인가. 아니, 지금까지의 일을 돌이켜 보면 목숨을 부지하려 물러난다고 보는 것이 타당했다. 지금은 반역자들을 물리치고 태평성대가 찾아왔다고는 하나, 언제 또다시 그런 자들이 나타나 황권을 위협할지 모르니까 말이다.

"티아라를."

이윽고 축사를 마친 엄숙한 목소리로 말했다. 그는 뒤에서 대기하던 시종에게서 황태자비의 티아라를 받아 들어 그것을 다시 아스에게 건넸다. 마치 저 자신이 축복이라도 내리듯 성스러운 표정이었다. 이렇게 평화로운 제국을 만드는 데 일조한 것이 그다지 없음에도 불구하고.

티아라를 받아 든 아스가 아리아를 향해 돌아섰다. 이에 아리아가 조금 고개를 숙여 그가 티아라를 머리에 올릴 수 있게 자세를 취했다. 떨어지지 않게, 아주 조심히. 시간이라도 멈춘 듯 아스가 아주 천천히 티아라를 아리아의 머리 위에 올렸다. 절대 떨어지지 않게 아주 조심스러운 손길이었다.

그렇게까지 하지 않아도 옆에서 대기 중인 시녀들이 떨어지지 않게 단단히 고정해 줄 것이 분명하건만, 만에 하나의 상황이라도 만들지 않겠다는 의지가 엿보였다.

"새로운 황태자비의 탄생에 축복을!"

그렇게 아리아의 머리 위에 티아라가 올라가자, 황제가 목소리를 높여 새로운 황태자비가 탄생했음을 홀에 널리 알렸다. 아직 반지 교환과 성수를 마시는 순서가 남아 있었지만, 이것만으로도 충분히 감동했다는 듯 카린과 바이올렛, 그리고 멀찍이 떨어진 곳에 자리한 사라가 눈물을 짜내기 시작했다.

그리고 이윽고, 아스와 아리아가 서로의 눈동자색을 딴 보석으로 만든 반지를 교환하자, 사리사욕을 채우려 아리아의 곁에 붙은 애니마저도 눈시울을 붉히며 손수건을 꺼내 들었다.

　새로운 황태자비의 탄생에, 그리고 황태자에게 반려가 생겼음에 축하를 아끼지 않았다.

외전2.

———

질투

외전2. 질투

　새로운 황태자비의 탄생과 황태자의 결혼식은 황족뿐만 아니라 제국 모두의 경사였다. 그간 귀족파에 눌려 별다른 행동을 취하지 않았던 황제를 대신할 차기 황제가 준비되었다는 뜻이기도 했다.

　식이 끝나고 황성 앞에 모여 있던 평민들은 거리로 뛰쳐나가 술과 노래, 그리고 춤을 곁들이며 저마다 새로운 시대를 맞이한 것을 기뻐했고, 귀족들 또한 저택으로 돌아가지 않고 황성에 남아 제국의 미래를 논하며 밤을 지새웠다.

　"전하께선 어디에 계시지?"

　"글쎄, 나도 아까부터 찾고 있는데 보이질 않으시는군."

　"도대체 어디에 가신 거야?"

　"확실한 건 정원에는 계시지 않는다는 게지."

　"설마 방으로 돌아가신 건 아니겠지?"

　"흠, 그랬다면 누군가는 보지 않았겠나."

물론, 귀족들의 가장 큰 목적은 오늘의 주인공인 아스와 아리아를 만나는 것이었다. 이미 한배를 탔음에도 불구하고 따로 얼굴을 마주하고 대화를 나누어 친분을 쌓고자 하는 이들이 수두룩했다.

귀족파에 반한 황태자파라고 하더라도 귀족은 귀족이었다. 사리사욕을 완벽하게 배제할 수 없었기에 그들은 아스와 아리아를 찾았다.

물론, 그들과는 다르게 순수한 의도를 가지고 아리아를 기다리는 사라와 빈센트 후작 또한 있었지만, 어떻게 된 일인지 그들 역시 아리아를 만날 수 없었다.

"만날 수 없는 모양이에요."

"식을 치른 첫날이니 그럴 만도 하지요. 큰 벽을 허물고 겨우 결혼을 했으니, 당연히 둘만 있고 싶어서 도망을 친 것이 아니겠습니까?"

퍽 섭섭해하는 사라의 목소리에 빈센트 후작이 이해한다는 말투로 대꾸했다. 마치 그 역시 그러했다는 듯한 얼굴이었다.

다른 이라면 모르겠지만, 도망을 친 이는 다름 아닌 제국의 황태자와 황태자비였다. 기다리는 이를 만나지 않고 모습을 감췄다고 해도 감히 그 누가 타박을 할 수가 있을까.

아스가 이럴 것을 예상이라도 한 것인지, 로한은 일찌감치 짧은 편지만을 남긴 채 제국을 떠났다. 애초에 크로아를 오랫동안 비울 수 없기 때문이기도 했다.

아리아의 친족인 피아스트 후작가의 사람들과는 잠깐 얼굴을 보고 대화를 나눈 참이었기에, 그들은 괜한 시간을 황성에서 허비할 것이 없이 카린의 저택으로 돌아갔다. 이제부터 아리아를 만나기 힘들어질 것을 알았기에 저택에서 잠시 쉬다가 크로아로 돌아갈 예정이라고 했다.

그렇게 모두를 따돌리고 시종까지 물린 아스가 아리아와 함께 도망친 곳은 뜻밖에도 황성의 정원이었다. 아리아도 일전에 방문한 적이 있는 곳이었다.

"바쁜 하루였습니다."

"……그러게요."

아스의 말에 아리아가 잔잔한 연못을 보며 대답했다.

그의 말대로 참으로 바쁘고 정신없던 하루였다. 정원으로 도망치지 않고 그대로 남아 모든 일정을 소화했다면 쓰러졌을지도 모를 바쁜 하루이기도 했다. 그런 아리아를 배려해 아스가 황족 이외에는 들어올 수 없는 황성 정원으로 데려온 것이었다.

"앞으로 계속 바쁠 텐데, 괜찮으시겠습니까?"

"이보다 더 바쁜 적도 많았는걸요. 시간을 되돌릴 만큼요."

비록 모래시계를 사용하면 하루를 꼬박 자야 했지만, 그만큼 돌린 시간을 몇 배나 더 귀하게 사용했었다. 게다가 더는 하찮은 이유로 자신을 해치려 하는 사람이 없기에, 바빠 몸은 피곤하다고 해도 정신만큼은 그리 피곤하지 않았다. 그것만으로도 충분했다.

"제가 감히 제 비를 너무 과소평가했던 모양입니다."

"예, 그러니 너무 걱정하지 않으셔도 돼요. 저보단 전하께서 더 피곤하실 것 같은데 침실로 돌아가지 않으셔도 되나요?"

침실로 돌아가지 않겠냐는 아리아의 물음에 아스가 미간을 찌푸렸다. 굉장히 싫은 것을 떠올린 얼굴이었다. 다른 것도 아니고 침실로 돌아가자는 말에 왜 저런 반응을 보이는 것인지. 이해할 수 없음에 아리아가 눈을 끔뻑이며 아스의 대답을 기다렸다.

"거긴…… 지금쯤 인산인해를 이루었을 겁니다."

"……인산인해요?"

남의 침실에? 왜? 아리아가 다시금 대답을 기다렸다.

이에 아스가 잠시 머뭇거리다가 이내 어쩔 수 없다는 듯 천천히 대답했다.

"……황족의 첫날밤이니까요. 지켜보는 것이 관습입니다."

"지, 지켜본다고요!?"

아리아가 목소리를 높이다 못해 소리를 치며 되물었다. 어째서 첫날밤을 지켜본다는 것인지! 원래 결혼을 하면 그런 건가……!? 충격으로 그 이상의 말이 나오지 않았다. 눈꺼풀이 파르르 떨리며 눈동자가 이리저리 방황했다. 그 어느 때보다도 당황한 모습이었다.

"황족의 결혼은 정략결혼이 대부분이기 때문에, 정말 밤을 보내는지 확인하기 위해서죠. 후세를 가져야 하니까요. ……이렇게 당황하시는 것을 보니, 이곳으로 오기를 잘했다는 생각이 듭니다."

"……탁월한 선택이셨어요. 끔찍한 일이기 그지없네요. 어째서 그런 이상한 관습이 있는 건지……."

누군가 지켜보는 가운데 첫날밤을 치르게 된다니, 그보다 더 끔찍한 일이 있을까. 무덤에 갈 때까지 기억할 수치가 될 것이다.

하지만 싫은 것은 싫은 것이고, 계속 이곳에 있을 순 없는 노릇이었다. 식을 올린 신부가 연못 앞에서 하룻밤을 보낸다니. 그보다 더 불행한 일이 있을까.

"그럼, 이제 어쩌죠?"

아리아의 물음에 아스가 조심스레 대안을 내놓았다. 생각해 둔 바가 있는 모양이었다.

"이전에 가 보셨던…… 제 별장으로 가시겠습니까?"

아스의 별장. 그 말에 아리아는 단박에 숲속에 덩그러니 놓인 그의 별장을 떠올릴 수 있었다. 그곳이라면 그 누구도 오지 못할 것이 분명했다.

이에 아리아가 냉큼 고개를 끄덕이려는데, 아스가 서둘러 다음 말을 덧붙였다.

"다만, 문제가 하나 있습니다."

"문제요……? 무슨 문제요?"

거긴 아무도 없는 걸로 아는데. 설마, 이런 상황을 대비해 누군가 대기하고 있는 것은 아니겠지. 그리 생각하며 빨리 대답해 달라는 표정으로 재촉하자, 어느새 가라앉아 퍽 짙어진 파란 눈으로 아리아를 잠시 응시하던 아스가 이내 천천히 그 대답을 내놓았다.

"아시다시피, 그곳으로 가면 저희 둘 외엔 아무도 없습니다."

"……네? 그게 어째서 문제……."

그리 묻던 아리아가 말을 다 마치지 못하고 딱딱하게 굳었다. 아스의 말이 그저 보는 이가 없을 거라는 뜻만 내포하고 있지 않다는 것을 깨달았기 때문이었다.

그것은 아스의 가라앉은 눈만 보아도 알 수 있었다. 그토록 바라고 바랐던 이와 혼인을 하여 단둘만 지낼 수 있는 곳에서 밤을 보내게 될 터이니, 생각하는 것은 하나밖에 없을 것이 분명했다.

"……그럼 어서 가야겠네요."

그리고 그것은 아리아 역시 바라던 바였다. 아리아의 대답이 떨어지자 아스가 눈을 휘둥그레 떴다. 미처 생각지 못한 대답인 듯싶었다.

"가기 싫으세요?"

이번에는 아리아가 아스에게 물었다.

싫을 리가. 이에 아스가 서둘러 아리아의 손을 잡았고, 이내 두 사람의 모습은 정원에서 흔적도 없이 사라졌다.

* * *

아스의 말대로 별장은 집사조차 없이 텅텅 빈 상태였다. 아니, 어쩌면 그것을 확인할 겨를이 없었던 것일지도 모른다. 늘 저택 근처의 숲으로 공간을 이동했던 아스는, 이번에는 어째서인지 저택의 안, 그것도 침실로 단박에 공간을 이동했다.

아무도 없는 황궁 정원이기는 했지만 시야가 트였던 곳에서 막힌 방으로 이동하자, 그의 눈빛과 행동이 바뀌는 것은 순식간이었다. 아무런 준비조차 하지 못했건만. 아스의 손이 아리아의 허리에 감겼다. 나머지 손은 아리아의 보드라운 뺨을 쓸었다. 허락을 구하는 손길이었다.

이런 상황에서도 허락을 먼저 구하다니. 늘 생각하는 것이지만 참으로 자상하고 다정한 남자라며 아리아가 이내 아스의 목에 팔을 두르며 눈을 감았다.

그러자 입술이 겹치는 것은 눈 깜빡할 새였다. 정중하게 의사를 묻던 모습은 온데간데없었다. 이제 그 누구의 방해도, 눈치도 보지 않아도 되거늘. 그의 행동에는 조급함이 거칠게 묻어났다.

지금까지 몇 번이나 장난스럽게 도발해 온 아리아를 애써 외면하며 참으로 오래 참은 탓이기도 했다. 이대로 뼛조각 하나 남기지 않고 아스에게 모두 먹혀 버릴 것 같은 기분이 들자, 아리아는 온 몸이 오싹오싹했다. 허리를 감은 아스의 손에 힘이 들어갔기에 더욱 그런 생각이 들었다.

"하아……."

깊게 맞부딪친 입술이 잠시 떨어지자, 형용할 수 없는 숨이 터져 나왔다. 어쩐지 그것이 조금 부끄러워 목에 두른 손으로 아스의 어깨를 쥐는데, 갑자기 시야가 돌변하며 등에 푹신한 이불이 닿았다. 그 뒤로 곧장 그녀의 허리를 감고 뺨을 쓸었던 손은, 어느새 아리아를 감싼 거추장스러운 천 조각을 벗기는 데 여념이 없었다.

"잠……!"

깐 기다리라고 말하고 싶었는데. 입 밖으로 소리를 내지 못하게 만들 만큼 부드러운 손길에 말을 다 끝내지 못하고 아스의 어깨만 꽉 쥐었다.

등줄기를 타고 오른 감각이 머릿속을 어지럽혔다. 생전 처음 닿는 곳에서 느껴지는 생경한 감각에 속수무책으로 숨을 삼켰다. 이에 조금 더 조급해진 아스가 아리아의 입술을 떠나 그녀의 목을 물었다.

"아웃……!"

결코 가볍지 않은 그 느낌에 아리아가 짧게 목소리를 높였다. 그것은 한 번뿐이 아니었다. 아스는 잠깐의 쉴 틈을 주지 않고 아리아를 궁지에 몰아넣었다.

아스가 다시 깊게 입을 맞추며 제 거추장스러운 의복을 벗어던졌다. 참으로 거칠고 성급하기 짝이 없는 손길이었기에 몇 번이나 손이 어긋나 쓸데없는 시간을 소모하고 있을 때였다.

"자, 잠깐만요……!"

그제야 작게나마 여유를 찾은 아리아가 참으로 당혹스러워하며 아스의 어깨를 힘껏 밀어냈다. 한껏 열이 올라 뺨을 붉게 물들인 아리아가 미처 가다듬지 못한 숨을 가쁘게 내쉬며 아스를 뚫어져라 응시했다.

하지만 이는 무언가를 묻고자 아스를 밀어낸 아리아에게 그다지 도움이 되지 않는 모습이었다. 이에 아스가 미간을 찌푸리는 것을 확인한 아리아가 서둘러 입을 열었다.

"어, 어째서. 어째서 이렇게……. 이렇게……!"

이렇게? 묻고 싶은 것이 있다면 빨리 물어 주었으면 좋겠다는 듯 아스가 깊은 한숨을 내쉬며 다음 말을 재촉했다.

"이렇게?"

"이렇게…… 능숙하신 거죠!?"

그렇게 재촉하여 이어진 아리아의 물음은 잔뜩 흥분하여 흉흉한 눈빛을 내뿜고 있던 아스를 순식간에 얼려 버리기 충분했다.

"그게 무슨……?"

"분명 아스 님은 저 외의 여자가 없었던 걸로 아는데……!"

그런데 어째서 그보다 10년은 더 산 자신을 이토록 엉망으로 만들어 버리는 것인지. 왜 자신의 혼을 빼놓는 것인지. 이는 아리아조차도 잘 모르는 생소한 행위였다. 그런데, 어째서 아스가.

아리아가 의심하며 묻자, 아스의 눈매가 가늘어졌다. 눈빛이 다시금 짙어졌다. 그가 퍽 위협적인 목소리로 아리아의 뺨을 쓸며 되물었다.

"그건 능숙한지 아닌지 아시는 비께 제가 드려야 할 질문이 아닌지요."

"그, 그게 무슨 말씀이세요……! 저는 이래 봬도 결코 특정의 남성과 깊은 관계를 가진 적은 없는걸요……!"

이에 아리아가 당황하여 그녀답지 않게 더듬거리며 대답했고, 아스가 피식 웃으며 아리아의 뺨에 입을 맞췄다.

"저도 그렇습니다. 그저 교육의 일환으로 배웠을 뿐입니다. 그게 비를 만족시켰다니, 참으로 기쁜 일이 아닐 수 없군요."

"……누구한테요?"

"황실에서 전해지는 서적과…… 이를 설명해 줄 사람 정도였습니다."

"……서적과 설명만으로 이렇게, 이렇게 능숙…… 하신 거라고요?"

아리아가 믿지 못하겠다는 듯 눈을 끔뻑이며 되물었다.

이에 아스가 아리아의 위로 긴 그림자를 만들어 내며 의미심장한 미소를 띠고 대답했다.

"예, 정말입니다. 그러니 서적과 설명으로 공부한 제가 어디까지 비를 만족시킬지, 시험해 보시겠습니까?"

그러나 눈빛만큼은 여전히 흉흉했다. 빨리 그러라고 대답하라 재촉하는 듯 잔뜩 날이 서 있었다. 그러니 어찌 그렇게 하라고 대답하지 않을 수가.

"……만약 거짓말이면 화를 낼 거예요."

그 대답에 아스의 얼굴에서 다시금 미소가 사라졌다.

뻗은 손은 여전히 거칠었고 조급했으나, 아리아를 궁지에 몰아넣어 오롯이 아스에게만 매달리게 하기에 충분했다.

* * *

아리아와 함께 황성에서 사라졌던 아스는 사흘이나 더 별장에서
지내다가 이내 아무 일도 없었다는 듯 다시 조용히 황성으로 돌아
갔다. 고작해야 작은 별장에서 지내는 사흘이었지만, 두 사람에게
는 지금껏 살아온 순간 중에 가장 행복하고 즐거운 시간이었다.

하는 것도 별로 없었다. 할 것이 없기도 했다. 있는 듯 없는 듯
조용히 집사가 준비한 음식을 먹는 것 이외에는 거의 침실에 틀어
박혀 있다시피 했다. 그것만으로도 충분했고 넘쳤다.

때문에 마음 같아서는 만사를 제치고 별장에서 몇 년이고 지내고
싶은 심정이었지만, 그럴 수 없다는 것을 누구보다 잘 알았기에 다
음을 기약하며 애써 남은 미련을 겨우 떨쳐 냈다.

물론 아무에게도 알리지 않은 것은 아니고, 아리아가 잠이 든 사
이 몰래 공간을 이동해 잠시 황성을 떠나 있겠다고 전해 둔 참이었
다. 그랬기에 무려 국혼 당일에 이루어진 황태자와 황태자비의 도
주는 큰 소란으로 번지는 일 없이 조용히 끝을 맺었다.

그리고 얼마 뒤.

"벌써 아침이라니……."

창문으로 스며들기 시작한 햇살에 아스가 제 팔을 베고 누운 아
리아를 응시하며 조용히 혼잣말했다. 어째서 아침이 이토록 빨리
찾아오는 것인지 모르겠다며 짜증을 내는 말투이기도 했다.

황성으로 돌아온 이후로 줄곧 그러했다. 아리아와 함께 있는 시
간보다 떨어져 있는 시간이 더 많았다. 하지만 어쩔 도리가 없는

일이었다. 자초한 일이기도 했다.

그렇지 않아도 국혼 때문에 일이 밀려 있었는데, 국혼이 끝난 뒤 아리아와 별장으로 도망쳐 며칠이나 돌아가지 않았기 때문이었다. 사흘이라는 시간은 아스를 일의 구렁텅이로 몰아넣기에 아주 충분한 시간이었다.

"……아스 님?"

그랬기에 오만 곳에 난 짜증을 아리아의 자는 얼굴을 응시하며 애써 삭이고 있는데, 아침이 되어 천천히 눈을 뜬 아리아가 마주친 아스의 눈을 바라보며 이름을 불렀다.

그러자 언제 짜증과 화가 났냐는 듯 아스의 가슴에 뿌듯함이 차올랐다. 달에 한 번 보는 것도 힘들었던 과거에 비하면 참으로 행복하기 그지없다고 생각이 들었다.

"……내 비께서 깨어나셨군요."

"네. 좋은 아침이에요, 아스 님. 간밤에 좋은 꿈을 꾸셨나요?"

좋은 꿈이라.

사실 그리 오래 자지 못하고 대부분의 시간을 아리아를 응시하는 데 소비한 참이었다. 하지만 그것이 한낱 꿈보다 더 만족스럽고 소중한 시간이었다.

"예. 아주 좋은 꿈을 꾸었습니다. 비께서도 그러신지요?"

그래서 아스가 그렇다고 대답하며 아리아의 이마에 짧게 입을 맞췄다. 그러자 사르르 웃은 아리아가 자신 또한 그렇다고 대답했다.

"네. 아스 님."

어찌 이렇게 사랑스러울 수가.

참으로 신기할 정도였다. 별것 아닌 대화에도 이토록 행복할 수 있다니. 주체할 수 없는 감정에 아스가 아리아를 품에 꼭 안았다. 할 수만 있다면 이렇게 하루 종일 시간을 보내고 싶다고 생각했다.

하지만 얼마 지나지 않아 기척을 내어 하루의 시작을 알리는 시녀들에 아리아를 놓아주어야만 했다. 그러자 언제 기분이 좋았냐는 듯 다시 순식간에 곤두박질쳤다. 세안을 하고 의복을 갈아입는 것조차 참으로 짜증이 났다. 이제 아침을 들고 나면 아리아와 한참이나 떨어져 있어야 했기 때문이었다.

그래서 음식을 먹는 둥 마는 둥 하며 최대한 식사 시간을 끌어 보는데, 아리아는 자신과 같은 마음이 아닌 듯 평소처럼 식사를 끝내고 시녀가 가져온 차를 손에 들었다.

"향기가 좋은데?"

"제철 과일로 만든 차입니다."

"달콤한 복숭아 향이 나."

"예. 복숭아로 만든 차입니다. 황태자비 전하."

"그래? 맛도 괜찮네."

"입에 맞으시다니 영광입니다. 점심에도 올릴까요?"

"그렇게 해 줘."

아리아의 칭찬에 시녀가 얼굴을 붉혔다.

조금이라도 떨어지고 싶지 않은 아스와는 다르게, 황태자비가 된 아리아는 생각보다 더 황성 생활에 잘 적응하는 듯 보였다. 시종들이 아리아를 꽤 잘 따랐고, 아리아 역시 적응하기 위해 갖은 노력을 아끼지 않았기 때문이었다.

물론 실제로는 예법을 새로 배운다거나, 황태자비가 해야 할 일을 배운다거나, 여러 사람들을 파악해야 한다는 등의 어려움이 있었지만, 아리아가 싫은 소리 한 번 내지 않고 열심히 노력했기에 대부분의 사람들이 기쁜 마음으로 아리아가 황성에 적응할 수 있게 도와주었다.

예법에 엄격한 잣대를 들이미는 황성의 사람들임에도 불구하고, 아리아의 작은 실수에 가벼운 웃음을 지을 정도로 모두가 그녀를 마음에 들어 했다.

"저녁에 뵈어요, 아스 님."

식사를 마친 아리아가 아스의 뺨에 입을 맞추며 부드럽게 웃었다. 없는 시간을 쪼개서 아리아와 식사를 하고 싶었으나, 주변에서 자신과 아리아를 가만히 두지 않았다.

틈만 나면 아리아를 만나 대화를 나누고 싶어 하는 이들로 황성이 인산인해였기 때문이었다. 가뜩이나 배울 것이 많아 공부를 하는데 대부분의 시간을 보내는 아리아였는데, 방문객들 또한 상대해야 했기에 그녀 역시 자신과 마찬가지로 시간이 부족하고, 또 부족했다.

"예……. 저녁에 뵙겠습니다."

사랑하는 사람이 문제없이 잘 지내고 있다는 것에 응당 기뻐해야 마땅하거늘, 이상하게도 아주 섭섭했다. 그리고 짜증이 났다.

"아스테로페 전하. 남쪽 지방의 상황을 정리한 보고서가 도착했습니다. 들여보낼까요?"

"……."

"……전하?"

때문에 일에 전혀 집중할 수 있는 상태가 아니었다. 쪽잠만 자며 일을 해도 모자랄 정도로 일이 터져 나가는 상태인데도 말이다.

한시라도 빨리 일을 처리해야 아리아를 만날 수 있거늘. 이런저런 생각으로 도저히 일에 집중할 수 없어 평소보다 배는 느린 속도로 서류를 검토하는 것이 전부였다.

"……들여보내."

"예."

방문객을 알린 지 한참이 지난 뒤에야 겨우 아스의 허락이 떨어졌다. 분명 저 서류를 받는다면 더는 도망칠 수 없을 만큼 일이 늘어나겠지만 어찌할 도리가 없었다.

"표정이 좋지 못하십니다, 전하. 무슨 일이라도 있으십니까?"

보고서를 가져온 레인이 눈에 띄게 안 좋은 아스의 얼굴을 살피며 그리 물었다.

결혼한 지 얼마나 지났다고 벌써부터 저리 죽상인 건지. 그렇게 죽고 못 살 것처럼 굴더니, 하루아침에 황태자비가 싫어졌을 리는 없을 테고, 도대체 무슨 일일까. 자신의 물음에 아스가 미간을 좁히며 대답하지 않자, 레인이 시종들을 모두 물리며 다시금 그 까닭을 물었다.

"제가 도울 수 있는 일이라면 돕겠습니다. 어차피 당분간 수도에서 지내야 하니까요."

"그래? 그럼 나 대신 서류를 검토해 줄 건가?"

"……예? 그래도 된다면 그렇게 하겠습니다."

그 대답에 더 짜증이 난다는 듯 아스가 책상 위로 펜을 집어던졌다. 그럴 수 없다는 것을 알면서 그리하겠다는 레인 때문이었다. 황태자비는 알까 몰라, 저런 황태자의 더러운 성질을. 아마도 모를 것이 분명하다며 레인이 가만히 아스가 화를 내는 이유를 생각했다.

일이야 늘 많았고 바빴는데 갑자기 이리도 짜증을 내며 대신 일을 해 달라고 하다니……. 크게 고민하지 않아도 결론에 다다를 수 있었다. 예전에도 몇 번 겪은 일이기도 했기 때문이었다.

일 때문에 바빠서 황태자비를 자주 만날 수 없다는 것에 불만을 가진 거겠지. 게다가 황태자비가 황성에서 아주 잘 지내고 있다는 소문 또한 들은 참이었다.

아무리 아비가 고위 귀족이라고는 하나, 어미가 매춘부인 미천한 태생임에도 불구하고 모두에게 사랑받는 황태자비라고. 아리아 이전에 황태자비 후보였던 이시스와 비교하면 그 출신이 하늘과 땅에 가까운 차이가 났다.

그럼에도 불구하고 제국 모두의 관심이 아리아에게 쏠려 있어 듣고 싶지 않아도 들을 수밖에 없었다. 그랬기에 크게 고민하지 않아도 아주 적절한 결론을 찾을 수가 있었다.

바로 아리아를 만나지 못한 섭섭함과 자신을 대신해 그녀를 만나고 있을 사람들에 대한 질투일 것이 분명했다. 고지식하고 일밖에 모르는 황태자가 갖기엔 생소한 감정이었으나 그것밖에 없었다. 아주 익숙한 그 상태에 늘 그랬듯 레인이 대안을 내놓았다.

"제가 보고 올까요?"

"뭘?"

"황태자비 전하 말입니다. 어차피 전하께서 보고서를 검토하시고 다음 지시를 내리실 때까지 전 할 일이 없으니까요. 황성을 활보하는 한량인 척 굴면 되겠지요. 전하께서 가실 순 없으실 테니 말입니다."

"……."

"시종인 척하는 것도 나쁘지 않겠습니다. 제 얼굴을 제대로 아는 이는 별로 없으니까요."

이미 몇 번이나 전적이 있는 참이었다.

새삼스러울 것도 없었다. 아리아를 따라다니며 그녀의 상태를 보고하는 것은 레인의 담당이었다. 그랬기에 처음 황태자가 아리아를 미엘르로 오해했을 때에도 제일 먼저 그 정체를 간파할 수 있었다.

"……매시간 보고해."

"알겠습니다."

결국 늘 그랬듯 아스의 허락이 떨어졌고, 레인이 곧장 집무실을 떠났다.

여차하면 아스의 심기를 단박에 풀어 줄 수 있는 비책을 사용해야겠다며 콧노래를 부르며.

* * *

"세상에, 레인 님 아니세요?"

"님이라니요. 이제 그냥 레인이라고 불러 주십시오."

오랜만에 만난 레인에 아리아가 반색하며 그를 반겼다.

화사한 미소를 지으며 레인을 맞이하는 아리아는 마치 하늘에서 내려온 천사가 따로 없었다. 저러니 걱정을 할 만도 하지. 아스의 심정을 백번 이해한다며 레인이 아리아에게 미소를 돌려주었다.

"바쁘신데 괜히 찾아온 것은 아닌지 모르겠습니다."

그의 말대로 귀부인들의 무리에 둘러싸인 아리아는 정말 바빠 보였다. 다들 제국에서 꽤 높은 자리에 있는 귀족들의 부인들이었다. 새로운 황태자비가 즉위했으니 찾아오는 것이 마땅했다. 그것이 시험이든, 친분이든. 레인의 정체를 궁금해하는 귀부인들이었기에, 아리아가 설명을 하려 하자, 그보다도 빠르게 레인이 스스로 소개를 시작했다.

"주인님의 심부름으로 잠시 황성에 들렀습니다. 황태자비 전하와는 오래전부터 안면이 있어 잠시 인사를 하러 들른 참입니다. 피노 레인이라고 합니다."

"그러셨군요."

"어쩐지 익숙한 이름이네요."

"저도 그래요. 피노…… 피노라……. 어디서 들었더라?"

그 소개에 아리아가 눈을 동그랗게 떴다. 아직도 정체를 숨기고 다니느냐는 물음이었다.

슬슬 들킬 때도 되었건만. 아니, 저리도 활발하게 제국을 돌아다니는데 왜 아직도 정체를 들키지 않았냐는 물음이기도 했다.

"그러고 보니, 부인들께선 소문을 들으셨습니까?"

"소문이요?"

"예. 굉장히 아름답고 참신한 드레스를 만든다는 새로운 디자이너가 주목을 받고 있다는 소문 말입니다."

"그런 사람이 있다고요?"

"예. 그렇습니다. 황태자비 전하께서도 아실 법한 인물이지요."

"황태자비 전하께서도 아시는 인물이라고요?"

그런 사람을 알고 있다니. 모두의 시선이 아리아에게 쏠렸다.

언제 또 그런 소문을 들었을까. 지원을 결정한 것이 바로 얼마 전의 일인데. 결혼식 드레스를 고를 때, 감히 주제도 모르고 자신에게 망발을 했던 디자이너에게 대가를 치르게 하기 위함이었는데, 그 소식을 어떻게.

그런 표정으로 레인을 흘긴 아리아가 분명 무언가 꿍꿍이가 있어 그런 것이 틀림없다는 얼굴로 자연스럽게 레인의 말에 긍정했다.

"……예. 뭐……. 제가 눈여겨보고 있던 디자이너일지도 모르겠네요. ……이번에 투자를 결정했죠."

"세상에. 그런 디자이너가 있었다면 진즉 말씀을 해 주셨다면 좋았을 것을."

"지금이라도 늦지 않았지요. 어서 어떤 디자이너인지 말씀해 보세요."

부인들의 관심을 단박에 끌 만한 주제를 꺼낸 레인이 아주 자연스럽게 그 틈바구니를 헤치고 들어가 자리에 앉았다. 허락도 구하지 않았건만, 아주 자연스럽게 말이다.

"수도에서는 아직 무명이지만 남쪽 지방에서는 꽤 이름을 알린 디자이너지요."

조금 더 귀부인들 사이에서 버티기 위해 레인이 자신이 알고 있는 바를 술술 털어놓기 시작했다. 별로 숨길 만할 내용은 없었다. 그 디자이너 역시 아리아의 투자를 받게 된 직후부터 기쁨을 감추지 못하며 이곳저곳에 자랑하고 다닌 덕분이었다.

얼마 되지도 않았건만, 벌써 남쪽 지방에는 소문이 파다하게 난 참이었다. 아리아에게서 간택을 받았다는 것은 능력을 인정받았다는 것과 동시에 그 명성을 대륙 전역에 떨칠 수 있는 기회를 얻은 것과 마찬가지였기 때문이었다. 그러니 어찌 자랑을 하지 않을 수가.

마침 남쪽 지방에서 올라오던 차에 듣게 된 소식이었기에 참으로 다행이라 생각한 레인이 적당히 정보를 털어놓고는 어느새 제 앞에 놓인 차를 한 모금 마셨다. 바통을 아리아에게 넘겼다. 레인은 수다를 떨기 위해 온 것이 아닌, 화제만 던져 놓고 조금 떨어진 곳에서 아리아를 관찰하고 정보를 얻는 것이 목적이었기 때문이었다.

"……후에 수도에 방문하기로 되어 있으니, 그때 정식으로 소개해 드릴게요. 아직 조금 미숙한 점이 있어 실망하실지도 모르겠지만요."

"그럴 리가요. 정말 기대되는군요."

"그러게요. 아름다운 것을 만들어 내는 이는 많으면 많을수록 좋으니까요."

"그렇지요. 저희가 모르는 것들을 많이 아시는 현명한 황태자비 전하가 계셔서 너무도 다행이에요."

시험을 하러 온 것은 아닌 듯, 그녀들은 진심으로 아리아에게 호감을 갖고 있는 듯 보였다. 애초에 귀족파에 눌려 조용히 지내던 자신들의 세력을 여기까지 끌어올려 준 장본인이니 싫어할 리가 없었다.

게다가 아리아는 크로아를 등에 업고 있었으며, 평민들의 대부분이 그녀의 편이기도 했다. 더욱이 황태자의 열렬한 애정까지 받고 있으니 어찌 아리아를 싫어하거나 배척할 수가 있을까. 잘 보여야 마땅했다. 편이 되어야 마땅했다. 혹여 싫어도 싫다고 내색할 수 없는 존재였다.

"과찬이세요. 많이 배워야 하는걸요."

이에 아리아가 조금 얼굴을 붉히며 대답하자, 귀부인들이 부채로 제 입매를 가리며 저마다 아리아에 대한 호감을 숨기지 못했다. 남녀노소 가리지 않고 사람을 홀리는 얼굴이었다. 마치 그리하겠다고 작정한 것처럼 귀부인들을 매혹할 사랑스러운 얼굴이었다.

없던 호감마저 불러일으키는 그 얼굴을 마주한 레인의 눈이 잠시 방황하다가 이내 찻잔으로 향했다. 황태자가 걱정을 할 만하다 한숨을 쉬며.

"겸손하시네요."

"저희야말로 황태자비 전하께 배울 것이 많아 보이는군요."

"동감해요."

"황태자 전하께선 복도 많으시지."

"제국 또한 그런걸요."

덕분에 대화는 순조롭게 이루어졌고, 화기애애한 분위기가 이어졌다.

이는 갓 황태자비가 된 아리아에게 아주 좋은 상황이었으나, 레인에게는 큰 고민을 안겨다 줄 법한 일이었다. 이를 그대로 보고한다면 아스의 짜증이 늘어날 것이 분명했기 때문이었다.

예전부터 그랬지만 아스는 아리아의 주변 인물에 지대한 관심을 갖고 있었다. 안 좋은 의미로 말이다. 멀리 떨어져 있던 과거에는 직접 눈으로 보기 힘들었기에 그 정도가 약했다고 치지만, 지금은 아니었다. 눈앞에서 아리아를 찬양하고 좋아하는 이들이 이토록 많으니 어찌 기분이 나쁘지 않을 수가.

아스가 아리아를 만날 시간이 넉넉했다면 또 모를까, 일이 넘쳐 만나지 못하고 있으니 화를 낼 것이 분명했다. 그러니 현명하게 대처해야 했다. 과거에 미엘르와 아리아를 혼동했던 것을 바로잡았던 것처럼 말이다.

하지만 그전에 자신을 이토록 지방으로 돌린 아스에 대한 소소한 복수 정도는 해도 되지 않을까. 티가 나지 않게 조금 시간을 끄는 정도로 말이다.

그간 자신을 개처럼 굴려 댄 아스를 생각하면 이 정도는 아주 소소하고 작은 복수에 불과했다. 그리 생각을 마친 레인이 다과회를 마치고 자리를 비우는 귀부인들의 인사를 받던 아리아를 조용히 불렀다.

"황태자비 전하, 드릴 말씀이 있습니다."

"다음 일정이 있는데 이야기가 길어질까요? 혹시 아스 님께서 보내셨나요?"

"예."

아리아 역시 아스만큼 바쁜 와중이었지만, 레인이 괜히 왔을 리 없다고 생각하고 있었기에 단둘이 대화를 할 타이밍을 기다리고 있었던 모양인 듯 가만히 고개를 끄덕였다.

"다음에도 또 만나 뵈었으면 해요."

"저도요, 부인."

"그럼 부디 그때까지 평안하시기를."

귀부인들을 먼저 내보낸 아리아가 어느새 깔끔하게 정리된 테이블에 다시 자리했다. 그녀를 따라 반대편에 자리한 레인이 퍽 심각한 표정으로 아리아에게 말했다.

"전하께서…… 걱정하고 계십니다."

"걱정이요?"

"예. ……황태자비 전하께서 잘 계시는지, 문제는 없는지 말입니다."

틀린 말은 아니었지만, 그 속에 담긴 뜻이 전혀 달랐다. 마치 아리아가 잘하고 있는지, 황태자비로서의 맡은 바를 잘 수행하고 있는지 감시라도 하고 오라는 듯 들렸다.

"……."

아리아가 입을 다물었다. 레인이 전하고자 하는 바를 정확하게 파악한 모양이었다. 이에 레인이 아리아가 자신의 말을 의심하기 전에 서둘러 설명을 덧붙였다.

"아스테로페 전하께서 황태자비 전하를 아주 끔찍이 여기시지 않습니까. 그러니 바쁘신 와중에도 이렇게나 걱정하고 챙기시는 것이겠지요. 일이 손에 잡히지 않으시는지 이리도 저를 보내셨을 정도니 말입니다. 물론, 아주 잘 하고 계신 것 같으시니 저도 마음 편히 보고를 드릴 수 있을 것 같습니다. 입성하신 지 얼마 되지 않으신 것 같은데, 역시 대단하십니다!"

구구절절 아주 긴 설명이었다. 혹여나 들킬까 봐 말이 길어졌는데 다행히 의심하는 눈초리는 아니었다. 덕분에 실제로는 반대였지만, 참으로 뻔뻔하게도 레인이 아주 만족스러운 표정으로 대답했다.

물론 만족스러운 상황이기는 했다. 이 판을 짠 자신 또한 말이다.

이제 아리아는 아스의 걱정을 덜어 주려 더욱더 열심히 황태자비의 본분을 지키고 부족한 부분을 배우려 할 것이다. 그럼 시간이 더 줄어들겠지. 아스를 만날 시간이 말이다.

그렇게 두 사람의 사이에서 조금만 시간을 끌다가 마지막에 오해를 풀어 주면 될 것이라며 레인이 한껏 미소를 지었다. 계략을 꾸민 자의 음흉한 미소였다.

"그럼, 저는 전하께 보고를 하러 가겠습니다. 다시 찾아뵐 수도 있으니 잘 부탁드리겠습니다."

"……그래요."

레인의 말에 잠시 생각에 잠긴 아리아가 이내 고개를 끄덕이며 시녀들과 함께 다음 일정을 소화하기 위해 자리를 떠났다. 퍽 조급하면서도 잘 해내겠다는 의지가 담긴 발걸음이었다.

그리고 다시 와서 훼방을 놓겠다는 여지를 남긴 레인이 가벼운 발걸음으로 아스의 집무실로 향했다. 그의 발걸음에도 만족감이 서려 있었다. 만사를 해결할 수 있는 해결책을 아는 그는 무서울 것이 없었다.

"어떻게 지내고 있지?"

보고를 하러 다시 나타난 레인에게 아스가 서둘러 보고 온 것을 말하라고 재촉했다. 고작해야 한 시간이었거늘, 그 세월이 억겁에 가까웠다는 듯 조급한 얼굴이었다.

"아주 잘 지내고 계십니다. 귀부인들의 사랑을 독차지하고 계시더군요. 걱정하실 필요 없으십니다."

"……."

이에 레인이 모르는 척 아스의 복장을 뒤집어 놓을 대답을 꺼내자, 그가 미간을 와작 구겼다.

레인이 말을 이었다.

"아무래도 황태자비 전하의 공으로 제국의 반역자들을 몰아낸 것이 큰 요인 같습니다. 아무것도 묻고 따지지 않으며 그저 따르더군요. 게다가 현명하시기까지! 새로이 투자를 할 디자이너까지 언급하시며 귀부인들의 관심을 단박에 끌어모으셨죠."

"……."

"이 모든 것이 전하께 도움이 되고 싶어서 그런 것이 아니겠습니까? 예전부터 생각했지만, 참으로 대단하신 분이십니다. 든든하시 겠습니다."

늘 자신의 상태를 제대로 파악하고 적절한 답변을 내놓았던 레인 이건만. 오늘따라 왜 이러는 걸까, 라는 표정을 얼굴에 가득 담은 아스가 잠시 말없이 손에 쥔 펜을 내려다보았다.

펜이 그렇게 만든 것도 아닌데, 이제 겨우 국혼을 치렀는데 왜 이렇게 되었냐는 원망이 한껏 담겨 있었다. 이를 레인이 속으로 웃 음을 삼키며 지켜보는데, 어떤 결론에 다다른 것인지 아스가 다시 입을 열었다.

"당분간 관계자 이외에 황성 출입을 금지해야겠어."

"……네?"

"비께서 그리도 열심이시라니, 쓸데없는 외부인을 들여 시간을 뺏을 순 없지."

그러고는 퍽 만족스러운 결정이었던 모양인지, 이내 한결 편해진 표정으로 차를 한 모금 마셨다. 자신이 만나지 못한다면 다른 사람 들 또한 만나지 못하게 하는 전략인 듯 보였다.

이에 레인은 어처구니가 없어졌다. 아무리 심기가 불편하다고 해 도 어찌 저리도 극단적인 선택을 할 수가……. 레인이 저절로 벌어 지는 입을 애써 다물었다.

"정말 그렇게 하실 생각이십니까?"

"그래, 바쁜 시기이니 괜한 방문객을 들일 필요가 없지."

바쁜 시기인 게 아니라 그냥 아리아가 다른 사람을 만나고, 그녀 를 좋아하는 사람이 곁에 있는 것이 싫은 거겠지.

"……그러시군요."

빈말이 아닌 듯 아스가 사람을 불러 정말 내일부터 외부인을 들이지 말라고 지시했다. 단순히 친분을 위한 방문이기는 하나, 모두 미리 약속을 하고 일정을 잡은 것이었기에 이를 취소한다고 전해야 할 시종들이 바삐 사라졌다.

"그럼 다시 비께서 뭘 하고 계시는지 보고 와."

"……예."

"한 시간 뒤에 돌아와서 보고해."

"……예."

어쩐지 이상한 방향으로 흘러간다는 생각이 들었으나, 그렇다고 지금 해결책을 내놓기엔 아쉬운 마음이 컸다. 조금이라도 더 고뇌하고 힘들어하는 아스를 보아야 그간의 설욕이 풀어질 것 같았다. 이번이 아니라면 다신 자력으로 황태자를 곤란하게 만들 일은 없을 테니까.

때문에 다시 찾아간 아리아는 황실의 역사를 배우고 있었다.

암기를 하는 것은 그다지 특기가 아닌 모양인지, 역대 황족들의 이름을 나열하며 그들의 업적을 설명하는 귀족을 퍽 곤란한 얼굴로 보고 있었다.

"……그러니까, 1대 황제 폐하이신 프란츠 호무키덴 전하께서 천하를 통일하시고 제국을 세우셨으며, 국법을 만드신 데다가, 귀족들의 대통합을 이루셨고, 2대 황제 폐하이신……."

그럼에도 포기하거나 내던질 생각은 없었던 모양인지, 천천히 황족들의 이름을 외우고 이따금 질문도 하였다. 정말 과거에 왜 그런 소문이 돌았는지 이해할 수 없는 모습이었다.

이는 아리아에게 역사를 가르치는 귀족 역시 마찬가지였던 모양인지, 그녀가 가르쳤을 여타 귀족들에 비해 성과가 느린 것이 분명할 텐데도 지켜보는 눈매가 부드럽기 그지없었다.

어린 시절 가정 교사와 싸우며 매일 탈주했던 자신과는 전혀 다른 분위기와 모습이었다. 진짜 귀족으로 나고 자란 것은 바로 자신인데 말이다.

"예, 아주 잘하셨어요."

"진도가 느리지 않나요? 제가 외우는 것이 조금 느려서……."

"음. 조금 느리시지만, 한번 배우신 것은 확실하게 기억하시니 또 느리다고만은 할 수 없겠지요."

그 말에 아리아가 안심한 미소를 지었다. 아리아는 그로부터 30분이나 더 역사 수업을 받으며 정해진 분량을 모두 끝내고 나서야 책을 손에서 놓았다.

"또 전하께서 보내셨나요?"

그러고는 멀찍이 떨어진 곳에서 수업을 지켜본 레인에게 물었다.

참으로 양심에 찔리게 하는 모습이었기에 대답을 망설이게 만들었으나, 이내 지금이 아니면 기회가 없다는 생각에 레인은 다시금 마음을 다잡았다.

* * *

'황태자비 전하께서 공부에 집중하실 수 있도록 아스테로페 전하께서 외부인의 출입을 금지시키셨습니다. 이제 마음 편히 공부에만 집중하면 되시겠군요.'

무엇이 그리 기쁜 일이라고 하하 웃으며 떠난 레인을 떠올린 아리아가 조금 미간을 찌푸리며 식당으로 들어섰다.

"좋은 저녁입니다."

그러자 늘 그랬듯, 한발 빨리 도착한 아스가 아리아를 반겼다. 드디어 아리아를 만났다는 기쁨에 찬 미소가 함께였다.

"빨리 오셨네요."

"제 비를 기다리게 만들 순 없으니까요."

그리 대답한 아스가 아리아의 뺨에 입을 맞춘 뒤 손수 의자를 빼 주었다. 시종이 할 일이었거늘, 새삼스러울 것도 없이 늘 그랬기에 아무도 이상하게 여기지 않았다. 아리아가 자리에 앉자 그제야 아스가 자신의 자리로 돌아가 착석했다. 저녁 식사의 시작이었다.

"방문객을 금지하셨다고 들었어요."

시종들이 식전 음료를 내옴과 동시에 아리아가 아스에게 물었다. 레인이 한참이나 떠들고 간 참이었기에 숨길 일도 아니었다. 아스 역시 레인이 했던 말들을 상기시키며 미리 준비해 둔 대답을 꺼내 놓았다.

"예. 비께서 배움에 열심히 집중하고 계신데 괜한 방문객으로 집중을 방해할 순 없으니까요."

"그 정도는 아니에요. 전부 금지를 시킬 정도는요."

"황태자비이시니 그리 귀족들에게 맞춰 주실 필요는 없습니다. 지금은 괜찮다고 하실지 모르겠지만, 후에 귀찮아질 것이 분명합니다."

아스가 정말 자신을 부족하다고 여기는 것일까. 그래서 황태자비의 본분을 모두 익힐 때까지 방문을 금지시킨 것이 아닐까. 문득 레인의 충고가 떠올랐다. 내심 말은 하지 못하고 있었지만, 실은 아직 완벽하게 예법을 익히지 못한 자신이 부끄러운 걸까…….

그리 생각하던 아리아가 이내 이상하다는 듯 미간을 좁혔다. 그럴 리가 없었기 때문이었다. 다른 이들이라면 모를까, 아스는 절대 그럴 리가 없었다. 매일 마주하는 얼굴만 보아도 그쯤은 알 수 있었다.

"전하께서도 바쁘실 텐데……. 왜 그런 사소한 일에 관심을 가지셨어요."

"사소하다니요. 내 비와 관련된 일에 경중이 어디 있겠습니까? 모두 중요한 일이지요."

"……."

진심이라는 듯 대답하는 지금의 저 표정만 보아도 알 수 있었다.

저렇게 다정하고 자상한 아스가 어떻게 그런 불경한 생각을 할 수 있을까. 그렇다면 정말 순수한 의도로? 자신이 공부를 하는 것을 돕기 위해 사람들을 물렸다고?

그런 결론에 다다르자 더는 아스가 한 일을 타박할 수 없어졌다. 그저 지금보다 더 열심히 공부에 매진하여 아스의 마음에 보답을 해야겠다는 생각만이 들었다.

"고마워요, 아스 님."

"아닙니다. 부디 무리하지 마시기를 바랍니다. 제게는 세상 그 무엇보다 비가 중요하니까요."

그러니 무리하지 말고, 공부도 열심히 하지 말고, 사람들과 섞여 사랑을 받는 일도 조금만 해 줬으면. 아스의 바람과는 다르게, 그리고 소소한 장난을 계획한 레인의 바람대로 아리아는 밤낮을 가리지 않고 공부에 몰두했다.

"……벌써 이걸 다 외워 오셨다고요? 혹시 밤이라도 새우셨습니까?"

"세상에, 어떻게 이렇게 단시간에 이리도 황족의 예법을 익히셨을까요……!"

"외국어를 공부하시겠다고요? 벌써 말씀이십니까……?"

그것은 가르치는 귀족들이 놀라고.

"들었어? 황태자비 전하께서 공부에 열중하고 계시다는 거?"

"그럼! 들었지! 이미 충분히 박식하신 분인데, 전하께 도움이 되고 싶으시다며 밤낮없이 공부를 하고 계신다며?"

"맞아! 이제는 먼 외국까지 더 알고 싶으시다고 외국어까지 시작하셨대!"

"어쩜……."

"소문으로만 들었을 때 솔직히 실감을 못 했는데, 실제로 겪어 보니 더 대단하신 분 같아."

"동감이야! 황태자비 전하께서 공부하시느라 힘드실 테니, 달콤한 디저트라도 내어 가야겠어!"

"무슨 소리야? 담당은 바로 난데."

따르는 시종들이 놀라 떠들 정도였다.

"……비께서 어제 잠도 주무시지 않으셨어."

아스가 펜을 내려놓으며 한숨과 함께 말했다. 참으로 비통하고 참담하다는 표정이었다. 정말 시종들의 말대로 밤낮없이 공부를 하는 모양이었다.

이를 지켜보던 레인이 애써 터져 나오는 웃음을 삼키며 태연하게 대꾸했다.

"그 정도시라면 조금 걱정이 되시겠습니다."

"당연하지. 걱정만 되는 게 아냐. ……비께서 밤에 날 쳐다도 안 본다고."

한참 신혼을 즐겨야 할 시기인데, 밤에 쳐다도 보지 않는다니. 직접 언급한 것은 없었지만 많은 의미가 내포된 한탄이었다.

"도대체 왜 이렇게 열심히 하시는지 이해하지 못하겠어."

"대화는 나눠 보셨습니까?"

"그럼. 그때마다 하루빨리 황태자비로소의 본분을 다하고 싶다며 의지만 불태우더군."

"……"

어떻게 이렇게 재미있게 돌아가는 것일까. 생각보다 더 자신의 뜻대로 움직이는 두 사람에 레인이 주먹을 꽉 쥐었다. 너무 기뻐 춤을 추지 않도록 말이다. 이만 사실을 고할까. 아니, 그랬다간 뼈도 추리지 못할 것이 분명하니 해결해 주는 것이 나을까.

하지만 가만 생각해 보면 다시는 이런 기회가 없을 것 같으니 며칠 더 속을 타게 만드는 것도 나쁘지 않을 것 같았다. 그렇게 고민을 하는데, 문득 이상한 시선이 느껴져 정신을 차리자 아스가 레인을 빤히 쳐다보고 있었다.

"무슨 고민을 그렇게 심각하게 하지?"

"……예? 아……. 이번 일을 어떻게 잘 해결할까 생각했습니다."

"그래? 무슨 해결책이라도 떠올랐나?"

"아, 아뇨, 아직……. 황태자비 전하를 뵙고 올까요?"

"……"

그 물음에 아스의 눈매가 다시 가늘어졌다. 그간의 경험과 본능으로 인해 그것이 무엇인지 깨달을 수 있었다. 의심하는 눈초리가 분명했다. 위험했다.

"그래, 좋아. 그나마 네가 있으니 바쁜 와중에도 비의 소식을 들을 수가 있군. 알아보도록 해."

하지만 이내 표정을 풀고 퍽 신뢰하듯 내뱉는 말에 위험하게 울리던 경고가 쥐죽은 듯 사라졌다. 도대체 어느 장단에 맞춰야 하는 건지. 물론 의심을 당한 것은 사실이었기에 위험한 상태였다. 빨리 해결을 해야겠다며 레인이 아스의 집무실을 떠나 한참 공부를 하고 있는 아리아를 찾았다.

"오늘도 왔군요."

마침 수업이 끝난 모양인지, 레인은 막 책을 덮던 아리아를 만날 수 있었다. 이제 레인이 찾아오는 것이 일상의 한 부분인 양 아리아가 자연스레 그를 맞이했다.

"드릴 말씀이 있습니다."

"하세요."

아리아를 가르치던 귀족은 이미 인사를 하고 떠난 참이었다. 멀찍이서 대기하는 시녀 몇을 제외하곤 주변에 아무도 없는 것을 확인한 레인이 이제 아스를 홀대하며 공부에 몰두하는 일을 그만할 것을 주장했다.

"무슨 말이시죠? 아스 님께서 제게 문제는 없는지, 잘하고 있는지 알아보라 하셨다 하지 않았나요? 매시간 확인해 보고하실 때는 언제고."

"그건 그렇습니다만……. 이제 괜찮을 것 같아서 말입니다."

"이제 괜찮다니요?"

이제 충분히 아스가 괴로워했으니까. 그리고 들킬 것 같으니까요.

들켜서 끝내는 것만큼 최악이 없었다. 빨리 두 사람의 사이를 돈독하게 만들어 준 것처럼 위장할 필요가 있었다.

"더는 아스테로페 전하께서 걱정하지 않으실 만큼 대단한 분이 되셨다는 말입니다. 그러니 이제 그만하시는 것이……."

좋지 않겠냐고 다시금 말을 하려던 그때였다.

"너였군."

지척에서 죽음을 가져오는 사신의 목소리가 들렸다. 레인의 등이 빳빳하게 굳었다.

"아스 님? 바쁘실 텐데, 여긴 어쩐 일로……."

아리아가 손수 이름까지 확인시켜 주자 레인의 얼굴이 폭삭 무너져 내렸다. 소소한 장난에 불과하거늘, 곧 다가올 그 죗값이 극형에 버금갈 것이 분명하리라 예상되었기 때문이었다.

"비와 내 사이에서 이간질을 했던 게 너였어."

"무슨 말씀이세요?"

아리아가 눈을 동그랗게 뜨고 물었다. 진정 모르겠다는 얼굴이었기에, 화가 잔뜩 나 눈을 번뜩인 아스가 레인에게 자신의 죄를 고할 것을 종용했다.

"내가 전전긍긍하는 게 재미있었나?"

"그, 그게 아니라……!"

그게 맞았다. 아스가 전전긍긍하는 것이 아주 재미있었다. 할 수만 있다면 박제하여 침실에 걸어 놓고 우울할 때마다 보고 박장대소를 하고 싶을 만큼이었다.

하지만 그리 말했다간 황족 모독죄로 형장의 이슬로 사라질 가능성이 있었기에 서둘러 변명을 해야 했다. 죽지 않을 변명. 사이를 소원하게 할 생각이 아니라 돈독하게 해 주려고 했다는 변명.

그렇게 필사적으로 머리를 굴리다가 문득 좋은 생각이 하나 떠올랐다. 칭찬은 받지 못하더라도 도망은 칠 수 있을 것 같은 생각이 말이다.

"저, 저는 그저, 그저 아스테로페 전하께서 황태자비 전하와 접촉하는 모든 사람을 질투하셔서 방법을 모색하고 있었을 뿐이었습니다! 비 전하와 담소를 나누려 방문하신 귀부인들께도 질투를 하지 않으셨습니까!"

그래서 방문객까지 막은, 어쩌면 치졸하다 욕을 먹을 수도 있는 극단적인 행동까지 취했다. 그 갑작스런 고백에 아스가 미간을 한껏 찌푸렸다.

"뭐!? 너……!"

죽고 싶냐는 말이 생략된 듯 보였기에 레인이 서둘러 말을 이었다.

"전하께서 너무…… 너무 일을 모두 내팽개치시고 황태자비 전하만 생각하시는 것 같아 도움을 드리고 싶었습니다만, 그게 잘 전해지지 않았던 모양입니다……!"

그리 외친 레인이 아리아에게 도움의 눈빛을 보냈다. 아스가 아리아만 생각하며 질투의 화신처럼 굴었기에 어쩔 수 없는 선택이었다고 호소하는 눈빛이었다. 이에 놀라 동그랗게 뜬 눈을 몇 번 깜빡이던 아리아가 이내 본래의 얼굴을 되찾으며 작게 웃었다.

"일까지 내팽개치시다니, 어쩔 생각이셨어요. 아스 님."

마음에 든 모양이었다. 그도 그럴 것이, 황성에 방문한 귀부인들까지 질투를 할 정도라니 마음에 들지 않을 리가 없었다.

"……."

당장이라도 레인에게 호통을 칠 기세였던 아스가 입을 다물었다.

이를 틈타 레인이 천천히, 아주 조용히 뒷걸음질을 치기 시작했다. 도망을 칠 절호의 기회였다.

"귀부인들이 뭐라고 질투를 하셨는지……. 고작해야 한두 시간 담소를 나누는 것뿐이고, 모두 아스 님을 위한 일인데."

아리아가 놀리듯 말했다. 이에 화를 내던 모습은 온데간데없이 당황하여 귀를 붉힌 아스만이 남았다.

"거기다가 바쁘시다 하셨으면서 자리까지 비우시고……. 어쩔 생각이세요?"

그 모습이 퍽 귀여웠던 모양인지, 아리아가 붉게 물든 아스의 귀에 시선을 주며 물었다. 뜻밖에 폭탄을 던지고 간 레인 때문에 아스는 여전히 대답을 못한 채 시선을 회피하고 있었다.

귀부인들에게까지 질투를 하여 방문객의 출입까지 막은 것도 불명예스러운 일인데, 이를 들키기까지 했으니 수치스러움을 이루 말로 표현할 수 없었다.

하지만.

"제가 보고 싶어서 그리하셨다고, 질투가 나서 그리하셨다고 말씀만 하셨다면……. 만사를 제치고 아스 님의 옆에 하루 종일 붙어 있었을 텐데 말이에요."

바로 뒤를 이은 아리아의 말에 눈이 번쩍 뜨였다.

"지금 무슨 말씀을 하신 겁니까……?"

"저라고 아스 님과 떨어져 있는 것이 달갑지만은 않다는 말이에요. 할 수만 있다면 하루 종일 아스 님의 곁에 붙어 있는 부관으로 이직하고 싶은 심정이기도 하고요."

친히 풀어 설명한 아리아가 붉게 물든 아스의 귀를 매만졌다. 언제 보아도 참으로 귀엽고 사랑스럽다며 까치발을 들어 입을 맞추기까지 했다.

"비……."

아스가 참지 못하겠다는 듯 아리아의 허리를 꽉 끌어안았다. 그러고는 머리카락에 입을 맞췄다. 당장이라도 테이블 위로 쓰러뜨려도 이상하지 않을 분위기였다. 더는 두 사람 사이에 레인의 장난질 따위는 남아 있지 않았다.

"아스 님께 드릴 부탁이 있어요."

그렇게 한참을 부둥켜안고 서로의 온기를 느끼는데, 갑자기 아리아가 입을 열었다.

"뭐든 말만 하십시오. 제국을 팔아서라도 가져다 드리겠습니다."

"그런 대단한 것을 바랄 수는 없지요. 아주 작은 거예요."

아무리 여인에게 눈이 멀었다고는 하지만, 제국을 팔겠다는 소리에 대기 중이던 시종들이 놀라 몸을 흠칫 떨었다.

"제가 아스 님의 이름을 부르듯…… 아스 님께서도 절 이름으로 불러 주셨으면 좋겠어요. 황태자비라고 불리는 것도 나쁘지는 않지만……. 아리아 영애라고 불러 주셨던 과거와 비교하면 어쩐지 벽이 느껴져서요."

참으로 깜찍하고 귀여운 부탁이 아닌가. 정말로 아리아에 대한 사랑스러움을 주체하지 못하겠다는 듯 아스가 제 아랫입술을 깨물었다. 허리를 감은 손에 힘이 들어갔다.

당장이라도 오늘 일정을 모두 내팽개치고, 숲속의 별장으로 공간
이동을 할 기세였기에 아리아가 한 가지 더 부탁이 있다며 입을 열
었다.

"뭐든, 그 어떤 것이라도 들어 드리겠습니다."

"도망 간 죄인의 죗값을 꼭 물어 주세요."

"……아아. 그렇지요. 걱정하지 마십시오. 충분히 대가를 치르게
하겠습니다."

이렇게 오해를 풀기는 했으나, 어쨌든 며칠이나 아리아와 아스를
괴롭힌 장본인이었다. 가만히 둘 수 없었다. 당연히 그리하겠다고
대답하며 아리아의 뺨에 입을 맞춘 아스가 은근한 목소리로 아리
아에게 물었다.

"그건 잘 처리할 테니, 그전에 잠시 별장에 다녀오시지 않겠습니
까? 지금 다녀오지 않으면 미쳐 버릴 것 같아서요."

그건 아리아 역시 마찬가지였다. 레인의 계략 때문에 아스와의
시간을 모두 공부로 허비했었으니까. 눈매를 부드럽게 휜 아리아
가 조용히 고개를 끄덕였다. 그와 동시에 아스가 시종들을 모두 물
렸다.

얼굴을 붉히며 사라진 시종들이 문을 닫고 나가자마자 아스와 아
리아가 기다렸다는 듯 모습을 감췄다.

외전3.

———

악녀는
영원히 악녀로

외전3. 악녀는 영원히 악녀로

　아리아가 새로운 환경에 적응하는 사이, 그녀를 따라 황성에 입성한 제시와 애니 또한 이에 적응해야 했다. 황성의 예법이 로스첸트 백작가와는 차원이 달랐기 때문이었다.

　로스첸트 백작의 업무상 다수의 귀족들이 드나드는 일이 잦아 시종들 또한 다른 백작가에 비해 철저한 교육을 받은 편이었는데, 그와는 비교도 할 수 없을 만큼 황성의 예법은 어렵고 복잡했다. 그랬기에 제시와 애니 또한 새로이 예법을 배운다는 마음가짐으로 밤낮을 가리지 않고 이를 배워야 했다.

　하지만.

　"제시, 이 드레스 어때?"

　애니가 새로 장만한 자신의 드레스 밑단을 잡고 한 바퀴 빙그르 돌며 물었다. 섬세한 레이스와 프릴이, 한눈에 봐도 고위 귀족들만 걸칠 만한 고가로 보였다. 어떻게 저런 고가의 드레스를 구입

한 것인지. 아니, 그런 드레스를 왜 지금 자랑을 하는 것일까. 제시
가 슬며시 미간을 찌푸렸다.

"……음, 조금 그렇지 않아……?"

"왜? 뭐가? 어디가? 이상해?"

"아니, 이상하다고 하기보다는……. 너무…… 과하잖아. 귀족도
아니고……."

고작해야 시녀인데. 그런 드레스를 입고 어찌 일을 하겠다는 것
인지.

제시가 답하자, 이번에는 오히려 애니가 미간을 찌푸렸다. 무슨
헛소리를 하느냐는 얼굴이었다.

"무슨 소리야? 우리가 누구 시녀인데. 무려 황태자비 전하의 시
녀잖아?"

"그건 그렇지만……."

"게다가 우리가 허드렛일을 하는 시녀도 아니고 아가씨, 아니,
무려 황태자비 전하의 측근 시녀인데 이 정도 차림은 해야 하지 않
겠어?"

애니의 물음에 제시가 대답을 하지 못한 채 입을 다물었다. 그녀
의 말이 맞았다. 다른 시녀도 아니고 아리아가 직접 황성으로 데려
온 최측근이니 굳이 시녀복을 입을 필요는 없었다. 청소를 하고 음
식을 내오는 일을 하는 게 아니었기 때문이었다.

그것은 비단 아리아가 황태자비라서가 아니라 총애하는 시녀가
있는 귀족 여성들이라면 모두 그렇게 하고 있었다. 자신의 애정과
재력을 과시하기 위해 총애하는 시녀들을 자신과 비슷하게 꾸미는
귀족 여성들도 존재했다.

그리고 이미 아리아의 총애를 받아 여타 시녀들과는 다르게 둘만의 방을 쓰고 있던 제시와 애니였다. 이제 와서 귀족들이나 입을 법한 드레스를 입는다고 해도 이상하지 않았다. 게다가.

"이 드레스는 아가씨, 아니, 황태자비 전하의 허락하에 구입한 드레스라고!"

"황태자비 전하께서……?"

"그래! 비용까지 모두 지불해 주셨어. 비전하께서도 내가 이렇게 꾸미는 것을 허락하셨는데 왜 자제해야 하는 거니?"

"……."

아리아가 손수 허락한 드레스라는데 더는 타박할 수 있을 리가 없었다.

때문에 제시가 더는 아무런 대꾸도 하지 않고 애니의 드레스를 가만히 훑으며 입을 닫았다. 여전히 애니의 드레스가 과하다는 시선이었다.

더는 제시의 타박이 없어 다시금 밝은 표정을 되찾은 애니가 거울을 살피며 단장을 하다가 이내 손뼉을 치며 무언가가 생각났다는 듯 목소리를 높였다.

"그러고 보니 네 몫도 있었어! 깜빡했네!"

"……내 몫?"

"그래. 네 몫의 드레스. 비전하께 허락을 받고 내가 마음대로 주문을 넣었거든. 어차피 넌 싫다고 할 게 뻔하니까."

그리 말한 애니가 옷장에 넣어 놓았던 드레스를 한 벌 꺼내 왔다. 그녀가 입은 드레스 못지않게 퍽 화려하고 눈부신 고가의 드레스였다.

"……설마 이게 내 거라고?"

"그래. 네 취향을 몰라서 대충 골라 봤어. 요즘 유행하는 디자인으로 말이야."

드레스가 잘 보이도록 높이 쳐든 애니가 자랑스레 말했다.

저런 것을 어떻게 입으라는 말인지. 벌써부터 식은땀이 등을 적셨다. 물론, 화려한 드레스를 아주 입어 보지 않은 것은 아니었다. 아리아의 결혼식에서 입어 본 전적이 있었다.

하지만 그때와 지금은 달랐다. 아리아의 결혼식에서는 아무리 치장을 하여도 눈에 띄지 않았을 뿐더러, 모두가 치장을 하고 참석하는 자리였기에 작은 부담으로 끝낼 수 있었지만 지금은 아니었다.

주제도 모르고 겉멋이 들었다며 욕을 할지도 몰랐다. 황태자비의 재산을 탕진하는 못된 시녀라는 소문이 돌지도 모른다. 이 또한 맞는 말이었다. 주제도 모르고 겉멋만 들어 허세를 부리는 행위에 지나지 않았다. 그렇기에 제시는 애니와 다르게 감히 아리아의 사비로 구입한 드레스를 입을 생각이 들지 않았다.

"……나는 이 드레스, 못 입어."

그래서 그렇게 말하자 타박을 할 거라고 생각했던 애니가 뜻밖에도 순순히 알았다고 고개를 끄덕이며 장신구를 머리와 귀에 대는 등 제 치장을 서둘렀다. 더는 관심이 없는 듯 보였다.

"그렇게 말할 줄 알았어. 어차피 혼자만 사기 좀 그래서 네 몫도 부탁했을 뿐이었고. 너는 이런 데 욕심이 없으니까."

"……."

"그럼 네 드레스도 내가 가져도 되니? 사실 내 취향으로 골랐거든."

"……그래."

제 복을 스스로 걷어찬다며 말을 마친 애니가 거울 속 제 모습에 흥이라도 나는 듯 콧노래를 부르며 머리 장식을 꽂았다.

이를 지켜보는 제시는 어딘가 석연치 않은 얼굴이었다.

* * *

황태자비의 최측근 시녀라는 것이 무색할 정도로 제시와 애니는 아리아와 따로 행동했다. 아리아가 바쁜 탓도 있었다. 황성에 입성하자마자 아리아가 밤낮 없이 잠도 자지 않고 공부에 몰두했기에 제시와 애니는 아리아를 따라다닐 수가 없었다.

물론, 처음에는 아리아의 뒤를 따르긴 했지만 그녀가 최소한의 시녀만을 필요로 했고, 그마저도 대화가 필요 없는 허드렛일을 하는 시녀였기에 자연스레 제시와 애니는 제외되었다.

하릴없이 계속 서 있어야만 했기에 굳이 따라올 필요가 없다는 아리아의 배려이기도 했다. 오히려 그 시간에 본인들의 미래나 준비하라는 조언도 함께였다.

아리아로서는 제시와 애니가 자신처럼 하루빨리 결혼을 하기를 바랐다. 애초에 그녀들이 여태 결혼하지 못한 것도 감히 주인보다 먼저 혼인을 치를 수 없다며 시기를 미룬 탓이었다.

그래서 아리아를 따라다닐 수 없게 되자, 퍽 자유로워진 제시와 애니는 아리아의 당부대로 한스와 버붐 남작을 만나거나 황성을 돌아다니며 여유롭게 시간을 보냈다.

시녀라고는 상상할 수 없는 행태였다. 평범한 복장을 한 제시라면 모를까, 화려한 드레스를 입은 애니를 마주한 시녀 중에서는 신분을 착각하여 공손히 예를 취하는 이도 있었다.

"……봤니? 이 시간에 한가롭게 티타임이라니……. 난 또 귀족분이라도 오신 줄 알았잖아."

애니와 제시가 자신들의 방에 딸린 테라스에서 차를 마시는 것을 멀리서 힐끗 확인한 시녀 하나가 그리 물었다. 이에 함께 청소를 하던 시녀 중 하나가 아주 은밀한 일이라도 되는 양 조용히 속삭였다.

"궁금해서 물어봤더니, 황태자비 전하께서 직접 허락하신 일이시래."

"나도 들었어. 드레스나 장신구도 모두 비전하의 사비에서 나간다던데?"

"세상에, 염치도 없어라. 정말 귀족이라면 모를까, 평민 아니었어?"

"귀족은 무슨! 평민 중에 평민이야. 주인을 잘 만난 평민이지."

"이쯤 되면 신분 상승은 황태자비 전하께서 하신 게 아니라 시녀들이 했네."

"아무리 그래도 그렇지, 황태자비 전하께선 너그럽고 다정하신 분이니 배려 차원에서 그리해 주신 것뿐일 텐데, 주제 파악도 하지 못하고 정말 저렇게 하고 다니는 게 어디 있니?"

"그래, 네 말이 맞아. 정말 주제 넘는 짓이야."

"어쩌면 예전부터 저러고 다녔을지도 모르지. 아직 어리셨던 황태자비 전하를 사탕발림으로 꾀어서 말이야."

실제로는 정반대였지만 지금의 아리아는 그런 이미지가 아니었기에 청소를 하던 시녀들이 멋대로 오해하고 결론지으며 애니와 제시의 험담을 늘어놓았다. 귀족이 아닌 이상 입을 다물고 있을 필요가 없었다.

게다가 그녀들의 존재를 달갑게 생각하지 않는 것은 비단 시녀들뿐만이 아니었다. 수업을 마치고 자리를 떠나려는 아리아를 교사로 고용된 귀족이 붙잡았다.

"저, 황태자비 전하. 실례가 되지 않으신다면 한 가지 여쭤보고 싶은 것이 있습니다."

퍽 나이대가 어린 귀족이었다.

"뭐죠?"

"비전하께서 외부에서 직접 데리고 오신 시녀가 둘 있다고 들었는데, 통 보지를 못한 것 같습니다."

소문으로밖에 듣지 못해 귀족이 그리 묻자, 참으로 이상한 것을 묻는다며 아리아가 의아한 듯 대답했다.

"……예, 있지요. 공부를 하는데 굳이 그녀들까지 대동할 필요가 없는 것 같아 자유롭게 행동하라고 지시해 둔 참입니다."

"아아, 그러셨군요."

그리 대답하는 귀족의 표정이 석연치 않았다. 이를 지켜본 아리아의 표정 역시 짙은 의심으로 물들었다. 어째서 다른 이들도 아닌 시녀 따위를 신경 쓰고 묻는 것인지 모르겠다는 얼굴이었다.

"왜 그런 걸 물으시죠? 제 시녀가 무슨 폐라도 끼쳤나요?"

그리 묻는 아리아의 표정이 퍽 싸늘했다. 레인의 주도하에 생겼던 아스와의 오해를 풀어 여유를 찾은 덕분이기도 했다.

"아, 아뇨, 아뇨. 그럴 리가요. 그저 손수 데려오신 시녀를 왜 대동하지 않으시는지 궁금했을 뿐이었습니다."

이에 설마 아리아가 그런 반응을 보일 줄 몰랐던지 귀족이 손사래까지 치며 서둘러 변명했다. 그간의 아리아가 너무도 다정하고

자상하여 이제야 주제넘은 질문을 한 것을 깨달은 모양이었다. 도
대체 무슨 꿍꿍이일까.

"그렇군요. 궁금한 것을 풀지 못하고 쌓이면 독이 되니까요."

그 격렬한 반응에 아리아가 언제 싸늘한 표정은 지었냐는 듯 다
시 화사하고 부드러운 미소를 띠며 말했다. 그 어떤 것이라도 너그
러이 용서할 것 같은 얼굴이었다.

진실을 알고자 하는 독을 숨긴 화사한 미소에 갈피를 잡지 못하
던 귀족이 이내 싸늘한 아리아의 표정을 착각이라 치부하고는 그
녀를 따라 웃었다.

"그런데, 제게 물어보실 정도면 어디서 무슨 소리를 들으신 것
같은데."

그리 운을 뗀 아리아가 귀족의 표정을 살피며 말을 이었다. 보아
하니 간이 작은 모양이니 겁을 먹고 도망가지 않도록 말이다.

"한 달 정도 제대로 만나지 못했는데, 그사이 그녀들에게 무슨
일이라도 생긴 걸까요?"

그래서 아리아가 자신이 그녀들과 그다지 큰 친분이 없다는 것처
럼 보이게 물었다. 그리 크게 신경 쓰지 않는 시녀들이니 무엇이든
자신에게 고하라는 뜻을 담았다.

"한 달이나 만나지 못하셨습니까?"

"예, 황성에 들어오고 난 뒤엔 거의요. 다른 유능한 시녀들이 넘
치니 굳이 불러 일을 시킬 필요도 없기도 했고요."

"아아, 그러셨군요. 그래서……."

정말 무언가 있는 모양이었다.

아리아가 잠시 눈을 가늘게 뜨며 그 의중을 가늠하다가 이내 다

시금 부드러운 미소를 지었다.

"네, 백작가에서 데려온 시녀들이라서 아직 뭘 몰라 데리고 다니기도 막막해서요. 제가 공부하는 사이 그녀들도 황성에 적응하기를 바랐는데…… 그게 아니었나 봐요?"

아무것도 모르겠다는 듯 아리아가 물었고, 귀족의 얼굴에 안타까움이 스쳤다. 시녀들이 아주 큰 잘못을 저지르고 다닌다는 얼굴이기도 했다. 이에 불안감을 느낀 아리아가 애써 구겨지는 미간을 펴곤 다시금 귀족에게 물었다. 무슨 일인지는 모르겠지만 빨리 해결해야 할 것 같은 직감이 들었다.

"그러니 아시는 것이 있으시다면 알려 주세요. 혹여 무슨 일이라도 생겼다면…… 정말 끔찍하네요. 제가 데려온 아이들이니 제가 책임지고 해결해야겠지요."

아무것도 모르면서도 시녀들을 걱정하고 문제가 생겼다면 해결하겠다는 말에 그 누가 도와주고 싶은 마음이 생기지 않을 수가 있을까. 더욱이 아주 먼 과거의 소문과는 달리 다정함과 자애로움으로 황성 사람들의 호감을 얻은 아리아였다. 아는 것을 모두 털어놓는 것이 당연했다.

물론, 그랬기에 감히 그녀가 데려온 제시와 애니에 대해 함부로 말하는 이들이 생긴 것이기도 했지만.

"저, 실은……."

몇 차례나 계속된 아리아의 물음에 귀족이 입을 열었고, 이를 듣는 아리아의 표정이 싸늘해지는 것은 순식간이었다.

* * *

'황태자비 전하께서 데리고 오신 시녀들이 주제 넘는 짓을 한다는 소문이 자자합니다. 화려한 드레스를 입고 티타임까지 가지며 귀족놀이를 한다며 말이지요. 그게 모두 비전하의 사비에서 나간다는 소문 또한 있어서…… 도끼눈으로 보는 자들이 한둘이 아닙니다.'

조금 전 귀족이 했던 말을 다시 상기한 아리아가 시녀가 새로 따라 준 차를 한 모금 입에 담았다. 참으로 우아하고 고상한 몸짓이 아닐 수 없었다.

아리아가 차를 마시자, 맞은편에 앉은 귀부인들 역시 퍽 우아한 몸짓으로 차를 들었다. 레인의 계략과 아스의 오해로 잠시나마 생겼었던 방문 금지령이 끝나 즐겁다는 얼굴이기도 했다.

"이 순간을 얼마나 기대하고 또 기대했는데……. 황태자비 전하를 뵙지 못하는 줄 알고 얼마나 놀랐는지 몰라요."

"저도 그래요. 안 그래도 쉽게 뵐 수 있는 분도 아니신데, 갑자기 방문 금지령이 내려서 깜짝 놀랐지 뭐예요."

"그러게요. 시일이 조금 밀리기는 했지만, 이렇게 만나 뵙게 되어 참으로 영광이에요."

그리 떠드는 귀부인들의 지척에는 그녀들이 총애하는 시녀 몇몇이 대기 중이었다. 허드렛일을 하는 다른 시녀들과는 다르게 외형을 화사하게 꾸민 채였다. 그녀들은 귀족가의 자제들이었다. 별 볼

일 없는 자신들의 가문을 위해 자청하여 권력이 있는 가문에 시녀로 들어간 이들이기도 했다.

그런 그녀들 중 한 명이 차를 마시는 아리아와 눈이 마주쳤다. 아리아가 너무나도 빤히 쳐다보았기에 시선을 느끼고 눈을 돌린 모양이었다.

이에 감히 황태자비와 눈이 마주칠 줄 몰랐다는 듯, 잠시 놀란 표정을 주체하지 못하던 그녀가 이내 사르르 웃으며 고개를 숙여 예를 취했다. 남에게 아부를 하는 것이 아주 자연스럽고 일상화된 모습이었다. 자신의 미래를 위해 능숙하게 표정을 바꾸는 모습이 나쁘지 않았다.

"참으로 어여쁜 아이들이네요."

때문에 아리아가 시녀를 보며 입을 열자, 귀부인 중 한 명이 퍽 자랑스러워하는 미소를 띠며 긍정했다.

"황태자비 전하께서도 그리 보시는지요? 어쩜 이리도 기쁠 수가 있을까요. 제가 아끼는 아이랍니다."

과거의 아리아는 여성들과의 교류가 거의 없었고, 천대받기는 하였으나 재력 있는 가문의 여식이었기에 생각조차 해 보지 못한 일이었지만, 권력을 쥔 귀부인과 어여쁜 시녀의 조합으로 인맥을 늘리는 것은 자연스러운 일이었다.

귀족 신분이나 집안이 변변치 못한 소녀는 귀부인의 지원을 받아 권력을 꿰차고, 귀부인으로서는 오롯한 자신의 사람이 생기는 것이기에 세력을 늘릴 수 있었기 때문이었다. 이름하여 상부상조였다.

"예, 영특해 보이는 것이 퍽 부인의 앞날에 도움이 될 것 같아요."

"그리 말씀해 주시니 몸 둘 바를 모르겠습니다."

칭찬을 받은 귀부인이 어울리지 않게 약간 얼굴을 붉혔다.

"시녀의 앞날이 행복한 것이 부인께서 바라는 일이시겠지요?"

"그렇지요. 마음에 드는 아이가 행복해지는 것만큼 좋은 일이 있을까요."

이는 아리아 역시 같은 마음이었다. 그리고 자신에게는 그 아이들이 제시와 애니였다. 자신이 이 위치까지 오르게끔 도와준 그녀들이 행복하기를 바랐다.

물론, 과거에서부터 지금까지 한결같은 제시에게 조금 더 애정과 관심을 치중하고 있었지만, 자신과 비슷한 성정인 애니를 버릴 생각은 없었다. 사리사욕을 채우는 데 거침없는 그녀는 앞으로 자신에게 도움이 될 존재임이 틀림없었기에.

"누구나 그렇겠지요?"

"……아무래도요?"

"부인께서도 그러실 테고요?"

아리아가 다른 부인에게 그리 묻자, 당연한 말이라는 듯 고개를 끄덕였다.

"그렇지요."

"부인께서도요?"

"예? 아, 예. 그럼요."

"부인께서는요?"

"……물론, 저도 그렇답니다."

계속되는 같은 물음에 귀부인들이 참으로 이상하다는 표정을 지었다.

고상한 귀부인들이 나누기에는 어울리지 않는 단순하고 이상한 대화였다. 그래서 의아해하고 있는데, 어느새 표정을 달리한 아리아가 웃음기 없는 눈으로 말했다.

"그런데 왜 제가 아끼는 아이들의 험담을 하는 걸까요."

"……!?"

"……네?"

응접실에 일순 정적이 일었다. 그게 무슨 말이냐고 되묻기에는 이미 황태자비의 시녀에 대한 소문이 황성 밖을 넘어선 지 오래였기 때문이었다.

감히 만인의 사랑을 얻어 즉위한 아리아의 이름에 먹칠을 하는 제시와 애니를 욕하지 않는 사람은 없었다. 그것은 지금 이곳에 자리한 귀부인들 또한 마찬가지였다.

갑작스런 아리아의 발언과 싸늘한 눈빛에 놀란 귀부인들이 눈을 동그랗게 뜨고 입을 닫았다. 그 냉랭한 얼굴에 차마 입을 뗄 수 없는 모양이었다.

저게 진짜 황태자비가 맞느냐며 눈을 끔뻑이는 사람도 있었다. 어찌 황태자비가 저런 흉흉한 눈빛으로 자신들을 쳐다보는지 이해할 수 없음에도 제대로 된 말 한마디 꺼낼 수 없었다. 그만큼 갑작스러운 아리아의 표정 변화는 귀부인들을 충격에 빠뜨리기 충분했다.

"……."

차를 한 모금 마시며 잠시 시간을 끌던 아리아가 언제 싸늘한 얼굴을 했냐는 듯 다시 다정하고 부드러운 표정을 지어 냈다.

성급하게 화를 내서는 안 됐다. 지금 이건 경고일 뿐이니까. 이쯤에서 거두어야 했다.

"아, 제가 실언했네요. 부인들께서 그러셨다는 말이 아니에요.

그저 뒷말이 나오는 것을 들어서 말이에요. 부인들께서도 시녀들에게 이리도 아낌없는 투자를 하시는데, 왜 제 시녀들만 험담을 듣는 걸까 의문이 들어서요. 참으로 신기하죠?"

"……아……."

"……."

물론, 답은 정해져 있었다.

과거에 아리아가 이유 없이 수모를 당했듯 제시와 애니가 뒷말을 듣는 이유 또한 출신이 변변치 않았기 때문이었다. 심지어 아리아의 허락까지 있었는데도 불구하고 말이다.

'제시와 애니를 무시하는 것을 넘어, 나까지 무시하는 꼴이 되어 버렸으니.'

가만둘 순 없지. 아니, 반드시 가만두지 않으리라. 역시 미엘르처럼 마냥 착한 척을 하면 득이 될 것이 없다며 아리아가 손에 든 찻잔을 받침에 내려놓았다. 그러곤 시녀가 건넨 손수건으로 입을 닦아 짧은 모임의 끝을 알렸다.

"갑자기 몸이 좋지 않네요. 이만 일어나야겠어요."

몇 날 며칠을 기다려 겨우 만나게 된 황태자비거늘. 아직 아무것도 시작되지 않았는데도 불구하고 끝을 내겠다니. 고작해야 10분의 만남으로 끝을 낸다는 말에 귀부인들의 얼굴에서 표정이 사라졌다.

하지만 황태자비가 몸이 좋지 않다는데 감히 무어라 할 수 있을까. 게다가 일순이긴 했지만 얼음보다 차가운 아리아의 얼굴을 마주한 그녀들이었다. 착각인가 싶을 정도로 일순이었으나, 뇌리에 선명하게 박혀 다시는 마주하고 싶지 않은 냉랭하고 차가운 얼굴이었다.

정말 몸이 좋지 않은 걸지도. 그러니 표정 관리를 하지 못한 것이 아닐까. 자신들에 대한 비난이 아닐 거라며 애써 납득한 귀부인들이 다음에 꼭 다시 불러 달라는 당부를 했다.

"부디 빨리 나으시기를 바랄게요."

"다음에는 건강한 비전하를 뵈었으면 좋겠어요."

그렇게 귀부인들과 짧은 만남을 끝낸 아리아가 곧장 방으로 돌아갔다.

이야기를 다 들었을 텐데도 불구하고 테이블에 앉자마자 곧장 차를 내오는 루비의 표정이 여상했다. 그리 오래 지내진 않았지만요 며칠 파악한 그녀의 성격상 입이 간지러울 것이 분명할 텐데 말이다.

"너도 알고 있었니?"

"예."

그래서 사실을 묻자, 루비가 냉큼 그렇다고 대답했다. 마치 자신에게 물어보기를 기다렸다는 듯한 모습이었다.

"나만 모르고 있었구나. 나에 대한 일임에도 불구하고. 이보다 더 어리석은 황태자비가 또 있을까."

"언제 말씀드려야 좋을지 몰라 시기를 기다리고 있었습니다."

자책하는 아리아를 두고도 루비의 대답은 거침이 없었다. 그녀는 마치 조금 똑똑해진 애니를 보는 것 같았다. 이번 일을 기회 삼아 자신의 정보통이라도 되고 싶은 모양이었다.

황성에 뿌리를 내린 정보통 시녀 하나쯤은 있어도 나쁘지 않았다. 아니, 지금처럼 불쾌한 일이 생기기 전에 재빨리 소식을 전해 줄 시녀가 필요했다. 그래, 루비라면 제격이겠지. 그녀는 처음부터 기회를 엿보고 비집고 들어올 틈을 노리고 있었으니까.

"말해 봐."

그래서 그 역할을 허락하자, 눈을 빛낸 루비가 자신이 아는 것을 모두 털어놓기 시작했다.

애니처럼 누군가를 팔아 사리사욕을 채우기 위해.

* * *

"아리아?"

저녁 시간이 되어 일을 모두 정리하고 집무실을 나선 아스를 반긴 것을 뜻밖의 인물이었다. 아리아가 아스의 옆에 붙어 눈웃음을 지었다.

"이제 나오셨네요."

"……."

어째서 마중을 나온 것인지, 얼마나 기다리고 있었던 것인지, 왔다면 왜 기척을 내지 않았는지 묻는 대신, 아스가 선택한 것은 아리아의 허리에 손을 둘러 그녀를 한껏 껴안는 것이었다.

"미리 사람을 보내 말씀을 해 주셨다면 좋았을 것을."

"도착한 지 얼마 안 됐어요. 그리고 가끔은 제가 먼저 아스 님을 기다려 보는 것도 나쁘지 않을 것 같았고요."

"……."

그 말에 아스가 말을 잃고 제 품에 안긴 아리아를 조용히 응시했다. 사랑스럽기 그지없는 제 부인의 모습에 달리 할 수 있는 말이 있을까.

"제가 멋대로 기다려서 기분이 나쁘셨나요?"

아리아가 일부러 제 풍성한 속눈썹을 위아래로 깜빡이며 아스에게 물었다. 누가 보아도 넋을 잃을 정도로 어여쁜 모습이었다.

"⋯⋯하."

이에 잠시 앓는 소리를 내던 아스가 아리아의 입에 제 입술을 맞대는 것으로 대답을 대신했다.

"누가 보면 어쩌려고 이러세요."

아리아가 아스의 가슴을 가볍게 두드리며 타박했다.

하지만 누가 보아도 싫어서 그리한 것이 아니라는 걸 알 수 있었다. 애초에 이런 일이 한두 번도 아니었고, 두 사람이 함께 있을 때에 주변의 시선을 신경 쓴 적이 없었기 때문이기도 했다.

그랬기에 아스와 아리아를 따르는 시종 중 그 누구도 눈 하나 꿈쩍하는 이가 없었다.

"누누이 말씀드렸지만, 저는 가능하다면 저와 비의 이런 모습을 제국의 모든 이들이 보고 알아주었으면 하는 마음이 큽니다."

휘황찬란한 마차를 타고 수도를 가로지르던 아스가 아닌가. 그 전적을 떠올린 아리아가 아스의 가슴에 얼굴을 묻고 작게 소리를 내어 웃었다. 참으로 기쁘기 그지없다는 웃음이었다.

그 사랑스러운 모습에 아스가 아리아의 머리 위로 입을 맞췄다. 크게 중요한 대화가 오가는 것은 아니었지만 아주 소중한 시간이었다.

그렇게 잠시 시간을 보내던 아스와 아리아가 이내 손을 맞잡고 식당으로 향했다. 아스의 집무실에서 식당까지는 거리가 꽤 되었기에 두 사람이 손을 잡고 황성을 활보하는 모습이 모두에게 보였다.

늘 우아함과 고고함을 지켜야 할 황태자와 황태자비가 할 행동으로서는 적절하지 않았지만, 이미 어딘가로 향할 때는 손을 잡는 것이 일상화되었기에 그 누구도 신경 쓰지 않았다.

"그러고 보니, 제가 물었던 것에 대답을 해 주지 않으셨어요."

식당에 도착하기까지 반쯤 남겼을 무렵, 아리아가 잡은 손에 미약하게 힘을 주며 아스에게 말했다.

"무엇을 말입니까?"

"제가 멋대로 행동해서 기분이 나쁘셨냐는 물음이요."

"아아, 처음 제게 하셨던 그 물음 말씀이시군요."

대답을 할 필요도 없는 물음이었다. 그럼에도 아리아는 아스의 대답이 필요했다. 그에게는 조금 미안한 일이지만 그 대답을 듣기 위해 집무실까지 찾아간 것이었기 때문이었다.

"기분이 나쁠 리가요. 비께서 그 어떤 행동을 하셔도, 말씀을 하셔도 말이지요."

"제가 제멋대로 행동해서 더는 너그럽고 자애로운 황태자비가 아닌, 예전 소문처럼 다시 악녀가 된다고 하더라도요?"

"당연한 말씀을 하십니다. 저는 오히려 그편이 좋습니다. 그래야 비와 제 사이를 방해할 사람이 없어지지 않겠습니까."

물론 국정을 망치지 않는다는 것이 대전제였지만, 아리아가 소문의 악녀가 되어 오롯이 자신만을 보았으면 좋겠다는 마음은 진심인 듯 보였다.

"……무르기 없기예요."

기다렸던 확답을 얻은 아리아가 퍽 의미심장한 대답을 남겼다.

맞잡은 아스의 손을 제 손가락으로 간질이며 약속하라는 듯 재촉했다.

"……아리아."

하지만 그런 아리아의 행동은 아스에게서 확답을 이끌어 내기보다는 위기를 불러왔다. 저녁을 거르고 당장 방으로 돌아가자는 위기를 말이다.

"그럴까요? 가끔은 방에서 먹는 것도 나쁘지 않겠어요."

하지만 그 위기는 아리아 역시 바라던 바였던 모양인지 그녀가 사르르 웃으며 아스의 팔에 기댔다. 때문에 재빨리 아리아의 허리에 손을 두른 아스가 새로운 목적지를 향해 방향을 튼 것은 순식간이었다.

* * *

제시와 애니가 쓸데없는 험담을 듣고 다닌다는 사실을 알게 된 이후, 아리아는 보란 듯이 그녀들과 함께 행동하기 시작했다. 바쁘기도 했지만 제시와 애니를 위해 일부러 따로 떨어져 있었던 것이었는데 그게 독이 된다니 붙어 다니는 것이 마땅했다.

게다가 갓 황성에 들어왔을 때와는 다르게 어느 정도 적응을 한 참이었고, 여유 또한 생겼기에 굳이 떨어져 다닐 필요가 없었다.

"저한테까지 이런 드레스를 마련해 주실 필요는 없으신데……."

제시가 휘황찬란하게 꾸민 제 외형이 익숙하지 않은 듯 말끝을 얼버무렸다. 얼굴에는 어색함이 가득했다. 그녀는 분수를 아는 여인이었기에 분에 넘치는 호사를 부담스러워하는 경향이 있었다.

하지만 아리아는 그렇게 생각하지 않았다.

"제시. 하루아침에 적응하지 못하는 것은 당연해. 하지만, 한스를 위해서라도 적응해야 하지 않겠니?"

"한스…… 요?"

"그래, 한스."

어째서 한스의 이야기를 꺼내는지 모르겠다는 듯 제시가 눈을 끔뻑이며 아리아에게 답을 구했다. 자신의 이 화려한 복장과 한스가 무슨 관계가 있냐는 듯한 물음이었다.

이에 아리아가 친히 그 대답을 제시에게 알려 주었다.

"나처럼 천하디 천한 출신임에도 불구하고 능력 하나로 황성에서 가장 주목을 받고 있는 한스의 연인이니 마땅히 그에 걸맞은 복장을 해야지."

"그렇지만 한스는……."

능력이 출중하다고는 하더라도 평민은 평민이었다. 고작해야 능력을 인정받은 평민. 아무리 부와 권력을 지닌 평민이라고 하더라도 과한 사치는 야유밖에 얻지 못했다.

그런데 부와 권력을 지닌 평민도 아닌, 고작해야 능력을 인정받은 남자의 연인밖에 되지 않는 자신이 어째서 이토록 귀족과도 같은 복장을 하고 다녀야 하는 것인지. 제시는 이해할 수 없는 모양이었다.

이에 아리아가 어리석다는 듯 물었다.

"제시. 어째서 한스가 평생 평민인 채로 남아 있을 거라고 생각하는 거니?"

"……네?"

그게 무슨 소리인지 모르겠다는 듯 제시가 눈을 동그랗게 떴다. 평민은 언제까지나 평민이었다. 혼인으로 신분이 상승되지 않는 한 평생 평민이었다. 그것도 남성은 불가능했고, 여성만이 가능했다.

하지만 아리아는 한스를 그렇게 둘 생각이 없었다. 평민은 언제까지나 평민인 것이 당연하기는 했으나, 법으로 정해진 것은 아니었다. 큰 공을 세워 영지를 하사받으면 평민도 언제든 귀족이 될 수 있었다.

물론 이는 정세가 불안정하고 전쟁이 빈번했던 제국 초기에나 있었던 일이었고, 권력과 재력을 움켜쥔 귀족이 수두룩한 지금은 거의 불가능한 일이었지만, 아리아와 같은 권력자의 지지가 있다면 지금도 완전히 불가능한 것은 아니었다.

만약 소문만 돌지 않았더라면 한스를 귀족으로 만들 생각은 하지 않았겠지만 지금은 아니었다. 출신 따위로 차별을 받는 것이 얼마나 억울하고 원통한 일인지 아는 아리아였기에 한스를 귀족으로 만드는 것이 좋겠다는 생각을 했다.

그런 것도 모르고. 아리아가 여전히 의문투성이인 제시의 눈을 응시했다. 황태자비의 시녀에, 능력 있는 연인까지 있다면 애니처럼 괜한 바람이 들어가도 이상하지 않거늘.

그녀는 과거부터 지금까지 늘 한결같았다. 그리고 아리아는 그것이 참으로 마음에 들었다. 그러니 어찌 제시의 미래를 위해 조금의 번거로움을 감수하지 않을 수가. 하나부터 열까지 설명해 주고 싶었지만, 황성에는 듣는 이가 아주 많았다. 괜한 말은 삼가며 제시의 머리를 쓰다듬었다.

"……미래가 어떻게 바뀔지 모르니까 대비해 두라는 뜻이야. 게

다가 난 내 시녀가 세상에서 가장 아름다웠으면 좋겠거든. 특히 내가 가장 아끼는 시녀인 제시, 너는 꼭 말이야."

"……."

아리아가 이렇게까지 말하는데 어떻게 이 이상 의복 따위를 가지고 투정을 부릴 수 있을까. 결국 제시가 입을 꾹 닫았고, 귀부인들이 기다리는 정원으로 향하던 걸음이 재개되었다.

"황태자비 전하를 뵙습니다."

아리아가 정원에 들어서자 귀부인들이 서둘러 예를 취하며 허리를 숙였다. 매일매일 다른 귀부인들을 만나 왔던 것과 다르게 오늘은 일전에 보았던 이들이었다. 그녀들은 자신들이 황태자비에게 호감을 얻어 다시금 황성에 방문하게 되었다고 생각한 듯, 한껏 상기된 얼굴을 감추지 못하고 있었다.

그것은 과거의 귀족파의 귀족들과 별반 다를 바가 없는 얼굴이었다. 아무리 황태자의 편에 섰다고는 하나, 귀족은 귀족이었기 때문이었다. 대세를 따르고 권력을 찾아 사리사욕을 채우는 것에 관심이 없는 자는 없었다.

아리아가 자리에 앉자 시녀들이 서둘러 차를 따랐다. 마치 물이 흐르듯 자연스럽고 빠른 행동이었다. 그것을 잠시 기다려 마시기 좋은 온도까지 내려간 차를 한 모금 입에 머금은 아리아가 그때까지 허리를 숙여 예를 취하고 있던 귀부인들에게 입을 열었다.

"일어나세요."

"……감사합니다."

보통 예를 취하자마자 인사를 건네는 것과는 다르게 마치 고문이라도 하듯 한참이나 지난 뒤에야 겨우 자세를 바로 하라고 했기에 귀부인들의 상기되었던 얼굴은 온데간데없었다. 귀부인들이 불쾌함으로 얼룩진 얼굴을 지우지 못하고 있자, 아리아가 의아해하는 얼굴로 그녀들에게 물었다.

"차가 맛이 좋네요. 어서들 들지 않고 뭐하세요?"

"……예."

아무런 잘못도 하지 않았다는 얼굴이었기에 귀부인들 역시 아무것도 묻지 못한 채 방금 전에 일어났던 일을 물어야만 했다.

"그간 잘 지내셨나요?"

"예? 아, 예. 비전하께서도 잘 지내셨는지요?"

"그럭저럭요."

"……."

어떻게 저런 반응을 보일 수가 있을까. 오랜 시간 제국을 좀먹던 귀족파를 겨우 몰아내어 한마음 한뜻을 가진 이들끼리 모였거늘.

마치 자신들이 대역 죄인이라도 된 듯이 대하는 아리아에 귀부인들의 표정이 점점 더 싸늘해졌다. 이를 신경도 쓰지 않은 아리아가 조금 떨어진 곳에 준비된 테이블을 가리키며 말했다.

"애니, 제시. 너희들도 앉으렴."

"……네?"

"……예?"

"모처럼 달콤한 차가 들어왔으니 너희들도 응당 맛을 보아야 하지 않겠니?"

아리아의 말에 귀부인들이 움직임을 멈춘 채 딱딱하게 굳었다. 감히 황태자비와 귀부인들이 모인 자리에서 한낱 시녀 따위를 옆테이블에 앉히겠다고?

물론 드문 일은 아니었다. 시녀들의 대부분이 귀족 출신이었기에 같은 테이블에 앉는 경우 또한 있었기 때문이다. 그랬기에 말이 시녀이지 대접 자체는 귀족으로 받는 경우가 보통이었다. 그런 그녀들은 보통 시녀와는 취급이 전혀 달랐다. 아리아의 말대로 옆 테이블에 앉는 것이 이상하지 않을 정도로.

하지만 제시와 애니는 아니었다. 그녀들은 정말 하찮은 출신의 시녀들이 아닌가? 귀족 출신의 시녀들과 같은 대우를 받기에는 미천하기 그지없었다. 그리 생각하는 것은 황성의 시녀들 또한 마찬가지였는지, 아리아의 말이 떨어졌음에도 그 누구 하나 다과를 준비하는 이가 없었다.

"뭐해?"

"……예?"

"차를 준비하지 않고 뭐하는 거야?"

"아, 예……!"

이에 아리아가 시녀 하나를 가리키며 그리 물었고, 그제야 상황을 파악한 시녀들이 서둘러 제시와 애니를 위한 테이블을 준비했다.

결국 얼마 지나지 않아 제시와 애니는 자신들을 위해 마련된 테이블에 앉아야만 했다. 때문에 귀부인들이 표정을 주체하지 못한 채 입을 꾹 다물고 이를 응시했다. 믿기 힘들다는 모습이었다.

"표정들이 밝지 못하시네요."

아리아가 귀부인들에게 말했다. 반복되는 아리아의 무례한 행동에 자신들이 느낀 기분을 그대로 얼굴에 표출했기 때문이었다. 미처 수습할 생각도 하지 못한 채 말이다.

"……."

달리 무슨 대답을 할 수가 있을까. 귀부인들은 여전히 입을 닫은 채 심기가 불편한 것을 감추지 못했다.

이에 아리아가 작게 소리를 내어 웃으며 그녀들에게 물었다.

"제 어미의 출신이 변변치 못해 그러신 건가요?"

당연하게도 아리아의 그 물음을 들은 모든 이가 놀라 숨을 삼켰다. 아리아가 스스로 자신의 출신을 언급한 것도 모자라, 그 대답을 귀부인들에게 구했기 때문이었다. 이에 귀부인들이 그럴 리가 있겠냐며 황급히 고개를 저으며 극구 부인했다.

"그럴 리가요!"

"무슨 그런 말씀을 하시는지요!"

"그 누가 감히 황태자비 전하께 그런 불순한 생각을 가질 수가 있을까요……!"

할 수만 있다면 머릿속이라도 열어 무죄를 증명하고 싶어 하는 얼굴들이었다.

하지만 정말 그럴까? 아리아는 그렇게 생각하지 않았다.

"그래요? 그렇다면 다행이네요. 제가 오해를 한 모양이네요. 제 출신이 변변치 못해 그리 불편한 기색을 보이시나 고민했거든요. 참으로 이상하죠? 과거에 저는 죽은 프레데리크 공녀가 제게 했던 모난 행동들에도 싫은 표정 하나 내비치지 못했거든요."

백작저에 방문한 이시스가 아리아를 시험하려 차에 대해 물었던 일이 있었다. 멍청한 악녀를 한껏 비웃기 위해 마련된 자리였다. 하지만 아리아는 모래시계를 되돌려 이를 의연하게 대처했고, 결국 비웃음을 당하는 일 없이 조용히 넘어갈 수 있었다.

그것이 평범한 세계였다. 진정으로 권력을 쥔 자에게는 그 어떤 부당한 대우를 받아도 웃는 얼굴로 대처해야 하는 세계.

그런데 지금은 어떠한가. 응당 여성들 중에는 가장 고귀하고 높은 자리에 올랐다고 말할 수 있는 아리아의 앞에서 부인들이 불쾌한 기색을 여지없이 드러냈다. 별것 아닌 사소한 일들임에도 불구하고 말이다.

그녀들이 불편함을 여지없이 드러낸 것들은 모두 하하 호호 웃으며 가볍게 넘어갈 수 있는 아주 사소한 일이었다. 만약 황태자비가 프레데리크 공녀였다면 이들이 그런 행동을 취할 수 있었을까. 절대 그러지 못했을 거라고 생각한 아리아가 말을 이었다.

"그런데 부인들께선 참으로 감정을 솔직히 내비쳐 그렇게밖에 생각할 수가 없었네요."

"……!"

"보세요, 지금도 허를 찔린 표정을 숨기지 못하시잖아요?"

그리 말한 아리아가 미소를 머금은 채 여유롭게 차를 한 모금 마신 뒤 한마디 덧붙였다.

"이러니 제가 오해를 할 수밖에요."

"……."

정원에 정적이 일었다. 웃고는 있지만 잔뜩 화가 난 아리아의 심기를 그제야 눈치챈 모양이었다. 그것은 귀부인들뿐만 아니라 시녀들 역시 마찬가지였다.

"최근에 좋지 못한 소문을 들어 곰곰이 생각해 봤어요."

모두가 말이 없어 하는 수 없이 아리아가 다시 입을 열었다.

"만약 이 자리에 오른 것이 제가 아니라 프레데리크의 장녀였다면, 그랬다고 하더라도 이런 소문이 돌았을까 말이죠."

이런 소문. 굳이 묻지 않아도 모두가 한 가지 소문을 떠올릴 수 있었다.

그래서 제시와 애니를 데려온 것인가. 그제야 한동안 보이지 않았던 그녀들을 굳이 데리고 나타난 아리아의 저의를 알 수 있었다. 황태자비가 소문의 진상을 시험하고 경고를 하기 위해 자신들을 이용했다는 것을!

"……오, 오해세요."

오해가 아니었다. 사실이었다. 과거의 소문과는 다르게 이제 더는 악녀가 아닌 아리아였기에 싫은 내색을 그대로 내비칠 수 있었던 것이었다.

물론 그것은 아리아의 출신이 아주 관계없지 않았다. 그녀의 말대로 만약 엘리트 코스를 그대로 답습한 프레데리크 공녀가 황태자비였다면 그 어떤 이상한 소문도 돌지 않았을 것이 분명했다.

"그렇다면 다행이에요. 저는 또 제 출신과 유약한 모습이 부인들을 오해하게 만든 것은 아닌지 고민했었거든요."

"……."

"친절한 이에게 침을 뱉는 사람은 없을 거라 생각해 그리 행동한 것이었는데, 아닌 것 같아 슬슬 마음을 바꾸려던 참이었지요. 그런데 오해라고 하시니 갈등이 되네요. 어떤 태도를 취해야 할지 말이죠."

그러니 알아서 기라는 소리였다.

나대지 말고, 기어오르려 하지 말고 잘해 줄 때 조용히 얻어먹으라는 말이었다. 그렇지 않으면 언제든 다시 소문의 악녀처럼 변하겠다는 경고이기도 했다.

　　　　＊　　＊　　＊

　그 후로부터 귀부인들과의 대화는 아리아에게 퍽 유익한 시간이 되었다. 이제 더는 그 누구도 경솔하게 입을 놀리는 일이 없을 것이라는 걸 깨달았기 때문이었다.

　겉으로는 여전히 자애로운 미소를 지었지만, 내뱉는 단어 하나하나가 자신들에게 큰 경고를 하고 있음을 눈치챘기에 첫 만남 때와 비교하여 귀부인들의 말수가 급격하게 줄어들었다.

　그것이 참으로 마음에 든다며 아리아가 귀부인들에게 아낌없는 호의를 보였다. 그녀들을 상대하는 데는 그것만으로도 충분했다.

　물론, 그간 사업밖에 모르던 시절을 보낸 아리아가 황태자비로 즉위하자마자 자신들에게 압박을 가하는 것에 불만을 가진 귀부인들도 몇몇 있었지만, 아리아는 그녀들을 통제할 가장 효과적인 방법을 알고 있었다.

　"……그러고 보니, 잠시 황성에 적응하느라 미뤄 놨던 서류들을 이번에 다시 검토하게 되었어요. 거기에서 굉장히 재미있는 사업을 발견했죠."

　바로 귀부인들의 사리사욕을 채워 줄 정보를 흘리는 것이었다.

　황태자비가 되었음에도 개인 사업을 하는 것에 달리 제재가 없었기에 거짓이 아니라 정말 서류들을 몇 개 검토하다가 흥미로운 사업을 찾을 수 있었다.

　그리고 아리아가 손을 댄 사업들이 모두 크게 성공을 거뒀다는 것은 모르는 이가 없었기에, 귀부인들이 자존심을 내려놓고 그 내용을 묻게 만들기 충분했다.

"……어떤 사업이죠?"

"궁금하네요……."

몇몇 부인이 아리아가 관심을 가진 사업에 대해 물었고, 이는 다른 귀부인들 역시 마찬가지인 듯 조용히 긍정하며 시선을 아리아에게 고정했다. 그 시선을 마주한 아리아가 부드럽게 웃으며 말했다.

"궁금하시다니 말씀드려야 마땅하겠지요. 특별한 곳에서 아주 새로운 보석을 채취하는 사업이에요."

"새로운 보석이요?"

"예, 마치 바다처럼 아름다운 보석이라고 하더군요. 이를 갈아 머리카락이나 드레스에 흩뿌려 은은한 빛을 낼 수 있다고도 하였지요."

바다처럼 아름다운 그 보석은 바다에서 채취할 수 있는 아주 귀한 물건이었다. 수심이 깊은 곳에서만 생기는 탓에 특별한 기술과 장치가 없으면 채취 자체가 불가능했다.

물론 아리아도 확실히 확인한 것은 아니었지만, 그 사업을 제안한 이가 다름 아닌 보석상의 주인이었기에 편지에 적힌 내용과 크게 다르지 않을 거라 판단했다.

그렇다고는 해도 보석상의 주인 정도면 투자 없이 혼자 보석을 채취하고 판매를 하는 데 어려움이 없을 것이다. 하지만 그럼에도 불구하고 굳이 이렇게 사업 계획서를 편지로 보내고 도움을 요청한 이유는 불 보듯 뻔했다.

'내 명성을 이용할 생각이겠지.'

황태자비가 투자한 보석. 황태자비가 착용하는 보석.

적정가에서 몇 배나 더 시세를 올려 받을 수 있음이 틀림없었다. 타국과 교류하기에도 수월할 것이다.

감히 자신을 이용하여 몇 배나 이득을 취하겠다는 계획이었기에 거절할까 생각도 해 보았지만, 곰곰이 생각하다가 이내 실물을 보고 확인해 본 후 결정하겠다는 답신을 보냈다.

'평민을 대상으로 한 사업이라면 거절했겠지만, 귀족들을 대상으로 하는 사업이니까.'

귀족들은 돈이 썩어 나니 말이다. 더욱이 다른 이들이 가진 것보다 조금 더 비싸고 희귀한 물건을 구입하여 자랑하는 것을 즐거움으로 여기는 이들도 허다했다.

그러니 원하는 대로 비싸고 귀한 물건을 제공하는 것이 마땅하지 않을까. 투자를 해 번 돈을 다시 평민들을 위해 투자를 하는 것으로 황태자비의 위엄까지 지킬 수 있을 테니까.

"직접 보셨나요?"

"아니요, 이번에 볼 예정이에요."

"아아……. 그러시군요."

아직 보지 못했다는 말에 귀부인들의 눈빛이 순식간에 흐려졌다.

어리석기는. 이에 아리아가 그녀들에게 희망을 주기 위해 귀한 정보를 하나 더 풀었다.

"하지만 대단히 아름다운 보석일 거라 생각해요. 이건 비밀이지만…… 편지를 보낸 이가 제국에서 가장 큰 보석상을 운영하는 자니까요. 보는 눈이 까다로운 자이니 허튼소리를 하지는 않았겠지요."

제국에서 가장 큰 보석상을 운영하는 자. 그 보석상이 어디인지 언급하지 않아도, 이름을 언급하지 않아도 그것이 누구인지 깨달은 듯 귀부인들의 눈이 다시 빛을 내기 시작했다.

"……언제쯤 시중에서 볼 수 있을까요?"

"글쎄요. 만나 봐야 알 것 같네요. 아무리 신뢰가 되는 자라도 직접 실물을 보기 전까진 투자를 확정할 순 없으니까요."

"황성으로 부르실 생각이신가요?"

"그래야겠죠? 아직 외출을 하기엔 시간이 빠듯하니까요. 자세히 보아야 하니 면밀히 살펴볼 예정이랍니다."

그 대답에 귀부인들이 괜히 목을 가다듬으며 차를 마시기 시작했다. 시중에 나오기 전에 먼저 보고 싶어 하는 눈치였다. 다시금 자신들을 불러 달라고 말하고 싶어 안달이 난 얼굴들이었다.

"그러고 보니 채취하는 장소가 장소인 만큼, 소량이라면 식용 또한 가능하다고 들었어요. 장식에 그만이겠지요."

그 말에 코르기엔 백작 부인이 눈을 휘둥그레 떴다. 그녀의 남편인 코르기엔 백작이 보석이나 금가루를 뿌린 디저트를 판매하는 사업을 했기 때문이었다.

물론, 먹지 못하는 보석까지 사용했기 때문에 식용이 목적이 아닌 파티를 즐겁게 만드는 장식으로써만 이용되어 왔다. 그럼에도 그 가격이 어지간한 보석들보다 높았기에 고가의 장식품이나 다를 바가 없었다. 그런데, 먹을 수 있는 보석이라니.

"색도 여러 가지가 있는 모양이라 참으로 기대가 되네요."

"……황태자비 전하!"

그녀를 위해 마지막 정보를 흘리자, 아니나 다를까 코르기엔 백작 부인이 퍽 조급한 목소리로 아리아를 불렀다. 달리 용건을 말하진 않았지만 보석이 황성에 들어오는 대로 꼭 자신을 불러 달라고 말하고 싶어 하는 듯 보였다.

"아, 아쉽지만 오늘은 이만 대화를 끝내야겠어요. 아직 검토 중인 사업이 꽤 있어서 말이죠."

하지만 그렇게 할 수는 없었다. 그리 쉽게 확답을 주면 손바닥 위에서 굴리는 재미가 없으니까. 아리아가 대화의 끝을 알리자 귀부인들의 얼굴에 아쉬움이 묻어나왔다.

정보를 얻긴 했지만 간만 보았기 때문이었다. 그럼에도 무시할 수 없는 정보였고, 또 계속해서 자신들에게 이득이 될 정보를 풀 것 같이 여운을 남겼기에 초조함이 더해졌다.

"조금 짧긴 했지만, 부인들께선 저와 처음 대면하는 것도 아니니 다음에 또 뵐 날이 있겠지요."

귀부인들에게 티끌만 한 희망을 심어 준 아리아가 미련 없이 정원을 떠났다. 떠나는 아리아에게 황급히 예를 올리는 그녀들을 쳐다도 보지 않은 채였다.

처음부터 끝까지 무례한 행동을 일삼았으나, 이제 그 누구도 아리아에게 불만을 표하는 자가 없었다. 오히려 마지막에 심어 준 희망에 퍽 상기된 표정을 짓고 있었다.

'복수를 끝내 그간 너무 물렀던 거지. 원래 귀족이든 평민이든 이익을 전제로 구슬리는 것이 가장 효과적인데도 불구하고.'

설령 가족이라고 하더라도 배신을 하는 경우가 있는데, 돈이나 이익 관계가 얽힌 사이라면 이득을 얻을 수 있는 동안은 배신하지 않기 때문이었다. 그리고 그것이 아리아에게 가장 잘 맞기도 했다.

일방적으로 대화를 끝낸 아리아를 보는 제시의 시선이 조금 불안에 차 있었다. 과거도 현재도, 그녀는 늘 아리아에 대한 걱정으로 가득 차 있었다.

　미엘르를 이용하여 사람은 언제든 배신을 할 수 있다는 교훈을 알려 준 탓이기도 했다. 마냥 낙관적인 것보다는 걱정을 하는 편이 위기 상황에 대처하기 쉬웠기에 아리아는 제시에게 아무런 말도 하지 않았다.

　그런 제시와는 달리 애니는 의기양양한 얼굴이었다. 그 오만하던 귀부인들을 몇 마디 말로 조용히 만든 것이 마음에 든 모양이었다. 그것은 루비 역시 마찬가지였다. 황성에 들어온 이후 줄곧 자애로운 모습만을 보여 왔기에, 설마 이렇게 쉽게 해결할 줄은 몰랐던 모양이었다.

　'이제 남은 것은 시종들인가.'

　감히 황성에서 일어난 일에 대해 경솔하게 입을 놀린 어리석은 자들에 대한 응징이 남아 있었다. 마음 같아서는 하나하나 찾아 그 대가를 치르게 하고 싶었지만, 황성에 널리 퍼진 수많은 시종들을 모두 찾아갈 순 없었기에 딱 한 번만 조용히 눈을 감고 넘어가기로 결정했다.

　일일이 찾아가 혼쭐을 내 주어 보았자 한낱 시종을 괴롭히는 황태자비라는 오명밖에 얻을 수 없을 것이다. 차라리 그보다는 더는 뒷말이 나오지 않도록 제시와 애니의 가치를 올리는 것이 나았다.

　게다가 루비의 표정을 가만히 보아하니, 그녀가 예전의 애니처럼 황성의 시종들에게 바람을 넣을 것 같기도 했다.

　그렇게 귀부인들과의 만남을 몇 번 반복하자 여론이 급변했다. 귀부인들에게 각기 다른 정보를 흘리는 것이 아니라, 같은 정보를 시간차를 두고 흘려 그녀들끼리 경쟁하게 만들었기 때문이었다.

아리아에게 조금이라도 더 잘 보여 다른 이들이 모르는 정보를 얻는 것이 귀부인들의 목적이었다. 그것에만 그치지 않고 이따금 남성 귀족들에게도 정보를 흘려 그들이 자신들의 부인을 닦달할 상황을 만들었다.

"요즘엔 어딜 가나 비에 대한 이야기만 들려 참으로 기분이 묘합니다."

퍽 언짢은 표정의 아스가 아리아에게 말했다. 아리아가 귀족들 간의 경쟁을 만들어서 그런 것이 아닌, 단순히 그들이 아리아를 언급하여 짜증이 난 듯 보였다.

"마음 편히 지내려면 그 수밖에 없었어요."

이에 아리아가 조금 곤란해하며 대답하자, 아스의 눈빛이 사뭇 흉흉해졌다.

"그럼 제가 해치울까요?"

"해치우다니요?"

"비께서 마음 편히 지내실 수만 있다면, 불편하게 하는 것들을 다 눈앞에서 치워 내야 마땅하겠지요."

"……귀부인들을요?"

그 눈빛이 꽤 진지했기에 놀라 그리 묻자, 아스가 곧장 고개를 끄덕였다.

"원하신다면 그렇게 해야지요."

"세상에……. 그렇게 되면 희대의 폭군으로 역사의 한 페이지를 장식하게 되실 테니, 그냥 제가 알아서 해야겠어요."

포크마저 내려놓으며 그리 대답하자, 아스가 퍽 유쾌한 듯 소리 내어 웃었다. 한껏 풀어진 표정을 보아하니 다행히도 거짓이 섞여 있었던 모양이었다.

"알겠습니다. 그리도 걱정하시니 자제해야겠습니다."

"꿈에도 그런 생각 마세요."

"비께서 제가 그런 생각을 하지 않도록 신경을 써 주시면 되지 않겠습니까."

그것이 본심인 듯 아스의 눈동자가 사뭇 짙어졌다. 귀족들과의 관계에서 우위를 차지하겠다고 아스를 너무 방치한 탓이었다.

귀족들과 전쟁을 하려고 황태자비가 된 것이 아닌데. 아스와 행복하게 지내고 싶어 결혼을 했고, 그가 황태자였기에 어쩌다 보니 자신 또한 황태자비가 된 것임에도 어느새 주객이 전도되어 있었다.

"……미안해요."

"사과하실 필요 없습니다. 그런 모습도 좋아 반한 거니까요. 하고 싶은 대로 하십시오. 그 대신 저를 너무 방치하지는 마시고요. 외로워서 말라 버릴지도 모릅니다."

그 말에 결국 식사를 중단한 아리아가 아스의 옆으로 자리를 옮겼다.

아스 역시 더는 식욕이 돋지 않는 듯, 식기를 내려놓고 아리아의 손을 잡았다.

"방으로 올라갈까요?"

"그러는 게 좋겠어요. 식사는…… 나중에 올려 보내라고 하면 되겠죠."

기다렸던 말을 꺼낸 아리아에 자리에서 일어나는 아스의 움직임이 재빨랐다. 쉽게 볼 수 없는 민첩함이었다. 아스가 아리아의 모든 점을 마음에 들어 하듯, 아스의 그런 성급함이 참으로 귀엽다며 그를 따라 자리에서 일어난 아리아가 이내 무언가 좋은 생각이라도 난 듯 움직임을 멈추며 아스를 불렀다.

"아스 님."

"예?"

"제가 이 일을 빨리 처리했으면 좋겠지요?"

"그럼요. 그리고 온전히 저만 보셨으면 좋겠습니다. 다른 사람들 입에 오르내리는 것이 마음에 들지 않습니다."

빨리 처리할 방법이 있다면 어서 말해 보라는 듯 아스가 대답을 재촉했다.

"그럼, 제 말대로 해 주세요."

"어떻게 말입니까?"

"제 이야기를 하는 사람을 타박하지 마세요."

"……."

해결할 방법이 아니라 방해하지 말라는 말이었다.

아스가 자신의 이야기를 한 사람을 타박했을 것이 분명해 그리 말하자, 아니나 다를까 내키지 않는다는 얼굴을 했다.

"제가 다른 사람과 비에 대한 이야기를 하라는 말씀이십니까? 칭송하는 말에 맞장구를 치고요?"

"맞장구까진 바라지 않지만, 이야기도 꺼내지 못하게 막지 말라는 말이에요."

"……."

빨리 소문이 퍼져야 일을 마무리하지 않겠는가. 아스가 대답을 않고 조금 미간을 좁히자, 어쩔 수 없다는 듯 아리아가 말했다.

"일이 마무리될 때까지 지켜 주신다면 소원을 하나 들어드릴게요."

"……소원이요?"

"네. 소원이요."

"……아무거나 다 말입니까?"

"제가 할 수 있는 일이라면요."

그제야 아스의 미간에 자리했던 불만이 사라지고 눈이 빛을 내기 시작했다. 굳이 그런 조건을 달지 않아도 해 달라고 하면 뭐든 해 줄 생각이 있었는데도 불구하고 말이다.

"알겠습니다. 저만 믿으십시오."

아주 당연하게도 그리하겠다는 아스의 대답이 떨어졌다.

그리고 다행히도 아리아에게 소원을 빌겠다는 일념 하나로 아스가 이를 악물고 짜증 나는 순간들을 견뎌 준 덕분에 귀족들 사이에서 아리아에 대한 이야기가 수도 없이 오갔고, 아리아는 곧 원하던 상황을 얻을 수 있었다.

* * *

"황태자비 전하께선 오늘 접견을 하실 수 없으십니다."

"뭐? 어째서!? 분명 일주일 전에 예약을 하고 오늘 방문하라는 연락을 받았는데……!?"

애니의 단호한 말에 접견실 앞에서 한참이나 자신의 순서를 기다리고 있던 귀족이 퍼뜩 놀라며 말했다. 이에 들고 있던 명단을 확인하자, 그의 말대로 이름이 적혀 있었다.

애니는 자신의 실수로 인해 누락한 것을 깨닫고는 입을 닫은 채잠시 눈동자를 굴렸다. 어쩐다. 전해 받은 대로 처리를 했어야 했건만. 이미 접견이 모두 끝이 난 상태였다.

고작해야 시녀인 자신에게 아리아가 모처럼 믿고 맡겨 준 일이건만. 하지만 고민을 해 보았자 나아지는 것은 없었다. 귀족을 다음에 다시 부르자. 그녀에게 황태자비라는 든든한 뒷배가 있었기에 가능한 일이었다. 애니가 아무런 이상도 없다는 듯 여상하게 대답했다.

"정말 예약하신 것이 맞나요? 이상하네요. 아닌 것 같은데…….
왜 이름이 적혀 있지 않을까요?"

"그게 무슨……!"

말도 안 되는 말인지! 분명 직접 황성을 방문하여 예약을 하고 확답까지 받은 상태였다. 그러니 이렇게 접견실 앞까지 올 수 있었던 것이 아닌가!

귀족이 퍽 억울해했기에 애니가 고개를 갸웃대며 명단을 다시금 살펴보는 척을 했다. 하지만 이내 고개를 저어 부정적인 대답을 내놓자 귀족의 얼굴이 새파랗게 물들었다.

"다시 한번 확인을 해 주시게! 분명 황태자비 전하께서 날 만나고 싶어 하실 거야!"

"……."

귀족은 다시금 확인해 달라며 절박하게 애니에게 매달렸다.

이에 애니가 난처한 얼굴을 지었다. 일주일이나 기다려 겨우 차례를 맞이한 이를 이토록 차갑게 문전 박대하는 것은 매정하기 그지없었기 때문이었다.

귀족치고는 행색이 별 볼일 없어 그냥 넘기려고 했는데 그가 너무나도 절박해 보였고, 정말 자신의 실수가 맞았기에 어쩔 수 없다는 듯 애니가 접견실 안으로 들어갔다.

"저…… 비전하. 혹시 10분 정도 시간을 내주실 수 있으신가요?"

문을 닫자마자 퍽 곤란해하는 얼굴의 애니가 아리아에게 물었다. 익숙한 그 물음에 접견실을 떠나려던 아리아가 눈매를 접으며 애니에게 물었다.

"누군데?"

애니가 방문객 명단을 실수한 것이 한두 번이 아니었기 때문이었다.

성격이 급한 애니는 실수가 잦았다. 만약 로스첸트 백작저에서의 인연이 없었다면 시선도 주지 않았을 정도였다.

단시간에 사람을 파악하고 적절하게 대처하는 그 영악함을 높이 사 일을 맡겼건만. 그나마 실수가 잦아도 대처 하나만큼은 뛰어났기에 조만간 애니에게 꼼꼼한 사람을 하나 붙여 줘야겠다고 생각한 아리아가 허락할 것처럼 이름을 묻자, 애니가 냉큼 대답했다.

"스트로우 자작이라는 분이에요."

"스트로우 자작?"

"예. 중요한 용건이 있는 것 같았어요."

아리아를 만나려는 자에게 중요한 용건이 없는 경우는 없었다. 다들 사리사욕을 채우기 위해 중요한 용건을 들고 그녀를 만나러 왔다.

지금까지 한두 명의 착오가 생기더라도 아리아가 짧더라도 너그러이 그들을 만나 주는 것이 보통이었기에 이번에도 분명 그럴 것이라 생각한 애니가 대답을 기다리는데, 아리아에게서 나온 대답은 뜻밖에도 거절이었다.

"거절해."

"네……!?"

"만나지 않겠다고."

"……!?"

어째서? 갑자기 입장이 곤란해진 애니가 입을 쩍 벌렸다.

아리아의 뒤에서 대기 중이던 제시 역시 눈을 동그랗게 뜨며 의아함을 감추지 못했다. 이에 분명 무언가 이유가 있을 것이라 생각한 애니가 조심스레 그 까닭을 물었다.

"저, 저……. 죄, 죄송하지만 이유를 여쭤봐도 될까요?"

"귀족파의 잔당이잖아. 전 로스첸트 백작과 아주 사이가 좋았던. 용케도 처벌을 면했네."

사업상 전 로스첸트 백작과 자주 만났던 자였다. 몇 번이나 저택에 방문한 그를 본 기억이 났다. 아리아의 설명에 그제야 애니도 몇 번이나 저택에서 그를 보았던 것을 떠올린 모양인지 손뼉을 치며 목소리를 높였다.

"세상에! 저도 기억이 나요! 그런데 왜 저렇게 늙은 거지? 고작해야 1년 정도밖에 안 지난 것 같은데……!"

10년은 더 늙은 듯한 얼굴이었기에 알아보지 못했다며 애니가 입방정을 떨었다.

그간 고생을 한 탓이겠지. 들키지 않으려 필사적으로 도망을 다녔을 것이다. 제시 역시 기억이 난 듯 목소리를 높였다.

"그러고 보니, 저도 기억이 나요! 세상에. 어떻게 아직 수도에 있는 걸까요? 처벌을 받았을 거라 생각했는데……."

"그러게 말이야. 왜 잡혀서 처벌을 받지 않았던 걸까요?"

"글쎄, 죄목이 가벼웠나? 단순히 거래만을 유지해 왔던 관계일 수도…….”

확실한 기억이 없는 것을 보면 정말 별 볼일 없는 수준의 일만 관여했을 가능성이 컸다. 그래서 처벌을 받지 않고 빠져나온 걸 수도. 하지만 그렇다고 해도 만나지 않겠다는 결심은 확고한 모양인지, 아리아가 이내 애니에게 나가 볼 것을 종용했다.

“아, 그리고 앞으론 이런 일은 알아서 처리하렴. 큰 실수가 아니라면 보고하지 않아도 좋아.”

고작해야 접견 순서였다. 애니의 선에서 순서를 조정하면 그만인 일이었다. 더는 이런 사소한 일에 관여하고 싶지 않았다. 실수가 잦다고 해도 그리 큰 타격은 없었다.

게다가 더는 마냥 자애로운 황태자비를 연기하지 않기로 한 아리아였기에, 혹여나 애니가 일을 그르쳐 귀족을 비롯한 방문객들의 심기를 거슬러도 상관없다고 생각했다.

“단, 법을 거스르는 행동은 하지 말렴. 내가 구제해 줄 수 있는 범위 내에서만 행동해.”

그 말에 애니가 냉큼 고개를 끄덕였다. 그 말인즉 아주 조금의 위법은 구제해 주겠다는 뜻이었다. 듣던 중 반가운 소리였다.

“걱정 마세요! 제가 잘 처리할게요. 스트로우 자작의 일도 말이죠!”

씩씩하게 대답한 애니가 곧장 접견실을 벗어났다.

그러자 오매불망 애니를 기다리고 있던 스트로우 자작이 냉큼 그녀에게 달려와 어떻게 되었냐며 재촉했다. 이에 애니가 팔짱을 끼고 고개를 내저었다.

“아무래도 안 되겠어요.”

“어째서!?”

"그건 자작님께서 더 잘 아실 텐데요."

"……뭐!?"

애니의 눈빛이 퍽 싸늘했다. 네 죄는 네가 알고 있지 않느냐는 눈빛이었다. 그러나 스트로우 자작이 여전히 이해할 수 없다는 태도를 고수했기에, 하는 수 없이 설명을 덧붙였다.

"비록 장소는 다르지만 과거에 이미 많이 본 사이인데 접견까지 하여 볼 필요가 무엇이 있겠어요."

"……!?"

그 말에 스트로우 자작의 눈이 튀어나올 듯 커졌다.

"그, 그건 과거의 일이지 않나! 고작해야 거래를 도왔을 뿐이고! 로스첸트 백작과 거래를 트지 않은 귀족이 어디 있겠나! 게다가 보다시피 난 처벌도 받지 않았는데……!"

"설마 처벌을 받지 않으셔서 용서를 받았다고 생각하시는 건 아니시겠죠? 황태자비 전하께선 과거에 나쁘게 얽혔던 분들을 만나고 싶어 하지 않으시니, 부디 조용히 돌아가 주시기를 바라요."

"……!"

나아질 기미가 보이지 않는 애니의 단호한 대답에 열변을 토하던 스트로우 자작의 고개가 힘없이 떨어졌다. 처벌을 받지 않았기에 괜찮을 것이라 생각한 모양이었다.

게다가 허락까지 떨어졌었건만. 실의에 빠진 스트로우 자작이 넋을 놓고 서 있는 동안, 애니가 자작의 옆을 스치듯 지나가며 한마디 흘렸다.

"아, 목이 타네. 누가 가져다주면 좋으련만. 다들 바빠서 시킬 사람도 없고."

"······!?"

들으라고 하는 소리와 다름없었다. 때문에 스트로우 자작의 눈이 사정없이 흔들렸다. 갈등하고 있는 듯 보였다. 귀족의 자존심을 버려야 했기 때문이었다.

하지만 결국.

"······잠시, 잠시만 기다리시게."

스트로우 자작이 자존심을 버리고 서둘러 접견실 앞을 떠났다. 귀족답지 않게 발걸음이 퍽 성급했다. 설마 통할 줄 몰랐던 모양인지 이를 멍하니 지켜보던 애니의 입꼬리가 천천히 올라갔다. 귀족이라는 존재가 이토록 구워삶기 쉬운 존재였다니.

스트로우 자작이 애니를 위해 시원한 음료를 가져오기까지 그리 오랜 시간이 걸리지 않았다.

* * *

"생각했던 것보다 더 귀한 보석이네요."

보석상의 주인이 가져온 보석을 만져 본 아리아가 퍽 만족한 듯 웃으며 말했다.

정말 흔히 볼 수 없는 귀하고 아름다운 보석이었다. 바다에서 채굴하는 보석에 걸맞게 푸른색 위주의 색감이 시선을 빼앗았다. 노란색이나 적색 또한 있었지만, 개중 가장 아름다운 것은 단연 아스의 눈동자를 닮은 푸른색이었다.

이를 꽤 오랫동안 살펴보자, 보석상 주인의 얼굴에 만족스러운 미소가 떠올랐다.

"식용도 가능하다고요?"

"그렇습니다. 한 번에 많은 양을 섭취하는 것이 아니라면 유해하지 않습니다."

"많은 양을 섭취하지 않으면…… 이라."

이에 아리아가 고민에 빠졌다. 가격이 가격이니만큼 대량으로 섭취할 일은 없겠지만, 만에 하나 누군가 대량으로 섭취하여 탈이라도 난다면 책임을 피하지 못할 것이 틀림없었다.

"대량으로 섭취하면요?"

"아직 확인된 바가 없습니다."

"그럼 정확한 기준을 두세요. 만에 하나 피해가 발생하면 저 또한 책임을 면치 못하게 될 테니까요."

"알겠습니다."

"시장에는 얼마나 풀 생각이죠? 가격은요?"

"아주 소량씩 고가로 풀 생각입니다. 이름하여 프리미엄이죠."

"그렇군요."

바람직했다. 소량씩 고가로 풀어야 가격이 점점 더 오를 테고, 가치가 올라 모두가 갖고 싶어 할 테니까.

"그러니 더욱더 큰 수익을 얻을 수 있도록 황태자비 전하께서 저를 조금 도와주셨으면 하는 바람입니다."

"제가요? 무엇을요?"

그가 어떤 부탁을 할지 알면서도 아리아가 모르는 척 되물었다.

"앞으로 제가 들여올 모든 보석을 제일 먼저 비전하께 선물로 드릴 테니, 꼭 착용하여 주셨으면 하는 바람입니다."

황태자비만큼 홍보 효과를 볼 수 있는 사람이 또 어디 있을까.

보석을 제공하는 대신 홍보를 해 달라는 그 말에 아리아가 입꼬리를 올리며 대답했다.

"판매금액의 30퍼센트."

"……예?"

"30퍼센트를 제 이름으로 기부하세요."

"기부…… 말씀이십니까? 어디에……?"

"앞으로 제가 만들 시설에요."

30퍼센트나 기부하라는 말에 보석상의 주인이 입을 닫은 채 고민에 빠졌다. 과연 그만큼 효과를 볼 수 있을지 계산하는 얼굴이었다.

이에 아리아가 어리석다는 얼굴로 말을 이었다.

"반 이상의 수익을 남기고 있는 것을 이미 알고 있으니, 그리 고민하는 척하지 마세요."

실제로 60퍼센트에 가까운 수익을 얻고 있었기에 보석상의 주인이 어쩔 수 없다는 웃음을 머금었다.

어차피 아리아의 명성을 이용하면 60퍼센트 이상의 수익을 낼 수 있었기에 나쁘지 않은 협상이었다. 게다가 그녀는 제국을 넘어 대륙에서 이름을 떨친 여인이니, 기부한 금액만큼의 수익을 다시 올릴 수 있을 가능성도 있었다.

"알겠습니다. 그렇게 하겠습니다."

"다음 방문 때는 계약서를 가져오세요. 제가 말한 것을 모두 기입해서요."

"예, 조만간 작성하여 뵙도록 하겠습니다. 그런데, 도대체 어떤 시설이기에 그토록 많은 금액을 기부하라는 말씀이십니까?"

보석상에서 판매하는 보석들은 장인의 세공이 곁들여져 그 금액이 이루 말할 수 없을 만큼 대단히 높았다. 그러니 판매 금액의 30퍼센트라면 엄청난 액수가 될 것이 틀림없었다.

그런 큰 금액을 도대체 어떤 시설에 사용하려는 것인지. 위험한 상상이라도 하는 듯한 남자의 표정에 아리아가 어리석다는 듯 웃으며 대답했다.

"그리 걱정하실 필요 없어요. 위험한 시설은 제 쪽에서 사양할 테니까요. 고작해야 지금 제자리를 안정적으로 지킬 수 있는 시설이에요."

사람들의 기대에 부응하는 것. 그것이 바로 아리아가 자신의 자리를 지키기 위해 선택한 것이었다.

아리아는 황태자비에게 지급되는 품위 유지비와 그녀가 지금껏 모아 온 재산을 모두 합쳐 시설을 만들었다. 그녀가 만든 시설은 총 세 개였는데, 제일 처음 계획한 것이 의료 기관이었고 그다음이 학교, 마지막이 도서관이었다. 이는 모두 서민들이 무료로 이용할 수 있는 시설들이었다. 조건을 갖춰야 하는 아카데미와는 또 다른 시설이었다.

특히 의료 기관의 경우 다른 기관에 비해 의료진과 약품 등에 막대한 금액이 들어가긴 했지만, 애초에 아리아가 가진 돈이 많기도 했고, 선뜻 기부를 하겠다는 이들이 여기저기서 쏟아져 전혀 걱정할 필요가 없었다. 아니, 누구의 기부금을 받을지 고민해야 하는 지경에 이르렀다.

"이러다가 황태자, 아니, 황제를 내 비께서 하는 것이 좋겠다는 말이 나오겠습니다."

아스가 아리아의 옆에 앉으며 말했다. 퍽 투덜거리는 말투였으나 표정만큼은 부드러웠다. 말로는 그녀가 정말 악녀가 되어 고립되었으면 좋겠다고 했지만, 역시 모두의 사랑과 지지를 받는 아리아가 자랑스러운 모양이었다.

"그럴 리가요. 그 자리가 얼마나 대단하고 힘든 자리인데, 감히 그런 말을 할까요. 만약 나온다고 해도 장난에 불과하겠지요."

"아뇨, 분명 잘하실 겁니다."

"그렇다면 생각해 봐야겠네요. 그 자리."

"하하, 알겠습니다. 언제든 비워 드릴 수 있게 준비하겠습니다."

잠깐의 기분 좋은 대화가 지나고, 정말 본론은 따로 있다는 듯 아스가 진지한 얼굴로 입을 열었다.

"비께서 제안하신 부서가 곧 생길 것 같습니다. 황태자비의 사업이라는 명목으로 말이죠."

"세상에. 정말인가요?"

"예, 그러니 이제 기부금을 받지 않아도 되실 겁니다."

아리아가 만든 시설들을 제국의 정식 시설로 등록하고, 부서를 창립하여 황태자비의 사업이라는 명목하에 운영비를 지원하겠다는 뜻이었다. 지금까지 국가사업을 운영하지 않았던 황태자비, 황비는 없었기에 새로울 것도 없었다.

비록 그것이 아리아처럼 엄청난 자금을 쏟아부은 사업이 아니었다는 것만 빼면 그리 특별한 일도 아니었다. 그랬기에 황태자비를 위한 부서가 곧장 생겼고, 지원 또한 어려움 없이 가능했다.

"아뇨, 기부금은 계속 받을 거예요. 그것 때문에 허락한 사업도 있고요."

"그럼 기부금은 다른 곳에 돌리는 것이 어떻겠습니까?"

"아뇨, 계속해서 시설들에 투입할 거예요. 예산이 넉넉하게 있어야 누구도 차별받지 않고 혜택을 누릴 수 있겠죠. 저는 제가 만든 시설들이 돈이 무서워 벌벌 떨며 박하게 구는 것을 보고 싶지 않으니까요."

차고 넘쳐 낭비하는 것도 싫었지만, 부족하여 원래의 취지대로 운영되지 않는 것이 더욱더 싫었다.

"게다가, 황성에 부서까지 생겼으니 예산 또한 투명하게 관리할 수 있을 거라 생각해요. 남은 예산은 다시 모아 전염병과 같은 천재지변에 대응하면 되니, 굳이 기부금을 끊을 이유도 없지요."

그 어떤 부강한 나라라도 천재지변이 없는 경우는 없었다. 그야말로 하늘의 뜻이었기 때문이었다. 이를 대비하여 예산을 마련해 두기는 하였으나, 아리아마저 돕는다면 더할 나위가 없을 것이 틀림없었다. 아리아의 단호한 대답에 아스가 더는 군말하지 않고 아리아의 손을 잡았다.

"제가 어리석었군요. 역시 현명한 판단이십니다."

"어리석으시다니요. 제가 아스 님의 곁에서 오랫동안 같이 지내 겨우 깨달은 것이죠."

결국 서로에 대한 칭찬으로 끝을 맺은 대화에 남은 것은 미소뿐이었다.

"저는 이제 휴식 시간이 끝이 나 다시 집무실로 돌아가야 합니다만……. 비께선 차후 일정이 어떻게 되시는지요?"

"저는 제 시설을 돌아볼 참이에요. 이제 막 문을 연 참이니까요. 새로 지을 건물 또한 잘되어 가고 있는지 둘러볼 생각이고요."

"그렇군요. 경호를 단단히 붙여야겠습니다."

"아, 그러고 보니, 부탁드렸던 책임자는 어떻게 되었지요?"

"그야 당연히 말씀하신 대로 처리해 둔 참입니다."

"그럼 그와 함께 돌아봐야겠네요."

아리아가 자신과 함께 일을 할 부서의 책임자로 임명해 달라고 부탁한 이는 다름 아닌 한스였다. 일개 평민인 데다가 평민 중에서도 출신 또한 좋지 않아 승진하는 것에 한계가 있었으나, 아리아의 전폭적인 지지가 있었던 탓에 그 누구도 그의 출세를 막을 수가 없었다.

"여, 영광입니다! 황태자비 전하! 최선을 다하겠습니다!"

하급이기는 하나, 감히 귀족들마저 자신의 발밑에 두게 된 한스가 긴장을 감추지 못한 채 아리아에게 허리를 숙였다.

"한스, 더는 불행한 삶을 보내는 국민들이 없도록 하기 위함이니 부디 그래 주었으면 좋겠어요."

"며, 명심하겠습니다!"

아리아의 뒤에 선 제시가 감동하여 울 것 같은 얼굴로 지켜보았다. 아리아가 제시의 이름을 불렀다.

"제시."

"……예!?"

"내가 매번 시설에 다녀올 수도 없고, 다른 일들로 바쁘니 앞으로 시설에 자주 들러 확인을 해 오도록 해."

"제, 제가요? 하지만 저는…….."

고작해야 시녀인데. 제시의 뒷말이 예상되어 아리아가 이를 듣지도 않은 채 대답했다.

"그래. 내가 믿고 맡길 수 있는 사람이 너밖에 없잖아? 그리고 한스, 제시는 아직 이런 일에 미숙하니 부디 잘 도와주시기를 바라요."

"……예, 예!"

이제 한스가 더더욱 바빠질 테니 제시와 만날 시간이 없을 것이다. 이를 배려하기 위함이기도 했고, 제시에게도 애니처럼 한자리 주어 그녀의 위치를 견고히 할 생각 때문이기도 했다.

막대한 자금이 투자되어 앞으로 계속해서 칭송만을 받을 사업에 관여된 두 사람이니, 이로써 구름 한 점 없는 앞날이 약속된 것이나 마찬가지였다.

의료 시설 건물을 새로 짓고 있었기에, 완공 전까지 의료 시설은 기존 건물에서 운영되고 있었다. 의료 시설의 문을 열자, 입구부터 길게 줄을 선 서민들로 인해 내부는 인산인해를 이루고 있었다.

문제없이 잘 처리하고 있는 것인지 확인하러 방문하자, 발바닥에 땀이 나도록 뛰어다니던 사람들이 놀라 입을 쩍 벌리고는 바닥에 넙죽 엎드렸다.

"화, 황태자비 전하를 뵙습니다!"

"……황태자비 전하시라고!?"

몸이 아픈 서민들까지 바닥에 엎드리는 것은 시간문제였다.

아직 문을 연 지 얼마 되지 않았음에도 거대한 자본을 투입하여 빠른 속도로 환자들을 보살핀 덕에 차례를 기다리는 그 누구 하나 불만을 가진 이가 없었기 때문이었다.

진정으로 서민을 위하는 황태자비. 어린 시절을 불우하게 보낸 그녀의 소문은 이미 제국을 넘어 대륙 전체로 퍼진 참이었다. 그러니 어찌 다른 귀족들, 황족들과 다르게 친근감을 갖지 않을 수가 있을까.

게다가 아리아가 모든 이들에게 자애로운 미소를 지어 보였기에 호감과 찬양이 더욱 극대화되었다.

"어려움은 없는지 궁금하네요."

"다, 당연히 없습니다! 그저 처음이라 사람이 몰려 바쁜 것일 뿐, 조금 시간이 지나면 안정을 찾을 거라고 생각합니다……!"

아리아의 물음에 지척에 있던 의료진이 황송하다는 듯 대답했다. 이는 그 혼자만의 생각이 아닌 듯 반박하는 이가 없었다.

"그렇다면 다행이네요. 그래도 혹시 모르니 연락책을 알려 드리죠. 제가 가장 아끼고 신뢰하는 아이인 제시랍니다."

아리아의 설명에 모두의 시선이 제시에게 쏠렸다. 마치 대단한 위인이라도 보는 듯한 눈빛에 제시가 어쩔 줄을 몰라 하며 얼굴을 붉혔다.

"제시가 하루에 한 번 이곳에 들를 테니, 어려운 점이나 필요한 점이 있다면 꼭 말해 주세요."

"가, 감사합니다!"

이로서 고작해야 말단 시녀였던 제시가 황태자비의 위대한 업적의 전도사가 되었고, 더는 그녀를 폄훼할 이가 사라져 아리아의 걱정 또한 사라졌다.

게다가 제시가 생각보다 더 일을 잘 처리해 주어 칭찬까지 듣고 있으니 어찌 걱정을 계속할 수가 있을까. 원칙을 고수하고 도덕성이 높은 제시는 맡은 바 임무에 가장 적절한 인물이었다. 시중을 드는 것이 아니라 주체적으로 나서야 하는 일이었기에 다소 힘겨워하긴 했으나, 성심성의껏 최선을 다해 일을 처리했다.

한스와도 하루에 한 번 만남을 갖고 보람을 느끼는 일마저 하고 있어서 그런지, 제시는 예전과는 비교도 되지 않을 정도로 밝고 명랑한 모습이었다.

"비전하에 대한 찬사가 끊이지 않네요."

"비전하라고 부르지 말라고 했잖아요, 사라. 저도 후작 부인이라고 부르기 싫기도 하고요."

"그래도 어찌 감히 황태자비 전하의 이름을 부르겠어요."

"둘만 있을 땐 이름으로 불러 줘요."

마치 처음 만났을 때처럼 아리아가 아이처럼 굴며 그리 부탁하자, 사라가 어쩔 수 없다는 듯 미소 지으며 아리아의 이름을 불렀다. 입가에는 미소가 가득했다.

"알겠어요, 아리아. 아무도 없을 때만 그렇게 할게요."

아리아가 사라를 황성으로 부른 것은 비단 그녀와 사담을 나누기 위해서만이 아니었다. 그녀가 바로 새로 지은 학교의 교장을 맡아 주었으면 하여 부른 것이었다.

미리 편지로 언급을 해 놓은 덕분에 귀찮게 설명을 반복할 필요는 없었다. 그저 알겠다는 대답만을 기다릴 뿐이었다. 현재 공작이 없는 제국에서 가장 큰 권력을 지닌 후작가의 안주인인 그녀가 이 일을 수락한다면 황권이 강화됨은 물론, 더는 그 누구도 쉽게 아리아에 관련된 소문을 퍼뜨릴 수 없을 것이다.

물론, 그것뿐만 아니라 사심 또한 있었다. 사라에게 고작 해야 주 1회 정도의 수업만을 하는 선생님은 어울리지 않았다. 그녀는 조금 더 큰물에서 놀 필요가 있었다. 자신과 같이 삐뚤어진 아이도 교정이 가능한 다정함을 지니고 있지 않은가.

그러니 가장 적절한 곳이 바로 아리아가 세운 평민들의 학교의 교장 자리였다. 비록 평민들의 학교이기는 하나, 무려 황태자비가 세운 학교였다. 그 누구도 쉽게 보지 못할 것이 틀림없었다. 그러니 남은 것은 사라의 허락뿐인데.

"하지만 저는 후작가의 일도 보아야 해서 제대로 해낼 수 있을지 모르겠어요."

"그리 걱정하지 않으셔도 돼요. 보고를 받고 아이들을 둘러보는 정도로도 충분하니까요. 오히려 지금보다 더 시간을 남을지도요."

물론 사라가 정말 교장이 된다면 아카데미에서 선생님을 했던 것과는 비교도 되지 않을 정도로 바쁘겠지만, 아리아가 절대 그렇지 않다며 설득했다.

"게다가 사라는 곧 아이를 가질 거잖아요? 수많은 아이들을 보듬는 사라가 엄마라는 것을 알면 사라의 아이도 분명 자랑스러워하겠죠."

사라는 조만간 아이를 가질 것이다. 아니, 이런저런 일이 있어 과거보다 조금 늦은 감이 있었다.

"더불어 사라의 아이뿐만 아니라 수도의 아이들 모두가 사라를 어미처럼 따를 것이 분명하고요. 그 아이들을 행복하게 해 줄 수 있는 것은 사라밖에 없어요."

"……."

마지막으로 아이를 좋아하는 사라의 마음을 건들자 그녀의 입매가 단단해졌다.

무언가 결심한 듯한 얼굴이었다. 여인의 몸으로 오를 수 있는 최고의 직책이기도 하니 아무리 사라라도 욕심이 날 것이다. 어렸을 때부터 선생님을 꿈꿔 온 그녀라면 더욱이.

"……알겠어요. 하지만 남편의 동의가 필요해요. 저택을 비워야 할 일이 종종 있을 테니 말씀을 드려야겠지요."

"그럼요. 그렇게 하세요. 분명 빈센트 후작이라면 흔쾌히 수락하겠지만요."

아리아의 말대로 빈센트 후작은 사라의 부탁을 거절하지 않았고, 황태자비가 서민들을 위해 세운 학교의 교장이 빈센트 후작 부인이라는 사실이 퍼지기까진 그리 오랜 시간이 걸리지 않았다.

* * *

"황태자비 전하! 황태자비 전하! 제가 가져온 신문 좀 보세요!"

이제 그만둘 때가 될 법도 했건만, 어딘가 경박스러운 발걸음으로 헐레벌떡 나타난 애니가 아리아에게 신문 한 장을 건넸다. 평민들이 보는 신문이었다.

예전에는 미래를 예측하려 자주 보던 것이었는데, 한스가 아카데미에 입학하고 난 뒤로 더는 찾지 않았었다. 더는 미래를 예측할 필요가 없기 때문이기도 했다.

도대체 무슨 소식이 실려 있기에 귀족놀이마저 잊고 저리고 품위 없게 구는 것인지. 아리아가 신문을 받아 들자, 지척에서 대기 중이던 루비가 보이지 않게 미간을 구겼다.

『서민들에게 가장 존경받는 인물은 황제가 아니라 황태자비!?』

아리아가 신문 정중앙을 장식한 기사를 읽는 것을 보고는 애니가 피어오르는 웃음을 감추지 못하며 말했다.

"당연한 일이지만 요새 어딜 가든 비전하에 대한 이야기밖에 없어요! 어쩜 그리도 선행만을 베푸시냐며 정말 하늘에서 내려오신 천사님이 아니냐는 사람까지 나왔을 지경이라고요!"

아리아에 대한 지지가 황제를 넘어설 지경이라며 애니가 아주 당연한 말을 쉴 새 없이 입을 놀렸다. 굳이 이렇게 신문을 통해 보여 주지 않아도 하늘이 알고 땅이 아는 일이건만.

"결혼 준비에 바쁜 예비 신부가 고작 이것 때문에 일정을 모두 물리고 이렇게 부산스럽게 굴고 있는 건 아닐 테고."

퍽 바빠 보였기에 휴가마저 준 참이었다. 때문에 아리아가 날카롭게 이를 지적하자, 애니가 입을 꾹 다물고 눈동자를 굴렸다. 허를 찔려 당황한 모습이었으나, 자주 있어 왔던 일이었기에 이내 양 볼을 붉히며 아리아와 눈을 맞췄다.

"사실…… 부탁이 하나 있어서 이렇게 염치없이 찾아뵈었어요."

"무슨 부탁?"

새삼스러울 것도 없었기에 아리아가 신문을 테이블에 내려놓으며 되물었다. 예상했던 바였다. 결혼식엔 필요한 것이 아주 많으니까 도움이 필요하겠지.

"그게……. 지난번에 비전하께서 투자하신 디자이너를 소개받을 수 있을까 해서요. 제가 개인적으로 알아보긴 했는데, 생각보다 가격도 안 맞고 마음에 들지도 않아서……."

그 말이 끝나기도 전에 루비가 눈을 동그랗게 떴고, 아리아의 입꼬리가 올라갔다.

"루비, 준비한 것을 애니에게 보여 줘."

"예, 예."

"준비한 것…… 이요?"

이에 어리둥절한 표정을 지은 애니가 어서 따라오지 않고 뭐 하느냐는 루비의 손짓에 서둘러 그녀의 뒤를 따랐다.

"비전하께선 너를 정말 잘 파악하고 계신 모양이야. 그러니 이렇게 미리 준비를 해 두신 것이겠지."

"……무슨 소리를……."

하는 거냐고 물으려는데, 목적지에 다다른 탓에 뒷말을 잇지 못했다. 아니, 루비가 방문을 열었고 그에 펼쳐진 풍경에 말을 이을 수 없었다.

"세, 세상에. 이게 다 뭐야……?"

"뭐긴, 황태자비 전하께서 너희를 위해 준비한 것들이지."

놀랍게도 애니가 이런 요구를 해 올 것이라 판단한 아리아가 사전에 디자이너에게 드레스를 주문해 놓은 모양이었다.

수십 벌의 드레스로 꽉 찬 방 안에 입을 쩍 벌린 애니가 천천히 방 안으로 들어갔다. 모두 애니가 따로 알아보았던 드레스들과는 비교도 할 수 없을 만큼 화려하고 아름다운 것들이었다. 이걸 모두 아리아가 준비한 드레스라니. 감동을 이루 말할 수 없을 정도였다.

"너와 제시가 입을 수 있게 주문한 드레스야. 마음에 드는 드레스를 고르면 사이즈에 맞게 조절해 줄 거야. 여러 벌 가져가도 된다고 하셨어."

시녀 주제에 복에 겨웠다며 루비가 조용히 혼잣말을 덧붙였다.

정말로 시녀 주제에 복에 겨운 일이었다. 미엘르를 버리고 아리아를 선택하기를 잘했다고 천 번 만 번 생각될 정도로 말이다.

"네가 부탁해 올 걸 아시고 며칠 전에 미리 준비해 두셨어. 그래도 그렇지 설마 정말 부탁해 올 줄이야."

감히 시녀 주제에. 그것도 평민 출신의 시녀 주제에.

주제 파악을 못해도 너무 못한다며 몇 차례 더 투덜거린 루비가, 이내 옆에서 무어라 하든 신경도 쓰지 않고 드레스를 구경하는 애니에게 조용히 물었다.

"……비전하께서 이렇게 시녀에게 선물을 하시는 일이 잦니?"

"그럼, 이렇게 미리 준비해 두신 걸 보고도 그걸 묻니? 애초에 이런 분이 아니면 부탁조차 하지 않아. 나도 염치가 있으니까."

염치가 없는 줄 알았는데. 말할 가치가 없다는 애니의 반응에 루비의 표정이 변모했다. 그녀 역시 애니처럼 기회 주의자였기 때문이었다. 아리아가 시녀들에게 쏟는 정성은 지금까지 보지도, 듣지도 못할 정도로 과했다.

"……그래? ……비전하께선 어떤 시녀를 좋아하는데?"

그래서 참으로 자존심이 상했지만 아리아의 마음에 들 방법을 애니에게 묻자, 그녀가 솔직하게 답변했다.

"시킨 일을 잘해 내는 시녀?"

별로 숨길 일도 아니었기 때문이었다. 너무도 단순명쾌한 대답에 루비가 미간을 찌푸렸다.

"……그게 다야?"

"그럼 뭐가 더 있겠어? 보면 알 것 아냐."

"……네가 시킨 일을 잘 처리한다고 보긴 어려워 보이던데."

접견 일을 맡겼더니 몇 번이나 실수하지 않았던가.

이를 지적하자 잠시 입을 삐죽이던 애니가 이내 그러고 보니 한

가지 빼먹은 것이 있다며 덧붙였다.

"아, 비전하께선 아무도 하지 않을 법한 일을 잘해 내는 시녀를 좋아하셔."

"아무도 하지 않을 법한 일이라니?"

"글쎄, 예를 들기가 어렵네. 뭐 그건 기회가 생기면 알게 될 거야. 어쩌면 평생 모를 수도 있고."

의미심장한 말을 남긴 애니가 콧노래를 부르며 드레스를 구경했다. 개중 마음에 드는 것이 있으면 루비를 불러 따로 빼놓으라고 지시까지 덧붙였다.

"내가 네 시녀는……!"

아니잖아? 라고 신경질을 내려던 루비가 방금 전에 애니에게서 들었던 조언을 떠올리며 입을 꾹 닫았다. '아무도 하지 않을 법한 일'이라는 게 혹시 이런 것이 아닌가 하는 생각 때문이었다.

"……알겠어."

아리아가 주는 달콤한 대가를 상상한 루비가 조용히 고개를 끄덕였다. 고작해야 평민 출신의 보잘것없는 시녀의 뒤치다꺼리마저 하게 만들 만큼 말이다.

몇 벌이나 드레스를 고르는 애니의 뒤를 루비가 조용히 뒤따랐다.

* * *

아리아가 국혼을 치렀고 황성 생활에도 적응을 한 데다가, 애니와 제시의 앞날까지 보장된 참이었기에 남은 것은 그녀들의 결혼이었다. 일부러 아리아를 위해 자신들의 결혼을 미뤘던 그녀들은 기다렸다는 듯 날을 잡고 식을 올렸다.

애니와 제시 중 먼저 식을 올린 것은 제시였다. 본디 애니가 먼저 식을 올릴 예정이었으나, 드레스를 비롯한 아리아의 지원이 시작되자 자신이 결정한 모든 것을 뒤엎으며 식을 새로 준비했기 때문이었다.

그와 달리 제시는 아리아가 꼭 지원해 주겠다는 것만 받고 자신이 준비한 것은 그대로 사용하여 식을 예정대로 진행했다. 애초에 너무 과한 것을 부담스러워했기에 거절하려던 것을 아리아가 극구 떠밀어 받게 된 것도 있었다.

"이게 어딜 어떻게 봐서 평민들의 결혼식인지. 귀족 중에서도 부유한 이들만 가능한 수준이네요."

제시의 거절에도 불구하고 식장을 한층 아름답게 꾸며 놓은 아리아의 솜씨에 방문객들이 혀를 내둘렀다.

"무려 황태자비 전하께서 뒤에 계시지 않습니까. 보통 평민은 아니죠."

"제 생각도 그렇습니다. 게다가 부군의 능력이 출중하고 그에 걸맞은 직책까지 맡고 있으니 작위를 받는 것은 시간문제 아니겠습니까."

"전례가 드물다고는 하지만, 가능한 일이기는 하겠지요."

"황태자 전하께서도 황태자비 전하께 푹 빠져 계시니 뭐든 들어주시겠지요."

"곧 황제가 되실 것이 분명하니, 간단할지도 모르겠습니다."

"정말 그렇게 된다면 제국 제일의 행운아겠군요."

"이미 지금도 그러하지 않습니까?"

그리 대화를 나눈 이들은 제시와는 그다지 친분이 없는 귀족들이었다. 아리아가 참석할까 싶어 눈도장이라도 찍으려 참석한 모양이었다.

더불어 아리아의 총애를 받는 시녀인 제시가 곧 신분 상승을 할 것이라는 믿음 또한 갖고 있었기에, 제시의 친인척들에게 살가운 인사까지 건넸다.

"세상에. 정말 황태자비 전하께서 오셨어!"

그리고 청중들의 예상대로 식이 시작되기 직전, 아리아가 아스와 함께 모습을 드러냈다. 아무리 총애하는 시녀라고는 하여도 평민 신분이기에 혼자 올 줄 알았는데, 황태자까지 대동한 모습에 모든 이들이 제시와 한스의 신분 상승을 다시 한번 확신했다.

그 누구와도 인사를 나누지 않은 아리아는 곧장 제시가 대기하고 있을 대기실을 찾아 그녀와 인사를 나누었다.

"오, 오지 않으셔도 되는데⋯⋯."

"어떻게 네 결혼식에 내가 빠지겠니."

그 못된 악녀였던 자신에게 홀로 바른말을 계속하던 제시가 아닌가. 비록 그녀의 말을 따르지 않아 비참한 최후를 맞긴 했지만, 오히려 그 일들을 통해 제시에 대한 신뢰가 깨질 수 없을 만큼 단단해진 상태였다.

이는 아스 또한 알고 있었기에 기꺼이 아리아를 따라 잠깐이나마 결혼식에 얼굴을 비추게 되었다.

"휴가를 길게 빼 둔 참이니 느긋하게 놀다가 와. 돌아오면 다시 격무에 시달려야 할 테니까."

"⋯⋯감사해요."

말은 그렇게 했지만 돌아갈 직장이 있다는 것 자체가 아리아의 은덕인 것을 아는 제시가 눈시울을 붉혔다. 그 어떤 시녀가 결혼을 했다고 하여 휴가를 갈 수 있겠는가. 주에 한 번 찾아오는 휴일에 겨우 식을 올리는 것이 전부인 직업이었다.

그마저도 하지 못하는 이들이 허다했다. 아니, 결혼 자체를 하지 못하는 시녀들이 더 많았다. 결혼을 하여 가정을 돌볼 수 없는 직업이었기 때문이었다. 결혼과 함께 퇴직을 선택하는 이가 더 많았다. 다시 돌아갈 수 없었기에.

"그럼, 얼굴을 보았으니 이만 돌아가 볼게. 없는 시간을 쪼개서 오래 있을 수가 없네."

"아니에요. 와 주신 것만으로도 충분히 감사드려요."

이렇게 인사 없이 얼굴만 비추고 가는 것만으로도 황송했다. 이에 아리아가 한 치의 흐트러짐도 없는 제시의 모습을 천천히 훑어보곤 미련 없이 발걸음을 돌렸다.

"기분이 이상해요."

마차로 향하는 도중에 내뱉은 아리아의 말에 아스가 잡은 손에 조금 힘을 주어 위로했다.

"오랫동안 본 시녀이니 그럴 만도 하시죠."

"아스 님도 측근이 결혼을 했을 때 이런 기분이셨나요?"

"저…… 말씀이십니까?"

그러나 이내 돌아온 질문에 당황한 아스가 쉬이 대답하지 못했다.

그는 그런 기분을 느낀 적이 없었던 모양이었다. 위로를 하던 참이니 거짓이라도 '그렇다' 혹은 '조금 시간이 지나면 괜찮아진다'고 하면 될 것을.

말문이 막혀 고민하는 그 모습이 너무나도 아스다워 오히려 이상했던 기분이 날아가 본래의 상태를 되찾으려던 그때였다. 어쩐지 홀이 부산스러웠다. 황태자비와 황태자가 지나는 것을 눈치채지 못할 정도로 무리를 지어 웅성대는 이들이 한둘이 아니었다.

그들의 눈빛에는 시기와 질투, 그리고 적지 않은 불쾌함이 뒤섞여 있었다. 애니가 눈치채지 못하게 아주 은밀하게 시선을 보내고 있었다.

무슨 일일까. 축복만을 받아야 마땅한 제시의 결혼식에서 왜 저런 불순한 눈빛을 띠고 있는 것인지. 이를 확인하고자 아리아 역시 시선을 돌리는데, 뜻밖에도 그곳에는 버뷰 남작과 애니가 있었다.

그녀는 아리아에게서 선물 받은 드레스들 중 하나를 입고 있어, 귀족들을 제치고 신부 다음으로 화려했다. 그랬기에 별다른 눈에 띄는 행동을 취하지 않았음에도 저절로 시선을 끌어모은 모양이었다. 그리고 그것이 귀족들의 심기를 거스른 모양이었다.

'잠잠해진 줄 알았는데 말이야.'

애니가 평민이기는 하나, 대놓고 욕을 할 수 없어질 정도의 위치가 되었기에 뒤에서 저렇게 수군대는 것일지도. 아니, 그다지 뒤라고 볼 수도 없었다. 이렇게 자신마저 눈치챌 정도의 거리가 아닌가. 겨우 애니의 눈만 가린 비난이나 마찬가지였다.

만인에게서 사랑과 존경을 받을 필요는 없었지만, 그렇다고 이렇게 지척에서 아닌 척 욕을 듣는 것은 불쾌한 일이었다. 게다가 이는 과거에 자신을 놓고 비웃던 귀족들을 떠올리게 만들기도 했다. 때문에 잠시 그 모습을 지켜보던 아리아의 표정이 변모했다.

이는 흡사 모래시계를 갓 손에 넣어 미엘르에게 어떻게 복수를 할지 계략을 꾸미던 과거의 얼굴과도 비슷했다. 아직 갈 길이 멀었다는 표정이기도 했다.

"곧장 황성으로 돌아갈 생각이었는데……. 아무래도 잠시 홀에 들렀다 가야 할 것 같아요."

홀의 분위기와 아리아의 변화를 줄곧 지켜본 아스가 어쩔 수 없다는 듯 고개를 끄덕였다. 이미 아리아가 어떤 태도를 취하든 상관이 없다고 말한 아스였기에 말릴 생각이 없는 모양이었다.

홀 안쪽으로 내딛는 아리아의 발걸음이 가벼웠다. 당당하고 우아한 그녀의 자태에 지금까지 몰래 애니의 흉을 보았던 귀족들이 언제 그랬냐는 듯 공손히 예를 취하기 시작했다. 어떻게 하면 아리아에게 더 잘 보일 수 있을까 눈치를 보며.

'그래, 그게 너희들이 고수해야 할 위치이고 자리이거늘.'

하지만 그렇게 하지 않을 것 같으니 마땅히 길들여야 했다. 과거를 반복하지 않기 위해서도 말이다.

"애니."

아리아가 애니의 이름을 불렀다. 이에 미처 아리아가 다가온 것을 눈치채지 못했던 애니가 한껏 웃으며 예를 취했다. 마치 멍청하고 어리석었던 과거의 자신 같았다.

"아무리 버붐 남작이 좋아도 그렇지, 널 주목하는 귀족들이 한둘이 아닌데 인사라도 해야 하지 않겠니? 이제 곧 너도 귀족 사회의 일원이 될 텐데."

자신이 모두 보고 있었다는 뉘앙스를 풍기자, 귀족들의 얼굴이 새파랗게 질리기 시작했다. 이토록 쉽게 두려움을 느낄 행동이었다면 애초에 하지 않는 편이 좋지 않았겠는가.

아리아가 귀족들의 얼굴을 하나하나 확인하며 미소를 아끼지 않았다. 모두의 얼굴을 익히겠다는 확인 절차이기도 했다. 점점 더 겁에 질려 가는 그들의 표정을 확인한 아리아가 마지막으로 애니의 얼굴을 확인한 뒤, 천천히 입을 열었다.

주제 파악을 시켜 줄 시간이었다.

(악녀는 모래시계를 되돌린다 마침)